der **kahuna** modus

der kahuna modus

von **nika** bertram

illustriert von L.G.X. Lillian Mousli

Eichborn.**Berlin**

Für Nadine
... und alle Go-Betweens

Die Deutsche Bibliothek – CIP-Einheitsaufnahme

Bertram, Nika :
Der Kahuna Modus : Roman / Nika Bertram. - Frankfurt am MAin :
Eichborn, 2001
ISBN 3-8218-0697-4

Umschlaggestaltung: Irma Schick unter Verwendung einer
Illustration von L.G.X. Lillian Mousli
Lektorat: Wolfgang Hörner
Layout und Satz: Cosima Schneider
Druck und Bindung: Clausen & Bosse. Leck

ISBN 3-8218-0697-4

Verlagsverzeichnis schickt gern:
Eichborn Verlag, Kaiserstr. 66, D-60329 Frankfurt a. M.
www.eichborn.de

kahuna /k*-hoo'n*/ /n./

[from the Hawaiian title for a shaman]

Synonym for wizard, guru.

(aus dem Hacker's Jargonfile)

Magic is just advanced technology.

(nach dem 3. Gesetz der Technik von Arthur C. Clarke)

- Ich bin nicht krank! habe ich ihm immer wieder gesagt, dem Transparenten, meinem Wärter, der sich mir zwar nie als solcher vorgestellt hat, doch bisher nicht von meiner Seite gewichen ist, seit heute abend, seit ich hier festgehalten werde. Zu meinem eigenen Besten, zur Erholung, um, wie er sagte, den Genesungsprozeß zu begünstigen. - Welche Krankheit und wessen Genesung? wollte ich wissen. - Meine, hieß es. Mehr erfuhr ich nicht. Nicht den Namen meiner Krankheit oder meines Verbrechens, nicht einen Grund dafür, weshalb ich nun überwacht werde. Okay, da waren ein paar merkwürdige Sachen, aber ... Seit einem Jahr hätten sie nichts Brauchbares mehr von mir erhalten! rief mein Wärter, und ich fragte ihn, ob das alles, ihr einziger Vorwurf sei, als er sich verdunkelte und nachfragte: - Alles? Es sei das größte Verbrechen überhaupt, und ich hätte es nur seinem Chef zu verdanken, daß ich noch eine zweite Chance erhalten, und er mich persönlich zu sich geholt hätte, um mich, wie er sich ausdrückte, wieder aufzupäppeln. Ich solle ihm vertrauen und dankbar sein. Mir würde hier nichts fehlen. Als Gegenleistung erwarte er nur, daß ich mein Archiv wieder selbst auffülle, mit eigenen Bildern, denn an Fremdmaterial, dem nutzlosen, von anderen abgestoßenen Zeug, besäßen sie mittlerweile mehr als genug. Hübsche Kuckuckseier hätte ich mir da ins Nest legen lassen. Was wirklich passiert sei, solle ich nun erzählen, sagen, was ist. - Nein, antwortete er auf meine Zwischenfrage, Comics würden sie nicht akzeptieren. Ich möge bitte versuchen, realistisch zu sein. - Aber, unterbrach ich ihn, genau da läge mein Problem. Was ich im letzten Jahr erlebt habe, könne unmöglich ... Darüber solle ich mir keine Gedanken machen. Da könne ich sowieso nichts entscheiden. Das mache der Chef. Wer das denn sei, fragte ich, und er wunderte sich, daß ich ihm noch nicht vorgestellt worden war. - Ach so, ja, sorry, er habe vergessen, ich sei ja keine Praktikantin, sondern eine Freie, das heißt, ha ha, eigentlich jetzt nicht mehr, also frei ... Ich würde den Chef schon noch früh genug kennenlernen, sagte er dann und atmete tief ein, den Blick wieder auf die Monitore vor uns, bewegte ein paar Regler seines Mischpults und fischte nach Mitleid: - Sie wachen immer vor dem Ende auf ... sagte er und stellte um auf Autopilot, führte mich zu meiner Kabine und drückte mir ein Dokument in die Hand, das ich unterzeichnen sollte.

Meine Kooperation, sagte er, sei sehr wichtig und dies der erste Schritt, der mir einiges ersparen könne, wenn ich nur endlich meine Schuld, meine Krankheit, eingestehen würde. Denn nur wegen ihr wäre mir ein normales, menschliches Leben nicht mehr möglich, hätten mich Susan und meine letzte Hauptfigur verlassen, müßte ich nun im Konjunktiv leben, konditional. Wenn sie nicht wäre, und ich wieder gesund, würde Susan zu mir zurückkehren und alles werden wie früher und gut. Und in diesem Glauben läge doch Hoffnung, oder?

- Und wenn ich unheilbar krank sein sollte?

- Wissen Sie was?! Seine Augen funkelten inquisitorisch. - Ich glaube, Sie wollen gar nicht gesund werden ... Also, unterschreiben Sie nun oder nicht?

Wir standen vor einer massiven Stahltür mit Sicherheitsschloß.

- Nein.

- Wie Sie meinen ... Er öffnete die Tür mit einer Chipkarte und machte eine einladende Handbewegung. - Ladies first!

Möglich, daß ich mich sogar bedankt habe, aus Gewohnheit. Ich weiß nicht mehr. Ich weiß nur, daß ich, nachdem sich die Tür hinter uns geschlossen hatte, im ersten Moment glaubte, in einen Topf heißer Milch gefallen zu sein, ohne mich an den Fall selbst erinnern zu können. Die Luft roch und schmeckte, war überzogen mit oder verklebt worden von fettigen Partikeln, die sich auf Haare und Wimpern legten, die Augen brennen ließen, das Atmen, die Sicht und Bewegungen erschwerten. Alles war weiß, milchweiß, mein Haar der einzig dunkle Fleck in diesem Raum. Kakaopulver. Der Wärter zog einen

Rasierer aus der Tasche. — Wenn die Haare Sie stören ... - Nein, nein, sagte ich schnell, obwohl die Brühe mir schon in die Augen tropfte.

Ich solle mich ausziehen und etwas essen, riet mir der Wärter. Ich blickte im Milchnebel umher, sah nur einen Stuhl und einen Schreibtisch und fragte, ob ich mich etwa von Luft ernähren solle. - Ja, sagte er. Die Luft hier sei mit in Milch aufgelösten Nährstoffen angereichert, und essen solle ich, indem ich die Augen geschlossen halte und die warmen Tropfen von meiner Haut ablecke. Das sei Teil des Therapie-Programms. Ich versuchte es mit den Unterarmen, und er lobte mich, sagte, er sei zuversichtlich, daß sich auch mein Organismus bald dem Leben hier angepaßt haben würde. Ohne Schlaf oder Drogen. Es würde mir sicher gefallen.

Da war ich skeptisch.

Die erste Eingewöhnungsphase sei für jeden schwierig, ergänzte er, doch hinterher, ihm entwich ein Lachen, wollten die Leute gar nicht mehr weg. Bei mir allerdings, und dabei sah er auf seinen Notizblock, wären sie von weniger Widerstand ausgegangen, aber selbst der Chef könne ja mal irren, und er strich einiges durch und markierte anderes, außerplanmäßig erregt, mit Ausrufezeichen.

Ich blieb ruhig. Verfolgte jede seiner Bewegungen.

- Ich rate Ihnen übrigens, hier drin die Augen geschlossen zu halten. Wenn Sie wollen, können Sie zwischendurch Musik hören. Die Anlage ist ein *multiple-way music simulation system* mit einer Maximalleistung von 216 Quanten-Bits pro Sekunde. Sie liest Ihnen jeden Musikwunsch von den Augen ab, sozusagen. Viele finden ihren Sound allerdings etwas ... matschig. Ohne Kopfhörer. Sie sind unten rechts in der Schublade.

Sprach's und drückte mir einen Spezialfüller, wie er ihn nannte, in die Hand und sagte, ich solle mich jetzt an den Tisch setzen. Und ich setzte mich, blind, hörte Papier rascheln, speziell beschichtet, wie er betonte, bevor er meine Hand nahm, sie wie den Arm eines halbautomatischen Plattenspielers führte und den Stift, die Nadel, langsam sinken ließ, hinab auf das Blatt, das Vinyl, den Rohling. Ich solle jetzt anfangen, sagte er. In alter Gewohnheit sah ich ihn an, kurz, dann auf das Heft, und bemerkte, daß dort bereits etwas stand. Ein Titel. Mein Titel. *Die Krankheit.*

- Haben Sie das geschrieben?

- Sie sollten die Augen doch geschlossen halten!

Ich strich das Wort *Krankheit* durch und ersetzte es durch *Veränderung.*

Susan liebt Veränderungen. Sagt sie.

Der Wärter nicht.

- Das dürfen Sie nicht! japste er fischmäulig.

- Warum nicht? Es ist meine Geschichte.

- S-Sie ... stammelte er, - der Chef hat diesen Titel für Sie bestimmt, und ich rate Ihnen sehr davon ab, sich ihm zu widersetzen. Das mag er gar nicht ... Sie verstehen?

Ich nickte, unschlüssig, wem ich nun weniger trauen konnte, diesem Typen oder meinem, zugegeben, auch eher unzuverlässigen Realitätssinn. Am besten, entschied ich, sei es wohl, das Spiel erst mal mitzumachen und zu tun, als ob nichts wäre und alles hier, inklusive mir selbst, absolut normal, oder ein Comic, und ich eine Reiseautorin mit Aufenthaltsstipendium und Werkabgabepflicht. *Monster in residence.*

- Okay, begann ich voll Tatendrang, - wo soll ich anfangen?

- Da, wo Sie aufgehört haben. Das war ... lassen Sie mich nachsehen. Ach ja, irgendwas mit Sternschnuppen, an einem Strand, nachts ...

- Das waren keine Sternschnuppen, unterbrach ich ihn, setzte die Kopfhörer auf, schloß die Augen, und dachte kurz an einen Song, hörte noch ein paar Schritte, die sich entfernten, dann, wie eine Tür ins Schloß fiel, und die Musik begann.

/ ***these abstract wordless movements ... they start off cells that haven't been touched before -***
Headphones, Björk /

Level 1

1

Seltsam war die Szenerie, in der ich damals erwacht war und mich nicht wiederfand. Zunächst. Gulliver, inmitten winziger Sandhügel, einer verlassenen Siedlung von Sandwespen, die an diesem Morgen geschlüpft waren und nur ihren Hausmüll zurückgelassen hatten. Als Abschiedsgeschenke an die Flut, die stiefmütterliche und unersättliche, die jede Nacht ein Stück Küste probiert, mit oder ohne Bewohner. Wer ihr folgt und zu lange bleibt, den inhaliert sie tief und genüßlich, bevor sie seine Hülle auf den Strand ascht.

Nur äußerst selten gibt sie ein verirrtes Landwesen unbeschadet wieder zurück an sein natürliches Element.

Vielleicht wollte sie sich das Rauchen abgewöhnen.

Vielleicht war ich ihre letzte Zigarette gewesen, angezündet und gleich ausgedrückt, ausgespucktes Strandgut, das an diesem Morgen vor La Palue lag, eine Wange auf kühlem Ufersand, in feucht schweren Kleidern, die Haare voll Muschelsplitter, Sand und Algen. Verspätete Wellenausläufer schoben mir den letzten Meeresabfall hinterher. Meine linke, freie Hand griff nach dem trockenen Sand am Kopfende, doch er entkam.

Jemand rief meinen Namen. Eine vertraute Stimme, zu der ein vertrautes Augenpaar gehörte, Fischeraugen, die mich betrachteten wie einen Fang, der zu klein, unverkäuflich oder krank war. Gewöhnlich warf mein Onkel Yvan solche Fische wieder zurück. Nun schien ihm diese Entscheidung schwerzufallen. Dabei konnte ich zumindest nicht zu klein sein.

Ich sei okay, sagte ich, doch er fragte, warum ich es getan hätte, und ich wußte nicht was, wußte überhaupt nichts mehr, war ohne Erklärung oder Erinnerung, weder religiös noch wundergläubig, nur profan verwirrt. In diesem Zustand, fand er, sei es besser, wieder abzureisen. Schon bei meiner Ankunft, als ich seiner Umarmung ausgewichen sei, habe er etwas gespürt, sei ich ihm merkwürdig vorgekommen, irgendwie. Anders als sonst.

Fast jeden Sommer, auch nach dem Tode meines Vaters, verbrachte ich einige Wochen bei unseren Verwandten in Plougastel, einem touristisch uninteressanten Flecken an der Westküste der Bretagne. Hier wurde ich beköstigt und begutachtet, als exotische Frucht auf dem Präsentierteller, gern gesehener Besuch und fleischgewordener Beweis für die vor über zwanzig Jahren gelungene Flucht eines Bretonen in eine andere Welt.

Mein Vater hatte nie die Austern-Zucht meines Großvaters übernehmen wollen. Was Gerard wohl vor allem abschreckt hat, war nicht die harte Arbeit gewesen, sondern die Aussicht, sein Leben wie sein alter Herr und mit ihm verbringen zu müssen. Der Alte hatte bestimmt schon viel gehört über Austern, die Gezeiten, den Katechismus und ein, zwei Sachen über Frauen, aber nichts von Rock'n'Roll. Und wollte dies auch gar nicht.

Gerards jüngerer Bruder, Yvan, war vier Jahre vor ihm nach Paris gegangen, um Keltische Mythologie zu studieren. Grund genug für den Alten, auch meinen Onkel in eine sorgfältig präparierte Versager-Backform zu legen, um seinem schwachen Fleisch wenigstens so noch Profil zu verleihen. Yvan allerdings machte es sich darin bequem und kehrte schließlich braungebrannt, mit Freundin und Doktortitel zurück. Seitdem lebt er wieder in Plougastel, solo, vom Fischen und selbstorganisierten Calvaire- und Unterwasser-Safari-Touren und schreibt seit Jahren an einer Biographie von Dylan Thomas.

Mein Vater dagegen brach sein Biologie-Studium schon nach zwei Jahren ab, unerwartet und unerklärlich, und brachte damals nur ein paar Notizbücher mit zurück. Material für einen Roman. Angeblich. Er habe alles verbrannt, sagte er einmal dazu. Mehr nicht.

Doch mehr noch als seinen Alten und seine Heimat haßte Gerard Erdbeeren. Sie waren das *missing link* dazwischen, der

Haupt-Wirtschaftsfaktor der Gegend und Rohstoff für den selbstgebrauten Likör. Ihr perfider Geruch war allgegenwärtig, in der Luft und aus dem Mund seines Vaters. Kein Wunder, daß er bald eine Allergie gegen das Zeug entwickelte. Die harmlose Frucht konnte ihm so zusetzen wie die Gallier den Römern. Dazu reichte allein ein Flocken Erdbeereis, angedockt an einer Schokokugel.

- Vielleicht wirst du sie erst lieben, wenn du einsiehst, daß du sie verloren hast, warf ihm Yvan einmal vor während unseres alljährlichen Familientreffs, und meinte damit seine Heimat, doch Gerard, betrunken, bezog den Vorwurf auf die korrosierende Beziehung zu seiner Frau und ohrfeigte ihn. - Ich verstehe dich nicht, sagte Yvan daraufhin. - Schau, deiner Tochter gefällt es hier. Gefällt es dir hier, Nadine? Ja, mir gefiel es, doch ich wollte (klassischer Aversions-Aversions-Konflikt, würde Susan sagen) keinen der beiden verletzen, und nickte deshalb nur langsam, unter dem zornigen Blick des Vaters auf seine verräterische Brut.

Niemand verstand sie, diese Aggressivität, mit der Gerard auf jede Erwähnung oder Erinnerung an seine Heimat reagierte. Als Kind hatte sie mir angst gemacht, mir ein Gesicht meines Vaters gezeigt, vor dem ich mir immer die Augen zugehalten hatte, doch es war nie verschwunden, und erst später wußte ich wieder, wo ich es zum ersten Mal gesehen hatte.

Kinder lieben Geschichten. Gerade im Urlaub. So hatte Yvan immer ein leichtes Spiel gehabt mit Arthur, meinem Halbbruder, und mir, wenn er uns mitnahm auf seine Calvaire-Touren und Geschichten zu den gemeißelten Bildern erzählte. Meine ersten Comics. Ich war allerdings noch viel zu klein für diese Art von katholischem Realismus. Besonders die Teufelsfratze auf dem Calvaire von Plougastel raubte mir nächtelang den Schlaf, nachdem sie mir einmal wieder erschienen war, auf dem Gesicht meines Vaters, festgekrallt wie ein Facehugger-Alien bei der Eiablage in einen menschlichen Organismus.

Er hätte seine Heimat nie verlassen dürfen, sagte meine

Großmutter nach seinem Tod. Die Heiligen hätten ihn gewarnt, doch er habe nicht auf sie hören wollen. Sie vertraut dem Rat ihrer Fachheiligen mehr als jedem Arzt und hatte damals, um ihren schüchternen Sohn nach seiner Rückkehr aus Paris unter die Haube zu bringen, gleich zwei Heilige konsultiert: Saint Guirec, den Heiratsvermittler, und Saint Hervé, gegen Angst und Haarausfall. Als Gerard dann mit einer rothaarigen Club-Tänzerin aus Brest ankam, suchte sie Rat bei Saint Briac und Saint Méen, den Helfern gegen Nervenleiden und Wahnsinn, erhielt jedoch keine Antwort. Ihr Sohn aber fühlte sich nun endlich stark genug, seinem Vater gegenüberzutreten, um ihm zu sagen, er werde das Land verlassen, und setzte dies auch unter heftigem Protest durch. Noch kurz vor der Abreise hörte er den Alten in der Küche vor sich hin fluchen. Wie ein Voodoo-Priester.

Auf einem Tanzboot am Rhein traf mein Vater dann die Aushilfsbüffetteuse Manuela und sagte ihr, sie sei die schönste deutsche Frau, die er je gesehen habe. Daß er direkt vom Flughafen kam, wußte Manu damals noch nicht. Angetrunken trauerte sie um ihre große Liebe, den Vater ihres zwei Jahre alten Sohnes Arthur, und nahm die Komplimente des Fremden so wohlwollend auf wie Gebärmutterschleimhaut ein befruchtetes Ei. Mangelnde Französischkenntnisse ließen sie außerdem glauben, *coucher* bedeute *küssen*, und so sagte sie *oui*, und die beiden küßten sich und tranken und küßten und tranken, bis Manu zur Reling eilte und Mettwurstbrötchen, Sekt und Pille dem Fluß übergab. Gerard brachte sie nach Hause, und sie erholte sich und kopulierte mit ihm voll Leidenschaft und Fruchtbarkeit. Und neun Monate und zwei Wochen später verließ ich ihren Körper. Als Spätgeburt.

- Ich dachte schon, du wolltest gar nicht mehr raus, scherzte sie einmal später darüber, angeheitert, und ich sagte, trocken und nüchtern, das Shit in ihrem Blut sei einfach zu gut gewesen, was ihr natürlich nicht gefiel, aber meinem Vater, der auch gerne zum besten gab, Manus Wehen hätten zu den Doors eingesetzt, bei *Break On Through To The Other Side.* Nicht mal ich hatte ihm das geglaubt. Doch einmal, als er diese Anekdote erzählte, sah er mich plötzlich so an, daß ich erschrak, so traurig, als wünsche er sich, die Geschichte wäre wahr, als suche er an mir nach Zeichen, die ihm bestätigten, daß seine kleine Tochter etwas Besonderes sei.

Damals, vor meiner Geburt, als Gerard einen Deutschkursus besucht und die Sprache erstaunlich schnell mit Hilfe von Schlagertexten gelernt hatte, als er zu ihr sagte - Isch will mit dir gä-hen, und dabei die Augen verdrehte, und grinste ... damals sei sie wirklich in ihn verliebt gewesen, sagte meine Mutter, und es klang wie das Geständnis einer Ehebrecherin, die sich nicht sicher war, ob es überhaupt etwas zu bereuen gab.

Kurz zuvor hatte ich sie zufällig dabei gesehen, wie sie ein vergilbtes Photo geküßt hatte, das Bild eines Fremden, nicht meines Vaters. Das eines Seeraubers mit rotem Haar, einem blauen und einem grünen Auge.

- Das ist Arthurs Vater, sagte sie, und sah das Foto noch lange an, wie die letzte Aufnahme eines Verstorbenen.

Zwei Wochen darauf, an meinem einundzwanzigsten Geburtstag, fand ich meinen Vater im Keller, aufgehängt an einem Wasserrohr.

Das war vor vier Jahren. Seitdem bin ich nur einmal wieder nach Plougastel gefahren, letzten Sommer, *delete and rewind,* aber manches läßt sich nicht rückgängig machen, nimmt seinen Lauf, auch wenn diese winzigen Veränderungen zunächst verborgen bleiben. Meine Großmutter jedenfalls begrüßte mich wie immer, mit selbstgekochter Fischsuppe, unserem traditionellen Familienfestessen. Alle Bretonen seien verrückt nach Meeresfrüchten, behauptet mein Großvater. Das sei genetisch in ihnen drin, durch die Nähe zum Meer und so. Schon jemand, der Fischstäbchen konsumiert, ist für ihn ein Gegner der Bretonischen Sache und Anhänger Frankreichs, kurz: das Letzte, ein Sell-Out und opportunistisches Weichei, post-Nirvana Grunge und deshalb böse, eigentlich böser als

Europop, denn der tut wenigstens nicht so, als wäre er noch irgendwie alternativ. Und so etwas will sich natürlich niemand sagen lassen, von uns, den Nachfahren von Asterix und Obelix, Ehrensache, und so verputzen wir alle brav und fleißig unseren Fisch, die Seezunge mit Honigwein, schlürfen Austern und Venusmuscheln oder reißen Seespinnen die Beine ab und verspeisen sie mit Mayonnaise. Als Vegetarierin widert mich der Fischgeruch an, doch davon versuche ich stets, mir nichts anmerken zu lassen. Ich habe mich immer dagegen gewehrt, von meinen Verwandten als Deutsche oder auch nur als Halbdeutsche gesehen zu werden und übe mich deshalb bei jedem Besuch in frankophiler Mimikry, kleide mich ein mit bretonischer Identität, trage sie nach außen wie einen Anzug ohne Hose und stopfe noch mehr Identitätsstücke in mich hinein, darauf hoffend, daß ich sie endlich verdauen und sie mich verwandeln mögen. Als ob es mir gelänge, durch die Aufnahme des Fremden ihm selbst ähnlicher zu werden.

Ich aß also die Fischsuppe und schlief sehr unruhig.

Halbtot, mit zusammengebundenen Scheren, liege ich neben anderen Dahinvegetierenden in einer Kiste, atme flach und sehe nichts außer dem bläulich-braunen Panzer, der mein rohes Fleisch schützt. Meine Lippen sind steif, die Mundöffnung ist kleiner, als ich es gewohnt bin. Es dauert eine ganze Weile, bis ich begreife, daß ich kein Mensch mehr bin, sondern so aussehe wie das Wesen neben mir, an meiner rechten Seite, das ich nicht sehen, nur spüren kann. Dies ist ein Traum, denke ich, wiederhole: Dies ist ein Traum, spüre die Feuchtigkeit auf meinem Panzer, die Erschütterungen der Kiste, rieche mein eigenes zartes Fleisch, fühle die Schwere meiner Glieder, die gefesselten Scheren. Ich atme schneller. Die Muster auf meiner Schale werden zu Spiralen, einer Strudelbewegung, der nachzugeben ich mir nicht erlauben darf. Zu tief hinab würde sie führen, diese Dunkelheit. Dies ist kein Traum. Ich spüre, daß mich jemand anfaßt, meinen Leib in seine Hand nimmt und mich aufhebt. Scharfe, lange Fingernägel durchbohren meinen

Panzer, graben sich in mein Fleisch ein. Man renkt mir die Arme aus, dreht sie um und bricht sie ab. Ich schreie. Niemand hört mich. Ich bin ein Stück Fleisch. Das fällt. In ein Schwimmbecken. Nein, dies ist kein Schwimmbecken. Das Wasser wird wärmer. Es wird mich verbrennen. Bis ich pinkfarben genug bin. Endlich genießbar.

Verschwitzt zog ich einen Bademantel über und ging in die Küche, um mir eine Tasse warmer Milch mit Honig zu kochen. Ein altes Hausmittel meiner Großmutter, wenn sie ihren Alptraum-Heiligen nicht erreichen kann. Im ganzen Haus war es still, war nur das Köcheln der Milch zu hören, und draußen rauschte und feierte das Meer die Erholung von den Menschen.

Nachdem ich ausgetrunken hatte, ging ich hinunter zum Strand und setzte mich auf den kalten Sand. Erstaunlich, wie hell die Nacht war. Noch bei Neumond. Der Höhepunkt der Flut war schon überschritten. Das Wasser ging wieder zurück. An diesem Platz hatten mein Vater und Yvan oft gesessen und nach Essig und Farbstoff schmeckenden Rotwein und Träume getrunken. Lächerlich, dachte ich. Diese Ehrfurcht vor der See, die ihren Bewunderern so wenig zurückgibt, trotz all der beschwörenden Gesänge. Wütend verfluchte ich das Meer.

- Hör auf damit, sagte eine tiefe, brüchige Stimme neben mir.
- Hör auf, Nadine.

Es war eine kleine, alte Dame, die ihr Gesicht unter einer dunklen Kapuze versteckte.

- Woher kennen Sie meinen Namen?

Ich beugte mich zu ihr hinunter. Nichts, weder das Weiß der Zähne noch das der Augäpfel war dort zu sehen, wo ich ihr Gesicht vermutete. Plötzlich traf mich ein harter Schlag in der Magengegend.

- Versuch das nie wieder! Verstehst du?
- Warum nicht? Wer sind Sie?
- Eine alte Freundin deines Vaters. Ich soll dich hier abholen.
- Abholen? Sie ... Sie sind der Tod, nicht wahr?

- Nein. Eher im Gegenteil. Es ist einiges im Gange, und nun wirst du etwas mehr brauchen als dein Zeichentalent.

Gleich würde ein gigantischer Sandwurm hinter den Dünen auftauchen. Es würde geschehen. Ich wußte es einfach.
- Folge mir, sagte die Alte, nahm meine Hand und ging auf das Wasser zu, entschlossen, mich mitzunehmen. Die Verrückte geht tatsächlich ins Wasser! dachte ich, und riß mich los, wurde jedoch sofort von einem weiteren Schlag am Bauch getroffen und krümmte mich vor Schmerzen. Die Alte entschuldigte sich, streckte ihre Hand aus und trieb die Flut zurück, führte mich zu ihrem Altar auf einer kniehoch überspülten Sandbank, deutete an, ich solle mich hinsetzen und berührte das Wasser. Es wurde wärmer, und sie erzählte von einem Mädchen, das viele Nachmittage am Ufer der See verbracht und gezeichnet habe, so selbstvergessen und versunken in ihr Werk, daß sie eifersüchtig geworden sei, und es war nicht mehr klar, ob sie damit die See oder sich selbst meinte, so traurig war ihre Geschichte, voller Sehnsucht und Unglück, denn ihre Geliebte, kälter als das Meer, habe sie verschmäht, und sie schließlich zu einer List greifen müssen ...
- Und? fragte ich, und ging wieder aus dem Wasser, ein wenig gereizt, denn ich habe nicht viel übrig für Märchen, erst recht nicht, wenn mir ihr Ende vorenthalten wird. - Wie geht es weiter?!

Sie blieb stehen, ließ die Hände sinken, und sich von den zurückkehrenden Wellen verschlingen.

Vielleicht bin ich bei dem Versuch, die Alte zu retten, zu weit raus geschwommen. Vielleicht hat es sie auch nie gegeben. Ich konnte meinem Onkel nicht sagen, warum ich es getan hatte.

Es sei eine Nacht der Irrlichter gewesen, sagte er, eine jener Nächte, in denen die Anderswelt ihre Tore öffne und die Götter hinab zu den Sterblichen stiegen, um mit ihnen zu feiern und ihre Opfergaben zu trinken. Nur leider überschritten sie dabei oft ihre Grenzen, und würden dann den Rest der Nacht delirierend herumhängen und einfach mal fünf gerade sein lassen, selbst wenn sie genau wüßten, welch schrecklicher Kater sie am nächsten Morgen erwarte.

- Sehen Sie? Es waren keine Sternschnuppen ... sage ich, doch mein Wärter versteht nicht, weiß schon nicht mehr, was ich ihm gestern gesagt habe, hat nur Augen und Sinne für meinen Stoff, leckt sich schon den Mund, während er meine Aufzeichnungen überfliegt. Er sei nur gekommen, sagt er, um mein erstes Heft abzuholen und mir ein neues zu bringen.

2

Obwohl ich Yvan zum Abschied umarmt hatte, war sein Blick unverändert geblieben, noch immer so skeptisch und besorgt wie bei meiner Ankunft. Ich sei in Ordnung, rief ich ihm deshalb noch einmal von meinem Abteil aus zu, während sich der Zug in Bewegung setzte, fort von dem Ort, der mir vertraut sein sollte, hin zu dem Ort, der mir nie vertraut gewesen war.

Ich sah auf die Leinwand, aus dem Fenster hinaus, den Film eines Regisseurs, der seine verstaubte Kamera auf ein wackliges Stativ gestellt, auf Autopilot umgeschaltet und das Abteil verlassen hatte.

Ich war müde, und mir stand der Sinn nach Hausmannskost, Heimatliteratur, reichhaltig und sättigend. Es täte mir gut. Ich solle nur richtig zulangen. Komm, Kind, iß noch was! Das muß noch alles weg. Aufgewärmt schmeckt das doch gar nicht mehr. Also, noch 'n Schlag?

- Ja, gut. Vielen Dank, hatte ich zu Yvan gesagt, als er mir am Bahnhofskiosk sein Abschiedsgeschenk gegeben und mir das Versprechen abgenommen hatte, es während der Fahrt auch zu lesen, dieses Taschenbuch mit bretonischen Sagen. Ein Mängelexemplar.

In der Glasscheibe der Abteiltüre spiegelten sich die Umrisse einer Mitreisenden wider, ihr Profil so verzerrt, daß es weder mir noch der Frau gegenüber zu gehören schien. Wir waren allein, teilten unser Abteil mit niemand anderem. Niemandem außer den blinden Passagieren, den hunderten, winzigen, die nun ihre Höhlen in der gesteppten, schmutzig-gelben Wandverkleidung verlassen hatten und auf mich zukamen, mich anstarrten, sich zu meinen Füßen versammelten, und mir ihre Hände entgegenstreckten, zitternd, fordernd, hungrige Groupies, und ich hob meine Beine an, nur keinen Bodenkontakt!, nein!, an meinen Waden würden sie mich nach unten ziehen, zu sich hinunter, nein!, lieber kauere ich auf dem Sitz, nein!, ich darf sie nicht anschauen, es gibt sie nicht, erst, wenn ich sie anschaue, zeige ich ihnen ... erst dann haben sie den Beweis und ich den Schaden, denn noch weiß ich ja, daß sie gar nicht, daß ich, sie mich nicht, daß ...!

Die Frau gegenüber schüttelte mißbilligend ihren Kopf, während sie in einer Frauenzeitschrift las. Ihre ostereiähnlichen Ohrgehänge schwangen vor und zurück wie beschwörende Pendel und würden allzu heftige Kopfbewegungen nicht tolerieren. Mein Blick sprang auf eines der Eier und wurde eins mit seiner beruhigenden Schaukelbewegung. Mehr würde sie für mich nicht tun können. Das wußte ich. Daß sie nichts gesehen haben würde, nicht diese ausgehungerten Koboldwesen, die sich nun wieder in ihre Höhlen zurückzogen. Daß sie natürlich nichts gesehen haben würde, denn dies war eine Privatvorstellung gewesen. Nur für mich, als Treueprämie. Sie waren zu mir gekommen mit einem verlockenden Angebot, besaßen wohl ein Gespür, einen Riecher für Wesen wie mich, die Duftstoffe aussandten, Empfängnisbereitschaft signalisierten, willkommene Opfer, ihre Tore, Pforten zur Wirklichkeit. Ich hatte mir ihr Abo aufschwatzen lassen und versäumt, es rechtzeitig zu kündigen. Und nun hatten sie meine Adresse und mich auf dem Kieker, und ich konnte nichts gegen sie unternehmen, denn sie wußten genau, wie es um die stand, die ihnen nur einmal zu lange die Hand geschüttelt oder in die Augen gesehen hatten.

- Wir werden uns wohl verspäten, sagte die Frau.
- Ja, antwortete ich und sah wieder auf mein Buch, die Einzelvorstellung. Sie bestand jedoch auf ihre Chance, und sei es nur für einen Statistenauftritt als besorgte Tante, die nur einen Satz sprechen durfte, mich fragen, ob mit mir alles in Ordnung sei, und ich schaute sie an, wie es sich gehört, und sagte, mir ginge es gut, nur mein Kreislauf, der habe wohl ein wenig gelitten, aber, das werde schon wieder und Danke der Nachfrage, und überlegte, wo ich während des Zwischenstopps in Paris etwas Rouge auftreiben könnte.

Zurück zur Geschichte, und ich betrat das Schloß der Schneekönigin, um dort nach meinem Bruder zu suchen.

Die Ostereier wippten vergnügt hin und her, als ihre Hüterin Interesse an meiner Lektüre bekundete. Sie gehörte nicht zu den Frauen, die erst auf eine Einladung warten, und beugte sich vor, um den Buchdeckel umzuklappen. Eine kleine Bewegung nur, doch sie genügte, um die Eier in entropische Aufruhr zu versetzen.

Vielleicht glaubte sie, ich könne noch gar nicht lesen und schaue mir nur Bilder an.
- Sie lesen noch Märchen?! In Ihrem Alter?!
- Sie nicht? fragte ich zurück, die Illustrierte im Blick, und die Eier erstarrten wie abgeschreckt.
- Ist hier noch frei?

In der Abteiltür erschien ein Frauenkopf, umringt von vier weitgeöffneten Kinderaugen. Ich nickte. Vier große Koffer schoben sich langsam in den Raum. Ein kleines Mädchen hatte den letzten freien Fensterplatz erobert. Ihr Bruder riß ihr an den Haaren. Sie trommelte auf seinen Bauch ein, doch der Kleine lachte nur.
- Mama, ist das ...?! rief das Mädchen. Sein Zeigefinger, an dem ein Ring aus einem Kaugummiautomaten steckte, war schamlos auf mich gerichtet und bekam dafür einen Klaps von der Mutter. Verständnislos betrachtete die Kleine den Bösen Finger und hielt ihn mit der anderen Hand fest, um zu verhindern, daß er sich noch einmal verselbständigen könnte.

Dann fixierte sie mich, als drohe ich zu verschwinden, wenn sie ihren Blick nur einmal abwende, während sie ihrer Mutter etwas zuflüsterte, wovon ich nur - ... doch nicht wirklich, oder? verstand. Wie selbstverständlich bezog ich dies auf mich, und mir entging weder die Verlegenheit der Befragten noch das arrogante Grinsen des älteren Bruders. - Nein, nein, ganz bestimmt nicht, beruhigte die Mutter die Kleine, die sogleich das Interesse an mir verlor. Als sie aussteigen mußten, rang sich die Frau ein Lächeln ab und beeilte sich, ihre Kinder nach draußen zu schieben.

In Paris kaufte ich dann doch kein Rouge, sondern ein Crêpe. Der Verkäufer trug ein Herz unterhalb seines linken Auges. Ich sah genauer hin. Es war keine Tätowierung, sondern eine tiefe Narbe. Eine Auszeichnung, die er ohne Scham zu tragen schien.

Anders als ich.

Bei mir können Ärmel nie lang genug sein. Seit damals.

Er habe noch etwas zu erledigen, hatte mein Vater gesagt, an diesem besonderen Morgen, und mir noch alles Gute gewünscht, zum Einundzwanzigsten, und dann war er hinausgeeilt. Ich mache mir nicht viel aus Geschenken, wollte ihm schon nachlaufen und sagen, das sei doch nicht nötig, daß er extra für mich, und er solle doch hierbleiben und ...

Vielleicht hätte ich es tun sollen.

Statt dessen ging ich in den Keller, um Wäsche aufzuhängen. Später. Viel zu spät.

Das mit der Überraschung war ihm gelungen. Wenigstens.

An diesem Abend blieb ich länger als sonst im Bad.

/ ***I think I need some E.S.T. ... trip to the moon*** - EST, Alien Sex Fiend /

Aufgequollene, müde Gesichter haben sich um mich gruppiert. Schlaffe Wangen rahmen Mundöffnungen ein, drängen wimpernlose Augen zurück. Narbige, grobe Hände greifen nach meinem Oberarm, drücken auf meinen Leib, auf meinen Stoffteddybärbauch, wollen hören, ob ich quietsche, und falls ja, ob ich auch wie ein normaler Teddy quietsche. Aber ich bin zu laut, zu schrill. Die Gesichter werden zu einem Teil dieser alle Farben absorbierenden Landschaft. Ich ertrage die Helligkeit nicht mehr, gehe zum Lichtschalter, drücke ihn, hämmere gegen ihn, doch das Licht strahlt beharrlich weiter. Zum Spott meines winzigen Freiheitsgefühls. Ich nehme meinen Trinkbecher vom Nachttisch und ziele auf die Glühbirne. Sie zerspringt, es wird dunkel, und ich bin zufrieden mit meinem Werk.

Die Schwester sagte: - Ziehen Sie sich Ihren Bademantel an und legen Sie Ihren Schmuck ab!

Von da an mußte ich alle vierzehn Tage sterben. Die Leere in meinem Kopf danach war angenehm. Sie sagten mir geduldig, daß man Suppe nicht mit der Gabel essen kann. Ich probierte es mit dem Messer. Da es auch aus Plastik war, wie alles, hatte ich Glück und schnitt mir nicht in die Zunge.

Ich bekam Angst vor diesen Verwandlungen, davor, daß es eines Tages kein Zurück mehr geben, daß der Reißverschluß meines Kostüms klemmen, die Gummihaut organisch geworden oder mit der eigenen verwachsen sein könnte.

Wie erwartet, hatte der Zug Verspätung. Am Bahnhof wehte mich ein kalter Wind an. Er verkündete das Ende des Sommers und den Beginn der Jahreszeit, in der ich mich endlich wieder im Zwiebellook oder unter Opamänteln mit riesigen Fellkrägen verstecken und die Arme vor der Brust verschränken konnte, ohne gleich als Misanthrop zu gelten.

So streunte ich am nächsten Tag durch die Stadt. Gefolgt von einem Mischling, Allerleihrauh, der gierig nach den Krümeln meines Käse-Baguettes schnappte, lief ich umher, umgeben von unförmigen Fleischklumpen, einer wabernden, gallertigen Masse, die auf- und niederschwappte, keuchende Fischmäuler in Austernschalen, überdimensionale Stilleben, erste, hingekritzelte Entwürfe von Comic-Figuren.

Irritiert über diesen Anfall von Anthrophobie, rekonstruierte ich den vergangenen Abend: ziemlich laute Musik, vier oder fünf Bier, ein paar Selbstgedrehte, nicht zu spät ins Bett. Körperliche Veränderungen (ich betrachtete mich in einem Schaufenster): keine. Gesundheitszustand: nüchtern, stabil. Diese Sache in La Palue vorgestern? Nein. Kaffeegenuß: mäßig.

War der nüchterne Zustand das Problem?

Die Menschenwelle riß mich mit sich fort durch gepflasterte Schluchten, die mäandrische Form bekämpfend, Uferauslagen verschlingend, spülte mich gegen ein Hindernis, einen Mann, der im Zeitlupentempo übervorsichtig einen Fuß vor den anderen setzte, Absatz an Zehenspitze. Seine Schnürsenkel waren offen, ließen sich geduldig mitziehen, auf die Gelegenheit lauernd, bei der sie ihm zum Verhängnis werden könnten. Mühelos ließ er sich überholen. Seine Brauen waren so lang, daß sie ihm wie ein grauer Schleier tief über die Augen fielen.

Ich setzte mich zu einer alten Dame auf die Bank. Sie trug ein himbeerfarbenes Kleid mit weißer Spitze am Rocksaum und Puffärmeln. In ihrer Hand hielt sie eine Tüte mit Fruchtbonbons, wovon sie mir freundlich lächelnd eines anbot, während eine andere alte Frau auf der Bank neben uns gerade - Das Leben ist doch so schön!! in das Ohr ihrer schwerhörigen Freundin brüllte.

Dankbar nahm ich ein Bonbon an und grinste, kaum sichtbar, während ich von dem Frühling naschte.

/ ***brother says she's just a bitch with a golden chain*** - Schizophrenia, Sonic Youth /

Die Früchte ihrer katholischen Kinderstube erntet meine Mutter nur einmal im Jahr, an ihrem Namenstag. Sie besteht darauf, dieses Fest anstelle ihres Geburtstages zu feiern, und wer ihren Namenstag vergißt, kränkt sie zutiefst und gibt ihr alljährlich Anlaß, über den Werteverlust der jüngeren Generation zu klagen. Sie selbst schätzt den Wert dieser Tradition ungefähr seit ihrem vierzigsten Geburtstag. Arthur und ich vergessen jedes Jahr, ihr zu gratulieren. Im letzten Jahr war es Arthurs neue Freundin gewesen, die ihn und dadurch auch mich auf dieses Ereignis aufmerksam gemacht hatte. Das einzige, was meine Mutter mir von dieser Susan verraten wollte, war, daß sie ein sehr adrettes Mädchen sei.

- Adrett? fragte ich. Arthurs letzte Freundin hatte einen durchgedrehten Exfreund, der ihn zum Duell herausfordern wollte, und die vorletzte hatte in einem Eifersuchtsanfall seine Festplatte neu formatiert. - Bisher ist Arthurs Wahl nie vorbildlich ausgefallen.

- Vorbildlich für *wen?*

- Sie ist bestimmt nicht mein Typ.

Der Kuchenteig war fertig, und genußvoll leckte ich die Teigreste von den Knethaken ab. Roher Teig mache Bauchschmerzen, so damals die Warnung meiner Mutter, der ich nie Glauben geschenkt habe. Sie hatte auch gesagt, man würde vom Blitz getroffen, wenn man sonntags morgens die Kirche schwänzte, war aber selbst jeden Sonntag zu Hause geblieben und nicht gestorben. Offensichtlich.

- Ich muß kochen, sagte sie zu ihrer Verteidigung.

- Und Papa?

- Zum Frühschoppen.

- Und warum darf ich dann nie *Die Sendung mit der Maus* gucken?

- Weil du ein Kind bist, und Kinder müssen sonntags in die Kirche gehen!

- Menno, grummelte ich und wollte so schnell wie möglich groß werden, um meinen Vater allsonntäglich begleiten zu können. Ich wußte zwar nicht genau, was er da tat, aber es mußte besser sein als Fernsehen.

Ein paarmal hat er uns später auch mitgenommen, zum

Kircheschwänzen verführt, ohne unserer Mutter davon zu erzählen. Ich war höchstens sechs, und dieser mein erster Kneipenbesuch deshalb für mich so faszinierend wie erschreckend.

Der dichte Zigaretten-, Pfeifen- und Zigarrenrauch, der den ganzen Raum in einen schmutzig grau-braunen Nebel hüllte, die tiefen, dunklen Stimmen, das Klacken der Billardkugeln in einer abgelegenen Ecke ... Ein Erwachsenenspiel, wie mein Vater sagte. Wir konnten nicht mal auf den Spieltisch schauen, oder uns auf die Barhocker setzen, ohne Hilfe, waren einfach zu klein für alles, fühlten uns hilflos, ich zumindest, doch keiner von uns wollte sich dies anmerken lassen, als ahnten wir, daß wir hier erst hineinwachsen mußten, noch Kinder waren, aber nicht immer bleiben würden, und eigentlich nichts zu suchen hatten an Orten wie diesen, wir frühreifen Früchtchen. Geht weg, nach draußen, spielen, leben, hier werdet ihr früh genug landen, schienen sie uns sagen zu wollen, die Ertrunkenen, Gestrandeten an der Theke, und ich sah meinen Vater an, die schaumige Limo in seinem Glas, und er ließ mich davon probieren, und ich sagte — ihh! Das schmecke ja wie Gift, und mein Vater antwortete, man gewöhne sich dran, was ich mir aber nicht vorstellen konnte, damals, und der Wirt lachte laut auf und schenkte mir und Arthur eine Portion Erdnüsse, als Jungkunden-Werbegeschenk, vakuumverpackt, und der salzige Geschmack vermischte sich mit dem Rauch, den Stimmen und der Musik, *Schmittchen-Schleicher* oder so, eigentlich schrecklich, aber ich fand langsam Gefallen daran, und beim nächsten Besuch hieß es auch schon, ich sei jetzt richtig groß und endlich ein Fräulein geworden. Als sie dies danach jedesmal sagten, kamen mir erste Zweifel und der Verdacht, daß sie mich ja alle nur mal auf ihren Schoß nehmen und an ihrem Bier nippen lassen wollten. Weil ich ein Mädchen war. Und sie das lustig fanden, wenn ich angeekelt den Mund verzog und mein Näslein kräuselte.

Als Junge hatte Arthur da mehr Glück, wurde wenigstens in Ruhe gelassen, doch das paßte ihm auch nicht. Seine Rache für meine Popularität bestand darin, daß er damit angab, es viel länger in verrauchten Räumen aushalten zu können als ich, das Mädchen, und ich nahm mir vor, nie mehr zu weinen.

Doch noch etwas anderes mußte sich verändert haben, damals, denn auf einmal, von einem Geburtstag auf den anderen, bekam ich nur noch langweilige Plastikpuppen geschenkt, mit denen ich nichts anzufangen wußte, außer ihnen eine Stoppelfrisur zu verpassen und sie danach wegzuwerfen. Meine Mutter schleppte mich deswegen zu einem Psychoonkel, dessen Badezimmer ich mit Fingerfarben bemalen durfte. Aus diesem Kaffeesatz, dem Geschmiere auf den Kacheln, deutete er mein Schicksal und sagte meiner Mutter irgend etwas, wovon ich nur *anpassen* verstand. Es schien sie jedoch so aufgeregt zu haben, daß ich ihn danach nie mehr besuchen durfte, diesen netten Onkel. Und auch meine Fingerfarben waren plötzlich verschwunden.

Ich konnte mir nur schwer vorstellen, daß die adrette Susan früher auch mit solchen Farben gemalt oder sich in einem Haufen aufgeschichtetem Laub herumgewälzt hatte.

- Hi, begrüßte sie mich.

In ihrem rotblonden Haar hatte sich ein kleiner Ast verfangen.

- Hi.

Ich streckte meine Hand aus, um den Ast entfernen, ihr Haar berühren zu können. Es sah weich aus, ich wollte es streicheln, doch das wäre zuviel gewesen, zu früh, also zog ich meine Hand wieder zurück und bot an, ihr den Mantel abzunehmen.

- Oh, ein Gentleman! bedankte sie sich und gab mir ihren Mantel, der auf den Boden fiel, als ich vor ihr niederkniete, ihr Spiel aufgreifend, erweiternd, um sie küssen zu dürfen, ihren Handrücken. Sie lächelte, süß und rotwangig, doch gerade, als ich zubeißen wollte, sagte sie, ich solle mit dem Unsinn aufhören, und folgte Arthur, der sich zwischen uns geschoben und seine älteren Rechte geltend gemacht hatte, auf sein Zimmer.

Ich würde warten, dachte ich, während ich auf dem Boden sitzen blieb, neben ihrem abgestreiften Mantel. Bereit zum

Rückzug. Ein verlassenes, todkrankes Tier. Ich würde warten, dachte ich, stand auf und ging ins Wohnzimmer, um fernzusehen. Ein anderes Versteck gab es für mich in dieser Wohnung nicht mehr, seit ich zu meiner Tante gezogen war. Mein ehemaliges Zimmer war an eine Studentin vermietet.

Im Fernsehen lief ein Bericht über die Sparmaßnahmen des städtischen Zoos.

- Die ... äh ... Eisbären können sich also nicht mehr waschen ... und ... äh ... wie macht sich das bemerkbar, wenn sie sich nicht mehr waschen können?

- Sie ... stinken.

Ich drehte den Ton ab, suchte einen neuen Kanal und landete in einem Fußballspiel. Sport ist eine sehr nützliche Beschäftigung, doch ich kann es mir kaum leisten, meine mühsam angespeicherten Kalorienvorräte auf diese Weise zu verbrauchen. Viele beneiden mich um diese Gabe, essen zu können, was ich will, ohne zuzunehmen, doch meine Magengeschwüre will niemand mit mir teilen.

- Du solltest langsamer essen, mein Kind. - Das ist rein psychosomatisch bedingt. - Mach doch mal einen Kurs mit in Autogenem Training. - Oder Yoga. - Gesunde, ausgewogene Ernährung. - Mehr Sport. - Hab' aber Heuschnupfen. - Hallensport. - Hab' Angst vor großen Bällen. - Gymnastik. - Bäh! - Vielleicht liegt es an den giftigen Dämpfen deiner Farben. Du hängst ja auch nur noch in deinem Zimmer herum und kritzelst Comics. Ja, das ist es: DU ZEICHNEST ZUVIEL!

Dieser Satz konnte nur von meiner Mutter stammen. Ein anderer ihrer Lieblingssätze lautet - aber du bist ja eine Künstlerin! Gerade im Kreis ihrer Femi-, Kaffee- und Tupperware-Tanten verzichtet sie dabei nie auf den ironischen Unterton. Da gibt sie schon lieber zu, ich sei noch Studentin, auch wenn ich mein Studium vor über zwei Jahren abgebrochen habe.

Im Radio erklärte eine ältere Frau in einer Psycho-Sendung, sie habe überhaupt keine Probleme, sondern sei, im Gegenteil, sehr glücklich. Man solle doch, gerade im Radio, nicht nur über Probleme reden, sondern auch mal über die schönen Sei-

ten des Lebens. Es gebe doch so viel Böses in der Welt, Arbeitslosigkeit, Naturkatastrophen, Bürgerkriege und Steuererhöhungen. Jetzt auch noch die Anhebung der Hundesteuer! Ihr Mann und sie, sie hätten es auch nicht immer einfach gehabt. Aber sie hätten es geschafft, ihre Ehe zu retten. Und zwar so: Ihr Mann sei ein leidenschaftlicher Hobby-Bastler gewesen und habe jeden Abend in seinem Hobby-Keller verbracht. Stellen Sie sich das mal vor! Nach dreißig Jahren Ehe! Mehrere Versuche, ihn dazu zu bewegen, einem Kegelclub beizutreten, seien gescheitert, die Rettung endlich erschienen in Gestalt eines Yorkshire-Terriers. Das Paar trat einem Züchterverein bei und übernahm dort die Positionen des Stellvertreters des Vorsitzenden und der Kassenwartin. Nun seien sie wieder so glücklich wie in jungen Jahren! Und jedes Paar könne sich ruhig an ihnen ...!
- Ja, das ist wirklich eine sehr schöne Geschichte, unterbrach sie die Psychologin. - Doch, es tut mir leid, Ihre Zeit ist jetzt rum. Wir haben noch andere in der ...
Läuterung durch die Liebe zu einem schmutzigen, kläffenden Stück Flokati-Teppich mit spitzen Zähnen? dachte ich.
- Und du?! Du bist eine verdammte Zynikerin und kannst überhaupt niemanden lieben! hatte mich meine Mutter angefaucht, damals, kurz bevor ich die Bücher meines Vaters aus den Regalen gerissen hatte. Zitternd am ganzen Leibe, als Häufchen Elend auf einem Haufen Bücher, so fand mich Arthur schließlich und trocknete meine Tränen.

Die ersten Gäste kamen und wurden auf die Stühle der Kaffeetafel verteilt. Meine Mutter wies mir einen Platz mitten unter ihnen zu, damit sie freie Sicht hatten, die üblichen Fragen nach Freund und Familienplanung stellen und mich mit ihren eigenen Töchtern vergleichen konnten. Ich spürte, daß Susan mich beobachtete, wagte nicht, sie anzusehen, und erinnerte mich an einen Traum, in dem ich als Raupe, als medizinisches Phänomen, auf einem OP-Tisch lag, umgeben von rätselnden Forschern, die sich über mich unterhielten und

Theorien austauschten, während ich mich aus dem Raupenkörper gelöst hatte, an der Decke schwebte und all dies amüsiert und unbeteiligt betrachtete.
- Was studiert sie denn? wurde meine Mutter gefragt, und sie sagte: - Klassische Philo ... Nadine, wie hieß das noch mal? Na endlich, dachte ich. Mein Stichwort.
- Was ist das denn? hieß es nun. - Latein und Griechisch? - Also, meine Tochter hatte in Latein nur Fünfer! - Ja, gab meine Mutter zu, und ein Hauch von Stolz huschte ihr übers Gesicht, doch selbst dieser vermochte nicht ihre Sorgenfalten zu glätten. - Ja, sagte sie, und es klang wie ein Seufzer. — Sie ist immer schon anders gewesen ...
- Aber Manuela, heute ist es das doch fast schon normal ... sagte nun eine andere, und meine Mutter starrte sie an, als habe sie ein Geheimnis ausgeplaudert. - Ich meine, manchmal glaube ich fast, daß es schick geworden ist, so was wie ein Trend, ein richtiger Trend, ja! ... Sie suchte Zuflucht in einem Lachen, das den übrigen, vor allem meiner Mutter, längst vergangen war. Alleine, unter sich, hätten sie sich wohl schnell darauf geeinigt, wie pervers, abstoßend, unnatürlich und schädlich das Ganze sei, doch sie waren ja nicht allein, und so hielten sie sich zurück, anstandshalber, und ließen ihn dort oben hängen, diesen unglücklichen Scherz, der auf sie herabzustürzen drohte wie ein 16-Tonnen-Block von Monty Python. Ich hingegen hatte mich in Sicherheit gebracht, schwebte immer noch an der Decke, selbstverlassen, konnte nichts tun, nicht eingreifen.

Meine Mutter schlug einen Themenwechsel vor und deutete an, ich möge doch bitte neuen Kaffee aufsetzen. Von der Küche aus hörte ich, wie sich die Runde fragte, warum ich ausgerechnet Latein studiert habe. Und mein Bruder erzählte ihnen, daß ich einmal eine ganze Woche lang nur Lateinisch gesprochen habe, und wieder hatten sie ein Stichwort und Grund genug, mich merkwürdig zu finden, unverständlich, anders. Und so schwiegen alle, als ich zurückkam, und legten rasch die Hände über ihre Tassen, als ich nachschenken woll-

te. Sie hatten genug, wollten nichts mehr haben, von meinem Trank, dem schwarzen Gebräu, so schwarz und giftig wie alles an mir. Mein Kaffee sei viel zu stark, hatte meine Mutter gesagt, nach einem Probeschluck, und so waren die Tassen gesunken, alle, bis auf die von Susan und Arthur.
- Aber ... wurde die Diskussion fortgesetzt, das sei doch eine tote Sprache. Was das denn bringe, so etwas zu lernen. Ob ich etwa Lehrerin werden wollte?
- Nein, sagte ich. - Es war ... persönliches Interesse ...

... aus einer Zeit, in der die Wörter an Bedeutung verloren hatten. In der das Wort *Freude* nur noch eine Lautfolge war, die sich durchdeklinieren ließ. *Gaudium, gaudii, neutrum. Amor, l'amour, la mort. Monstrare, monstro, monstrum.*

Jemand pfiff die Melodie von *Mr. Sandman*. Wohl, um die Sache zu beschleunigen, auf den Punkt zu bringen. Es war natürlich Arthur, mein liebenswerter und hilfsbereiter Bruder, der mir immer wieder gerne mit Symbolen aus seinem ganz persönlichen Repertoire aushalf, selbst dann, wenn er besser die Klappe gehalten hätte. Zum Beispiel jetzt, da, erstens, niemand außer uns beiden dieses Zeichen verstehen würde, ich, zweitens, dennoch dabei stets rot wurde, was mir, drittens, sehr unangenehm war, viertens, in Gegenwart von Susan.

Ich würde ihn an Death erinnern, die Schwester von Sandman, hatte ihm mal jemand gesagt. Soviel ich weiß, hat Arthur bis heute noch keinen Band dieser amerikanischen Comicserie gelesen, sonst hätte er wohl bemerken müssen, wie sehr der Vergleich hinkt. Leider. Denn Death ist eigentlich sehr liebenswert. Aber das interessiert ihn nicht, allein die Namen genügen ihm, sich selbst als Herrn der Träume vorzustellen, mit einer Schwester namens Tod. Es war sein ganz privater Running-Gag, ein Springteufel, den er zu den unpassendsten Gelegenheiten aus seiner Box hervorspringen ließ.

Mit der Zeit habe ich mich an seinen Anblick gewöhnt.

Auf beiden Seiten der durchsichtigen Balkontrennwand hingen Knoblauchketten herunter. Früher hatte die Nachbarin uns oft selbstgepreßten O-Saft gegeben. Aus Blutorangen.

Ich war auf den Balkon gegangen, um Ruhe zu finden, alleine, die Sonne zu genießen und mich daran zu gewöhnen, vielleicht immer hier draußen zu sein, auf dieser exklusiven Insel, die jeder gerne besucht, zum Sonnenbaden oder Rauchen, doch wo sich niemand gerne aufhält, wenn es dunkel wird oder stürmisch. Wer hier draußen lebt, härtet ab. Und doch fragte ich mich, weshalb ich mich an diesem Nachmittag wieder so verwundbar fühlte. Warum meine Hand gezittert hatte, als ich Susans Tasse hielt. Warum ich nun die Augen schloß und mir wünschte, ich könnte sie mit jedem Atemzug zu mir heranziehen. Und erschrak, als sich ihre Stimme näherte.
- Du bist also Arthurs kleine Schwester ... sagte sie. - Er hat mir viel von dir erzählt. Auch das mit der Lateinischen Woche.
- Ach, die alte Geschichte. Er erzählt sie immer wieder.
- Es muß ihn sehr beeindruckt haben.
- Ja, er ist leicht zu beeindrucken, murmelte ich, unsensibel für die darin versteckte Beleidigung.
- Was man von dir nicht gerade behaupten kann.
- Was?
- Du bist bestimmt sehr wählerisch.
- Nein. Warum?
- Weil du so wirkst als ob.
- Als ob was?
- Schon gut. Ich geh ja wieder.
- Nein. Warte! Setz dich doch. Ich meine ...
- Du willst also nicht allein sein? Hier draußen?
- Nein. Ich ...

wünschte mir, sie würde sich zu mir umdrehen. Und erschrak, als sie es tat. Und ging auf sie zu, wünschte mir einen Kuß, und

stieg auf das Geländer, versuchte, darauf zu balancieren, als müsse ich ihr etwas beweisen, Kunststückchen vorführen, um ihre Aufmerksamkeit zu gewinnen, ihren Kuß zu verdienen. Konnte ich mich auf dem Geländer halten, würde sie sich in mich verlieben. Fiel ich herunter, müßte ich sterben.
- Du bist verrückt, lachte sie.

- Ich trainiere nur.
- Für die Olympiade in Gotham City?
- Nein, für meine Gratwanderung zwischen Genie und Wahnsinn, sagte ich, angemessen ironisch, und ging in die Hocke, setzte mich auf das Geländer, ihr zugewandt, um meine Prämie abzuholen, denn sie lachte, und wir waren allein, der Kuß mir so gut wie sicher, und dann

tauchte meine Mutter auf, mitsamt der Kaffeetanten, offenem Mund, Gefrierbrand auf dem Gesicht und den bekannten Sorgenfalten. — Kind!! schrie sie. — Was ist denn los?!! Ich dachte, du wärst wieder in Ordnung! ... Ich rufe sofort Dr. Fletcher an!
- Danke, mir geht es gut, Mutter, sagte ich und ließ mich vom Geländer herabrutschen, auf den Boden, neben Susan. Auf die linke Seite.

Jenseits des Genialen.

Ich spürte ihre warme Hand auf meiner Schulter und, daß sich etwas in mir zu regen, zu verändern begann.

Der Körper des Kindes war zu einem blassen Strich zusammengeschrumpft oder -gedrängt worden, sein Mund ein weit aufgerissener Kreis anstelle eines Halbmondes und die Augen viel zu groß für das winzige Gesicht.

Susan betrachtete die Zeichnung im Schaufenster lange und aufmerksam. Sie studiere Psychologie, Schwerpunkt Kinder- und Jugend-Psychiatrie, erklärte sie, als müsse sie sich rechtfertigen, verteidigen. Ich wunderte mich, sagte aber nichts und versuchte, das Preisschild neben einem Set bunter Kreide zu entziffern. Das war der Gewinn für das *Bild des Monats,* eine Werbemaßnahme für Grundschüler, die dieser Willy-Brandt-Schreibwarenladen immer noch liebevoll pflegt. Gewonnen hatte diesen Monat eine *Ann Kathrin Weisshaupt (8).*
- Armes Ding, sagte Susan und schien eine Gedenkminute einlegen zu wollen, als Arthur aufdringlich hupte.

Ihn hatte ich völlig vergessen.
- Wenn du willst, kann ich dir nächstes Mal ein paar meiner

Comics zeigen, bot ich ihr zum Abschied an, verlegen und doch zielsicher wie ein Schokoladenonkel.
- Ja, gerne, sagte sie und stand tags darauf vor meiner Tür.

Sylvie war Maskenbildnerin und mein Zimmer ein kleiner Raum, den man nur von ihrem Atelier aus erreichen konnte. Der Versuchung, auf dem Weg zu mir in Sylvies Kostüme und Masken zu schlüpfen, konnten nur wenige meiner Freunde widerstehen. Ich registrierte ihre Freude meist gelangweilt, hatte natürlich alle Verkleidungen schon selbst ausprobiert, mich im Spiegel bewundert als Lady Macbeth, Harlekin, Medea, Polly Peachum, Blanche Du Bois oder Ionescos Nashorn, ohne Hinterteil. Interessant daran gefunden hatte ich bis dahin nur die Frage, wer sich für welches Kostüm entscheiden würde.

Bis Susan kam.

Sie war ein Naturtalent, wechselte die Kostüme so rasch und elegant, daß ich kaum damit nachkam, die von ihr abgelegten Stoffe wieder einzusammeln, auf dem Boden umherrutschend, um sie herum, den Geruch ihrer Kleider auffangend. Und sie bewarf mich mit Tüchern, Boas und Stolas, deckte mich zu wie ein kleines Geheimnis, welches selbst, betäubt von ihrem Duft, nicht Zeuge werden sollte, als sie ein Brautkleid überzog und ihr Lachen plötzlich verstummte. Wie auf der Suche nach ihrem Bräutigam beugte sie sich zu mir herunter, packte mich aus wie ein Hochzeitsgeschenk, als wolle sie nachsehen, wen sie geheiratet hatte, und dann war ich die Braut und sie der Bräutigam, und ich lächelte vertrauenserheischend, als sie den Schleier lüftete, hoffte auf einen erlösenden Kuß, doch sie nahm den Schleier und setzte ihn sich selbst auf. Als habe sie nie mehr als diesen Stoffetzen von mir, der falschen Braut, haben wollen.

Meine Tante betrat das Zimmer und bat Susan darum, ihr als Kleidermodell für ihren neuesten Entwurf auszuhelfen. Es dauere nicht lange, sagte sie zu mir, als wolle sie meinen Wagen leihen.

Es dauerte länger, als ich erwartet hatte. Viel zu lange. Gelangweilt zog ich mir ein Bärenkostüm über, setzte den dazugehörigen Kopf auf, zog ihn mit Reißverschlüssen fest und übte ein paar Drohgebärden vor dem Spiegel.

- ... ja, sie ist sehr sensibel, hörte ich Susan sagen, bevor ich über meine Gummitatzen stolperte und lautstark einen Aluminiumständer mit Kleiderbügeln umriß. Froh darüber, mein Gesicht hinter der gelassenen Bärenmimik verstecken zu können, gab ich dumpfe Geräusche des Bedauerns von mir, und meine Tante ließ uns kopfschüttelnd wieder allein. Sie kannte mich länger als Susan.

- Was ist denn los? fragte diese, unberührt von meinen vergeblichen Versuchen, das Kostüm auszuziehen. Die Reißverschlüsse hatten sich im Fell verfangen, und meine Pfoten waren plump und ungeschickt.

- Ich kriege dieses verdammte Ding nicht mehr ...!

- Bitte? Was sagst du? Was versuchst du mir zu sagen?

- Hol mich hier raus, verdammt noch mal!

Sie zerrte an meinem Kopfteil herum.

- Es geht nicht.

- Was soll das heißen, es geht nicht?!

- Der Verschluß geht nicht auf.

- Dann nimm eine Schere!

- Ich kann doch das schöne Kostüm nicht zerschneiden!

- Susan ... Ich ...!

- In zwei, drei Tagen wirst du dich sicher an dein neues Outfit gewöhnt haben.

- Susan!!

- Du mußt lernen, die Wirklichkeit so hinzunehmen, wie sie ist. Dinge, die du nicht ändern kannst, zu akzeptieren ... Mein Gott, du zitterst ja richtig! Hey, was ist los mit dir? Das Ganze ist doch nur ...! Halt still!

Kurz darauf hatte sie mich befreit.

- Du bist ja ganz naß geschwitzt.

Ich atmete tief durch.

- Weißt du, es gibt eine Krankheit ...

- Ich bin nicht krank!
- ... so eine Art Klaustrophobie, die panische Angst davor, eingeschlossen zu sein in ...
- Ach, Unsinn!
- Wenn du meinst.

Mit meinen Bärenpranken rieb ich mir den Schweiß und die verklebten Haarsträhnen aus dem Gesicht, sah sie an wie ein Küken, dem die Fütterung verweigert wurde, und fühlte mich miserabel.

Genau der richtige Zeitpunkt also, um sie in mein Werk einzuführen.

Sie bestand darauf, daß ich dabei das Fellkostüm anbehielt. Und den Bärenkopf wieder aufsetzte. Zur Desensibilisierung.

3

/ ***no one ever dies there / no one has a head ... -*** Planet Claire - The B-52s /

Auf den ersten Blick war Mutaga kein außergewöhnlicher Planet, eher grau, kalt, steinig, voll Gerümpel, ungastlich und ziemlich weit weg. Man war sich einig, daß jede Form von Leben auf einem solchen Planeten unmöglich war.

Und doch gab es eine Institution, die Laurel & Hardy Foundation, die zur Erforschung dieses Wüsteneis alljährlich ein Stipendium vergab. Und jedes Jahr bewarben sich Hunderte renommierter Astronauten, und einer von ihnen bekam die begehrte Chance — und kehrte nie mehr zurück. Dies war natürlich offiziell nie bestätigt worden. Ein Journalist fand bisher allerdings Spuren von finanziellen Transaktionen zwischen der Foundation und einigen Sizilianern, die bis zum CIA reichten.

Was aber gab es auf Mutaga zu entdecken, beschützen oder geheimzuhalten? Wieviele Informationen darüber besaß die Foundation wirklich? Wer steckte überhaupt dahinter? Und weshalb sahen alle Stipendiaten irgendwie aus wie Harrison Ford?

Antworten auf diese Fragen fand nur, wer hinabstieg in das Innere des Planeten.

Denn es gab Leben auf Mutaga.

Und dies sollte es auch weiterhin geben.

Deshalb die Foundation.

Und die Astronauten.

Nur das Beste war ihnen gut genug, diesen Wesen, die sich hier tummelten, allesamt Frauen, oder sagen wir, weibliche Wesen, denen, als sie noch auf der Erde lebten, magische Kräfte zugesprochen worden waren. Sie fühlten sich verfolgt, diskriminiert, damals, und waren deshalb im 16. Jahrhundert hierher geflohen, um hier ungestört mutieren zu können.

So entstand ein feministisches Schlaraffenland, in dem es nichts Fremdes, Bedrohliches, Männliches mehr geben sollte, eine Tummelwiese für junggebliebene Individualistinnen, die sich für nichts mehr verantwortlich fühlen, keine Entscheidungen treffen oder Verpflichtungen einhalten mußten. Nicht einmal ihrer Herrscherin gegenüber, die sich die Zeit damit vertrieb, eine Armee aus Spieldosen-Automaten zusammenzustellen. Sie konnten tun und lassen, was sie wollten, und verbrachten ihre Tage damit, faul und träge in ihren Betten zu liegen, das heißt, die meisten zogen es vor, aufgelöst als Bakterienschwämme in einer Nährlösung herumzutreiben, bis das Wasser zu kalt wurde oder jemand den Stöpsel zog. Alle paar Jahre wurden ein paar Samenzellen der Astronauten aufgetaut, eingeführt und so der Fortbestand der Art gesichert.

Sie hielten Distanz, wollten es nicht zu nahe an sich heranlassen, dieses fremde, notwendige Übel, untersuchten es nicht einmal. Sie wußten genug darüber, wollten sich nicht verunreinigen lassen. Von dem Widersacher ihrer Göttinnen, den sie, natürlich, ebenfalls portraitiert und ihr zur Seite gestellt hatten. In Gestalt eines Druiden mit langem, weißem Wallebart. Irgendwie hatte es bisher keine Hofzeichnerin geschafft, ihn auf diesen Portraits wirklich bedrohlich aussehen zu lassen. Er wirkte eher wie ein exzentrischer Opa, der ständig vergaß, wo er sein Gebiß abgelegt hatte.

In den Träumen der jungen Mary trug er eine Lederjacke und ein elektrisch verstärktes Saiteninstrument. Sie hatte sein Bild in einem Raumschiff gefunden, als sie dort saubermachen sollte, zur Strafe. Es war viereckig, mit Zeichen bedruckt, und enthielt eine versteckte Botschaft, auf einer schwarzen, dünnen Scheibe, und sie versuchte herauszufinden, was diese Scheibe war, und eine Freundin sagte ihr, das gäbe es nur auf der Erde, und sie begann sich für die Erde zu interessieren, und die Menschen, besorgte sich heimlich Informationen über sie, Folianten, Hologramme, alles, was sie finden konnte, und schloß sich einer Untergrundorganisation an, die noch mehr Informationen besaß, und bald war sie nur noch von einem Wunsch besessen.

Sie hatte es zuerst über den offiziellen Weg versucht und ihrer Herrscherin vorgeschlagen, als Spionin zu den Menschen zu reisen, um mit Informationen zurückzukehren, die das Leben auf Mutaga schöner machen würden. Noch schöner, betonte sie.

Seite 11

Herrscherin: NOCH SCHÖNER?!! UNSERE WELT IST PERFEKT! IHR UNDANKBAREN ...!! WILLST DU ETWA ZU DEN KETZERN GEWORFEN WERDEN?!

Seite 12 Panel 1

Wir sehen nun Marys Zimmer: ein aus Lehm geformter, kleiner Raum aus organischen Formen. Spinnweben überall. An der Wand ein Plattencover von David Bowie - mit angeheftetem Autogramm. Wir stehen quasi hinter Mary, sehen ihr über die Schulter, wie sie vor einem Behälter steht, der aussieht wie ein gepackter Koffer. Sie hält einen Zettel in der Hand.

Seite 12 Panel 2

Kleines Zwischenpanel, auf dem wir lesen konnen, was auf dem Zettel in Marys Hand steht: undeutlich erkennbare mutagische Schriftzeichen, mit Sternchen, darunter die Übersetzung: NO MILK TODAY.

Seite 12 Panel 3-5

Die folgenden Panels als Fächer: Mary rollt den Zettel zusammen, bindet ihn einer ihrer Vogelspinnen auf den Rücken, und die Spinne dackelt einen Flur entlang, Richtung - wir sehen ein Schild mit Richtungspfeil - CATERING STAFF ONLY.

Seite 13 Panel 1-2

Wieder in Normalgröße: Mary schleicht einen dunklen Gang entlang Groß: ... und bleibt vor einem Raumschiff stehen, das ziemlich heruntergekommen aussieht. Immerhin ist noch das NASA-Zeichen zu erkennen. Das Ganze sieht aus wie ein Hangar. Im Hintergrund sieht man ein Schild: AREA 23..

- Und? fragte ich. - Gefällt dir mein Stil? Darf ich jetzt das Kostüm ausziehen?

- Nein, sagte sie, leise, nicht befehlend, und ich nahm den Bären-Kopf ab wie ein Astronaut seinen Helm, und sie rückte näher zu mir heran, sagte, sie sei müde und legte sich hin, den Kopf in meinem Fellschoß verborgen, und murmelte, sie sei gespannt darauf, wie es weiterging, bevor sie einschlief und ich eine meiner Pfoten auf ihre Stirn legte und ihren Haaransatz berührte und streichelte, so sanft wie es einer Bärin mit eingezogenen Krallen nur möglich war.

Nachdem ich sie geweckt hatte, erschrak sie beim Anblick der Bärenpranke auf ihrer Brust, beruhigte sich jedoch wieder, als sie mein Gesicht erkannte.

- Wir müssen jetzt fahren, sagte ich. - Arthur wartet schon.

Mein Bruder wollte ein Gespräch mit mir von Mann zu Mann führen. Ich sei doch so ein halber Mann, ha ha, hätte die gleichen Probleme wie er. Ich verstand ihn nicht sofort.

- Mit Frauen und so, ergänzte er und legte *Sister* von Sonic Youth auf.

- Weißt du vielleicht, was mit Susan los ist? Hat sie einen anderen?

Er fuchtelte nervös an seiner Zigarettenpackung herum.

- Nein, antwortete ich und nahm eine Kippe von ihm entgegen.

Wir schwiegen, rauchten synchron und lauschten disharmonischen Akkorden. Und Stimmen, die von Schizophrenie sangen.

Auf diesem Heimweg wäre die Zukunft vorbei.

Statisch.

Ein eingefrorenes Bild.

Später, nachdem sie bei mir, also bei meiner Tante, eingezogen war, fand ich heraus, daß auch Susan ein kleines Geheimnis besaß, eine Jugendsünde, die sie vor mir hatte verbergen wollen.

Ich entdeckte es auf dem Boden ihrer Reisetasche, aufbewahrt und festgehalten in acht kleinen Heftchen, roten Lehrerkalendern aus den Siebzigern, die sie an jeder freien Stelle vollgeschrieben hatte in der Schönschrift einer Kommunikantin. Das Papier war an den Rändern vergilbt, die Bleistift-Schrift fast verblaßt, grammatikalische Zeiten lustig durcheinandergewürfelt und die Orthographie so phantasievoll wie die Texte, die sie hin und wieder mit storyboard-ähnlichen Skizzen aufgelockert hatte.

Einmal hieß es: *Familie Brasnowskisulisius hat Hunger. Kimba muß einen Fisch fangen. Am Rotensee gibt es viele Fische. Hier (ein Fisch grüßt fröhlich aus dem Wasser) einer davon.*

An anderer Stelle hatte sie versucht, Kimba, den weißen Löwen, zu zeichnen und zwei menschenähnliche Wesen, die an Micky Maus erinnerten. Es war überhaupt auffällig, daß alle Figuren überdimensional große Ohren besaßen.

Eine Geschichte weiter erfuhr ich, daß Kimba in Wirklichkeit ein siebenjähriger, in einen Löwen verwandelter Junge war. Die Familie zog nach Holland, fing Riesenkrebse, nahm den Assistenten von Doktor Doolittle bei sich auf und erlebte noch manch andere Abenteuer, wie Susan in einer Art Vorschau versprach.

Hauptfigur und Titelgeberin der Serie war eine Koboldtochter.

Als Koboldin war es ihre Aufgabe, Menschen zu erschrecken und zum Narren zu halten, doch dazu hatte sie meist keine Lust. Viel lieber suchte sie nach Mädchenzimmern, schlüpfte hinein und trieb Schabernack mit dem Spielzeug. Die meisten riefen sofort ihre Eltern, doch einige waren nicht so schreckhaft, ja, ein Mädchen hatte sie sogar gebeten, wiederzukommen am nächsten Abend, und sie freundeten sich an, verbündeten sich, heckten Streiche aus und schworen sich, niemals Geheimnisse voreinander zu haben. So vertraute die Koboldtochter ihr an, daß sie gerne ein Mensch wäre, wenn auch nur für einen Tag, und das Mädchen wollte einmal einen Tag so klein wie ein Kobold sein, fliegen und auf der Nase ihres Bruders herumtanzen können.

Doch bis dahin gab es viel Trubel und Gefahr für die beiden, eine mißgünstige Nachbarin, eine hysterische Hausfrau mit Kochlöffel und einen tolpatschigen Familienvater, der natürlich von allem nichts wissen durfte.

Susan war als ein Einzelkind aufgewachsen. Unfreiwillig.

Geschichten wie diese kannte ich gut. Sie enden alle damit, daß das Zauberkind verschwindet, seine Kraft verliert, sie freiwillig abgibt oder von anderen Mächten zurückgeholt wird. Fast jedes Kind schluckt diese Lektion, diese vermeintlich einleuchtende Erklärung dafür, im richtigen Leben noch nie einem Zauberwesen begegnet zu sein, und doch - korrigieren Sie mich, falls ich mich irre, doch bei mir zumindest war es so, daß da stets noch etwas übrigblieb, ein Mitgefühl für die Vertriebenen, dieser fahle, traurige Nachgeschmack, daß die Geschichte nicht zu Ende war, und ein Mißtrauen gegenüber denen, die uns erzählen wollen, was wirklich und wie wichtig es sei, erwachsen zu werden, es einfach weiterschreien zu lassen, dieses kleine Biest, das Phantastische. Es wird sich schon von selbst beruhigen, wenn wir ihm nur nicht nachgeben, diesem kleinen Wichtigtuer. Es kann nicht sein, was nicht sein darf. So einfach ist das. Punkt. Aus. Keine Diskussion. Iß deinen Teller leer!

Dabei kann dieses verzogene Balg ganz schön viel anrichten.

Glauben Sie mir. Ich weiß, wovon ich rede.

Susans Geschichte nahm ein ähnlich trauriges Ende. Eines Abends schlug die Koboldin ihrer Freundin vor, nun einmal die Rollen zu tauschen, und tags darauf wartete das Mädchen auf das vereinbarte Klopfsignal. Doch es blieb still. Als sie vor dem Schlafengehen das Fenster öffnete, fand sie dort nur eine Spielzeugpuppe, die aussah wie die Koboldtochter, und dachte zunächst, ihre Freundin habe sich absichtlich verwandelt, nahm sie zärtlich in die Hand, legte sie neben sich auf ihr Kopfkissen und schlief ein.

Am nächsten Morgen lag die Puppe immer noch da.

Noch ein Jahr lang hob sie sie in ihrem Zimmer auf, wartete auf ihre Rückverwandlung, dann kam ihr erster Kuß und die Koboldin in den Keller, in eine Truhe, in der sie Spielsachen für ihre eigenen Kinder sammelte. Doch, als es soweit war und sie die Truhe öffnete, war die Puppe verschwunden.

Sie hat sie nie wieder gefunden.

Susan blätterte ständig in ihren Lehrbüchern herum, notierte sich dieses und jenes, merkte sich einige Sätze und zitierte ein paar, von denen sie annahm, sie wären von allgemeinem Interesse. Einmal las sie vor: – ... *Viele von ihnen sind künstlerisch veranlagt ... oder werden psychotisch.*

– Wer? fragte ich und drehte meinen Stabilo zurück in die Schonkappe.

Sie antwortete nicht, sondern lachte, froh darüber, ein Geheimnis vor mir zu haben. Ich versuchte, ihr das Buch wegzunehmen, aber sie biß mich in den Arm, hielt es in die Luft, drückte mich mit der anderen Hand herunter und warf es schließlich aus dem Fenster. Und vom dritten Stock aus konnte ich nur noch beobachten, wie unten ein Passant das Buch aufhob, interessiert darin schmökerte, es adoptierte und von dannen zog.

Kurz darauf fand ich in ihrer Einkaufstasche einen Kassenbeleg, auf dem sie ein paar Wörter verewigt hatte, vielleicht, damit sie ihrem poetisierungswütigen Bewußtsein nicht auch so leicht würden entschwinden können wie der Passant mit dem Buch. *Alienation* stand dort, und direkt darunter *alien nation,* und ich dachte: hübsch, Konkrete Poesie. Mehr konkret als Poesie, allerdings, doch das zu erkennen wäre wohl zuviel verlangt gewesen. Von ihr. Damals. Zu diesem Zeitpunkt.

Ich band meine Haare zu einem Pferdeschwanz zusammen, schnitt ein paar Pony-Strähnen ab und kämmte sie mir in die Stirn.

- Wie siehst du denn aus? fragte Susan und lachte.

4

Ich möge bitte wieder zur Sache kommen, ermahnte mich mein Wärter heute. Diese Geschichte mit Susan sei ja ganz nett, aber ich sei schließlich aus einem anderen Grund hier, und sein Chef schon sehr unruhig. Ich sei bei der Sache, widersprach ich, doch er glaubte mir nicht.

- Und außerdem, sagte er nach einem kurzen Blick in mein letztes Heft, und seine Stimme wurde höher, als er das Heft aufschlug, es mir vorhielt, die Seiten aufblätterte, und mich fragte, was das denn hier sei, bitte schön? Etwa ein Comic?!

Ich nickte langsam, sagte, es tue mir leid, ich könne nichts dafür, es sei mir halt so ...

- Na ja, unterbrach er mich, vielleicht würde man es mir nachsehen. Ich sei ja nicht die einzige, der solche Sachen immer wieder ... Ach, all das populäre Zeug! Kino, Comics, Musik ... Und nichts mehr, wie es einmal war.

- Was haben Sie da in der Hand? fragte ich.

Es waren zwei kleine Päckchen.

- Ach, ja, das ... Sehen Sie?! Sie bringen mich schon ganz durcheinander!

- Was ist das?

- Geschenke. Für Sie. Vom Chef. Damit Sie ein bißchen schneller vorankommen.

- Okay, okay, murmelte ich und nahm die Schachteln entgegen, legte sie vor mir auf das Heft, die kleine links, die große rechts, und öffnete, nachdem er gegangen war, die linke Schachtel zuerst, denn sie gab merkwürdige Geräusche von sich. Grillenhaft. Appetitanregend.

Zeit, einen Blick in das andere Päckchen zu werfen.

Und acht Augen starrten mich an, nein, sie starrten nicht, sondern waren teilnahmslos auf mich gerichtet, nahmen meine Anwesenheit zur Kenntnis, registrierten sie, als speicherten sie Informationen über mich.

Ich fürchte mich nicht vor Viechern wie diesen, im Gegensatz zu Susan. Deshalb habe ich all ihre Auftragsmorde erledigen müssen, und weh mir, wenn ich anschließend vergaß, ihr, oh Salome, die Leiche zu präsentieren. Kurz nur, allerdings. Ein Bein zu sehen reichte ihr aus. Von den größeren Exemplaren, den fetten und flinken, die knirschen und große Flekken hinterlassen, von denen wollte sie gar nichts sehen, ob tot oder lebendig.

Bald begann das größere Geschenk damit, das kleinere wieder zu verpacken, es einzuwickeln wie ein Frühstücksbrötchen. Fasziniert beobachtete ich es dabei, bewunderte seine Geschicklichkeit und Schnelligkeit, wie elegant es die Bewegung seiner vier Beinpaare koordinieren konnte ...

Dabei hatte er so harmlos angefangen, dieser Abend im Final Exit, der ein ganz besonderer Abend werden sollte.

Sie sei noch nie in einem Schuppen wie diesem gewesen, gestand Susan, nachdem wir über die Tentakelbeine geklettert waren, die ein engumschlungenes Liebespaar vor dem Eingang ausgelegt hatte.

Das Exit war eine verkehrte Welt, ein Utopia der Minderheiten, das Hinterzimmer der Realität und Spielplatz subversiver Eitelkeiten. Doch auch hier gab es Regeln, ungeschrieben und nicht weniger mächtig. Ich sollte Susans Reiseführer und dies wirklich ein ganz besonderer Abend sein.

Auszug aus der Getränkekarte im Exit:
Anhedonia..DM 8,50
Ed Is Dead...DM 9,-
The Eternal..DM 12,-

Von der Theke aus sah ich Lori und ihre Verehrerinnen an ihrem Stammplatz sitzen und hoffte, daß sie mich nicht bemerken würden, versteckte mich hinter Susan, doch ich war größer als sie, vor uns standen nicht genug Leute, und
- Hi Nadine! rief Lori und schlug mir zur Begrüßung auf die Schulter.
- Oh, hi! sagte ich mit gespielter Überraschung, und war schon in ihren Fängen.
- Setzt euch doch zu uns!
- Gerne, sagte Susan und sprang sofort auf.

Ich hatte ihr noch nichts von Lori erzählt.

Ohne sie vorzustellen, schob ich Susan auf die Sitzbank, verschloß die Runde wie ein Korken und sah, wie es in Lori zu gären anfing. Ich hatte sie vor einem Jahr verlassen, weil sie zuviel getrunken und mich geschlagen hatte, doch sie glaubte, ich habe es getan, weil sie keine richtige Frau sei.

Sie fragte, ob ich mit rauchen käme. Sie habe echt gutes Gras auftreiben können.
- Nee, laß mal, wehrte ich ab und legte meinen Arm um Susan. — Nicht heute.
- Hey, du wirst doch nicht deine alten Freunde vergessen haben!
- *Sex 'n' drugs 'n' rock'n' 'roll,* nuschelte eine andere, hob müde ihre Faust zum Schwur,
- *Yeah!* und rülpste.
- Komm schon, Nadine! sagte Lori, und ich wollte wirklich nicht und hätte es wohl nicht getan, wenn nicht auch Susan, vielleicht, weil sie dazugehören wollte, vielleicht, weil sie neugierig darauf war, zu sehen, was geschehen würde, wenn nicht auch sie mich dazu ermutigt hätte. - Geh ruhig. Ich werde auf dich warten, sagte sie, und so folgte ich Lori die Treppe hinauf

zur Damentoilette, die man schon längst zu keinem anderen Zweck als dem Joint-Rauchen mehr benutzen konnte. Wir setzten uns unter das Waschbecken, das so hoch angebracht war, daß man sich bequem darunter im Sitzen an die Wand lehnen konnte, rauchten und gingen wieder hinunter zu den anderen.

Ich spürte nichts. Fühlte mich absolut nüchtern.

- Gehen wir tanzen! schlug Lori nun vor, und wieder sprang Susan als erste auf, und ich folgte ihnen, suchte mir einen Platz am Rand der Tanzfläche, setzte mich auf den Boden und betrachtete das Treiben auf dem Parkett.

In anderen Städten heißen Kneipen wie diese Dschungel, und Jane ist überall, wo sich zwei und mehr Seelen in ihrem Namen versammeln. *Shit whore.* Tarzans in schwarzem Leder und Mephistoschuhen hockten auf ihren Bäumen und starrten auf die Tanzfläche, ihr Bierglas, gespickt mit hochmütigem Weltschmerz. Ihre Songs begannen mit *if only.* Vor ihnen balzte geschmücktes *mating material* im Rhythmus der Musik mit exakt dosierter Emotionspreisgabe, während die Erkalteten gelangweilt die hysterische Euphorie der noch Hoffnung tragenden Teenies beobachteten, denen der DJ eine Audienz gewährt hatte.

- Ey, haste auch *Love Is A Kind Of Mystery?*

- Oder *Love Will Tear Us Apart?*

Mit großen Schritten eroberte sich eine Waver-Fraktion die Tanzfläche, verbeugte sich vor dem DJ, zog sich zurück, schritt vor und verbeugte sich wieder, dressiert wie neurotische Turnierpferde. Grufties wachsen, wie Seeanemonen, immer wieder nach und gedeihen gerade an den unwirtlichsten Stellen besonders gut, ob in Newcastle, Manchester oder Bochum. Jedes Jahr erneuert sich ihre Population um junge Exemplare zunächst unerkennbaren Geschlechts, während die älteren in einem gefräßigen Bermuda-Dreieck zu verschwinden scheinen. Flüchtige Beobachter und Sensationsjournalisten könnten ob der Klangerzeugnisse der von diesem Jugendkult geschätzten Musikgruppen vermuten, daß sie durch Freitod oder okkulte Handlungen mit Todesfolge enden. Vielleicht sind sie bei einem Friedhofsbesuch in eine Gruft gefallen, unter einem zugefallenen Sargdeckel erstickt, haben aufgrund einer Haarspray-Allergie einen Asthma-Anfall erlitten, sich im Untergrund versteckt oder einfach nur eine Lehrstelle gesucht und den Friseur gewechselt.

Auch Lori hat früher oft an traditionellen Gruftie-Treffen am Dom teilgenommen, damals, als sie noch Lars hieß. Der gotische Kleiderkodex, erzählte sie später, habe ihr dabei geholfen, ihr weibliches Geschlecht zu entdecken und ausleben zu dürfen.

Ich hatte sie zum ersten Mal auf einer Party zum Christopher Street Day gesehen, ihre Fledermaus-Tätowierung am Oberarm bewundert und sie gefragt:

- Warum die Fledermaus?

- Weil sie tagsüber durchhängt und erst nachts aktiv wird, antwortete sie, und mein Herz versandte Liebessignale auf Ultraschallfrequenz. Damals.

Susan wollte gehen. Ihr gefalle die Musik nicht, sagte sie. Die könne man nur bekifft ertragen, und das sei nicht ihr Ding.

- Wenn du gehen willst, bitte sehr, sagte ich und blies ihr den kalten Rauch meiner Zigarette ins Gesicht, hüllte sie ein in Eisnebel, die Seifenblase, meinen Zaubertrick.

Angeekelt wandte sie sich ab und ging.

- Laß sie doch, sagte Lori und hielt mir ihren Joint hin. Ihre Pupillen waren schon fast so groß wie die Iris. Sie beugte sich zu mir hinunter, wollte mich küssen, füttern mit ihrem Rausch.

- Du bist völlig breit, sagte ich.

- Du nicht?

- Nein, wehrte ich sie ab und zog mich in eine dunklere Ecke der Tanzfläche zurück, einen besseren Platz, als ahnte ich, daß die Show für mich nun erst beginnen würde ...

Im Vorprogramm betrat ein zotteliger, reichlich alkoholisierter Typ die Bühne und verlor dabei seinen Schal, ein kleiner Fauxpas, den er sofort in seine Performance mit einbaute, denn er wußte, dies war sein Auftritt, sein großer Moment, und so hob er sein Tanz-Accessoire kunstvoll und mit geschmeidigen Bewegungen wieder auf, warf es hoch über sich und fing es wieder ein, immer wieder, unbeholfen von einem Fuß auf den anderen tapsend. Zum Schluß nahm er beide Enden des Schals in die Hände, warf das Lasso aus und fing sich damit eine Frau, die lachend auf die Tanzfläche sprang, mitspielte, für sie war es nur ein Spiel, ein Partygag, und sie lief hin und zurück, ein Jojo, und irgendwann wurde es ihr wohl zu bunt, zu ernst, und sie blieb einfach stehen, am Rand, bei ihren Freundinnen, ließ ihn alleine auf der Bühne weitertanzen, und plötzlich wurden alle, die dem Paar vorher noch zugejubelt hatten, ganz ruhig, denn er machte weiter, hörte einfach nicht mehr auf, als wäre die Frau noch da, und niemand wußte mehr, was zu tun und ob dies noch Kunst sei. Nur, daß der Spaß jetzt vorbei war.

Neben mir hielt sich ein Gruftie-Pärchen fest umklammert. Erst als ich mich zu den beiden umdrehte, sah ich, daß einer der beiden heftig zitterte und seine Freundin ihn zu beschützen und beruhigen versuchte. Sie war leichenblaß, mit schwarzumrandeten Augen, diabolisch tätowierten Augenbrauen und leuchtend roten langen Haaren, die an den Ansätzen schwarz nachgewachsen waren. Vielleicht hätte ich irgendwie helfen, irgend etwas tun sollen, doch ich starrte die beiden nur regungslos an, sah nur die roten Haare und konnte mich nicht bewegen.

Dann wurde es still.

Der DJ hatte vergessen, die Platten zu wechseln.

Nur das Klacken der Billiardkugeln war deutlich zu hören.

Don't panic, sagte ich mir selbst.

Vergebens.

I panicked.

Und wußte nicht mehr, wie ich meine Beine bewegen sollte.

Es war zu kompliziert.

Ich faßte mir an den Kopf. Und hielt ein Büschel Haare in den Händen. Mir war heiß, meine Schläfe schmerzte, und meine Haut brannte und juckte überall, als würde sie von innen heraus von dicken Borsten durchstochen werden. Ohrenschmerzen, Zahnschmerzen, mein Körper schien zu zerplatzen, ein Uterus, mein Kopf.

Diese Geburt würde ich nicht überleben.

Ich verfolgte die Spur der gelblichen Flüssigkeit am Hals zurück, hinauf bis zur Ohrmuschel, die schon abzufallen drohte, also hielt ich sie fest, hoffte, sie würde wieder anwachsen, wenn jetzt nur ... niemand schien mich zu bemerken, schien irgend etwas an mir zu bemerken. Sie hatten alle nichts gesehen. Nicht, wie das andere Ohr ab- und in meinem Schoß gefallen war und da lag wie ein abgestreiftes Kleid, das erste Stück meiner Sammlung, für's Badezimmerschränkchen, gebettet auf dunklem, weichem Haar. Ich blieb ruhig. Aus Angst. Und überlegte, ob und wo mich eines der Viecher aus *Braindead* gebissen haben könnte.

Ich wollte schreien, konnte aber meinen Mund nicht mehr bewegen, nicht so, wie ich es gewohnt war, und versuchte, mich festzuhalten, auf dem Boden, an der Wand, mit meinen Beinen, wollte fortrennen, mich verstecken, doch meine Glieder gehorchten mir nicht mehr, zappelten hilflos in der Luft herum, vor meinen Augen, ein Gewirr von Armen und Beinen, der Tanz des Shiva.

Der süßliche Geruch der Umgebung drang durch jede Pore meines Körpers ein. Das wird es sein, dachte ich, daran wird es liegen. Ich wußte, ich hätte nicht an Loris ...! Ich ekelte mich vor diesem Geruch, nach Menschen und Dope, fürchtete mich vor ihm, drehte mich um und rannte davon, hinaus ins Freie.

Und kam nicht weit.

Obwohl ich sehr schnell gelaufen war.

So groß war mir dieser Laden noch nie vorgekommen.

Aber, wie für alles, gab es auch dafür eine einfache Erklärung.

Ich war gar nicht hinaus, sondern nach oben gelaufen, die Wand hoch, und weiter, die nächste Wand, und hatte meine merkwürdige Lage erst bemerkt, als ich mich wunderte, daß die Musik nicht leiser geworden war, ihr Baß mich immer noch erschütterte, meinen empfindsamen Körper, und mich etwas nach unten zog, eine Kraft, der ich sofort nachgegeben hatte, vielleicht aus Gewohnheit.

Erst, als sich mein Gleichgewichtssinn wieder beruhigte und das Seil, an dem ich hing, zu pendeln aufhörte, wagte ich es wieder, die Augen zu öffnen, um mir anzusehen, was geschehen und wo ich gelandet war ... und vor Schreck kletterte ich sofort wieder das Seil hinauf und rannte planlos an der Decke hin und her, bis ich eine dunkle, sichere Ecke gefunden hatte.

Eins war klar: wenn das hier kein Traum war, und leider sprach alles dafür, denn mein Herz schlug rasend schnell, und an dieser Stelle wache ich immer auf, normalerweise, und ich wartete darauf, sehnte den schrillen Weckton herbei, die Erlösung von diesem ... und ich schwor, nie mehr Loris Zeug ...! Doch, nein, das konnte es nicht sein. Ich wußte nur eines: daß mich Susan so auf keinen Fall sehen durfte.

Mit kaleidoskopisch gebrochenem Blick scannte ich die Location. Nur mit Mühe und großer Konzentration konnte ich einzelne Schatten und manchmal auch Gestalten erkennen. Ich sah zu der Ecke der Tanzfläche hinüber, in der ich zuvor gesessen hatte. Vielleicht war ich ja noch da, mein Körper, und das Ganze nur ein ziemlich abgedrehtes *Out-Of-Body*-Erlebnis. Soll's ja geben, so was ... Allein ...

... die Ecke war leer.

Und wieder die Billardkugeln. Der DJ war wirklich 'ne Niete.

Vielleicht, so meine nächste Hoffnung, war ich irgendwo anders hingegangen oder gebracht worden. Wieder stieg Panik in mir auf. Was, wenn ich meinen alten Körper nie wieder finden sollte? Oder es bestimmte Zeitlimits gab für diese *Out-Of-Body*-Geschichten?

Und ich rannte los, auf der Suche nach mir selbst, flitzte die Wände rauf und runter, die Decken, Böden und Ecken entlang, die Treppen hinauf bis zur Toilette, suchte den Laden insgesamt vielleicht dreimal ab, bevor ich erschöpft aufgab.

Was hatten die mir bloß in den Drink getan? Aber nein, dies war anders, würde mich tiefer verändern als alles, was ich bisher gekannt hatte. Tausend Dinge kamen mir in den Sinn, gleichzeitig, Fragen, Sorgen, Bitter-Ironisches, ein letztes Aufflackern vor dem Tod, und ich versuchte, diesen Moment hinauszuzögern, mich zu beruhigen, indem ich an Susan dachte, unseren vielleicht letzten Kuß, bevor ich sorgfältig meine dicht behaarten Beinpaare putzte, mir ein Stück Faden aus dem Hinterteil zog, es an Decke und Wand festklebte, und noch ein Stück, und weiter, immer weiter, bis ich das Ende der Wand erreicht und mein erstes selbstgebautes Netz begutachten konnte. Recht brauchbar, fand ich. Keine Spur von Drogeneinfluß.

Ich war hungrig und gedankenleer, die Beutesuche zum Hauptthema meines Daseins geworden. Seltsamerweise richtete sich mein Interesse jedoch nicht auf naheliegende, erreichbare Nahrung, wie die erste Fliege, die sich schon in meinem Netz verfangen hatte, sondern eher auf die dunklen Gestalten und Wesen dort unten, besonders auf eines von ihnen, das aufgeregt umherlief, als würde es etwas suchen. Sein Geruch zog mich an, doch ich wußte nicht, wie ich es einfangen und einwickeln sollte. Zu klein und zu weit oben hatte ich mein Netz angebracht, das sah ich ein. So clever war ich zumindest noch, auch wenn ich ansonsten auf dem besten Weg zu sein schien, meinen Verstand zu verlieren, denn ich glaubte mittlerweile tatsächlich, mein Hauptproblem läge darin, daß ich so klein geworden war, lächerlich klein. Da muß doch mehr drin sein, dachte ich, wenn ich nur auf größere Nahrung umsteigen, mehr fressen und, wegen besserer Angriffschancen, erstmal wieder zurück auf den Boden finden würde. Und ich seilte mich vorsichtig ab, meine Beute nie aus dem Blick verlierend, und dabei, auf dem Weg nach unten ...

meine beine lernen muß beine hunger sie nicht ekel dieses musik sie fressen haut wo dies ist kein was verdammt kann nicht nicht mehr wer muß töten fressen will nicht keine kann nicht mehr nur film kopf presse fressen muß meine beine nicht bitte ...

Jemand legte seine Hand auf meine Schulter und wollte wissen, wie es mir ginge.

Ich brauchte eine Weile, bis ich meine Augen wieder fokussieren, die Körperform abschätzen, mich an sie gewöhnen und meine genaue Position bestimmen konnte.

Susan fragte, ob ich mich bei dem Sturz verletzt habe. - Sah ziemlich übel aus, ergänzte sie und zog einen feuchten Lappen hervor, mit dem sie mir die Stirn abwusch, das Blut und den Schweiß, während sie weitersprach, ruhig und doch vorwurfsvoll — weißt du, eigentlich solltest du mittlerweile alt genug sein, um zu wissen, wo dein Limit liegt.

Ratlos starrte ich sie an, nahm ihr den Lappen ab und drückte ihn mir selbst aufs Gesicht.

5

- Und? fragte Susan anderntags, sarkastisch. - Hast wenigstens du dich gut amüsiert, gestern abend?

- Geht so.

Ich wollte ihr nicht sagen, was geschehen war, wußte es ja selbst nicht, und daß ich an diesem Morgen mit klarem Kopf erwacht war, machte die Sache nicht besser. Nicht wirklich.

Ich trank meinen Kaffee aus und sah sie an. - Noch Kaffee? - Nein, danke, sagte sie, sie mache gerade Diät, und ich fragte, wo sie denn noch abnehmen wolle, und sie antwortete, es gehe ihr nicht ums Abnehmen, sondern um innere Reinigung. Um Entschlackung. Ich solle nicht so verständnislos dreinschauen. Das sei eine gute Sache. Könne sie mir nur empfehlen. Mit dieser Schokocreme jeden Morgen würde ich mich ja nur verstopfen. - Wie bitte? rief ich. - Ja, klärte sie mich auf. Meine Hautprobleme in letzter Zeit und so, und sie habe auch den Eindruck, mein Haar sei dünner geworden. Dahinter könne eine ernste Krankheit stecken. Ja, sie wisse, was ich jetzt wieder sagen wolle, aber, ich müsse ihr glauben, daß es höchste Zeit für mich wäre, mein Leben zu ändern. Zurück zur Natur.

Da hatte sie durchaus recht. Ein wenig Entschlackung konnte mir nicht schaden. Ähnliches hatte mir schon eine Freundin meiner Mutter geraten. Ich sei so ein Schwerter-Typ, sagte sie, kalt, luftig, dabei so tintenfischig, ja, Sepia, das sei genau das richtige. Ob ich Verlangen nach Schokolade und Abneigung gegen Milch verspüren würde? Ja? Aha. Wunderbar. Dumm nur, daß sich meine Mutter nicht mehr an meine Geburtszeit erinnern konnte. Sie sei einfach zu stoned gewesen. Deshalb konnte die Freundin meinen Aszendenten nicht berechnen. - Luft oder Wasser, sagte sie. - Ganz sicher. Auf keinen Fall Erde.

Susan war im Zeichen des Stiers geboren und liebte das Bodenständige, Verläßliche, ließ sich wohl täuschen von meinem dunklen Äußeren, hielt mich ebenfalls für ein Erdwesen, suchte bei mir nach etwas, das ich nicht besaß. Sie war ein Julia-Roberts-Typ und ich dem Wunsch verfallen, mich als ihr Märchenprinz zu erweisen. Ich wollte sie nicht enttäuschen, gab mir redlich Mühe, ihr meine guten Absichten zu zeigen. Wir waren verrückt. Verliebt. Und verlachten rosarot jede Gefährdung unseres gemeinsamen Wahnsinns, gaben uns übermütig unseren Hoffnungen hin, das Ende dieses Traums aufhalten, im letzten Moment von der Schippe springen zu können.

Oft setzte sie sich abends zu mir, wenn ich ein Buch las oder fernsah, legte ihren Kopf in meinen Schoß, schlief ein und schnurrte wie eine Katze. Manchmal schreckte sie dabei auf und drehte sich um zu mir, als habe ihr der Schlaf die Seele geraubt. Manchmal auch fauchte sie mich an, für irgendeine

Kleinigkeit, oder kratzte mich, blutig und schmerzhaft, schlug auf mich ein, ohne jeglichen Grund. Ich schlug nie zurück. Versuchte meist, sie festzuhalten, hinzulegen, einzuwickeln, auf sie einzureden. Doch bald konnte ich ihr nicht mehr folgen, verstand ich ihre Signale nicht mehr. Sie rannte zu weit weg, zu schnell. Nein, Susan, Weihnachten ist noch nicht vorbei. Deine Tochter hat dich nicht vergessen. Nein, du wirst nicht ertrinken. Du bist wie jede andere auch. Niemand will dich bestrafen. Du hast nichts Unrechtes getan, mein Kind. Ja, ich werde bei dir bleiben, dich beschützen. Sie werden dir nichts tun können, haben keine Macht über dich. Es gibt sie nicht. Sie existieren gar nicht, all diese bösen Geister. Ja, ich bin ein guter Geist. Hab keine Angst. Bei mir bist du in Sicherheit. Nein, ich bin nicht Arthur.

Ich habe mir nur sein Kleid übergezogen. Vater, Mutter, Kind. Komm, laß uns spielen. Denn es ist nur ein Spiel, all das, nichts Ernstes dabei, nur Spaß, nur Spaß, verdammt noch mal, weißt du das nicht, Susan?

Nein, ich bin nicht stark. Nicht stärker als du. Hör endlich auf damit. Was willst du von mir? Ich kann doch nicht mal auf mich selbst aufpassen.

Ich habe mich bemüht. Das kannst du mir glauben. Wirklich.

Ich bin nicht so mächtig wie du, habe nichts mehr unter Kontrolle. Seit damals. Nichts mehr, hörst du? Lange habe ich geglaubt, ich hätte all das nur aus Liebe getan. Nur für dich. Ja, so kann die Liebe uns täuschen, in Inszenierungen, von denen wir nichts wissen. Du, Arthur und ich, wir alle haben mitgespielt, Vater, Mutter, Kind. Unser kleines Familientheater. Schmierenstück. Und dabei nie einen Blick hinter die Kulissen werfen, diesen geheimen Raum betreten dürfen. Du hast es nicht zugelassen.

Schau, das Tier, vor dem du dich fürchtest, das du töten willst, getötet hast, weil ich es nicht tun konnte, diesmal, du hast gesagt, sie wüßten von deiner Angst, und würden gerade deshalb zu dir kommen, du würdest sie anziehen, die Todessüchtigen, immer nur zu dir, warum könnten sie nicht fortbleiben, dir aus dem Weg gehen? Dann würde ihnen nichts geschehen, aber sie suchen dich auf, machen dir dein Revier streitig, und nur deshalb, nur deshalb müßten sie sterben.

Ich sah dich manchmal mit den Augen dieser Tiere, nachts, fuhr auf aus dem Schlaf, und natürlich konntest du nicht ahnen, wie ich dich gesehen, mich vor dir gefürchtet hatte, kurz zuvor, doch die Verstörung lag noch auf meinem Gesicht, auch jetzt, wo ich dich wieder klar anschauen konnte, mit nur zwei Augen.

Es war alles in Ordnung. Du hattest keinen Grund, dich vor mir zu fürchten und hast es doch getan.

Ich weiß es, denn in dieser Nacht hatte ich zum ersten Mal deine Kammer betreten, die Tür zu deinem Raum aufstoßen können, und dort gesehen, was du vor mir verbergen wolltest. Nein, nicht deine Koboldgeschichten. Die hast du, glaube ich, schon lange vergessen. Nein, es war ein Wunsch, den du dort verborgen hieltest, eine Sehnsucht, von der ich nichts wissen durfte, nicht, wie mächtig es war, dieses Verlangen.

Ich würde dir diesen Wunsch nicht erfüllen können. Und Arthur, der Herr der Träume, fühlt sich nicht mehr zuständig für dich, seitdem du die Seiten gewechselt hast. Was also hast du von mir erwartet? Ein Wunder?

Irgendwann wolltest du nicht mehr mit mir schlafen, und ich führte dies auf meine Hautprobleme und mein dünner gewordenes Haar zurück, fühlte mich schrecklich unsexy, doch das sei es nicht, sagtest du. Damit habe es nichts zu tun. Auch nicht mit dem stärker werdenden Haarwuchs um meine Brustwarzen herum. Ich sei halt ein dunkler Typ, sagtest du, und die tendierten eben zu stärkerer Körperbehaarung. Es war auch nicht der Zigarettengeschmack in meinem Mund, denn du wolltest mich auch nach dem Zähneputzen nicht mehr küssen.

Es sei mein Geruch, der sich verändert habe, sagtest du. Du würdest dich nicht davor ekeln, nicht direkt, aber er sei sehr ... merkwürdig. Ich solle mal das Parfüm wechseln.

Du hast wieder häufiger mit Arthur telefoniert, ihn zu uns eingeladen, wegen deiner Rechnerprobleme, angeblich. Es seien immer nur Kleinigkeiten, Dummheiten gewesen, vertraute er mir später an, Zeichen eines echten DAUs, eines Dümmsten Anzunehmenden Users.

Er hatte dir also noch nicht verziehen.

So mußtest du weiterhin mit mir vorliebnehmen, seiner kleinen Schwester. Ich bemühte mich, ein guter Ersatz zu sein, ließ mir von ihm Nachhilfeunterricht in Sachen Technik geben, damit du ihn nicht mehr brauchen würdest, und machte große Fortschritte, und wieder hattest du einen Grund, dich zu beschweren, ich würde zuviel Zeit vor der Kiste verbringen, mich kindisch verhalten, alles, was du nicht wolltest, und vielleicht war ich deshalb so geworden.

Ich habe wohl eine Abneigung gegen feuchte Textilien, sagtest du. Ich solle den Spüllappen nicht im Becken und meine Socken nicht überall herumliegen lassen, nicht soviel Zeug kaufen, den Computer nicht blockieren, die Bananen im Kühlschrank nicht verschimmeln, die Blumen nicht austrokknen, die Wäsche nicht in der Maschine liegen und mich generell nicht so hängenlassen, und eines Morgens sagtest du, ich sei schmutzig, und ich ging ins Bad, schaute in den Spiegel

und sah einen ansehnlichen, ein wenig unerfahren, verwirrt und schüchtern blickenden Jüngling. Die Gesichtszüge waren kantig, die Lippen schmal und hart, das Kinn dunkel. Es gab mir mehr Profil, betonte jedoch auch meine zu lang geratene Nase, ein Erbstück meiner Mutter, und das einzige körperliche Merkmal, das ich mit Arthur geteilt hatte. Bisher jedenfalls. Ungläubig starrte ich mein Gegenüber an, bewegte ein paar Gesichtsmuskeln, abwechselnd, um zu sehen, ob dieser Kerl da etwas mit mir zu tun hatte. Er äffte mich nach, lachte mich aus. Mit meinem eigenen Lachen, meiner eigenen, fast unveränderten Stimme. Und ironisch hochgezogener Braue.

Etwas kratzte mich im Gesicht.

Ich streichelte mein Kinn.

Die Stoppeln kitzelten.

Sehr real.

Ich öffnete die beiden Flügeltüren des Spiegels und ließ ein Triptychon neuer Selbstbildnisse entstehen, kopiert, vervielfältigt ins Hundertfache. Wenn ich sie näher zu mir heranzog, entstanden noch mehr Abbilder von mir, entfaltet, entblättert, reflektiert ins Unendliche, einander zugewandt in einem unwirklichen Raum, irgendwo in der Tiefe des Spiegels. Ich stellte die Türen so ein, daß ich die maximale Anzahl von Reflektionen sehen konnte, als Gast meiner Egoparty, auf der niemand im Mittelpunkt stand, auf der niemandes Blicke einen anderen Gast trafen, sondern nur ins Leere, an sich selbst vorbei. Ich suchte nach dem tiefsten Punkt im Spiegel, traf jedoch, je tiefer ich eindrang, nur weitere Kopien, die sich aus sich heraus zu vermehren schienen. Wenn ich meinen Blick abwandte, verschwanden sie. Durch einen zufälligen Stoß gegen eine der Flügeltüren verlor ich die Hälfte meiner Kopien auf einmal, stürzte sie ins Nichts, und ich klappte auch die andere Tür wieder auf und sah mir selbst dabei zu, wie ich mich wieder vereinigte, wieder zusammenschloß zu einer einzigen Person.

Er würde vorübergehen, dachte ich, dieser Spuk. Es würde nicht lange andauern, bald vorbei sein. Dieser Zustand. War nichts weiter als eine Sinnestäuschung, eine Sinnesverirrung, die Nachwirkung einer künstlich erzeugten Bewußtseinsstörung. Das hatte ich nun davon.

Gegen Mittag, nachdem Susan aus dem Haus war, untersuchte ich mich gründlicher, betrachtete meinen nackten Körper im Spiegel und tastete ihn ab, seine Muskeln und die stärkere Brustbehaarung, zog meine Jeans und ein Hemd an, kochte mir einen starken Kaffee und überdachte meine Lage.

Vielleicht würde ich auf die Besuche im Frauencafé, im Frauenbuchladen und die Lesbenpartys verzichten müssen, ansonsten jedoch, so glaubte ich damals noch, eine größere Bewegungsfreiheit kennenlernen und genießen. Es würde ein aufregendes Abenteuer sein, diese neue Lebensform erkunden zu dürfen. Vielleicht würde sich sogar Susan daran gewöhnen können. Wir könnten heiraten, den Vorgarten eines Reihenhäuschens bepflanzen und uns selbst vervielfältigen in Kindern, die diesen Vorgarten regelmäßig verwüsten. Unsere Schwiegereltern würden sich gegenseitig besuchen, beäugen und beglückwünschen. Ich würde ein ganz normaler, junger Mann sein und Frauenemanzipation befürworten. Im Prinzip.

Mir schwante Übles.

Ich hatte nie heiraten wollen, dachte an meinen Vater, an seine Entscheidung, bei meiner Mutter in einem für ihn fremden Land zu bleiben, um zwei Kinder aufzuziehen, von denen nur eines sein eigenes war, und sah am Horizont eine zweite Pubertät heraufziehen, die ich nun würde durchstehen müssen. Zur Abwechslung im Zeitraffer und für das andere Geschlecht. Es gab kein Zurück mehr und soviel zu lernen.

Nach der ersten Rasur streichelte ich befriedigt mein glattes Kinn und fühlte mich wieder zuversichtlicher, daß mein Zustand umkehrbar sei. Bis dahin würde Camouflage genügen. Ich ließ mein Haar offen und schminkte mich. Mein Bartansatz war so dunkel, daß er unter dem Puder hindurch sichtbar blieb. Ich hasse Pantomimen ... und schüttete mir kaltes Wasser ins Gesicht, das von der Schminke abperlte, rieb meine Haut so lange, bis die weiße Farbe verschwunden war und wagte erst dann wieder einen Blick in den Spiegel.

Doch nichts hatte sich verändert. Die Realität blieb ein Traum.

/ ***was she asking for it? ... did she ask you twice? ... live through this with me*** - Asking For It, Hole /

Arttypisch adaptiert an mein neues Verhaltensmuster hatte ich mich für Susan auf dem Sofa drapiert, lässig, breitbeinig, nach vorne gebeugt, vertieft in die Lektüre der Tageszeitung. Meine in nachdenklicher Pose gehaltenen Hände deckten den problematischen unteren Gesichtsbereich ab. Susan bemerkte, daß

etwas mit mir nicht stimmte, zog meine Hände vom Kinn weg und fragte, ob ich eine Überdosis Hormontabletten genommen habe.
- Nein. Ich ... weiß nicht. Es muß heute nacht passiert sein. Ich habe nichts davon gemerkt.
- Sehr komisch. Wasch' dir den Bart ab.
- Das geht nicht.
- Warum nicht?

Ich knöpfte mein Hemd auf und zeigte ihr meine Brustbehaarung.
- Was ...? fragte sie, starrte das Gestrüpp besorgt an und streckte eine Hand aus, um meine Brust zu berühren, so vorsichtig wie das Fell eines ausgestopften Tieres. - Was ist passiert?

Ich zuckte mit den Schultern, sagte, sie solle sich keine Sorgen machen, mir ginge es gut. Es sei nichts Ungewöhnliches. Nur ein Geschlechtswechsel.
- Wie bitte?! Ihr Gesichtsausdruck wurde ängstlich. — Nur ein Geschlechtswechsel, sagst du? Und das findest du nicht ungewöhnlich?!!
- Was soll ich mich darüber aufregen? Ändern kann ich sowieso nichts dran.
- Was soll denn das heißen?
- Ich versuche nur, die Sache ganz ...
- Du solltest zum Arzt gehen.
- Wieso denn? Ich bin nicht krank.
- Aber ... diese Haare ... vielleicht ... dein Hormonspiegel, also ... Du hast doch soviel gearbeitet in letzter Zeit, und es gibt Studien, also, ich habe mal gehört, daß ...
- Das ist keine Hormonstörung, sagte ich und blickte sie scharf an. — Es ist mehr als das.
- Dann, sie schluckte, - dann solltest du erst recht zum Arzt gehen.
- Warum?
- Damit ... Muß ich dir das wirklich noch sagen?
- Ich versuche nur, realistisch zu bleiben.
- Realistisch?!

- Du hast doch selbst gesagt, ich müsse lernen, die Dinge so zu akzeptieren, wie sie sind.
- Ja, aber damit habe ich nicht das hier gemeint!
- Okay, okay, jetzt laß uns mal ganz ruhig ...
- Ich verstehe einfach nicht ... Was ist nur los mit dir? Jeder normale Mensch ...
- Was ist schon normal?
- Du bist unmöglich, weißt du das?
- Ja. Und?
- Tut mir leid, aber ich kann das leider gar nicht komisch finden.
- Ich auch nicht.
- Weshalb lachst du dann?
- Galgenhumor.
- Jetzt hab ich den Faden verloren.
- Ich auch, sagte ich und atmete tief aus.

Du bist krank, stellte sie fest, teilte ihr Croissant in der Mitte durch und setzte das Messer an dem vorderen Ende an, um es aufzuschneiden. Sie klappte die obere Hälfte um, bestrich das Croissant mit Butter und weichgewordenem Schmierkäse und sagte:
- Glaubst du wirklich, daß du ohne medizinische Hilfe wieder eine Frau werden wirst?

Nein, Susan hatte recht, daran glaubte ich auch nicht mehr. Alle Anzeichen sprachen dagegen. Der dunkle Haarwuchs hatte meinen gesamten Körper überzogen, wurde noch dichter und länger, und ich verspürte einen zunehmenden Ekel vor sogenanntem weibischen Verhalten, vor allem, was weich, nett, hübsch, zurückhaltend, aufopfernd, niedlich, süß oder mädchenhaft war. Ich nahm Susans mitleidige Blicke wahr, die die Vergeblichkeit meiner Bemühungen vorausahnten und registrierten, die Chronistin meines Scheiterns bei dem Versuch, einen Mythos zu verwirklichen: die Frau zu erhalten und den Mann hinzuzugewinnen. Mann und Frau zugleich zu sein.

Und ging meiner Tante aus dem Weg. Jeden Morgen, bevor ich mich rasiert hatte.

- Hast du dir schon einen neuen Vornamen ausgesucht?

Mein Name sei Nada, entschied ich.

Ein spanischer Name. Ja, meine Eltern sind Spanier, das heißt, meine Mutter. Mein Vater Franzose. Daher der Nachname. Ja, multikulturell, ha ha. Es war eine Übergangslösung. Die weibliche Form, meine frühere Existenz, wurde zu einem Tippfehler in meinen Dokumenten.

- Ach ja, das ›w‹ ist auch ein Tippfehler, sagte ich zu der Sprechstundenhilfe. - Sie glauben mir nicht? Hören Sie, ich habe keine Zeit für bürokratische Spitzfindigkeiten. Ich habe Schmerzen. Wie lange wird es noch dauern?

Im Wartezimmer saß ein junger Mann, der gelangweilt in einem Band mit Kafkas Erzählungen herumblätterte. Er war bestimmt nicht aus dem gleichen Grund hier wie ich.

Die Wände des Sprechzimmers waren hellblau gestrichen. In der Farbe der Schleifchen neugeborener Jungen. Ich war verwirrt, wußte nicht mehr, welche Farbe mir damals zugeordnet worden war, und überlegte, ob der Arzt rosa Bettwäsche als Beweisstück akzeptieren würde.

- Ich will ... eine Frau werden.

Ich hielt es für ratsamer, das Adverb ›wieder‹ vorerst auszulassen. Der Arzt, jung, wohl frisch approbiert, rückte seine Nickelbrille zurecht und räusperte sich.

- Fühlen Sie sich denn wie eine Frau? Psychisch und so?

- Ja, schon sehr lange.

- Wie lange?

- Seit meiner Geburt.

Er kratzte sich seine beginnenden Geheimratsecken und erinnerte mich dadurch an eine weitere Zutat meines bevorstehenden Schicksals. Offensichtlich war ich seine erste Mann-zu-Frau-Transsexuelle. Er holte tief Luft, untersuchte mich ausführlich und fragte nach meinem Lieblingsspielzeug in

der Kindheit, dem bei meiner Partnerwahl bevorzugten Geschlecht, meinem Beruf etc. Ich sagte die Wahrheit.
- Es tut mir leid, aber ich kann bei Ihnen keine Hinweise auf eine primär weiblich definierte Persönlichkeit feststellen.
- Sie würden also einer Umwandlung nicht zustimmen?
- Ich würde Ihnen sogar davon abraten. Als Frau wären Sie nur unglücklich.
- Oh, ich denke, damit könnte ich umgehen ... Wie sagt man noch? *Das Leiden adelt unsere Art,* nicht wahr?
- Goethe?
- Shakespeare.

Er wies mich darauf hin, er alleine könne die endgültige Entscheidung sowieso nicht fällen, und überwies mich an einen Neurologen. Auf dem Überweisungsformular las ich die Diagnose: *Transsexualismus-Neurose. Verdacht auf Effemination und verdrängte Homosexualität.*

In Trance schwankte ich aus dem Sprechzimmer.

Veronica Zartbier, Dipl.-Psych., war gesegnet mit einer professionell warmen Stimme, die rasch mein Vertrauen gewann, und ich begann zu erzählen, breitete all meine Ängste und Sehnsüchte vor ihr aus, während sie ihren Kopf gesenkt hielt, auf ihren Notizblock gerichtet, und jedes meiner Worte mitzustenografieren schien, unnahbar wie eine selbstvergessene Dichterin. Was mich, da mir diese Interaktionsform von meiner Familie her bekannt war, um so mehr dazu brachte, weiterzureden, immer schneller. Je mehr ich versuchte, sie lebendig zu reden, desto rascher bewegte sich ihr Stift über den Block. Ab und zu hielt ich inne, erwartete eine Nachfrage oder Erläuterung, doch alles, was ich damit erreichte, war ein abrupter Stillstand der Stiftbewegungen und ein ratloser, leerer, auf mich gerichteter Blick. Am Ende der Sitzung hatte sie zehn DIN A 4-Seiten voll geschrieben und sagte: - Ich bin sicher, daß ich Ihnen helfen kann.

Die dritte Ärztin lachte über die Diagnose meines Hausarztes, hörte sich geduldig meine Geschichten über Barbiepuppen und Modeschauen an und fragte dann, nach einer Weile, warum ich sie anlügen würde.

- Weil ich fürchte, daß Sie mir sonst nicht glauben.
- Was soll ich nicht glauben?
- Daß ich wieder eine Frau werden will.
- Wieder? Waren Sie denn schon mal ...?
- Ja, sagte ich und erzählte von den Nächten, der Erinnerung, den Freuden und Schmerzen, dem Blut, der Angst, den Sehnsüchten, dem Kampf und der Narrenfreiheit.

Tief gerührt sagte sie, daß eine Geschlechtsumwandlung nur zu einer Angleichung an das gewünschte Geschlecht führen könnte. Mir würden Brüste wachsen, ich würde Fettpolster bilden, impotent und kastriert werden.

- Heißt das, Sie werden einer Behandlung zustimmen?
- Beginnen werden wir mit dem Alltagstest. Sie müssen beweisen, daß Sie ein Jahr lang als Frau leben können. Dann setzt die Hormonbehandlung ein. Der letzte Schritt sind die angleichenden Operationen.
- Geht das alles nicht auch schneller?

Schließlich hatte ich den Alltagstest als Frau schon über ein viertel Jahrhundert lang mehr oder weniger erfolgreich absolviert und fand es ungerecht, daß diese Leistung nicht anerkannt wurde. Daß ich erst beweisen mußte, daß ich den Alltag als Frau, als Karikatur einer Frau, bestehen konnte, als überspitzt gezeichnete, hysterische Comic-Figur, als lächerlicher Clown mit getönter Tagescreme, die immer wieder an den nachwachsenden Bartstoppeln abbröckelte.

In einem Wutanfall riß ich mir die Frauenkleider vom Leib, warf alle Parfümflakons, Tübchen und Töpfchen von der Ablage, so daß sich ein entsetzlicher Geruch ausbreitete, ein ekelhaft süßlicher Geruch, der meine Jagdinstinkte weckte, die ich zwecks mangelnder Auslaufmöglichkeit am Duschvorhang ausließ, den ich zu zerreißen versuchte, was mir nicht gelang, wofür ich mich selber haßte und laut fluchte, aufsprang und den Spiegel zerschlug. Mit Facettenblick starrte ich die Bruchstücke meiner Abbilder an, traurige Kreaturen mit schwarz unterlaufenen Augenpartien, die bei Berührung zu Boden fielen. Der schwarze Untergrund hinter dem Spiegel warf keine Reflektionen mehr zurück, sondern war beruhigende Leere, ein Ausblick in ein wohltuendes Nichts. Auf den Scherben im Waschbecken spiegelte sich das Licht. Sie waren willkommene Wegbereiter, würden mich in eine erlösende Dunkelheit führen.

- Hör auf damit, sagte Susan, die plötzlich in der Tür erschienen war. Ich küßte sie ab, nahm ihren salzigen Geschmack auf und umarmte sie.

Es gab niemanden, den ich zu meinem Zustand befragen konnte. Keinen medizinischen Präzedenzfall, keinen Experten, keine Selbsthilfegruppe, kein Sorgentelefon, keine Broschüren. Kein Handbuch, nirgends.

Ich begann zu dichten ...

will mich vereinen oder abschütteln
das nymphenartige wesen das nistet
auf schwarzem küstengestein / gekämmten haares
auf die wellen gerichtet bricht es blumen
errötet knaben / schwestern
küsse / überall will ich verführt
eingetaucht überzogen werden / erglüht
von spiegelnden augen / dem efeu wehrlos erliegen
der um meine flügel gewundenen krake fluch
nicht fliehen
der quelle meinen namen geben / verweibt
durch mannheitsverderbenden zauber

im medium die götter im streit vereint / scherzen sie
stellen fragen erheitert durch nektarzungen / sich windend
umschlingen sie juno ummonden den verletzten planeten

hier tritt - illust versammelt unter schmelzendem licht -
ein blinder ein seher ein und heraus die geschichte
lag lange zurück / schlug einst gewundene schlangen
verwandelt zu kosten die fremde blütenfrucht
sollte ich nun den stab ergreifen?
mich einreihen in dieses meinen part übernehmen
zögernd voll angst und erwartung auf daß wieder zum weibe
ich wieder dies kostüm tragen und sieben zeiten spielen werde
sein fehler war die wiederholung / dies würde ich vermeiden
und ihm / nachfolger seines standes / lauschen
grauer bart weiß zu berichten

6

Für Arthur besitzt der Nachthimmel die Farbe eines ausgeschalteten Monitors, und Gestirne sind Figuren in defekten Bildschirmschonern, die sich weder bewegen noch löschen lassen. Sein Zuhause ist das Spaceland jenseits hochaufgelöster Oberflächen. Dort verbringt er den überwiegenden Teil seiner irdischen Existenz. Um bei den Expeditionen in die von ihm konstruierten Welten nicht gestört zu werden, hat er in seine Wohnungstür ein Gerät eingebaut, das jeden Besucher dazu auffordert, sich zu identifizieren.

Ich legte meine rechte Hand auf das Raster der Maschine und erwartete eine fette Buddha-Statue, die sich mit einem Plastik-Lächeln vor mir verbeugen und Orakelsprüche ausspucken würde. Statt dessen blinkten unzählige bunte Lämpchen hysterisch und buhlten um Aufmerksamkeit, bevor HALs Stimme mir säuselnd verkündete:
- Eine Identifizierung ist nicht möglich. Bitte überprüfen Sie Ihre Identität.
- Nadine, laß bitte diese Scherze! rief Arthur durch den Lautsprecher.

Ich sah hinauf in das schwarze Auge, hinter dem ich meinen

Bruder vermutete. Er erkannte mich und öffnete die Tür auf die bewährte, antiquierte Weise.

- Hi, du hast nicht zufällig ein paar Filtertüten dabei? Meine Packung ist leer, und da ...

Er mißverstand mein Zögern.

- Ach, mach dir wegen HAL keine Sorgen. Ich experimentiere im Moment mit seiner Software herum und versuche, ihm ein wenig Persönlichkeit einzuhauchen. Er hat auch schon erste Gefühle entwickelt. Nur leider ... Er blickte ängstlich zur Tür hin.

- Heißt das, er ist in dich verliebt?

- Wenn es nur das wäre. Er ist eifersüchtig auf jeden männlichen Besucher und verweigert ihnen den Einlaß. Aber, daß er jetzt auch auf dich reagiert hat, auf Frauen ...

Ich war frisch rasiert.

- Was gibt's? Was treibt dich her, Schwesterlein?

- Ich brauch ein paar Infos. Vielleicht kannst du mir helfen.

- Ich werd's versuchen. Wie geht's Susan?

- Gut. Schöne Grüße.

Er lächelte, kurz, und ging wieder zurück zu seinen fünf *buddies*, wie er sie nannte. Nur er besaß *root*-Privilegien, war ihr *superuser*, der sie einrichten, steuern oder auch abschießen konnte. Soviel hatte ich schon verstanden. Und daß er sie alle irgendwie zusammenschließen wollte, um noch mehr *power* zu bekommen für sein neuestes Projekt, das er unter die höchste Sicherheitsstufe gestellt hatte. Man könne ja nie wissen, heutzutage ... Er würde jetzt alles verschlüsseln, bei den Sachen, die er mache. Paßwörter knacken, Chats mitsniffen, Denial-of-Service-Attacks, Trojanische Pferde installieren, Windosen abstürzen lassen, Provider-Accounts hacken, das könne doch jeder, mittlerweile. Nein, das sei keine Herausforderung für ihn. Er arbeite an ganz anderen Sachen, habe da ein paar neue Programme entwickelt, sie seien schon fast fertig, ob er mir die mal vorführen dürfe?

- Ein andermal, sagte ich, und er zog einen Schreibtischstuhl mit abgewetztem Bezug heran wie eine Einladung, und mir stieg ein vertrauter Geruch in die Nase, ein Gemisch aus Samstagnachmittag, Flieder-Badezusatz, Schinkenbrötchen und den Schweißfüßen meines Vaters. Untrügliche Zeichen dafür, daß es wieder Zeit für die Sportschau war ... und Arthur sein Telespiel beenden und den Bildschirm räumen mußte.

Manchmal hatte er mich mitspielen lassen, Tennis, Pac-Man, was es so gab, doch immer war er es gewesen, der das schnellste Rennauto, die schönste Lokomotive, das neueste Fahrrad fuhr. Ich durfte nur Fähnchen schwenken, mit den Einwohnern auf dem Eisenbahnmodell spielen oder sein Mountainbike putzen, bevor er mich auf dem Gepäckträger mitnehmen würde.

Schon früh hatte Arthur damit begonnen, seine Wecker, sein Kinderradio, seine Joysticks und Digital-Uhren, einfach alles, was er in seine neugierigen Händchen bekam, auseinanderzunehmen. Unsere Mutter nannte ihn stolz 'unseren Wissenschaftler,' obwohl sie sonst wenig Begeisterung für seine Experimente zeigte. Der kleine Arthur konnte sich nämlich nie daran erinnern, wie das von ihm zerlegte Objekt wieder zusammengesetzt wurde. Zur Strafe bekam er dann eine neue Uhr, die sogar noch mehr Funktionen besaß als die alte. Hatte ich einer Puppe die Haare abgeschnitten, bekam ich keine neue.

Eines von Arthurs Experimenten, das ich ihm nie verziehen habe, war das mit meiner Sprechpuppe Isabella gewesen. Er hatte sich in den Kopf gesetzt, sie zum Leben zu erwecken, schloß seine aus dem Physiksaal geklauten Elektroden an ihre Arme und Beine an, stellte eine Starkstromleitung her und erzeugte einen fürchterlichen Knall, den Gestank von geschmolzenem Plastik, eine verbrannte Isabella, eine schluchzende Nadine und besorgte Eltern.

Arthur wirke irgendwie abgehoben, so Susan. Deswegen habe sie mit ihm Schluß gemacht, denn, jemand, der so wenig auf die Bedürfnisse seines eigenen Körpers achte, könne dies auch nicht bei anderen. Das sähe ich doch auch so, oder? Ja, dachte ich, da hat sie wohl recht, sagte jedoch nichts, denn

auch ich hatte gerade begonnen, meine leibliche Hülle als abgespalten von mir selbst wahrzunehmen, als Feind, Fremden, als sich vom Elternhaus abnabelnden Halbwüchsigen.
- Was für ein Spiel ist das? fragte ich, meinem Bruder über die Schulter schauend.
- Ein gestaltwandelndes Alien bedroht die Crew deines Raumschiffs, und du mußt versuchen, es zu finden und abzuknallen, bevor es dich erwischt, erklärte er, bevor er in die Küche verschwand und ich seinen Joystick und das Spiel übernehmen konnte. Vergnügt ballerte ich auf die Aliens los, bis Arthur von seinem Beutezug zurück kehrte und mich dazu beglückwünschte, daß ich bereits die zehnte Metamorphosenstufe erreicht hätte.
- Du bist ein Naturtalent! bemerkte er und biß herzhaft in seinen mit fraktalen Endivienblättern garnierten Kahuna Sandwich.

Über dem Monitor hing ein Gedicht von Laurence Lerner, das ihm Freunde geschenkt hatten. Es hieß ARTHUR *Macht Einen Test Für Divergentes Denken.* ARTHUR stand dabei für *Automatic Record Tabulator and Heuristically Unreliable Reasoner.*
- Art, fragte ich. - Was weißt du über Gestaltwandler, Transformationen und so was?

Er unterbrach mein Spiel, indem er sich die Tastatur eroberte und das Programm wechselte. Seine schlanken Finger tanzten und tasteten sich dabei vor wie feingliedrige Fühler bei der Brautwerbung. Die Geliebte unter den Fingerkuppen.
- Wie geht es eigentlich FRANCES? erkundigte ich mich.

FRANCES *(Female Reaction And Neurotransmitter Copying Electronic Scheme)* war seine Weiterentwicklung von Isabella, ein elektronisches Gehirn mit den Empfindungen einer Frau.
- Ich brauche mehr Datenmaterial, Studien am lebenden Objekt, Beispiele typisch weiblicher Verhaltensmuster.

Er warf mir einen kurzen, hoffnungsvollen Blick zu.
- Vergiß nicht, sie so zu programmieren, daß ihr System alle vier Wochen heimgesucht wird von einem Virus, der sich nach vier bis fünf Tagen selbst zerstört.

- Willst du nicht bei diesem Test mitmachen?
- Ich glaube nicht, daß ich repräsentativ wäre.

/ ***you could have taken me anywhere ... just take me away*** - Wild Flowers, Mark Lanegan /

- Wofür brauchst du diese Sache? fragte er. - Für eine neue Story?
- Ja.
- Für diese komische Heft-Reihe?
- Ja ... Ich will keine allzu bekannten Motive verwenden wie Werwölfe oder Vampire ...
- Wie wäre es mit Geschlechtswandel?

Meine Stimme versagte. - Ach, das ist doch auch ein uraltes Thema. Tausendmal variiert.

- Du könntest es neu variieren. Das ist ein Wahnsinnsthema!

Ja, Wahnsinn, das war es wirklich. Oder hatte ich vielleicht irgend jemanden darum gebeten, ein Mann zu werden? Und, welche echten Vorteile brachte mir diese neue Existenzform denn ein? Meine einzige Erkenntnis bisher, das einzige, was Männer Frauen voraus haben, etwas, das Frauen niemals können werden, ist das ästhetischere Pinkeln in hübschen Bögen. Ansonsten sind Frauen in die letzten männlichen Reservate eingedrungen, arbeiten auf Baustellen, spielen Fußball und Theater, boxen, und bald werden sie auch Kinder alleine zeugen können. Nicht einmal dazu brauchen sie uns und unsere verkümmerten x-Chromosome. Nun, wenigstens lieben sie uns, trotz allem, immer noch, na ja, die meisten von ihnen, zumindest noch genug. Mein Körper verkrampfte sich. Mark Lanegan verstummte.

- Es gibt ein elektronisches Magazin namens *Shapeshifters' Review.* Hier, schau's dir mal an. Wenn dich was interessiert, klick einfach auf die unterstrichenen Wörter, oder, wenn du drucken oder speichern willst, auf die entsprechenden Symbole.

Ich bedankte mich und kratzte mein Kinn.
- Stimmt etwas nicht?
- Nein, nein. Alles in Ordnung.

/ ***what else should I be?*** - All Apologies, Nirvana /

In der Juli-Ausgabe gab es eine Sonderbeilage mit einer ausführlichen Liste aller Transformationsgeschichten. Den größten Teil davon kannte ich schon. Die einzigen Bücher, die noch interessant zu sein schienen, waren, wie sich herausstellte, seit Jahren vergriffen. Zum Thema Geschlechtswandel fand ich nichts, das auf meine Situation zutraf. Im Inhaltsverzeichnis der August-Ausgabe war ein Link zum Thema Self-Transformation.

- *Was ist ein Mensch?* fragte man sich dort, und die Antwort lautete:
- *Ein Samenkorn.*
- *Ein Samenkorn?*
- *Eine Eichel, die keine Furcht davor hat, sich selbst zu zerstören, um ein Baum zu werden.*

Grenzen, auch biologische, seien dazu da, überschritten zu werden, unsere derzeitigen Körper und Geister dazu allerdings ungeeignet und dies eine Folge unseres fortschrittsfeindlichen Kulturverständnisses. Unsere nostalgisch-humanitäre Weltsicht würde uns einfach nicht weiterbringen, ja sogar unsere Entwicklung aufhalten und den Fortbestand als Art auf diesem Planeten gefährden. Es sei höchste Zeit umzudenken und aktiv diesem Verfallsprozeß entgegenzuwirken.

Und so fand man hier Tips wie etwa:

On Becoming Posthuman. Why we all have to become posthuman NOW ...
Five Things You Can Do To Fight Entropy Now. All you ever wan-

ted to know about psycho drugs and preparing yourself for living in the year 3000 ...
Drifting Identities. Discusses the questions of self-transformation contra identity, and introduces the idea of an »identity space« ...
Immortality. by William S. Burroughs. A challenging and interesting essay on immortality, the ego and self-transformation ...

Unser aller Ziel, hieß es, müsse es sein, posthuman zu werden.

Natürlich, räumte der Verfasser ein, sei dazu nicht jede/r bereit. Von einem posthumanen Standpunkt aus betrachtet, sei das kein Problem. Wenn einige nicht mitmachen und ihnen folgen würden, dürften sie auch weiterhin gerne Menschen bleiben. Dies stehe jedem frei. Toleranz für Minderheiten sei schließlich selbstverständlich für höher entwickelte Lebensformen.

Zum Schluß konnte man einen Fragebogen ausfüllen, um herauszufinden, wie posthuman man selbst bereits sei. Ab 800 Punkten gab's eine Urkunde per E-Mail. Ich kam auf 798 Punkte, was mich nicht frustrierte, denn dieses Spiel war leicht zu durchschauen gewesen. Ich hatte nur simuliert, wollte nicht wirklich Mitglied dieses Clubs werden und hatte deswegen versucht, ein paar der Fragen bewußt falsch zu beantworten. Daß ich dennoch eine so hohe Punktzahl erreicht hatte, ließ mich sehr blaß werden.

Arthur war begeistert, klopfte mir auf die Schulter und pfiff wieder sein Lied, unser Lied, und sagte, ich würde mich mausern. Ja danke, dachte ich, das mit dem Haarausfall habe ich schon bemerkt. Aber wie würde mein neues Gefieder aussehen? Was, wenn die Eichel, nachdem sie sich selbst zerstört hat, nicht zu einem Baum heranwächst ..., sondern etwas ganz anderem?

- Was ist? fragte Arthur. - Willst du mir nun bei FRANCES helfen?

- Nein, Art, vielen Dank für alles, aber ... ich muß jetzt gehen, sagte ich und ging zur Tür.

- Übrigens, rief er mir nach. - was ist eigentlich mit dem

Lederman-Buch, Das *Schöpferische Teilchen?* Hast du's schon aus? Weil ... Ich brauch's für 'ne Prüfung.
- Ich bring's nächstes Mal mit, okay?
- Hast du es denn ... Er klang sehr überrascht. - Ich meine, du wirst es doch nicht schon aus haben, oder?

Seinen Blick konnte ich nur als ängstlich bezeichnen.
- Doch, sagte ich und grinste. - War echt gut.
- Ja, ist 'ne gute Einführung, zwar sehr populärwissenschaftlich ...

Ich spürte, daß ich noch nicht Mann und dies nicht lange genug war, um in Schaukämpfen wie diesen eine gute Figur machen zu können. Also zog ich mich lieber zurück.

Susan sollte mir helfen, mein Selbstvertrauen wieder aufzubauen.

Sie zog an der Decke, wickelte mich aus wie eine Rouladenfüllung, Gurke mit Silberzwiebeln, bis ich nackt und rücklings übrigblieb. Ihre Hände ertasteten jede Veränderung, vermißten die vertrauten Brusthügel, verloren sich im dichten Brusthaar, erfühlten die neue Körperform, den muskulöseren Oberkörper, die Lenden, die schmale Hüfte.

Behutsam robbte ich mich heran an sie und streichelte und küßte ihren Rücken und Nacken, wie sie es von mir gewohnt war. Ihre Haut war weich und zart, weckte in mir die Sehnsucht nach meiner alten Hülle.
- Ich liebe dich, sagte ich, gleichwohl ihren zweifelnden Blick bemerkend. - Deine Augen ... Unendliches Meer ... In das ich eintauchen möchte ... Eintreten in den Wettbewerb mit Neptun und Zeus ... Dein Mund verbirgt verbotene Früchte ...
- Nada, was für einen Unsinn redest du da?

Sie versuchte, meinen Mund mit Küssen zu verschließen, aber es gelang ihr nicht, denn sie mußte immer wieder vor meinen kratzigen Bartstoppeln zurückweichen.
- ... Umrahmt von Engelsschlangen in vornehmem Gold ...
- Oh nein, bitte!

Sie bekam einen Lachanfall.

- Ist er zu klein?
- Nein, aber ... Warum sagst du nicht gleich, was du willst?
- Das wäre doch viel zu unromantisch.

Susan:	*Was ist denn? Klappt es nicht?*
Nada:	*Ich komm nicht rein.*
Susan:	*(seufzt) Warte, ich helfe dir. - So?*
Nada:	*(erleichtert) Ja, danke. (triumphierend) Ich bin drin.*
Susan:	*(trocken) Wenn du eine Eins würfelst, darfst du noch eins aufrücken.*
Nada:	*(bleibt ernst, verbissen) Gut so?*
Susan:	*(trocken) Ja, ganz ausgezeichnet.*

Nach dieser Initiation durfte ich also die Welt aus der männlichen Perspektive genießen. Bei jedem Schritt in der Öffentlichkeit bemühte ich mich um einen ernsten, angestrengten Gesichtsausdruck und ließ kein Klischee männlicher Verhaltensweisen aus. Ich gewöhnte mir an, seltener zu lächeln, nicht mehr die Beine übereinanderzuschlagen, fuhr rücksichtsloser Auto, gefährlicher, und ging fest und unbeirrbar meinen Weg. Kreuzte jemand diesen Weg, schritt ich einfach weiter wie ein stolzer Straßenköter, der mit erhobener Rute sein Revier verteidigte.

Es war paradiesisch.

Frauen schenkten mir ihr süßestes Lächeln bei jeder noch so unoriginellen Bemerkung. Ich fühlte mich geborgen in der solidarischen Leidens-Gemeinschaft der Männer. Endlich hatte mich die Welt freundlich in sich aufgenommen. Endlich war ich einmal das Subjekt, das Distanz einnehmen und gefahrlos betrachten konnte. Ich saß auf dem Olymp, blickte hinab auf das große Schauspiel, die Welt und die Frauen, und entwarf große Kunstwerke, zum Beispiel einen kurzen Strip mit dem Titel *Dick, der Loser.*

Dick, der Loser

Die Mary-Zeichnungen ließ ich unberührt liegen. Ich wollte die Serie schon abbrechen. Das war keine richtige Science-Fiction-Story, sondern SF für Mädchen. Gute SF mußte hart und brutal sein, wie die Welt da draußen, die Zukunft eben, das wahre Leben. Da draußen toben Kriege, in denen tapfere Männer sterben! Apropos ... Warum hatte ich keine einzige glaubhafte und respektable Männerfigur eingebaut? Männer hatten auf Mutaga nicht existiert. Die Autorin hatte sie einfach ausgelassen, weil sie nichts über sie wußte! Typisch! Schimpft sich eine Comic-Zeichnerin, und weiß über Männer gerade mal soviel wie über ... Aber, sie ist halt eine Frau, noch dazu eine Lesbe. Wie sollte sie da auch anders können? Alles, was denen fehlt ... Halt!

Ich ließ mich also schamlos und mit diebischem Vergnügen von Robert Crumb inspirieren, und nur mein eigener, tief verwurzelter Hang zur Morbidität bewahrte mich vor der völligen Selbstaufgabe in Epigonentum.

Die Crumb-Comics lese ich übrigens immer noch sehr gerne.

Das ewig Weibliche zog mich, Steppenwolf, hinan. Als Künstler galt ich unter Frauen als besonders sensibel, und dieser Bonus gestattete mir ungeahnte, köstliche Freiheiten wie zum Beispiel spontane Gefühlsausbrüche. Susan nannte es allerdings *prä-pubertäres Kleinkindverhalten*. Ich flirtete mit vielen Frauen und hätte Susan doch niemals betrogen. Vielleicht aus Dankbarkeit, denn für sie mußte es noch schwerer als für mich sein, mit mir als Mann auszukommen. Vielleicht fürchtete ich mich aber auch nur davor, einer Frau etwas beweisen zu müssen, was mir selbst noch fremd war.

Meine Frauenbekanntschaften waren Versuchsanlagen für meine unreife Virilität. Ich sehnte mich danach, von ihnen zu hören, wie stark, anziehend und erotisch ich auf sie wirkte. Sie sagten: - Du bist so anders - Wie ein Bruder - Mit dir kann ich reden wie mit meinen Freundinnen - Und du bist wirklich nicht schwul?

Dann fuhren sie mit ihren langgliedrigen Spinnenfingern durch meine Mähne und über meine Bartstoppeln und sagten, ich sei süß, gar niedlich. Sie wurden für mich zu unberechenbaren Wesen mit unmöglichen Erwartungen. Medusen, Sirenen, Hexen, Huren.

So etwas sollte ich gewesen sein?

Ich erstickte alles Weibliche in mir, als hätte es Nadine nie gegeben.

Welche Geschichte hatte ich?

Jahrtausendelang haben Männer und Frauen mein altes Geschlecht erklärt und verdammt, jahrelang hatte ich meine Existenz als verdrängtes Anderes, als Nicht-Mann, als Nichts, verbracht. Nun, als Mann, hatte ich gehofft, würden sich mir die Mysterien des Lebens wundersam erschließen, ich endlich das selbstverständliche Wesen des Menschen erkennen.

Die Erinnerungen an mein Frauen-Dasein verblaßten, wurden molekularisch ersetzt durch Erinnerungen an meine Geburt und Kindheit als kleiner Junge, an den Leib, den Schoß und die Brüste meiner Mutter, die Sehnsucht nach dem Weiblichen, die ich zu verdrängen gelernt hatte. Mann-Sein, glaubte ich herausgefunden zu haben, bedeutete vor allem Nicht-Frau-Sein. Um-Himmels-Willen-Nicht-Frau-Sein.

Meine Lebenslüge zerbröselte, kaum daß ich sie mühsam konstruiert hatte. Die gern gepflegte Neurose war bloßgelegt und ließ mich nackt und kalt zurück, hilflos auf dem Wickeltisch, während mein Geschlechtsteil eingepudert wurde. Es war nicht einfach, mit der Vorstellung zu leben, vielleicht ein entbehrliches Etwas, eine kuriose Abweichung oder gar ein Witz geworden zu sein, das Ergebnis einer regressiven, kapriolenschlagenden, launigen und weiblichen Natur, die sich uns vielleicht als Zierde, als Sondermodell für den kleinen Spaß zwischendurch leistete.

Mit verweinten Augen stand ich vor Susan, und sagte: - Du bist so fremd, wunderbar, geheimnisvoll, und sie küßte mich blind, und nahm mir die Angst.

Es mag seltsam erscheinen, aber auch danach war ich immer noch davon überzeugt, als Mann geboren worden zu sein, fühlte mich sogar männlicher, vollständiger als zuvor.

Als Susan mich an meine frühere Existenz erinnerte, hielt ich dies für eine Rückerinnerung an ein früheres Leben, einen poetischen Trost. Ich wußte nicht mehr, ob das, was ihr Körper an Erinnerung weckte, meinem vorgeburtlichen Urbewußtsein entsprungen war, oder der heimlichen, triebhaftpubertären Lektüre von Porno- und Aufklärungsheften.

Es war nicht mein erster Mordversuch gewesen. Ich hatte es schon einmal getan.

Mary läuft über eine Klippe hinaus, strampelt, schwebt noch in der Luft, bevor sie erkennt, daß sie keinen Boden mehr unter den Füßen hat. Erst jetzt verliert sie das Gleichgewicht und stürzt hinab in die Tiefe.

Unsere nackten Körper einander zugewandt, Susans Brustwarzen an meiner behaarten Brust, so waren wir eingeschlafen. Als wir erwachten, waren wir am Oberkörper zusammengewachsen.

Ich küßte ihre Brust, umschloß sie, reizte sie mit der Zunge. Anders als sonst, ließ mein kratziger Bart sie nicht aufschrekken.

Verwundert betastete ich mein Kinn.

Es war glatt. Mein Unterleib eine vertraute Öffnung, gefüllt mit erwartungsvoller Flüssigkeit.

Meine Seite des Bettes war naßgeschwitzt. Während der Rückverwandlung mußte ich ein Kilo abgenommen haben. Mindestens.

Wir verloren uns in der Zeit.

Unendliche Stellen unseres Körpers, befeuchtet, von Sekt, Küssen, nach unserem eigenen Rhythmus. Das Spiel begann. Verständigung durch Augenkontakt. Und wieder Fremde, zufällige Begegnung, ein Versuch der Annäherung. Neu erlebter Anfang und Ende. Versüßt durch Schokopralinen als Strafpunkte für Komplimente. Ich kaufte jeden Tag zwei Schachteln und sah ihr dabei zu, wie sie zärtlich ein Stück ihrer Pralinen abbiß. Wir vergaßen unseren Zynismus und lebten in der Illusion. Zu mißtrauisch, um es Liebe zu nennen, wußten wir um die Gefährdung, die alleine von uns ausging. Jeden Augenblick ohne Erinnerung an Vergänglichkeit auskostend. Die Nähe einer Frau erzeugt ein melancholisches Lustgefühl ähnlich dem fließendem Wasser unter einer Brücke. Fallsucht.

Zu verzweifelt, um es Glück zu nennen.

- Sagen Sie mal, fragt der Wärter. Es sind die ersten Worte, die ich seit Tagen wieder von ihm höre. Gestern hat er sich nicht einmal mehr getraut, mir in die Augen zu sehen.
- Sagen Sie mal, fragt er, - haben Sie eigentlich was gegen Männer?
- Nein. Wieso?

7

Wir lebten jenseits von Gut und Böse.

Allmorgendlich hielt die Welt Einzug in unseren auf eine bedrohliche Symbiose zusteuernden, süßen Wahn, leierte pflichtbewußt und desinteressiert eine Zusammenfassung ihrer Scheußlichkeiten herunter und verabschiedete sich wieder unauffällig. Eine halbe Minute Bürgerkrieg und zwei Minuten Verkehrsfunk. Die Stimme des Radioanimateurs vermischte sich mit dem genüßlichen Knistern der Kaffeemaschine, aber beide produzierten nur lasches Gebräu.

Wir hatten geplant, nach Trier zu fahren. Susan war wütend, weil ich verschlafen hatte und noch packen mußte. Ungekämmt und ungewaschen hing ich auf dem Stuhl herum, als Masse übernächtigtes, struppiges Elend.

- Na? Hast du heute nacht wieder mit deinen selbsterfundenen Dämonen gerungen?

Ich war zu hungrig, um darauf einzugehen, und begann mit der Nahrungszubereitung. Was nach der Ausführung eines sorgfältig zusammengestellten Diätplans aussah, war in Wirklichkeit das Bemühen, meine angeschlagene Feinmotorik unter Kontrolle zu behalten. Ich schlug eine Boulevard-Zeitung auf.

Männer vom Aussterben bedroht??

(dpa) ***xxx*** *- Eine neu veröffentlichte Studie schlägt Alarm. Immer mehr Männer bekennen sich dazu, daß sie Frauen sein wollen. Sie kommen mit ihrer neuen Situation, mit dem steigenden Selbstbewußtsein der starken Frauen nicht mehr klar, haben die Orientierung verloren.*

»Als Folge davon,« so die Leiterin der soeben veröffentlichten Studie, Dipl.-Psych. Veronica Zartbier, »entwickeln sie Minderwertigkeitskomplexe und Depressionen. Viele sehen nur einen Ausweg: Sie identifizieren sich mit dem Aggressor, verachten die eigene Männlichkeit und verweiblichen!«

»Es gibt verschiedene Krankheitsstufen,« so Frau Zartbier. »Besonders gefährlich wird dieser unerfüllbare Wunsch, eine Frau zu sein, in der psychotischen Ausprägung, wenn ein biologisch eindeutig erkennbarer Mann von sich behauptet, tatsächlich schon einmal in dem Körper einer Frau gelebt zu haben. Das hat dann nichts mehr mit Transsexualität zu tun.«

Wie ist diese Krankheit entstanden?

»Die weibliche Form dieser Psychose ist zum ersten Mal vor der Emanzipationsbewegung beschrieben worden. Die spezifische Effemination beim nichthomosexuellen Manne hingegen muß noch gründlich erforscht werden. Wir haben bereits Fördermittel beim Forschungsministerium beantragt.«

Wie sind die Heilungschancen?

»Leider sehr schlecht. Die Männer müssen lernen, mit ihrer Krankheit zu leben. Am besten geht dies natürlich als Travestiekünstler.«

Gibt es eine Risikogruppe?
»Nein. Es kann jeden Mann treffen.«

Woran erkennen Sie, ob Ihr Partner effeminiert ist?
1. Er bleibt länger als Sie im Badezimmer.
2. Sie stellen fest, daß Ihr Verbrauch an Haarspray, Lippenstift, Lidschatten, Kajal, Puder, Rouge und Binden gestiegen ist.
3. Er beweist einen sicheren Geschmack bei der Auswahl der Gardinenvorhänge.
4. Er äußert das Bedürfnis, mit Ihnen über Gefühle zu reden.
5. Er verträgt weniger Alkohol.
6. Ihre Telefonrechnung ist deutlich höher als zuvor - auch ohne Internet-Anschluß.
7. Er wünscht sich Haushaltsgeräte zu Weihnachten.
8. Er weiß, was Sie sagen, bevor Sie es sagen.
9. Er belegt Kurse mit Titeln wie ›EDV für Frauen‹.
10. Er schaut sich heimlich Frauenmagazine und Filme auf TM3 an.

Was können Sie in solchen Fällen tun?
Die Psychologin rät: »Schenken Sie ihm die Haushaltsgeräte, und Sie werden viel Freude an ihm haben.«

Susan gab mir einen Kuß auf die Stirn, den ich als Versöhnungsangebot interpretierte, und sagte, ich hätte Fieber.
- Dann komme ich besser nicht mit.
- Du wolltest sowieso lieber hierbleiben, nicht wahr?

Sie wand sich heraus aus meiner Umarmung, schichtete Käsescheiben auf ihr Proviant-Brot und Pullover in die Reisetasche und murmelte - eigentlich gut so, - sowieso keine Zeit und - nicht länger warten, bevor sie wieder zu mir zurückkam, sich verabschiedete und wie ein aus dem Traum gleitender Engel verschwand.

Mary sitzt auf dem Raumschiff und fliegt durch einen schwarzen Tunnel auf einen Lichtschein zu. Links unten sieht man Marys

Rücken und ihren flatternden Karnevals-Vampirmantel, umgeben von gierigen Schmarotzermücken als Eskorte. Vor ihr liegt eine unendliche Tunnelröhre. Der ihr entgegenkommende Lichtstrahl wird heller und zeigt unzählige skurrile Gestalten, die ihm in die Dunkelheit hinein folgen, laut kichernd: junge, verwandelte Mutagierinnen, die von ihren Wochenendausflügen zurückkehren. Eine davon schert plötzlich auf die Gegenflugbahn aus, rammt Mary und stößt diese in einen anderen Tunnel, der steil bergab führt und Mary geradewegs in den königlichen Erlebnispool plumpsen läßt, woraufhin sich ihre Königin fast zu Tode erschreckt.

Marys Königin besitzt die Angewohnheit, sich in überraschenden, bedrohlichen Situationen für kurze Zeit in die Gestalt eines riesigen krakenähnlichen Seeungeheuers zu verwandeln. Doch diese Metamorphosen lassen regelmäßig neue, tiefe, durch keine Creme oder Operation zu entfernende Halsfalten in ihrer ursprünglichen Gestalt zurück. So hat jeder dieser hysterischen Anfälle zur Folge, daß sie galaktische Armeen von Gewitterblitzen und Donnerwolken aussendet, um sowohl jede Mutagierin als auch jeden Bewohner der Nachbarplaneten an ihrem Groll teilhaben zu lassen, was ihr gewöhnlich eine neue Beschwerde beim Obersten Rat des Commonplanets einbringt - und sonst gar nichts. Die diese Katastrophen auslösenden Individuen werden - je nach Tageslaune der Herrscherin - als Hochverräterinnen geächtet oder gleich von Mutaga vertrieben.

»MARYLYN DBHA LLYGWYN!« keift die Königin die völlig verängstigte Mary an, nachdem sie wieder ihre (nicht gerade ästhetischere) Ausgangsgestalt angenommen hat: ein dreiköpfiges, haarloses Ungeheuer, dessen zweiter Kopf auf der rechten Schulter, und dessen dritter Kopf auf der linken Kniescheibe sitzt. »WAS MACHST DU HIER? GEH SOFORT ZURÜCK AUF DEIN ZIMMER!«

Mary schien sogar noch einen guten Tag ihrer Königin erwischt zu haben.

In einem desperaten Versuch, ihre Haut zu glätten ohne an Autorität einzubüßen, verwandelt sich die Königin in einen schwarzen Monolith-Block. Nicht bedacht hat sie allerdings, daß die Kommunikations- und Bewegungsfähigkeiten dieser Steine äußerst begrenzt sind.

Mary sieht, wie der Stein wackelt und hört ein tiefes Donnern aus seinem Inneren. Zu ihrer rechten Seite entdeckt sie in der Wand ein unheimliches schwarzes Loch, in das sie hineinspringt. Als die schwarze Steinplatte donnernd und wuchtig fluchend das Loch erreicht, stellt sie fest, daß sie nicht hindurchpaßt, und wird wieder zu der Königin, deren drei Köpfe nun kakophonisch der längst entschwundenen Mary hinterherrufen: »DORT WÄRE ICH NICHT HINEINGESPRUNGEN, SCHÄTZCHEN …«
(= Ganze Seite)

Ich legte mich ins Bett, mit einer Tasse Erkältungstee, Telefon und Fernbedienung. Die Laken verströmten noch Susans Geruch, als das Telefon klingelte. Ich nahm den Hörer ab, stieß dabei die Teetasse um, deren lauwarmer Inhalt sich über meinen Schoß und die Fernbedienung ergoß. - Mist! fluchte ich in den Hörer, an dessen anderem Ende sich Lori befand.
- Wenn du nicht mehr mit mir sprechen willst, hättest du mir das auch bei unserem letzten Treffen sagen können!

Ich widersprach ihr.
- Ich weiß einfach nicht … Ich habe so lange nichts von dir gehört, sagte sie.
- Tut mir leid. Ich hatte sehr viel zu tun.
- In der Agentur?
- Ja.
- Aber … als ich dort angerufen habe, haben die gesagt, du wärst krank.
- Ja, bin ich auch, immer noch. Ich glaube, mein Abwehrsystem ist hinüber.
- Du solltest vielleicht nicht mehr soviel trinken.
- Was gibt's? Weshalb rufst du an? Sei mir bitte nicht böse, aber ich habe im Moment …
- Nadine, mein Antrag ist abgelehnt worden.
- Willst du vorbeikommen?
- Ich denke, du bist krank?
- Ach. Das ist nichts Schlimmes. Nichts Ansteckendes.

/ ***how can I ... how can I ... how can my body shed around your metal scars*** - Loretta's Scars, Pavement /

Ich legte tröstend meine Arme um sie, drückte sie an mich und ließ ihr Kinn meine Wange kratzen, ihre Haut, unrasiert und ungeschminkt. Eine einjährige illegale Hormon-Behandlung hatte sie verweiblicht und der Alkohol sie aufgedunsen, ihre einst feinen, androgynen Züge entstellt.

Ich fühlte mich immer noch für sie verantwortlich, gerade jetzt, seit ich mit Susan zusammen war. Sie war eine Frau, ganz selbstverständlich das, was Lori so gerne sein wollte. Und vielleicht niemals würde werden können, wie ihr nun das Dokument, das sie zerknittert aus ihrer Jackentasche zog, bestätigte.

Ihr Antrag auf die erste von unzähligen geschlechtsangleichenden Operationen war abgelehnt worden, mit dem Hinweis auf die fehlenden Beratungs- und Test-Nachweise und ihre derzeitige *psychische Instabilität,* die solche folgenschweren Eingriffe nicht zuließe. *Die Gedankengänge des Patienten sind unzusammenhängend, verworren und extremen emotionalen Stimmungsschwankungen unterworfen,* hieß es. Damit, sagte ich ihr, hätte sie vor 100 Jahren den Test noch problemlos bestanden. Sie lachte.

- Ich verstehe dich besser als du dir das je vorstellen könntest, sagte ich und versuchte, ihr mit aufmunternden Zusprüchen Hoffnung zu machen.

- Willst du dich nicht doch noch rasieren? fragte ich.

- Hast du denn einen Rasierer?

- Ja. Für die Beine, log ich, maskiert als Veräterin feministischer Ideale.

Während sie im Bad war, blieb ich im Türrahmen stehen und rieb mir meinen linken Arm.

- Was ist los? fragte sie.

- Ich fühl' mich etwas schlapp. Hab mich vielleicht erkältet.

Lori saß neben meiner Ruhestätte und hielt Wache, wollte nicht eher fortgehen, bis ich eingeschlafen war. Ihren Erkältungstee schwitzte ich sofort wieder aus, so daß sie zweimal die Laken wechseln mußte. Nach drei Stunden waren unsere Gesprächsthemen für diesen Abend erschöpft, und ich bat sie darum, mir etwas vorzulesen. Sie griff nach dem vordersten Buch im Bücherregal. Ihre tiefe, beruhigende Stimme ließ mich rasch in einen halbbewußten Zustand, die Vorkammer des Schlafes, gleiten, und so sickerten kleine Brocken der Geschichte zu mir herab, durchdrangen die Rinde ...

... catskill-berge ... stattliche höhe emporschwellen und das umgebene land beherrschen ... schlichte gutmütige haut namens rip van winkle ... kein hund der ihn angebellt hätte ... unüberwindliche abneigung gegen alle arten einträglicher arbeit ... sein weib lag ihm ... in den ohren ... zog die schultern in die höhe ... schlug die augen empor und sagte kein wort ... trost im club der weisen und anderer müßiger personen ... ausflucht ... flinte in die hand nehmen und hinaus in die wälder streifen ... eichhörnchenschießen ... plötzlich ferner ruf ... sonderbares äußeres des fremden ... holländertracht ... dickes buschiges haar ... trug tüchtiges fäßchen ... und er fiel in tiefen schlaf ... beim erwachen ... verrostetes schießgewehr ... sein bart ein fuß lang ... hunde bellten ihn an ... das rote gesicht des königs george ... eigentümlich metamorphisiert ... kennt denn niemand hier rip van winkle? ... erblickte ebenbild ... bin vertauscht und kann nicht sagen wie ich heiße wer ich bin ... ende der pantoffelherrschaft ...

Ein Telefonklingeln riß mich aus dem Schlaf.

Susan klang besorgt und bat mich, lauter und deutlicher zu sprechen. Meine Kehle war ausgetrocknet und Lori verschwunden. Zusammen mit meiner letzten Tüte Gras.

Während ich ihr zuhörte, hielt ich den Mund geöffnet, bewegte meine Kiefer und betrachtete ihre Reflektion in einem Glasrahmen.

- Ist alles in Ordnung bei dir? fragte sie. - Hast du noch Fieber?

- Nur 37,5. Mach dir keine Sorgen.

Fasziniert betrachtete ich mein neues Gebiß in der Reflektion, entblößte die Zähne in Drohgebärdenstellung und fauchte, um meinem Spiegelbild Angst einzujagen. Susan fragte, ob ich zuviel geraucht hätte.

- Ja. Kann sein.

Ich fühlte mich kräftig und stark wie eine Raubkatze.

- Versprich mir, daß du im Bett bleibst und dich schonst. Vielleicht komme ich schon früher zurück.

- Ich bin okay, Liebes. Gute Nacht, sagte ich, und ein metallisches Klicken untermalte meine Worte, die letzten menschlichen Laute, die sie von mir hören sollte.

Für eine lange Zeit.

Ich leistete nur wenig Widerstand, blieb so ruhig wie möglich, um nicht zuviel Energie zu verbrauchen, stützte mich auf dem Waschbecken ab und hob langsam meinen Kopf.

Je länger ich in den Spiegel starrte, desto mehr gewöhnte ich mich an diesen Anblick, den Gedanken, daß diese fahle, runzelige, eingefallene Haut jetzt meine Haut war, daß ich nun in dieser Hülle mein Leben würde fristen müssen.

Als ich meine rechte Hand hob, sah ich, daß meine Haut dort grau, fleckig und warzenbedeckt geworden war. Der Handteller war mit den verkürzten Fingergliedern zusammengewachsen, die Nägel zu Krallen gekrümmt, die Finger so unbeweglich wie die Zehen von Tierpfoten.

Ich hob die Hand weiter an, um mir die Haare aus der Fratze zu streichen. Schon bei der ersten Berührung lösten sich die Haarbüschel und fielen ins Becken. Eine kurze Kopfmassage mit beiden Pfoten genügte, um die restlichen Büschel zu entfernen. Mit der längsten Kralle versuchte ich, ein Thermometer zu ergreifen und es zwischen den Ballen meiner Vorderpfoten zum Mund zu führen. Es zerbrach, als das Glas mit meinen scharfen Zähnen in Berührung kam. Ich spülte die Haare die Kloschüssel hinunter und riß mir die Kleider vom Leib, der nur noch ein schwammiges, unförmiges Etwas war mit der Haut eines aufgetauten Hähnchens. Ein Krähenschädel mit Raubtiergebiß und grauen Vorder- und Hinterpfoten.

Ich kniff die Augen ein paarmal zusammen, sah mich um, auf der Suche nach einem versteckten Filmteam, und wartete auf die Anweisungen eines Regisseurs.

Es blieb still.

Niemand sagte mir, was ich zu tun hatte. Niemand hatte ein Drehbuch für diesen Film geschrieben. Niemand würde mein Schicksal berühmt, mich zum Monster der Neunziger machen.

Nein, dies hier war mein ganz persönlicher Horrortrip, maßgeschneidert für einen eingefleischten Fan. Eine Extrarunde für die Dame. *A day in the life* ... Die Tage würden vielleicht andauern, Monate, Jahre. Meine theoretische Ausbildung war beendet, nun folgte das Praktikum, das Anerkennungsjahr, erst dann würde ich in diesem Beruf arbeiten können, vielleicht sogar im Ausland, zum Beispiel in England, als Schloßmonster, das an den Wochenenden gelangweilte Touristen erschrecken dürfte.

Dann hätte ich endlich ein regelmäßiges Einkommen und ein Zimmer für mich allein.

Mein Becken und meine Oberschenkel wurden breiter. Ein Gewicht zog mich nach unten. Ich schleppte mich ins Schlafzimmer. Vor dem Bett stolperte ich über meine kurzen Zehen. Das Gewicht meines Oberkörpers wurde sanft von den Vorderpfoten aufgefangen. Diese Haltung war angenehmer, und so setzte ich meinen Weg auf vier Pfoten fort und krabbelte ins Bett.

Ein zarter Flaum hatte sich auf der vorher noch nackten Haut gebildet. Instinktiv beleckte ich meine Pfoten, um mir mit dem Speichel die feinen Fellhaare im Gesicht zu putzen. Ich spürte, wie meine Schneidezähne länger wurden und ich müder wurde. Auf der Suche nach einem dunklen Versteck kroch ich unter die Bettdecke und verlangsamte meinen Atem.

Es war dunkel. Verdammt dunkel.

Das weiche Gewebe um mich herum strömte einen vertrauten, mütterlichen Geruch aus, umschloß mich wie einen Einzeller, der an der Flucht gehindert und gefressen werden sollte. Um mich zu beruhigen, ließ ich meine rauhe Zunge über mein struppiges Haar gleiten, liebkoste mich selbst, und mit jeder Berührung, dem punktgenauen Abtasten dieser ungewohnten, neuen Gestalt, vervollständigte sich das Bild, verdichtete sich meine Ahnung von dem, was ich geworden war. Als ich den langen, dicken Schwanz am Ende meines Körpers erreicht hatte, brannten meine Augen so fürchterlich, daß ich sie zusammenpressen mußte.

Vielleicht würde ich nie mehr weinen können.

Ich mußte etwas tun. Fliehen. Vor ihr. Ihrem Geruch.

Unter dem Sofa fand ich ein dunkles Versteck, eine ideale Basis für meine Streifzüge. Ungeahnte Möglichkeiten eröffneten sich mir dank dieser neuen Perspektive, ein unerschöpfliches Reservoir an Nahrung und Abenteuer lag mir zu Füßen, unbekanntes Terrain, ein noch unerforschter Planet, und so zog ich los, um erstmalig den Bodenbereich unserer Wohnung zu erkunden. Nur gut, daß ich neulich nicht so gründlich gesaugt hatte. So hatte ich wohl vorgesorgt, mir wertvolle Nahrungsvorräte gesichert, und folgte beim Aufspüren dieser Quellen ausschließlich meiner Nase, denn mein Gesichtssinn war unterentwickelt, meine Welt nur noch ein Fernsehprogramm auf einem sehr alten, flimmernden Schwarz-Weiß-Fernseher.

Ich versuchte, mich an die Farben zu erinnern. Nachts, in den Träumen, kehrten sie zurück. Das Rotbraun ihres Haars, die Farbe ihrer Haut, in allen Abstufungen, ihre Lippen, Muttermale, Brustwarzen, jede Pigmentstörung, Irritation, jede Wunde und Narbe, die Farben ihrer Nagellacke, ihres Lächelns, es würde für ein ganzes Leben reichen, ich könnte mir ein ganzes Leben daraus zusammensetzen, einen Ersatz, wenn ich nur nie mehr erwachen würde.

Doch es gab ein Erwachen. Es gab immer ein Erwachen. Und die Hoffnung, daß ...

Nein. Hier würde keine heiße Milch mit Honig helfen, kein feuchtes Tuch auf der Stirn, kein furchtloser Kuß.

Dies Märchen war noch nicht zu Ende, und keine Fee in Sicht.

Es war alles nicht fair, dachte ich. Ja, ja, ich weiß, meine Hausarbeit damals, über Ovids *Metamorphosen* ... aber das ist doch wirklich kein Grund, mich jetzt ... ja, und dieses Kafka-Comic ... gut, nicht witzig, ich weiß, aber all das rechtfertigt doch wirklich nicht, daß ... bitte? Sie müssen schon lauter sprechen. Ich hör nicht mehr so gut hier drin. Bitte? Schön warm sei's wenigstens? Ach, halten Sie doch ...! Okay, nehmen Sie mir ruhig die Fähigkeit sprechen zu können! Machen Sie doch alles noch ein wenig überzeugender, realistischer ... ja, so ist's perfekt, nicht wahr?

Kurz darauf hörte ich schrille Pfeiftöne.

Vielleicht hätte ich nicht so frech sein sollen.

Dann hätte ich Susan später einfach ... Einfach?

Nach ihrer Rückkehr rannte sie, oder der dunkle Schatten, der sie war, in der Wohnung umher und gab aufgeregte Laute von sich. Ihr Geruch füllte den ganzen Raum aus. Ich zwang mich dazu, ihn zu ertragen, ihr zuzuhören, ihrer Stimme, den Worten, die ich nicht mehr verstand. Sie telefonierte, rief irgend etwas in den Hörer hinein, vielleicht meinen Namen. Es war egal, unwichtig, wer und was ich gewesen war. Für sie war ich nichts Besonderes, nichts anderes mehr als eine widerwärtige Ratte.

Ich drückte meinen prallen Leib fester gegen die Wand. Mußte mir Nahrung beschaffen, irgendwie an ihr vorbeirennen.

Sie schrie laut auf, als sie mich entdeckte, und ich rannte zum Mülleimer und versteckte mich dahinter. Ihre Stimme kam näher, der Geruch wurde stärker. Ich zitterte. Sie schob den Eimer beiseite, sah mich und schrie wieder, noch lauter als zuvor. Ihren Schock ausnutzend, raste ich an ihr vorbei, zurück in mein Versteck unter dem Sofa.

Ein verführerischer Geruch lockte mich zu einem Stück Schimmelkäse. Wie nett von ihr, dachte ich. Sie hatte sich wohl beruhigt und endlich Frieden mit mir, ihrer neuen Untermieterin, geschlossen, mich sogar zum Essen eingeladen. Gerührt schloß ich meine winzigen Augen und biß in den Käse, vorsichtig, denn Gefahren konnten schließlich überall und Wesen wie ich nicht paranoid genug sein. Ich biß also nur ein kleines Stück von der Leckerei ab, zog es zu mir hinüber

und ließ es sofort los, als ich hörte, wie eine Klappe zufiel. Fassungslos starrte ich die Falle an. Natürlich. Kein Zweifel. Ich war ein Ungeheuer geworden.

Doch so leicht würde sie mich nicht loswerden. Geschickt zog ich den Köder vom Haken, verschlang ihn und rannte wieder zurück ins Versteck. Wenn ich schon in ihren Augen nichts anderes war als Ungeziefer, so sollte sie wenigstens wissen, daß sie es mit einem intelligenten Exemplar zu tun hatte.

Bald hörte ich eine zweite, tiefere Stimme, Arthur, und Susan nahm die Falle weg, stellte sie auf den Tisch, wie ein Beweisstück, und begann wohl eine Diskussion darüber, wie unmöglich ich sei. Arthurs Stimme klang leiser, als versuche er, sie zu beruhigen, und es dauerte nicht lange, bis sie mir ein neues Geschenk machten, eine Lebendfalle, die ich selbst gekauft hatte. Leider war sie so konstruiert, daß es unmöglich war, den Köder zu erwischen, ohne in die Falle zu laufen.

Ich umkreiste sie deshalb erst einmal prüfend und betäubt von dem betörenden Käseduft. Ich hatte mich bereits an den Menschengeruch gewöhnt wie an Autoabgase, das Zimmer vollständig erkundet, dabei alles Eßbare vertilgt und angefangen, mich zu langweilen.

Ich schnupperte den Käfig ab und verletzte mir dabei die Nase, meinen wichtigsten Orientierungssinn. Irgendwann, dachte ich, würden sie mich erwischen und töten. Was für ein Leben hatte ich zu verlieren? Tranceartig setzte ich meine kleinen Pfoten auf die Holzplatte des Käfigs, biß mit zusammengekniffenen, brennenden Augen in das Stück Käse und versuchte, es herunterzuziehen, doch es gelang mir nicht, den Mechanismus auszulösen. Ich ärgerte mich darüber, daß ich mich damals für die billigste Falle entschieden hatte.

Die Menschenstimmen wurden lauter, klangen, als amüsierten sie sich über mich, als sagten sie, daß sie noch nie eine so trottelige Ratte wie mich gesehen hatten, und so zog ich stärker an dem Käse, und endlich fiel die Klappe herunter, ein donnerndes, apokalyptisches Getöse, und mein kleiner Körper zuckte vor Angst.

Die Augen, die mich durch das Gitter hindurch anglotzten, waren riesig. Am Tonfall der Stimmen erkannte ich, daß sie mich genau beobachteten und Kommentare abgaben. Sie stellten die Falle auf den Tisch und öffneten die Klappe.

Damit hatte ich nicht gerechnet.

Ich verließ das Gefängnis und blieb verschüchtert auf dem Tisch stehen.

Unscharf erkannte ich vor mir eine offene, große Hand, gereicht von einer freundlichen, ermunternden Stimme. Langsam faßte ich Vertrauen, kroch zu ihr hinüber und begann damit, sie hastig mit meiner kleinen, kratzigen Zunge abzulecken, als über mir ein tieferes Lachen erklang, und die Hand sich höher bewegte, zum Lift wurde, und auf gleicher Höhe mit Susans Augen stehen blieb. Was für ein Aufstieg, dachte ich, doch da ging es schon wieder hinunter, zur Neuen Mitte, etwas hatte sie wohl irritiert, und Arthur lachte, und so kam ich wieder runter, auf den Tisch.

Susan ist manchmal schon recht kleinbürgerlich. Zum Beispiel in ihrem Glauben, jedes Kleintier benötige einen Käfig.

Meiner besaß die Mindestmaße. Natürlich. Arthur hatte ihn besorgt. Für mich jedenfalls stand fest, daß ich dort niemals hineingehen würde, als freiheitsliebende Wanderratte, die in Gefangenschaft zur animalischen Amokläuferin werden würde.

Ich fühlte mich unverstanden. Nur, was hatte ich erwartet? Susan und Arthur waren auch nur Menschen, und ich fand mich weder ungeheuerlich noch niedlich und den Käfig eine Beleidigung für meinen kümmerlichen Rest von Ehre. Stur und verachtend blieb ich vor dem Kasten hocken, beobachtete aus dem Augenwinkel heraus, wie Susan ihn mit Watte, Holzspänen, frischen Apfelstücken, Gemüse, Wasser und einem Napf mit Trockenfutter füllte. Verführt vom Geruch der Speisen, kletterte ich auf die Türklappe und ließ meine Nase der Duftspur folgen, hielt mich mit den Vorderpfoten an dem Scharnier fest und versuchte, ein Salatblatt zu erwischen. Susan nutzte meine Ablenkung und hob die Klappe hoch, um die Tür zu schließen, und so mußte ich herunterspringen, hinab in das Innere des Käfigs.

Ich glaubte, ein schadenfrohes Kichern zu hören. Mir war der Appetit vergangen, und ich suchte nach neuen Unterhaltungsmöglichkeiten, doch da bot der Käfig nicht allzuviel, lediglich ein mit Watte ausgekleidetes Holzhäuschen, eine zweite Ebene mit Spielzeug, einen Spiegel und ein Laufrad, in dem ich mir mit Sicherheit den Schwanz einklemmen würde.

Auf dem Boden rollte ein Plastik-Pinguin umher, der anstelle von Beinen rote Räder besaß, die wie die Reifen eines Rollstuhls rechts und links an seinem Körper angebracht waren. Wenn man seinen Oberkörper anstieß, machte er eine alberne, steife Verbeugung und schwankte wieder zurück. Dadurch wurden seine Räder angetrieben, und nur mit diesem Mechanismus konnte er sich fortbewegen. Ich verabscheute diesen Pinguin und sein aufgepinseltes, dummes Grinsen, das mich an der Unbeseeltheit meines stupiden Zellengenossen zweifeln ließ, und attackierte ihn, wollte so lange an seinem Kopf herumnagen, bis die letzte Spur seines Grinsens verschwunden sein würde, aber es gelang mir nicht, ihn festzuhalten und zu Boden zu werfen. Immer wieder kippte er zurück in seine aufrechte Ausgangsposition, bis ich ihm von hinten auf seine Fratze springen und sie mit beiden Pfoten fest zu Boden drücken konnte. Der Anblick des gesichtslosen, entstellten Pinguins verschaffte mir Genugtuung, ein neues Selbstbewußtsein, wie ich es mir nie zuvor erträumt hatte, zumindest nicht von einem Kampf gegen einen Plastik-Pinguin. Dabei habe ich nichts gegen Pinguine, verstehe allerdings auch nicht, warum mein Bruder so auf die Viecher abfährt. Jedenfalls teilt er sein Apartment mit einem großen Plüsch-Pinguin.

Ich kletterte zurück ins Laufrad und setzte vorsichtig Pfote vor Pfote auf die Querstäbe, das Rad begann sich zu drehen, und bald entwickelte ich den Ehrgeiz, es einmal in entgegengesetzter Richtung umrunden zu wollen. Natürlich rutschte ich immer wieder hinunter, doch ich versuchte es weiter, auch wenn ich bei jedem Stillstand, bei jeder Verschnaufpause, sofort wieder hinabfiel.

Einmal öffnete Susan die Klappe und reichte mir erneut ihre Hand, begleitet von mütterlichen Kose- und Schnalzlauten, doch ich lief weiter, ohne sie zu beachten, drehte verbissen meine Runden im Laufrad, enttäuscht von ihrer Ignoranz und Mißachtung meiner um Transzendenz bemühten Persönlichkeit. Sie hielt das Rad an. Ich zwickte sie in den Daumen, und sie schrie kurz auf, zog die Hand wieder zurück und schloß die Käfigtür. Ich geriet in einen Schwindel, einen Rausch und begann im Delirium, Jogger und Lemminge zu assoziieren, Szenen aus den Rattencomics von Pti-Luc, und wußte nun endlich, was ich wollte, und wo meine Homies waren.

Natürlich, ich konnte mich nicht beschweren, Susan und Arthur sorgten für mich, gaben mir Futter und Sicherheit, grinsende Pinguine und Stoffmäuse mit Glöckchen, doch nicht das, was ich wirklich brauchte.

Als Susan das nächste Mal den Käfig öffnete, krabbelte ich auf ihre Hand zu und leckte sie erst scheinheilig ab, um sie dann als Sprungbrett zu benutzen, und rannte quer durch das Zimmer ins Bad, wo ich mich hinter dem Abflußrohr versteckte. Ich hörte sie fluchen, aber sie folgte mir nicht, so daß ich mich noch einige Zeit lang unter dem Abflußrohr versteckt halten konnte, unsicher, ob meine Entscheidung, diesen Ort zu verlassen, richtig war.

Irgendwann kam sie mir doch hinterher, ließ Badewasser ein, zog sich aus, stieg in die Wanne und begann zu singen, *Once I had a sweetheart, but now I have none,* nicht in der richtigen Tonlage, aber das machte mir nichts, als Verdurstende erfreute mich ihr Gesang wie ein Glas Wasser, und ich schloß meine kurzsichtigen Augen, die sie zu einem nach Veilchen duftenden grotesk unförmigen Fleischberg machten, und es tat weh, *she's gone to leave me*, und ich wollte ihr widersprechen, irgend etwas sagen und versuchte es, *she's gone to leave me,* doch heraus kam nur ein verhaltenes, ängstliches, kaum wahrnehmbares Piepsen, *in sorrow and moan,* und das Brennen meiner Augen schmerzte stärker als je zuvor.

Zeit zu gehen.

Um den Rand der Kloschüssel zu erreichen, mußte ich mich über das Abfluß- und Wasserzulaufrohr hinaufhangeln, ein nicht ganz ungefährliches Unterfangen, mit dem ich außerdem noch Susans Aufmerksamkeit auf mich zog.

Langsam stieg sie aus der Wanne, nackt und triefend, und kam auf mich zu, mit ausgestreckter Hand, ein weiteres Angebot, vorsichtig, als könne jede falsche Bewegung der Auslöser sein für meinen Sprung, hinab in die Tiefe, nicht in den Tod, sondern ins Leben hinein, mein neues Leben. Meine Hoffnung.

Mir blieb nicht viel Zeit.

Zitternd holte ich noch einmal tief Luft und sprang.

8

/ ***let me take you down my corridor ... but beware of our appetite*** - Hell Is Round The Corner, Tricky /

In Rekordzeit rodelte mein Leib das Abflußrohr hinab, kunstvoll und aerodynamisch trotz seiner plumpen Form, und landete sanft in einem ruhenden Gewässer. Meine Ohren vernahmen eine unheilvolle Stille, die Augen Dunkelheit und die Nase Schwefel- und Benzingeruch.

Hier unten wollte ich meine neue Religion finden, *canalwise* werden, *canal credibility* erlangen.

Ich kletterte aus dem Wasser auf einen schmalen Mauervorsprung, der bedeckt war mit Abfall und Kalk und durchzogen von tiefen Rissen, und verkroch mich hinter einer Blechdose, in die ich nicht hineinzukriechen wagte, denn ich fühlte mich ungeschickt und langsam. Wieder menschlicher. Mein Reaktionsvermögen würde nicht ausreichen, um einem Feind ausweichen zu können. Er würde mich in meinem Blechgefängnis serviert bekommen, portionsgerecht, als Dose Rattenfleisch, Ratte im Kochbeutel.

Die Strömung wurde stärker. Ich mußte mich an einem Kabel festkrallen, um nicht fortgerissen zu werden, und lief, sobald der Wasserstand gesunken war, die Mauer die entgegengesetzte Richtung entlang, immer dem Geruch nach, dem miefigen Geruch der Wohnungen älterer Verwandter oder Nachbarn, dem abgestandenen Geruch von Heimat und einer sehr alten Familie, die es nicht nötig hat, ihren Adel zu beweisen. Zwar puderte man sich nicht, sondern badete sogar, doch ihr Badezusatz besaß einen eigenwilligen Geruch, und nur, wer diesen Duft trug, roch für sie sauber, rein und gut. Nicht menschlich. Nicht so wie ich.

Bald erreichte ich einen breiteren, besser beleuchteten Tunnel, in dem der Abwasserfluß tiefer und die Strömung stärker zu sein schien. Dort hinein würde nur eine mutige und kräftige Ratte springen. Ich steckte meinen Schwanz hinein, versuchte, so meinen Körper mit Wasser zu bespritzen, und sah mich um, konnte aber nur auf wenige Zentimeter Entfernung scharf sehen, und dahinter nur verschwommene Hell-Dunkel-Kontraste. Mein Platz auf dem Mauervorsprung war sauber, vermutlich, weil hier der Wasserstand sehr hoch werden konnte und die Strömung dann allen Abfall mit sich fortreißen würde.

Zum Nestbau war dieser Platz ungeeignet.

/ they're awake ... they're alive ... there's a world going on underground - Underground, Tom Waits /

Um mich herum bewegten sich dunkle Schatten.

Das waren sie. Die anderen, echten.

Um meinen Geruch loszuwerden, folgte ich der nächstbesten Rättin in den schmalen Nebenzulauf, in dem sie ihr Nest versteckt hatte. In ausreichendem Sicherheitsabstand blieb ich vor dem Eingang stehen, sah vier Babys in ihrem Nest und verzog mich wieder. Nach einer Weile kam die Alte vorsichtig heraus und tippelte den Mauerweg entlang. Als sie weit genug fort war, rannte ich zu ihrem Nest, wälzte mich darin herum und verschwand, noch bevor sie zurückkam, und hörte dann ein angsterfülltes Quieken, das kraftlos abebbte und schließlich ganz versickerte.

So wurde ich, rattenäugiger Spion, Zeuge einer Familientragödie und sah, wie die Mutter ihre Babys auffraß, eines nach dem anderen, wie sie es zwischen ihren Vorderpfoten hielt wie einen Big Kahuna Burger und zuerst den Kopf, dann den Leib verschlang und dabei die noch zuckenden, winzigen Leichname anstarrte, wütend, und immer wieder zubiß, ihnen Stück für Stück das Fleisch herausriß, als wolle sie sie bestrafen, zurücknehmen, was sie geschaffen, zerstören, was Teil ihres Selbst gewesen war, nur, weil es fremd gegangen war und jetzt nach Verrat roch.

Sie hatte ihre Babys verloren, dabei nur ihre Pflicht getan, das Nest verteidigt, aufgeräumt und wieder Platz geschaffen für ihre Kleinen, falls sie wieder zurückkehren sollten. Und sie würden zurückkehren. Oder sie würde sie finden. Ganz bestimmt.

Und sie suchte sie überall und rannte aufgeregt umher. Ein schweres Schicksal, ein Melodram spielte sich dort ab, und, verständlicherweise, duldete sie keine Kameras in ihrer Nähe, keine schwarzen Augen, und so stürzte sich die Alte auf mich, doch ich, medienkompetent, konnte mich zur Wehr setzen und sie davon abhalten, mir in den Hals zu beißen. Ich zog meine Vorderpfoten kurz weg, setzte sie wieder neu an ihrem Hals an, höher diesmal, und biß ruckartig zu, dorthin, wo ich ihre Halsschlagader vermutete. Ihr warmes Blut floß meinen Kiefer hinab und verklebte mein Fell.

Benommen und verwirrt von diesem Mahl, schleppte ich mich zurück in den Nebenkanal und legte mich zum Ausruhen in das blutverschmierte Nest der Alten.

Ein Rattenbock ging am Eingang vorüber und sah den Kadaver der Rättin, eine willkommene Zwischenmahlzeit.

Ich war offensichtlich ein Weibchen, zu allem Überfluß läufig und verströmte einen aufreizenden Geruch, der die Ratzen in Scharen anlockte. Schon in den ersten Stunden meiner Läufigkeit kam ein Rattenbock herbeigeeilt, sprang auf meinen Rücken und krallte sich mit den Pfoten an meinem Hals fest. Ich preßte meine Augen fest zusammen, wollte an nichts mehr denken, nichts mehr fühlen. Irgendwann löste er die Umklammerung und fiel ab wie ein künstliches, schlecht befestigtes Körperteil. Ich drehte mich langsam um, starrte in seine Fratze und spürte, wie mein Unterleib brannte, sich wundgescheuert und entzündet anfühlte.

Meine Schwangerschaft interessierte ihn nicht. Er besprang mich, wann immer er Lust dazu hatte. Wenn ich mich weigerte, drohte er mir mit angedeutetem Nackenbiß. Ich war sein Eigentum und wurde von ihm, von seiner Hilfe, abhängig, und das machte mich wütend. Mein Bauch war schon so dick geworden, daß ich selber nicht mehr jagen konnte. Glücklicherweise hielt sich nun auch mein Bespringer zurück und beschränkte seine Aufgabe auf die Nahrungsbeschaffung für mich und den Nachwuchs.

Die Geburt war weniger schmerzhaft, als ich befürchtet hatte. Es erleichterte mich zu sehen, daß ich drei äußerlich unauffällige Rattenbabys zur Welt gebracht hatte. Von der ersten Sekunde an fühlte ich mich verantwortlich für diese hilflosen, blinden Bündel, meine Babys, und leckte sie zärtlich ab, bevor sie begannen, an meinen Zitzen zu saugen. Alles verlief normal. Sie lernten, laut zu quieken, das Spielen, Kämpfen und Töten.

Ich hoffte, daß sie gewöhnliche Ratten bleiben würden.

Nacht für Nacht träumte ich von den Menschen, von Susan, und erwachte mit salzig verklebten Augen und struppigem Fell. Einmal an einem solchen Morgen streckte eines der Babys, Gogola, eine Pfote nach mir aus und berührte damit sanft meine Schnauze, und daraufhin rückten alle, Gogola, Sopho Klee und Jelly Nick, näher zu mir heran, drückten ihre Körper an meinen Leib und leckten mich ab, als wollten sie mich trösten.

Mein Instinkt sagte mir, daß es Zeit war, die Jungen aus dem Nest zu werfen.

Mein Bespringer nahm auf die Nesthocker keine Rücksicht und startete einen neuen Versuch, Nachwuchs zu produzieren, bis Sopho Klee eingriff und ihn mit einem sicher gesetzten Biß in den Nacken tötete. Wir fraßen den Alten und stärkten uns, bevor Sopho Klee ebenfalls versuchte, mich zu begatten. Er krallte sich nicht fest. Es war weniger schmerzhaft als bei seinem Vater, aber er war unverkennbar mehr Ratte als Mensch. Ich biß ihn warnend in den Nacken und verließ das Nest, um meine Jungen sich selbst zu überlassen.

Ich wollte nicht noch einmal schwanger werden und wandte eine alte Kunst der Rattenweiber an, bildete die Embryos in meiner Gebärmutter wieder zurück und legte Reserven an. Für bessere Zeiten.

Wir lebten im Ausnahmezustand, hier, in der vermeintlichen Wildnis, der Trabantenstadt mit genauestens abgesteckten Gebieten und zugewiesenen Jagdbereichen. Unsere Statussymbole waren verfaulte Äpfel, große Aluminiumbehälter und besonders gebärfreudige Weibchen.

Der Unterschied zwischen Tag und Nacht war aufgehoben, wir lebten im Zwielicht, einer niemals endenden Mittsommernacht, einem Reich zwischen Alptraum und Realität. Künstliche, vergitterte Sonnen flankierten unsere Wege, geschaffen von Menschen, unseren verhaßten und gefürchteten Göttern, die die verloschenen Sonnen auswechseln und wieder zum Leuchten bringen konnten. Sie schenkten uns ihr Licht, ihre Elektrizität, nach der wir uns sehnten, obwohl uns gerade das Licht verraten und gefährden konnte.

Ich genoß es, meinen Tagesrhythmus selbst festlegen zu können. Hielt ich die Augen offen, war Tag. Wenn ich sie schloß, begann die Nacht.

Nemo im Schlummerland.

Hatte ich einen sicheren Schlafplatz gefunden, waren die Nächte angenehmer als die Tage, waren selbst die sich aus menschlicher Erinnerung nährenden Alpträume erträglicher als das Leben im künstlichen Licht.

So wurde ich zum Traum-Junkie, ließ mich auch mit offenen Augen immer wieder entführen in die verschlüsselte Welt, und die Kanalisation wurde zu einer Höhle, einer Grotte mit verschiedenen Sälen: Irrgarten, Diamantenreich, Trümmerhalle, Jenseits, Zauberreich, Teufelssee und Rittersaal. In ihnen entdeckte ich eine gestrandete Gestalt.

Susan.

Sie ließ mich meinen Auftrag erahnen, die Aufgabe, Mutprobe der Venus, die mich vielleicht hierhergebracht hatte. Hier unten sollte ich nach einem Schatz suchen, der hier schon lange, viel zu lange, auf seine Entdeckung gewartet hatte.

Ich ahnte, ohne ihn würde ich diesen Ort nicht verlassen können.

Während eines Beutezuges spürte ich ein verlassenes Mäusenest auf. Als ich mich hineinlegen wollte, stieß ich auf ein Stück Fleisch, ein totes Neugeborenes, und fraß seinen Körper ohne Ekel oder Schuldgefühle, nach Rattenart.

Etwas zwickte mich in meinen vollgefressenen Bauch. Etwas, das mich, nachdem ich den Nestboden freigeräumt hatte, silbern anblitzte. Ein Behälter mit eingestanzten Schriftzeichen.

Wenn ich noch so menschlich war, wie ich in meinen Träumen zu sein glaubte, dachte ich, müßte ich diese Zeichen verstehen können. So seltsam es klingen mag, ich hatte mich mit der Rattengestalt abgefunden, träumte von einer Rückkehr zu Susan, davon, daß sie mich erkennen und mir ein Leben ermöglichen würde als literarisch gebildetes Nagetier, das sich die Zeit würde vertreiben können mit romantischer Lyrik, Schubert, Chopin und spätviktorianischen Gesellschaftsromanen.

Doch, so lange ich die Buchstaben auch anstarrte, sie ergaben keinen Sinn.

Könnten Ratten lachen, hätte ich über mich selbst gelacht, über die Illusion, daß ich, ausgerechnet ich, etwas anderes geworden sein sollte als eine gewöhnliche, analphabetische Ratte. In Panik versuchte ich, das glänzende Ungetüm weiter freizulegen, und entdeckte einen Spalt, steckte meine Schnauze hinein und schob den Deckel herunter.

Ein betörender Duft strömte mir entgegen. Kekse.

Ich sprang hinab und fraß soviel, bis ich einschlief.

Ich fühlte mich nicht schuldig, nicht verantwortlich für die Einsamkeit meines Bruders.

Es war Susans Entscheidung gewesen, ihn zu verlassen, und wenn überhaupt jemand sie beeinflußt haben sollte, so waren es die trällernden Sirenenvögel gewesen. Nicht ich. Mit dem Versprechen eines sinnesfreudigen Wochenendes war es ihnen gelungen, selbst Wesen wie Arthur und mir Frühlingsgefühle zu entlocken, und, zu meinem Mißfallen, wollte Arthur diese Gefühle alleine mit Susan ausleben, und zwar nicht an einem einsamen, sonnigen Plätzchen, sondern in den mit Elektronik und Menschen vollgestopften Hallen einer Computermesse. Dank Susans Fürsprache durfte ich die beiden als Chauffeurin und Hofnärrin begleiten.

Wie auf manchen Comicbörsen so war auch der Eintritt zu dieser Messe für Frauen und Kinder unter 12 Jahren frei. Arthur nahm Susan und mich ins Schlepptau. Von einer Sensation zur nächsten gleitend, schwebend in weit abgelegenen, höheren Sphären, ließ er sich fortreißen, tauchte hinab in den Meeresstrom, kappte die Leine und verschwand in holographischen Ozeanen. Schiffsbrüchig griffen wir nach dem erstbesten Halt, einem freien Rechnerplatz auf der Ausstellungsfläche eines CD-ROM-Herstellers.

- *enter* lockte ein buntes Feld auf dem Bildschirm.

Das Programm bedankte sich für die Berührung und bat uns, die Sensorenmasken aufzusetzen und eine Erlebnisreise auszuwählen.

Wir entschieden uns für eine Grottentour und durften uns aus dem dazugehörigen Fundus die Figur eines typischen Höhlenbewohners aussuchen. Ich nahm die Gestalt einer Fledermaus an. Susan erwischte versehentlich das Feld daneben und fand sich wieder in dem Körper einer rundlichen, keuchenden Touristin mit exzentrischem Brillenmodell. Schadenfroh umkreiste ich sie, genoß die Flugperspektive und vertröstete sie auf ihre Chance beim nächsten Durchgang.

Nach meinem dritten Crashflug gegen eine Höhlenwand verlor ich jedoch die Flugerlaubnis, während Susan schon die Eis- und die Freiheitshöhle durchschritten hatte.

- *please wait,* tippte ich ungeduldig ein, und sie kam zurück und ließ mich auf ihrer Schulter sitzen, und so durfte ich mit ihr den ersten Saal, die Friedenshalle, betreten. Vor uns lagen Eisfiguren, Zwillinge, Reliefs von greulichen Fratzen, Burgen und Schlösser aus einem vom Zufall errichteten Disneyland, Drachenköpfe, Meerjungfrauen, Fabelwesen, Orgelpfeifen, Bärte und Arkaden. Wir betrachteten die Stalaktiten, Stalagmiten und Sintervorhänge und lachten über unsere gleichzeitige Assoziation von Spaghetti Bolognese.

In der Halle der Einsamkeit bewegte ich meinen Cursor auf Susans blassen, runzeligen, von einem Kragen in abscheulichem Blumenmuster eingefaßten Hals zu und schrieb - *kiss her,* doch die Kiste meldete nur - *invalid command,* bevor sie sich ganz aufhängte und ein Techniker gerufen werden mußte. Beschämt machten wir uns so schnell wie möglich aus dem Staub.

Vor der Halle warteten wir dann noch gemeinsam auf Arthur, Susans Helden, der sie wohl vor jedem Programmabsturz hätte bewahren können. Ihre Unruhe, die Erregung und die Vorfreude auf die nächste Umarmung verliehen ihr eine eigenartige Schönheit, die ich scheu aus dem Augenwinkel heraus bewunderte.

Nach zwei Zigaretten entfernte sie sich von mir, ging auf die Eingangstür zu und blieb vor einem Schaukasten stehen.

Eine weitere Zigarette lang überlegte ich, was ich tun sollte. War nicht allein das Verlangen nach dem Weibe meines Bruders ...? Andererseits ... und hier blieb ich hängen wie in einer Plattenrille und reihte Argument an Argument, bis meine Zweifel ausgetrieben waren und ich ihr folgen konnte.

Vorsichtig öffnete ich den Vorhang ihres halblangen Haares, um ihren Nacken freizulegen. Sie hielt still, wartete ab, gewährte mir das Privileg der Annäherung wie ein geduldiges Spinnenweibchen, betört von den Geschenken des um sein Leben fürchtenden Partners. Ich berührte den zarten, blonden Nackenflaum mit dem Mund, setzte meine Lippen an und küßte und leckte sie dort ab. Meine Zähne deuteten einen Halsbiß an, woraufhin sie ihre genießerische Lethargie ablegte und sich mir zuwandte. - Keine Angst, ich beiße nicht, beruhigte ich sie und erhielt einen Kuß zur Antwort, sinnlich und selbstvergessen, bis unsere Zungen Abschied voneinander nahmen, versuchten, sich an die bevorstehende Phase der Trennung zu gewöhnen, indem sie sich behutsam wieder aus dem Revier der anderen zurückzogen, sich mit flüchtigen Küssen Lebewohl sagten, wie zwei telefonierende Freundinnen, von denen keine zuerst den Hörer einhängen will.

Es war niemals genug. Das Erwachen aus diesem Traum war immer zu früh, zu abrupt und schmerzlich.

Verwundet öffneten wir die Augen. Ich, deren Benommen-

heit sich langsam in Klarheit und Melancholie auflöste, und sie, die mein Gesicht mit ratlosen Blicken abtastete.
- Ich fahre besser mit dem Bus nach Hause, verabschiedete sie sich hastig.
- Ich werde Arthur sagen, er soll auf dich warten.

Mein Bruder wartete an diesem Abend vergeblich.

In Vorfreude auf einen frisch erbeuteten Zombie-Film hatte ich mich gerade gemütlich auf meinem Bett ausgebreitet, als er anrief und nach Seelentröstung verlangte. - Du kennst sie doch auch. Du verstehst sie doch besser, sagte er, und ich dachte, ausgerechnet ich? Ich bin lange genug lesbisch, um erfahren zu haben, daß eine Gemeinsamkeit im Chromosomensatz alleine das Rätsel Weib nicht lösen kann, und murmelte etwas von wegen, Frauen seien eben voller Überraschungen, und das genügte ihm schon, und ich ließ das Band zurücklaufen und krabbelte wieder in Zuschauerposition.

Trotz der Sache am Nachmittag hatte ich nicht mit Susans Besuch gerechnet. Da das Videoband noch lief, erschienen mir auch die Umstände hierfür sehr ungünstig. Als sie mich zur Begrüßung umarmte, ertönte der Schrei des ersten Opfers aus dem Fernseher im Hintergrund, untermalt von psychotischen Streicherarrangements. Damit hatte ich Susans analytische Neugier geweckt und sie in mein Zimmer gelockt.
- Ich schaue mir gerade ein Video an, sagte ich.
- Das sehe ich.

Ihr kalter, analytischer Blick fiel auf den Bildschirm.

Was er sah, war die zweite Schocker-Sequenz des Films, in der eine Gruppe dilletantisch maskierter Alice-Cooper-Imitatoren ein Blutbad unter einem Haufen naiver Vorstadt-Kids in Barry-Manilow-Anzügen anrichtete. Gefährlich an Filmen dieser Machart finde ich eigentlich nur, daß darin die Figuren so stereotyp agieren, daß sie das Monster im Zuschauer selbst erwecken und es dazu auffordern, einzugreifen und diesem Spektakel ein blutiges, aber würdevolles Ende zu bereiten.

Susan starrte auf den Bildschirm. Um zu verhindern, daß

sich auch in ihr irgendein Monster regen könnte, ergriff ich die Fernbedienung und löschte die Ungeheuer aus.

- Das ist so 'ne Art berufliche Weiterbildung, bagatellisierte ich und fischte die letzten Pizza-Cracker aus der Tüte. - Brauch ich für mein neues Comic ...

- ... und ich für mein Seminar über Jugendpsychologie ... sagte sie, nahm sich die Fernbedienung und ein paar Kekse aus meiner Hand, und schaltete den Film wieder ein.

Ich kroch zu ihr aufs Bett, setzte mich neben sie und traktierte sie mit verführerischen Blicken.

- Und? Wie lautet deine Diagnose?

- Die reine Diagnostik nützt dem Patienten überhaupt nichts. Außerdem weiß ich noch viel zu wenig über dich.

- Du könntest mich als Versuchsobjekt benutzen.

- So außergewöhnlich bist du nicht ... Weshalb schaust du dir diese Schinken an?

- Um meine Angstneurose aufzufrischen.

Fasziniert zog Mrs. Spock eine Augenbraue hoch.

- Warum willst du sie denn unbedingt behalten?

- Damit ich mich von dir therapieren lassen kann.

- Das würde voraussetzen, daß ich dazu bereit bin, dich zu behandeln.

Ich rückte näher an sie heran und umgarnte sie mit Nakkenküssen.

- Ich bin so ein interessanter Fall ..., daß du mich gar nicht ablehnen kannst.

- Die Überzeugung, etwas Besonderes zu sein, ist bereits ein wesentliches Merkmal der narzißtischen Persönlichkeitsstruktur.

Nach einer Antwort suchend, setzte ich eine Runde aus, in der ich sie erschöpft und ratlos ansah, während sie neben mich rückte und ihren Kopf an meine Schulter lehnte, und ich schloß die Augen und ließ mich in das verwirrte Gestrüpp meiner Gefühle fallen, in dem ich sie, Susan, wiederfinden würde.

Aus dem Fernseher waren Todesschreie zu hören.

Erschrocken sah ich auf das Bild. Jemand wurde von der Kamera verfolgt, rannte um sein Leben, verlief sich im Walddickicht, verfing sich in Ästen und stolperte über einen verhängnisvollen Baumstamm, der ihn dem Monster, das zuvor die Kamera gewesen war, auslieferte. Susan berührte meine Wange, brachte mich dazu, meinen Blick ihr zuzuwenden und den Arm um sie zu legen.

Wie vernachlässigte Kinder wüteten und brüllten die Zombies nun noch lauter.

Mit geschlossenen Augen tastete ich nach der Fernbedienung, stoppte das Band, und ließ sie verschwinden, die Erinnerung an das Filmblut, in dem sich zuvor die Zombies herumgewälzt hatten. Sie wurde ersetzt durch die feuchten Küsse eines recht lebendigen Paares.

Verklebt von Tränen und Dreck, erbrach ich die halbverdauten Maus-Reste in mein blechernes Nest. Der Geruch widerte mich an, aber ich war zu schwach, um das Nest zu verlassen, torkelte und fiel hin, auf mein eigenes Erbrochenes.

Mein kleiner Magen knurrte, verlangte nach neuer Nahrung, grausamer, cleverer Jagd, Geschicklichkeit und Schnelligkeit, dem noch lebendigen, warmen Fleisch kleinerer, hilfloser Geschöpfe.

Eine Zeitlang ernährte ich mich von Aas, von den Resten, die die anderen übriggelassen hatten, die minderwertigen, weniger nahrhaften Körperteile. Doch bald konnte ich auch diese Nahrung nicht mehr hinunterwürgen und vertilgte die organischen, nichttierischen Abfälle in meinem Revier. So wurde ich selbst ein potentielles Opfer, Teil der Nahrungskette meiner Artgenossen. Wenn ich für kurze Zeit das Bewußtsein verlor, bekam ich eine Vorahnung, einen Vorgeschmack, von dem, was mich erwartete, meiner Zukunft, und je schwächer ich wurde, desto stärker wurden die Erinnerungen an mein menschliches Leben, desto schmerzlicher die Trauer über das Unwiederbringliche.

Der Geruch einer anderen Ratte näherte sich meinem Nest.

Sie fauchte mich an und biß mir in das linke Hinterbein. Das Viech würde mich noch bei halblebendigem Leib auffressen, mir wie ein Aasgeier das Fleisch aus dem Körper reißen, bis es sich abwenden und meinen Kadaver sich selbst, der Verwesung, überlassen würde.

Das war alles.

Und niemand würde je davon erfahren, würde wissen, was geschehen und wer ich gewesen war.

Irgendwann würde ich mich wieder zurückverwandeln.

Ich wußte nicht, wann und wodurch, aber ich wußte, daß es geschehen würde.

Und biß zu.

Noch während sie starb, trank ich ihr Blut und gewann wieder an Kraft. In einem breiten Schacht entdeckte ich einige hellere Stäbe, einen Weg nach draußen. Mein verwundetes Bein schmerzte, aber es gelang mir, mich Stieg um Stieg hinaufzuhangeln, dem Licht entgegen.

9

Ein halbdunkler Raum mit unbekannter Struktur. Ein außergewöhnlich hoher Kanalgang, in dem es nicht nach Fäkalien stank, sondern nach Duftölen, Opiumkerzen und Menschen.

So hatte ich mir das Jenseits nicht vorgestellt.

Meine rechte Schulter schmerzte.

Das bedeutete wohl, daß ich noch leben und wieder eine Schulter besitzen mußte.

Als ich mich auf den Ellbogen stützen wollte, spürte ich kein Gefühl mehr in dem Arm meiner Zeichenhand und berührte und bewegte es mit der anderen Hand, das gefühl- und knochenlose, biegsame Fleisch, schüttelte es, um es wieder zum Leben zu erwecken, und der Schmerz des Erwachens breitete sich darin aus wie ein Lauffeuer, eine Kettenreaktion. Vom

Oberarm bis zu den Fingerkuppen füllte sich der Arm wieder mit Empfindungen, mit Leben, konnte das abgeklemmte Nervensystem wieder das Netzwerk reparieren und die Arbeit aufnehmen. Erleichtert bewegte und betrachtete ich meine Finger, setzte mich hin wie das tapfere Schneiderlein und tastete mein Gesicht ab, die glatte, weiche, nur mit feinen Härchen überzogene Haut, den Mund mit den geraden Zahnreihen, die hervorstehende Nase und die dichten Augenbrauen, den Haaransatz mit dem weichen, nun kürzeren Menschenhaar und die am oberen Rand gerundeten Ohrmuscheln.

Durch das Fenster fiel Mondlicht in das Zimmer hinein. Schemenhaft erkannten meine an die Dunkelheit gewöhnten Augen ein Bett mit dauniger Hügellandschaft. Es beherbergte eine menschliche Gestalt, deren rechtes Bein ungeschützt heraushing. Dem Bett gegenüber stand ein kleiner, runder Tisch mit zwei Klappstühlen, dahinter ein offenes Bücherregal mit Platten und CDs, Reagenzgläsern, anderen Glasbehältern, Ordnern und Kisten mit Drähten und Kabeln. Über dem Tisch hing ein abgenutztes Poster: *Ramones: Too Tough To Die.* Ich schloß die Augen, lächelte und genoß die Wohltat dieser einer Ratte fremden Muskelbewegung.

/ ***watch out ... for worlds behind you ... there's always someone around you who will call ... it's nothing at all*** - Sunday Morning, Velvet Underground /

Über die Gestalt unter der Bettdecke war nichts näheres zu erfahren. Sie hatte sich ins Kopfkissen eingegraben und unter dicken Haarbüscheln versteckt. An ihrem Fußende lag eine Decke mit schottischem Tartan-Muster. Ich war nackt und fror. Als ich die Decke wegnahm, spürte die Schlafende dies, erwachte und schaltete das Licht über ihrem Bett an. Über unsere Begegnung schien sie so überrascht wie ich selbst. Die Beine übereinandergeschlagen und die Arme vor der Brust verschränkt, saß ich ihr gegenüber, noch immer nackt und frierend, da die Decke auf den Boden gerutscht war. Ich versuchte, meinen Körper zusammen, mich möglichst klein zu halten, um sie nicht zu erschrecken.

Sekundenlang starrten wir uns an und ich auf ihre Krauslocken, bis sie sich vorbeugte, die Decke aufhob und sie mir gab. Ihr Blick wurde neugierig, fragend, während ich sie weiter anstarrte und ihre Fragen erwartete, wer ich sei, woher ich komme und was ich wolle. Da ich darauf selbst keine Antwort wußte, wollte ich mich zunächst ausgeben als Frau, die vom Himmel gefallen war, doch als mir die Fremde einen heißen Kakao anbot und ich dankbar annahm, wurde das außerirdische Kostüm unbrauchbar.

Dann sah sie den zerdrückten Pappkarton, auf dem ich kniete, und ich, aus Verlegenheit, im Zimmer umher, zum Fenster hinaus und davor Käfige, die übereinandergestapelt waren, und in ihnen, paarweise untergebracht, Ratten, die nach Punk-Rockstars benannt waren. Ich rieb meinen schmerzenden Unterschenkel, während die Fremde aufgeregt in der Wohnung umherlief, um, wie sie sagte, nach einer verletzten Ratte zu suchen, deren Heim ich durch meine Unachtsamkeit zerstört habe. Es tue mir leid, sagte ich und wollte ihr bei der Suche helfen.

Sid und Nancy nagten sehnsüchtig an ihren Käfigen, und Nina und David quiekten aufgeregt herüber zu Johnny, Dee Dee und Joey, die ihre Bemühungen cool und unbeteiligt zur Kenntnis nahmen, während Robert, sichtlich vergnügt am Gitter nagend, Diskord erzeugte und Siouxsie sich mit Patti stritt. Der tätowierte P-Orridge leckte Lous Pfoten. Ich steckte einen Finger in Mark Es und Iggys Käfig hinein und rief zärtlich nach ihnen, doch Mark E fauchte mich an und zwickte mir in die Fingerkuppe.

- Sind sie nicht süß?

- Sehr nett, vielen Dank, sagte ich irritiert zu meiner Guten Fee, ihrem Kakao und den Ratten.

Sie arbeite in einem Labor, erklärte sie, und ihr Vorgesetzter sei ein Soziopath. Sie komme jedoch mit ihm klar, indem sie

ihn in dem Glauben bestärke, er sei ein Frauenheld, weswegen er sich oft geschmeichelt fühle, und dann, in diesen Momenten, würde sie hin und wieder ein Tier verschwinden lassen, sagte sie und deutete konspirativ auf die Käfige.
- Wie bist du hierhergekommen?
- Die ... Tür stand offen.
- Ich verstehe. Du brauchst dich nicht zu schämen. Ich habe auch eine Zeitlang nur bei Freunden gewohnt. Morgen früh kannst du ein Bad nehmen, wenn du willst. Du ... hast einen sehr merkwürdigen Geruch an dir ...

Sie räumte den Papp-Käfig weg, um Platz zu schaffen für meine Matratze und löschte das Licht.
- Danke, sagte ich leise und sah noch einmal hinauf zu den dunklen Rattenkörpern über mir, deren leuchtende Augen mich verfolgten wie am Bahnsteig Zurückgelassene.

/ ***rat/art ... a word found deep in the heart*** - Radio Ethiopia, Patti Smith /

Frühlingsduft umgarnte meine Nase, gespickt mit süßen Morgenträumen von blühenden Wiesen und fruchtbaren Feldern, ein prosperierender Neubeginn in jugendlicher Frische, bestäubt mit sinnesfrohen Erwartungen und aggressiven Pollenkörnern. Ein Drang zu nießen ließ mich aufwachen. Auf meinem Bett lagen zwei frisch gewaschene, hellgelbe, flauschige Handtücher, und eine freundliche Stimme sagte, sie habe die Eier weich gekocht, ob das für mich okay wäre?
- Wer bist du? fragte ich.
- Ary. Hi. Du hast dich letzte Nacht in meine Wohnung verirrt. Schon vergessen?

Eine Ratte scharrte auf dem Boden ihres Käfigs und meines Gedächtnisses.

Ary roch fremd, menschlich.

Sie näherte sich, rümpfte die Nase und sagte, im Boiler sei noch genug Wasser zum Duschen. Ich kroch aus dem Schlafsack heraus, nahm die Handtücher und humpelte an ihr vorbei.

- Bist du verletzt?

- Das ist nicht schlimm. Nur ... ein verstauchter Fuß.

Mit großen Hüpfern erreichte ich das Bad und schloß die Tür ab, stieg in die Wanne, drehte das Wasser auf, und streckte meine Hände dem Ursprung des Strahls entgegen, ließ die Arme sinken, strich mir die Haare aus der Stirn und versuchte, in dem verwaschenen, mit Freudentränen, Wasser und Seife bedeckten Gesicht in dem Spiegel gegenüber meine vertrauten Konturen wiederzuerkennen, blieb mit geschlossenen Augen minutenlang unter dem künstlichen Regenguß stehen, wollte nie mehr aus diesem Wasserfall hervortreten und stellte mir vor, was passieren würde, wenn ich einfach hier stehen blieb. Wie ich mich im Wasser auflösen und Arys nächste Wasserrechnung aussehen würde.

Übermütig begrüßte ich mein Spiegelbild. - Schön, dich wiederzusehen. Hab dich vermißt.

- Ach wirklich?

Oh nein, nicht schon wieder, dachte ich und wollte mich schon abwenden, als mich meine eigene Stimme zurückrief:

- He, du! Warte!

- Was willst du von mir?

- Oh, du könntest ruhig ein wenig netter zu mir sein. Nach all dem, was du mir zugemutet hast, in letzter Zeit!

- Ich?!!

- Oder denkst du vielleicht, mir hätte es Spaß gemacht, all deine exzentrischen Spielchen mitzumachen?! Okay, ich will mich nicht beschweren. Es gibt langweiligere oder hysterischere Exemplare deiner Art, denen ich hätte zugeteilt werden können ...

- Zugeteilt?

- Natürlich. Wir sind so 'ne Art Hofnarren. Unsere Aufgabe ist, euch ein Zerrbild zu sein. Rechts ist links und links ist rechts, sang meine Reflektion. - Ob es dir gefällt oder nicht. So schnell wirst du mich nicht mehr los ...

- Ja. Nett, dich kennengelernt zu haben. Auf Wiedersehen.
- Moment. Lauf doch nicht immer weg! Ich wollte dir gerade ein Angebot machen.
- Ein Angebot?
- Ja. Komm rüber, zu uns, auf unsere Seite! Wir mögen deine Zeichnungen. Es ist nicht schwer, durch den Spiegel zu steigen. Wenn du mir versprichst, bei uns zu bleiben, zeige ich dir, wie es geht.
- Aber ... könnte ich dann auch wieder zurück, wenn ich wollte?
- Natürlich nicht. Doch das würdest du dann auch gar nicht mehr wollen. Hier wirst du sehr viel Spaß haben, dich endlich frei fühlen!
- Frei? Ihr seid frei? Das glaube ich nicht.
- Es widerspricht meinen Prinzipien, Wetten abzuschließen mit unberechenbaren, materialisierten Lebensformen, aber bei dir ...
- Wenn du willst, daß ich dir das glaube, dann mußt du es mir beweisen ... zum Beispiel ... Wie wäre es mit einem kleinen Tanz?
- Einem Tanz?! ... Aber ich kann doch nicht ...! ... Du weißt doch selbst, wie lächerlich ... Du kannst nicht tanzen!
- Wer spricht hier von mir? Ich denke, du bist frei?

Ich glaubte, einen Seufzer zu hören und zu sehen, wie meine Reflektion aufgab, wieder in ihren alten querdenkerischen und quälgeistigen Routine-Trott verfiel, prinzipiell immer genau spiegelverkehrt zu handeln. Anti zu sein. Das machte sie mir fast sympathisch, und ich beschloß, beim nächsten Mal etwas freundlicher zu ihr zu sein, und summte einen Refrain von Tocotronic, eine Melodie, die irgendwie aus dem Nichts aufgetaucht zu sein und mir nun hinterher zu laufen schien ...
So schnell wirst du mich nicht mehr los ...

- So eine Dusche wirkt Wunder, nicht wahr? sagte Ary. Ich gab ihr recht und erkundigte mich nach ihren Fleischvorräten. Sie sei Vegetarierin, sagte sie.

- Sehr vernünftig. War ich auch mal. Ist viel besser. Viel gesünder. Macht nicht so aggressiv und all das ...
- Ach? Und weshalb ißt du dann wieder Fleisch?

Die Erinnerung an den Geschmack von warmem Blut und frisch getötetem Fleisch kehrte zurück und jagte mir Angst ein, die Angst, mich tiefer verändert zu haben, als ich geglaubt hatte. Daß mein altes, vertrautes Äußeres vielleicht nur Tarnung, eine unschuldige Hülle war.

- Eigentlich mag ich Käse auch lieber, sagte ich und versuchte, ein Lächeln zu erzeugen, darauf bedacht, eventuell vorhandene Eckzähne zu verbergen, und wechselte das Thema.
- Ary ist aber ein ungewöhnlicher Name ...
- Eigentlich heiße ich Ariel. Wie dieser Typ bei Shakespeare, weißt du? Mein Vater ist Englischlehrer. Ich mag meinen Namen nicht. Auf englisch versteht ihn niemand, und auf deutsch denken alle hier dabei eher an Waschmittel als an einen Luftgeist ...

Ich grinste, und sie fragte mich nach meinem Namen.

- Nadine.
- Oh. Schöner Name.
- Ich mag ihn auch nicht.
- Er bedeutet *›Hoffnung‹*
- Kann sein, sagte ich und ging hinaus auf Arys kleinen Balkon und sah den von der Wintersonne in warmes Licht getauchten Nordteil der Stadt, eine Bühne im Scheinwerferlicht, östlich begrenzt durch Spiegelungen in den Glasfassaden der Bürohäuser über dem herausgeputzten Fluß, westlich durch reflektierende Fabrikhallenfronten und Quecksilberseen,

und die Schönheit dieses Anblicks, die Anmut in dem Treiben unten vor unserem Hochhaus, die Farben, die Bewegung, die Lebendigkeit in dem Gewühl von Menschen und Blech, dem Kindergeschrei und Nachbarsgeschwätz und Verkehrslärm.

Irgendwo dazwischen würde Susan auf mich warten.

- Ich muß zurück, sagte ich, und Ary fragte mich wohin, und

ich erzählte ihr von Susan, und ihr trauriger Blick verriet mir, daß sie mich so schnell nicht wieder hergeben wollte, daß sie ihre mir geliehenen Klamotten vielleicht als Köder für eine Wiederbegegnung einsetzte. Und tatsächlich schienen wir beide Wurzeln getrieben zu haben, vorsichtige unterirdische Annäherungsversuche, die sich bereits so sehr ineinander verheddert hatten, daß die Trennung schmerzte. Vielleicht hatte Ary auch schon mein Potential als biologisches Phänomen und fruchtbares Versuchsobjekt erspürt. Vielleicht würde sie, die Biologielaborantin, mir dabei helfen können, endlich herauszufinden, was eigentlich mit mir los war.

Was ich erlebt hatte, war einfach zu verrückt, hatte selbst meine eigenen, kühnsten Alpträume übertroffen ... was vielleicht nur beweist, wie harmlos, inkonsequent und unflexibel diese gewesen waren.

Die Rückkehr der Glorreichen Nadine.

Von Ary aus hatte ich mehrmals versucht, Susan anzurufen, anstelle ihrer Stimme jedoch nur kardiogrammartige Besetztzeichen gehört.

Während sich Ary auf den Verkehr konzentrierte, brütete ich unzählige Varianten des Großen Moments aus, eine melodramatischer als die andere.

Die-unverhoffte-Wiederbegegnung-zweier-Liebenden.
Die-tragische-Geschichte-eines-Kriegsheimkehrers-der-nichts-mehr-so-vorfand-wie-er-es-verlassen-hatte. Die Ehefrau hatte ihn vergessen, für tot erklären lassen und einen neuen Mann geheiratet. Die Kinder erkannten ihn nicht mehr wieder. Er fand sich nicht mehr zurecht in dieser Welt. Das Biberkopf-Gefühl. Draußen zu stehen. Immer draußen zu bleiben. Liebling, du warst so lange fort ...

Ich suchte die Bäume, Strommäste und -kästen ab nach Vermißtenaushängen mit meinem Foto. Nichts. Niemand vermißte mich. An einer Ampel hielt ein Polizeiwagen neben uns, doch die zusammengekniffenen Lippen unter indiviualistisch gezwirbelten Barthaaren blieben zugefroren bei meinem

Anblick, gaben keinen Hinweis auf eine Suchaktion nach mir. Seit meinem Verschwinden waren, wie ich von Ary erfahren hatte, drei Monate vergangen, drei Monate, in denen Susan nicht ein Lebenszeichen von mir erhalten hatte, keinen Erpresserbrief, keine Lösegeldforderung. Ich war einfach verschwunden aus ihrem Leben. Eine Tote, deren Leiche nie gefunden werden konnte. Ein unerklärliches Verbrechen ohne den geringsten Verdacht auf Täter oder Tatmotiv. Für Susan war ich tot, gleichgültig, ob es ein Unglück oder Selbstmord gewesen war. Alternativ dazu konnte sie nur noch annehmen, daß ich freiwillig abgetaucht war und meine Spuren verwischt hatte, um sie zu verlassen. Beide Hypothesen trafen sogar zu, in gewissem Sinne, und die Konsequenzen beider Fälle würden für mich gleichermaßen schmerzhaft sein: Im ersten Fall würde Susan mich als Zombie oder ruhelosen, heimkehrenden Geist sehen, im zweiten mich bestenfalls mit Gleichgültigkeit, schlimmstenfalls mit Ohrfeigen begrüßen.

- Danke für alles und grüß die Ratten von mir, verabschiedete ich mich von Ary und fragte mich kurz, ob Susan überhaupt noch in meinem Zimmer wohnen würde, als ich klingelte.

Im Treppenhaus hing ein vergilbter, handgeschriebener Zettel mit billig kopiertem Foto von mir und meinen persönlichen Daten. Kein Hinweis auf eine Belohnung. Ich riß den Zettel ab und rannte die Stufen hinauf. Die Tür stand offen. Susan kam mir aus der Küche entgegen und starrte mich an. Wie ich es erwartet hatte. Ich hielt ihr den Zettel entgegen.

Mein Mund war so ausgetrocknet, daß ich nur mit Pausen sprechen konnte.

- Du ... hast dich hier geirrt ... in der Größe ... sagte ich und dann umschlangen sich unsere Arme und Körper in elektrisierter Stille. Mit jedem Atemzug nahm ich ihren lebensspendenden Geruch auf, durch jede Pore hindurch, schnüffelte an ihrer gepuderten Wange, sog die Partikel ein, als wäre ihre Haut ein Spiegel, wollte ich mich mit ihr, mit ihrem Geruch füllen, sie schmecken, ablecken, ihre Stirn, die Augen mit den feinen Wimpern, die Haut über den Wangenknochen, die Nasenflügel, die Lippenlinie, das Kinn. Erwacht durch meine Berührung, tasteten sich ihre Lippen auf meinem Gesicht vor, bis sie meinen Mund gefunden hatten. Meine Augen waren verklebt von einem milchigen, salzigen Belag. Blind, eine neugeborene Katze, ließ ich sie in meinen Körper eintreten, während ich an der Zitze ihrer Zunge leckte. Ein hilfloses Bündel bei der Fütterung. Bis ihr leichter Druck auf meine Schulter das Ende der Nahrungsaufnahme ankündigte.

- Wo bist du nur gewesen?

- Im ... Untergrund, sagte ich lächelnd und vertraute meinem natürlichen Charme.

Ihr zweifelnder, abkühlender Blick ließ mich bereuen, daß ich sie mit meinen bisherigen Lügengeschichten abgehärtet hatte.

- Da bin ich ja beruhigt, sagte sie sarkastisch. - Und ich hatte schon befürchtet, so kleine grüne Männchen hätten dich entführt.

- Grünhaarig, korrigierte ich sie. - Sie waren grünhaarig. Einige von ihnen. Ne Art Punks. Mitglieder einer systemfeindlichen Untergrundorganisation. Und sie haben mich nur freigelassen unter der Bedingung, daß ich nicht mehr über ihre Identität oder ihre Gruppe verrate ... du verstehst?

- Ach? ... Und warum wollten die ausgerechnet dich haben?

- Eine Verwechslung. Eigentlich wollten sie eine Musikmoderatorin entführen, den Sender erpressen und die Teenies für ihre Sache mobilisieren.

- Haben die denn nicht gemerkt, daß sie die falsche erwischt haben?

- Nein. Sie haben mir nicht geglaubt, und ich konnte nichts beweisen, weil die keinen Kabelanschluß hatten. Aber ... sie haben mich gut behandelt. Ich durfte sogar ihre Platten hören.

Ihre Körpersprache transportierte Gesten der Provokation herüber, ließ mich wissen, daß ich zu weit gegangen war.

- Ende der Märchenstunde. Was ist passiert?

- Aber ... Ich schwöre dir, es ist wahr! Ich bin entführt worden und konnte nicht fliehen!

- Hat Lori dir wieder irgendein Zeug gegeben?
- Nein. Nur ... einen Erkältungstee.
- Und diese ... Entführer ... Wie würdest du sie beschreiben?

Ratten. Nager. Monster, dachte ich und schwieg.
- Woran haben sie dich erinnert?

An schlechte Horrorfilme.
- Soll ich mich auf die Couch legen?
- Lenk nicht ab! ... Woran haben dich deine Entführer erinnert?
- An tief verdrängte Urängste meiner Kindheit, okay? Bist du nun zufrieden?
- Wo zum Teufel bist du gewesen?!
- Das habe ich doch schon gesagt: im Untergrund.
- Wo zum Teufel?!!
- In ... Ich wartete scheu ihre Reaktion ab. - In der Kanalisation.

Sie wich zurück.
- Du bist wie ein Tarot. Wenn man ihm mehrmals die gleiche Frage stellt, werden die Antworten auch immer absurder ... Du willst also ernsthaft behaupten, du hättest drei Monate lang in der Kanalisation gelebt, ja?
- Ja.
- Das ist eine sehr seltsame Geschichte ...

Erstunken und erlogen. Wie würde sie erst auf die Wahrheit reagieren?
- Findest du es nicht merkwürdig, daß anscheinend nur du solche Dinge erlebst?
- So außergewöhnlich bin ich nicht.

- Warum hast du mich verlassen?!
- Aber ... ich ...!
- Wie heißt sie?!

Weil ich sie nicht anschauen wollte, sah ich zu Boden, auf eine Galerie mit Herrenschuhen. Neben gewöhnlichen Exemplaren, die dem Freund meiner Tante gehören konnten, stand ein Paar halbhohe Turnschuhe, das nicht zu ihrem Freund paßte. Jedenfalls nicht zu ihrem aktuellen.

- Wem gehören diese Schuhe? fragte ich Susan und forschte in ihrer Mimik nach einer Erklärung.
- Nadine, es hat sich einiges verändert ...

Ich schob sie beiseite und ging durch das Studio in mein Zimmer, das heißt, in mein früheres Zimmer. Den neuen Bewohner hatte ich unsanft geweckt. Er sprang auf und bedeckte ihn mit einem Laken, seinen nackten Körper, den ich nur allzugut kannte.
- Mach dich nicht lächerlich, sagte ich. - Vor mir brauchst du dich nicht zu schämen.
- Wie sollte ich denn wissen ...? Was machst du hier eigentlich?
- Das gleiche wollte ich dich fragen.
- Wo bist du gewesen? Und wieso bist du überhaupt wieder da?
- Ich habe neun Leben ... wie eine Katze ...
- Schade, daß du nicht auch verschwinden kannst wie die Cheshire Katze.

Unser Streit lockte Susan an. Ich bat darum, sie alleine im Studio sprechen zu können.
- Vielleicht wäre ich besser nicht zurückgekommen.
- Nein! widersprach sie sofort, sagte aber weiter nichts.
- Liebst du ihn noch?
- Ich kann mich nicht zwischen euch entscheiden. Jedenfalls, im Moment noch nicht ...
- Und in der Zwischenzeit sollen wir uns die Köpfe einschlagen?
- Ich kann verstehen, daß du sauer bist, aber ... ich habe verdammt noch mal auch gute Gründe dafür, auf dich wütend zu sein!
- Zum Beispiel?
- Das kann ich dir nicht sagen. Noch nicht. Jedenfalls nicht so lange, bis du mir endlich sagst, wo du die letzten drei Monate wirklich gewesen bist!
- Ah! Ein Deal also. Mein Geheimnis gegen deines.
- Was erwartest du eigentlich?! Daß sich nichts verändert hat?

Daß alles hier noch so ist wie vor deinem Verschwinden?
- Ja.
- Du bist eine Träumerin, sagte sie, ruhig.

Die Neuigkeit, daß mein Bruder nun mein Bett wie auch meine Freundin übernommen hatte, war leider nur die erste einer Reihe von weiteren Überraschungen, von denen Susans beiläufig fallengelassene Bemerkung, daß ich meinen Job bei der Künstleragentur verloren hatte, noch die harmloseste war.
- Ich werde schon etwas anderes finden.
- Was ich sagen will, ist: natürlich kannst du eine Weile hier wohnen, aber ...
- ... So lange, bis du dich für eine oder einen von uns entschieden hast, Prinzessin?

Sie atmete tief aus, als versuche sie, dadurch ihr Problem, mich, loszuwerden.
- Darf ich dir jetzt auch mal meine Version von der Geschichte erzählen? Sie ist leider etwas, wie soll ich sagen? Profan, ekelhaft, langweilig, realistisch. Ich glaube nicht, daß sie dir gefallen wird. Wenn nicht, kannst du ja wieder zurück in die Kanalisation gehen! ... Sag jetzt bitte nichts und schau mich nicht so giftig an! ... Kannst du dir eigentlich vorstellen, was für Sorgen ich mir gemacht habe, als ich zurückkam und du verschwunden warst? Zwei Wochen lang haben Arthur und ich dich überall gesucht! Die Polizei hat natürlich auch nichts gefunden und die Suche schließlich eingestellt, mit dem Hinweis darauf, daß du nicht der einzige Vermißtenfall wärst. Wir hatten in der Zeit übrigens eine Ratte hier, wahrscheinlich, weil du wieder Essensreste ins Klo geschüttet hast! Sie war echt widerlich! Am Anfang fanden wir sie ja noch niedlich, aber sie hatte einen Widerwillen gegen ihren Käfig. Dabei hatte Arthur ihr so einen schönen Käfig gekauft! Das Viech hat mich dann irgendwann in den Finger gebissen und ist vom Klodeckel gesprungen, abgehauen, wahrscheinlich zurück dahin, wo es hergekommen ist ...!

An dieser Stelle hätte ich sie vielleicht unterbrechen sollen.

Sie sah mich an, als würde sie dies erwarten, doch ich nickte nur stumm, wie diese Mops- oder Dackel-Figuren auf Autoablagen, die, wenn man ihre Köpfe einmal angestoßen hat, ewig weiternicken ... und dabei nicht sehr intelligent aussehen.
- Findest du das nicht merkwürdig? fragte sie, und, aus dem Dösen erwacht, riß ich die Augen auf. - Ich meine, ist doch komisch, oder? Ihr wart anscheinend beide zur gleichen Zeit ...

Ich gähnte, vielleicht tatsächlich, weil, wie Susan vermutet hatte, mir dieser Teil der Geschichte so realistisch vorkam.
- Langweile ich dich etwa? fragte sie, und ich winkte ab, mühsam ein zweites, noch auffälligeres Gähnen unterdrückend.
- Wir konnten dich also nicht finden, fuhr sie fort. - Die Selbstmordtheorie wurde verworfen, weil sie weder eine Leiche noch einen Abschiedsbrief von dir finden konnten. Eine Entführung haben wir ebenfalls ausgeschlossen, weil wir keinen Erpresserbrief erhalten haben und uns auch nicht vorstellen konnten, weshalb dich jemand entführen sollte.
- Mord oder Raubüberfall schien auch unwahrscheinlich. Trotzdem hat die Kripo mich, Sylvie, Arthur und Lori verhört, aber wir alle hatten ein Alibi für das Wochenende, an dem du verschwunden bist. Alle bis auf Arthur. Er war auch der einzige, dem sie ein Motiv für einen Mord anhängen konnten. Außerdem hatte er sich dadurch verdächtig gemacht, daß er von Anfang an auf Selbstmord hingewiesen hat.
- Sie haben ihn festgenommen und kurzerhand zum Hauptverdächtigen gemacht. Es war fürchterlich. Er hat geheult wie ein kleiner Junge. Deshalb haben sie ihn zu einem Psychiater geschickt.

Ich schloß die Augen, kniff sie zusammen.
- In dem Gutachten hieß es, Arthur sei eine regressive Persönlichkeit mit hochgradiger Suizidgefährdung. In Ermangelung einer ausreichenden psychischen Energie für diesen Schritt habe er die Selbsttötungstriebe, seinen Schatten, auf seine Schwester projiziert, sei mit ihr verschmolzen und habe

durch den Mord seine Anima, seine eigene unbewältigte feminine Seite, auslöschen wollen.

Ich holte tief Luft.

- Das war der erste Arzt. Ich habe dann noch jemandem mit einem zweiten Gutachten beauftragt. Der hat bei ihm nur eine leichte depressive Verstimmung festgestellt, die er sogar direkt mit deinem Verschwinden in Verbindung brachte.

- Jedenfalls, der Verdacht auf Arthur wurde fallengelassen, und sie haben sich dann wieder auf die Selbstmordtheorie konzentriert. Ich mußte ihnen noch einmal alles über unser letztes Telefongespräch erzählen, und, na ja, es kam mir schon merkwürdig vor, daß du nicht wolltest, daß ich früher zurückkehre und so ... dein *Gute Nacht, Liebes* ... Es war so furchtbar ... Auf einmal paßte alles zusammen! Ich glaubte nicht mehr daran, dich jemals wiederzusehen ...

Meine Zigarette war auf dem Aschenbecher ausgebrannt, ohne daß ich es bemerkt hatte. Ich hätte heulen, Susan umarmen oder küssen sollen, aber ich konnte es nicht. Und haßte mich dafür. Dabei war es nur konsequent, vielleicht die Fortsetzung der Kälte, die ich gesucht und gefunden, die mich verändert, weiter von den Menschen entfernt hatte.

Ja. Es war Mord gewesen.

Ein perfekter Mord.

Für den niemand jemals einen Beweis finden würde.

Oder die Leiche.

Denn diese würde weiterleben, im Mörder selbst.

10

Obwohl der Kälteeinbruch lange vorausgesagt worden war, hatte ich mich nicht vorbereitet, keine Reserven zurückgelegt, nichts, wovon ich zehren konnte. Meine Nahrungsquellen waren über Nacht schockgefroren und ungenießbar geworden oder verrottet in ihrem Leben nach dem Verfallsdatum. Trübe, undichte Einmachgläser verbargen pelzige, verdorbene Früchte, deren morbider Gestank den Raum vergiftete. Ich riskierte nur einen kurzen Blick hinein, dann verließ ich diese Kammer entsetzt und beschloß, sie nie mehr zu betreten. Zumindest nicht, bevor sie gründlich ausgemistet worden wäre.

Doch wer sollte dies tun, wenn nicht ich selbst? Ich war keine Schloßherrin, die einen Hausdiener damit hätte beauftragen können, genoß nicht mal mehr Wohnrecht in dem Zimmer meiner Tante, die Susan ins Herz geschlossen, mich wohl schon aufgegeben und die Besuche ihres Neffen begrüßt hatte. Meine einzigen Diener waren Schabernack treibende Hausgeister.

Auf mich gestellt, ohne Nahrungsvorräte, zog ich mich in meine Höhle zurück. Bald schon war meine Körpertemperatur dramatisch gesunken, und ich verfiel in Winterstarre, als sei ich immer schon eine Handflüglerin gewesen, eine fliegende Ratte, ein Nachtgeist.

Im Morgengrauen verließ ich meinen schlafenden Körper, um mit meinen Handflügeln über Susans Haut zu gleiten. Sie war weiß, weiß genug, um mich nicht an Lori, an ihre Tätowierung, zu erinnern. Susan spürte mich nicht. So konnte ich ungestört ihrem Atem lauschen, den Geräuschen, die sie machte, wenn sie sich schlaflos im Bett wälzte, die sie im Traum von sich gab, und all dies im Gedächtnis speichern, diese Reihe von Hörbildern, von Sound, der die visuellen Erinnerungen ablöste, soweit, bis Susan selbst zu einem Geräusch geworden war. Doch schon die leichtesten Störungen ließen mich aufschrecken. Jedes fremde, unbekannte Geräusch, jede leichte Berührung riß mich aus dem Schlaf. Bei jedem Aufwachen verlor ich an Energie. Deshalb besuchte ich Susan nur, wenn sie alleine schlief. Ohne Arthur.

Spätnachmittags kroch ich dann aus meinem Verschlag, setzte meine Sonnenbrille auf und ging auf Beutefang, kurz vor Ladenschluß, besorgte mir alles Notwendige für die Nacht: Innereien wie Leber oder Schweineherzen, Hirn, Muskelfleisch, Gehacktes, für sonntags ein Steak. Meine erste Tagesmahlzeit würgte ich roh auf dem Heimweg hinunter, versteckt in düsteren Hauseingängen. Mit der zweiten wartete ich, bis Susan und Arthur in wohlverdienten Tiefschlaf gesunken waren.

Natürlich fanden sie meinen Lebensrhythmus verwunderlich. Nachts könne ich besser zeichnen, erklärte ich mich dem gemeinen, lichthungrigen Pärchen. Dabei hatte ich das Mary-Comic seit meiner Rückkehr nur ein einziges Mal wieder angefaßt. Nachdem ich es von einer dicken Staubschicht befreit hatte.

Mary hat für ihre Landung die falschen Koordinaten angegeben - und landet in einem Gartenteich inmitten einer Grillparty.

Ihr gelingt es nicht, mit den Menschen zu kommunizieren. Sie kann sie nur stumm beobachten, während diese bei ihrem Anblick schreien oder in Ohnmacht fallen. Eine Frau lacht sie aus. Die Männer, das Grillfeuer, das Geschrei der Kinder, die Tier-Tonfiguren, die großen, bellenden Hunde ... all das macht ihr angst. Sie verwandelt sich in eine Fledermaus und fliegt in ein dunkles Versteck, in dem sie sich hängen und ihr Fell trocknen lassen kann.

Mein Stil hatte sich geändert. Die Konturen waren spitzer geworden, die Schattierungen kräftiger, dunkler. Allein für eine Doppelseite verbrauchte ich nun eine ganze schwarze Patrone.

Nun, dachte ich, war also auch für mich wieder die Zeit der Schwarzen Gedanken angebrochen. Nicht, daß mir der neue Stil nicht gefallen hätte, aber wie ein Tintenklecks im Rorschach-Test wuchs in mir der Verdacht, daß dieser neue Stil weder für Mary noch für mich Gutes verheißen würde.

Ich bewunderte die alte Zeichnerin, ihre Lebendigkeit, so sehr, daß ich vergaß, daß ich selbst diese Zeichnerin gewesen war. Wenn ich ihr begegnet wäre, hätte ich sie um ein Autogramm gebeten und gehofft, daß etwas von ihr auf mich abfallen und mein aschenes Haupt erleuchten möge.

In einer alten Fabel heißt es, Fledermäuse seien verwunschene Vögel, die einst Menschen werden wollten. Ihnen seien Zähne und Fell gewachsen, doch kein menschlicher Leib. Und so, da sie nicht mehr zurück, keine normalen Vögel mehr werden konnten, mußten sie fortan beides bleiben, Vogel und Säugetier, Zwischenwesen, die sich seitdem, aus Scham über ihre Gestalt, nur noch nachts zeigen.

Dann schrieb der Dozent einen griechischen Satz an die Tafel, sagte, dies sei der Zauberspruch der Vögel gewesen, und warnte uns davor, diese Worte jemals laut auszusprechen, und alle im Raum lachten, schrieben den Spruch nieder und lernten ihn auswendig. Ich aber wagte nicht einmal, ihn abzuschreiben, diesen Warnspruch an der Wand.

Arthur hatte uns *die Schöne und das Biest* getauft. Selbst durch die Wände hindurch verstand mein verfeinertes Gehör jedes im Umkreis gesprochene Wort, jede Beleidigung, jeden Streit, jede Lagebesprechung.

- Sie ist nicht krank! rief mein Bruder.

- Du findest es also normal, wenn sich jemand in einem abgedunkelten Raum mit Sonnenbrille verkriecht, tagsüber schläft und nachts Blutspuren in der Küche hinterläßt?

- Für Nadine, ja, durchaus.

- Wer hat hier wen mystifiziert?

- Ich mystifiziere sie nicht. Ich kenne meine Schwester nur lange genug, um nicht mehr auf ihre Tricks hereinzufallen. Du weißt, ich mag sie, aber sie hat diese Tendenz ...

- Bist du etwa eifersüchtig?

Eine kurze Pause.

- Ich bin mir nicht mehr sicher, ob ich dazu nicht doch einen Grund habe.

- Wieso sollte ich mich ausgerechnet jetzt wieder in sie verlieben?

- Warum bestehst du dann nicht darauf, daß sie endlich auszieht?

- Aber, siehst du denn nicht? In ihrem Zustand ...

- Hierbleiben kann sie jedenfalls auch nicht länger! Sie versucht, dich zurückzugewinnen, und sie wird nicht eher aufgeben, bis sie ihr Ziel erreicht hat, merkst du das nicht? Wenn ich heute abend zurückkomme, erwarte ich, daß du Nadine gesagt hast, sie soll sich endlich eine eigene Wohnung suchen. Da kann sie dann ihre Vampir-Show weiter abziehen, aber, ohne Publikum wird sie ohnehin die Lust daran verlieren. Du brauchst dir wirklich keine Sorgen um sie zu machen. Glaub mir. Sie weiß schon, wie sie bekommt, was sie will.

Er ging. Endlich. Verließ die Wohnung. Durch das Atelier. Wo ich saß. Was ihn überraschte. Er sich jedoch nicht anmerken ließ. Sondern zielstrebig an mir vorbei hinausschritt.

- Ich werde euch nicht länger belästigen, sagte ich zu Susan, die peinlich erstaunt über meine Anwesenheit zusammenzuckte wie ein ertappter Ladendieb.

- Bist du die ganze Zeit nebenan gewesen?

- Ja. Und, um deine nächste Frage gleich vorweg zu nehmen, ja, ich habe euer Gespräch mit angehört. Aber, keine Sorge, ich werde euch bald nicht mehr zur Last fallen, mich nicht mehr zwischen dich und Arthur drängen ...

- Aber ...! So war das doch gar nicht gemeint! Hast du nicht gehört? Ich habe doch ...

- Du hast gesagt, du findest mein Verhalten neurotisch.

- Wenn du mir nicht sagen willst, was mit dir los ist ...

- Wenn du dich nicht endlich entscheidest ...

- Versteh doch, Nadine. Ich kann nicht ...

- Willst du auch, daß ich ausziehe?!

- Nein ... das heißt, ja ... Ich weiß nicht ... Ich will dich nicht verlieren ...

Mein Durst. Wie ich ihr in den Nacken beißen und ihre Halsschlagader aufreißen würde, an ihren Lippen hängen und ihr Blut trinken, ihre Haut mit Rasierklingen öffnen und sie ablecken würde, wie meine Zähne, meine Nägel, in ihr Fleisch sinken würden ... ich an diesem Nachmittag eine Klinge mit ins Bett schmuggelte, sie über die Innenseite meines Unterarmes gleiten ließ, die Pulsadern öffnete, ein präziser, gerader Schnitt, der das Blut nur langsam hervortreten ließ, eher ungefährlich, die Art von Schnitt, zu dem Notärzte *dilletantisch* oder *amateurhaft* sagen ... wie ich die Klinge fortwarf, die ersten Blutstropfen hervorquellen sah, wie sie Bahnen bildeten, ein hellrotes Netzgeflecht über meinen blassen Unterarm, wie ich meine Hand langsam drehte, um die Pfade umzuleiten, wie ich den Arm hob und das Blut an meinen Unterarmen abzulecken begann, damit es nicht heruntertropfte, wie mein Mund die Wunde berührte und an der Ader zu saugen anfing wie an einem zu aktivierenden Wasserschlauch, bevor ich Susan die blutende Wunde auf den Mund legte ... wie sie sich weigerte, wehrte, den Mund wegzuziehen versuchte, ihre Augen geschlossen hielt, wie meine Wunde ihren Bewegungen folgte, während ich sie immer wieder dazu aufforderte zu trinken, während ich die Wunde stärker auf ihren Mund preßte, ihn dadurch mit Blut verschmierte, mit meinem Blut, wie ich immer mehr forderte, sie anschrie, sie solle endlich trinken, widerwillig, zitternd ... wie aus ihrer Traurigkeit Aggression wurde, wie sie anfing, heftiger zu saugen, mehr als ich ihr hatte geben wollen, wie ihre Zähne die Wunde berührten, ich fürchtete, sie würde sich ein Stück herausbeißen ... wie gierig sie aussah, wild und schön, was ich gewollt hatte, was ich jetzt sah, schwächer werdend mit jedem Blick, wie stark sie wurde, während ich an Kraft, an Bewußtsein, verlor, meine Augen immer noch auf sie gerichtet, durch die herannahende Schwärze hindurch ... wie sich kalter Schweiß auf meiner Haut bildete, ich meine blutende Hand von ihr wegzog und mich fallen ließ ... bis ich wieder erwachte, auf dem Rücken liegend, und sah, wie sie blutverschmiert neben mir kniete, den Aderfluß stoppte, die Wunde desinfizierte und mein Handgelenk verband ... wie sie dabei weinte und fluchte, -verdammt! rief und - du bist echt total durchgeknallt! ... wie sie mir leichte Ohrfeigen gab, weil sie dachte, ich sei noch nicht wieder erwacht, wie ich versuchte, ihre Hand festzuhalten, die sie sofort wegzog ... wie sie ein Glas Wasser an meinen Mund führte und festhielt ... und ich erschrak, als ich zu ihr aufschaute, in ihr trauriges und ernstes Gesicht, und sie fragte: - Was für eine Art von Liebe ist das?

Während sie das Blut aus den Laken wusch, blieb ich zusammengesunken in einer Ecke sitzen, meine Arme, die schwarzen Flügel, eingeklappt und vor der Brust verschränkt. Sie warf mir ein Paar rote Turnschuhe vor die Füße. Ein Stück Fleisch, Futter für eine Löwin in Gefangenschaft. - Lauf ein paar Runden. Dann wirst dich besser fühlen, sagte sie und richtete stumm alles wieder so her, daß Arthur nicht merken würde, was geschehen war. Nachdem sie und das letzte Heinzelmännchen ihre Arbeit beendet hatten und verschwunden waren, ging ich nach draußen, und

die Schuhe schienen von selbst in den Laufrhythmus zu fallen, sich selbständig zu machen, und so joggte ich bald, war kaum mehr zu unterscheiden von denen, die mir entgegentrabten. Andere, langsamere Passanten starrten mich an, so, daß es selbst mir übertrieben vorkam. Als habe die gesamte Nachbarschaft von meiner Unsportlichkeit gewußt und nur auf diesen Tag gewartet, an dem sie mich endlich einmal joggen sehen würden. An einer Metzgerei hielt ich an, um mir noch ein Schweineherz zu kaufen. Die Menschen dort starrten mich genauso an wie die auf der Straße. Erst zu Hause sah ich, weshalb. Das Blut auf meinem T-Shirt.

Ich hatte nicht mal ein Alibi.

In dieser Nacht biß und zerrte ich an meinem Schweineherz und würgte die Stücke so schnell hinunter, daß mir übel wurde und ich das Herz ins Klo erbrach. Als ich es abspülte, weckte ich Susan, die in der Tür auftauchte, während ich mir das Blut vom Kinn abwusch. Sie schrie entsetzt auf, rannte in die Küche, und kehrte zurück mit dem längsten Messer, das wir besaßen, und hielt es mir drohend entgegen. Ihr Schrei wiederum hatte Arthur geweckt, der sich schützend vor sie stellte und ihr das Messer abnahm.

- Die heutige Vorstellung ist beendet, Nadine, befahl er.

- Zieh dir das T-Shirt aus und leg dich ins Bett.
- Ich habe noch nichts gegessen.
- Dann muß das Abendessen heute für dich leider ausfallen.

Von nun an wurde ich geduldet, als Laufbursche, Putzfrau, unterhaltsames Gespenst, Spülmaschine, Pizzabäckerin, Sündenbock, Teddybär und Gesprächsstoff. Ich war Spotty, das Haustier der Munsters, hauste unter der Treppe, wurde ab und zu gefüttert und bei Bedarf hervorgeholt, aber in der Regel vor Besuch versteckt gehalten.

Im Haus der Zeit wohnte ich unter der Stiege, an der alle vorbeischritten, ohne mich zu beachten. Dort, wo nachts Katzen jaulen und Mäuse fangen, hörte und beobachtete ich die Frau, die ich liebte, und meinen Bruder, wie sie von mir, einer Verschwundenen, einer Toten, sprachen, wie sie um mich trauerten, während ich unerkannt unter der Treppe lebte, zum Leidensdetektor geworden war, der Tag und Nacht umherwanderte, nicht mehr schlafen konnte, sondern alle Eindrücke verschlucken, seine Schätze sammeln mußte, das schwarze Gold, das für die meisten nichts als wertloser Abfall war. Meine Augen hatten keine Lider, mußten alles in sich hineinlassen, aufnehmen, aufsaugen. In mir liefen die Fäden zusammen, verknüpften sich die Elemente. In mir und nirgends war Gegenwart. Ich fraß alles. Nahm es auf in meinen Magen aus Stein, unverwüstlich, abgehärtet, der alles verdaute, verflüssigte, aufsaugte und Haut und Knochen wieder ausschied. Wie auch den jungen Mann, der sich mit Wolldecken eine Hütte in dem Verschlag unter einer Betontreppe gebaut hatte. Ein Rattennest.

Ich erschrak, als sich unsere Augen trafen.

Ich hatte meinen Schlafplatz im Keller eingerichtet und verfolgte in einem ausrangierten Fernseher eine Reportage über Jugendliche, die süchtig danach waren, in die Pariser Katakomben hinabzusteigen und dort umherzugeistern. Zurückgekehrt von ihren Katakomben-Trips, verarbeiteten sie ihre subversiven Erfahrungen im bürgerlichen Umfeld, und hinterließen diese wiederum in den Gewölben in Form von Höhlenzeichnungen oder Comics, die sie als Flugblätter verteilten. Ein anonymer Kataphiler gestand, daß das natürlich alles zu erklären sei mit dem Wunsch, in Mamas Bauch zurückzukrabbeln, so eine Suche nach Sicherheit und Geborgenheit, das sei ihm schon klar, aber, eine Therapie könne er sich nun mal nicht leisten, also müßten die Katakomben genügen, erst mal. Es gäbe auch viele Geheilte, die den Katakomben-Kick nicht mehr brauchten. Die Comics? Ja, die fände er auch etwas zu düster. Seine Freundin war eine Geheilte. Sie sagte, sie habe immer ein merkwürdiges Gefühl dort unten verspürt und sei seit ihrer Heilung ein ganz anderer Mensch und ihre Zeichnungen auch viel lustiger geworden. - So, Knollennasen, franko-belgisch, sagte sie.

Die letzten Bilder galten einem jungen Herrn namens Frankenstein, der, im Gegensatz zu den bürgerlichen Kataphilen, ständig in den Katakomben lebte, jede Ratte dort persönlich kannte, sie allabendlich begrüßte und ihre sterblichen Überreste mit selbstverfaßten Gedichten zu Grabe trug.

In einem der Kellerregale fand ich einen Nagetierkäfig, verdreckt, mit verschimmeltem Futter, einer feuchten Holzplatte, einem defekten Laufrad und kuriosem Plastik-Spielzeug. Ein Pinguin auf zwei Rädern. Ich nahm ihn heraus, legte ihn auf den Schreibtisch und verfolgte jede seiner Bewegungen wie ein Raubtier, während er die Tischplatte herunterrollte, auf den Boden fiel und zerbrach. Jemand hatte sein Gesicht abgenagt. Zitternd nahm ich einen vertrauten Schmerz wahr ... und suchte nach meinen Zeichenstiften ...

Bierflaschen leerten, Aschenbecher und Papierbögen füllten sich. Noch in der gleichen Nacht zeichnete ich die Entwürfe und tuschierte die Reinzeichnungen, versank so sehr in diese Arbeit, daß ich mich am Morgen nicht einmal mehr an den Soundtrack dieser Nacht erinnern konnte. Später, als ich das Fach meines CD-Players öffnete, schob er mir *Pornography* von Cure entgegen wie einen silbern glänzenden Kuckuck.

Nachdem mich Susan aus einem traumlosen Schlaf geweckt hatte, konnte ich gerade noch rechtzeitig aufschreien und verhindern, daß sie ihren Wäschekorb auf die betuschten Papierbögen abstellte, doch nicht mehr, daß sie sich die frisch abgenabelten Zeichnungen anschaute, während ich mich schnurrend im Bett umherwälzte.
- Es freut mich, daß dir meine Arbeiten gefallen, sagte ich.
- *Gefallen* ist nicht das richtige Wort. Ich meine ... es ist gut, ruft eigene Bilder hervor, wirkt so real ...
- Danke.
- Oh Nadine! rief sie auf einmal besorgt. - Ich hätte nicht gedacht, daß alles so schlimm für dich ist! Arthur und ich, wir hätten wirklich mehr Rücksicht auf dich nehmen sollen!
- Nun ja, das mit dem Käfig fand ich nicht in Ordnung, aber ihr konntet ja nicht ...

- Käfig? Ha ha, wie poetisch ... Ja, dieses Loch hier ist wirklich nicht sehr gemütlich. Übrigens, weißt du, was witzig ist? Deine Ratte hat mich an dieses Viech erinnert, das wir bei uns hatten. Ich hab dir doch davon erzählt, oder? Vor allem dieses Bild in der Lebendfalle ...

Ich errötete, tief geschmeichelt.
- Wirklich erstaunlich, wie gut du dich in so ein Tier hineinversetzen kannst! So gut, daß man ... ach, ha ha, Unsinn! Obwohl ... wir haben natürlich unsere Witze darüber gemacht!
- Witze??
- Ja. Stell dir vor, als wir dieses Viech bei uns hatten, hat Arthur sogar gesagt, du könntest das sein, diese Ratte! Sie würde ihn an dich erinnern, so depressiv wirken und so ... und außerdem würde er dir alles zutrauen ... Ha ha! Wir haben einen Riesenspaß gehabt, die Ratte ›Gregor‹ getauft und so! ... Was ist? Findest du das nicht auch komisch?
- Nein.
- Ich hätte dir wirklich mehr Humor zugetraut!

Nur Geduld, Susan, dachte ich. Nur Geduld. Ich werde dir eine Kostprobe meines Humors geben. Schon bald.

Und dann werden wir sehen, wer hier zuletzt lacht.
- Das Comic, begann ich ruhig und bedeutungsvoll, - ist noch nicht fertig. Ein paar Szenen, ein paar Details, fehlen noch ... zum Beispiel an der Stelle, wo sich die Ratte im Badezimmer versteckt. Du erinnerst dich?

Sie starrte mich an wie ein Kind bei der Predigt vom Weihnachtsmann. Ich räusperte mich.
- Während die Ratte ihre Flucht plant, hört sie jemanden singen. Eine zauberhafte, menschliche Stimme. *Once I Had A Sweetheart.* Du kennst den Song doch, oder? Sie versucht ebenfalls zu singen, aber es erklingt nur ein schriller Pfiff, der sie verrät. Und nun bleibt ihr keine Wahl. Sie muß fliehen.

Ich wartete auf ihre Reaktion. Als sie ausblieb, fügte ich

noch, leise, hinzu: - Ich habe gar nicht gewußt, daß du so gut singen kannst ...

und sie verlor das Gleichgewicht.

Ich fing sie auf und legte sie auf die Matratze, gab ihr leichte Ohrfeigen, und langsam gewann sie wieder an Bewußtsein und Gesichtsfarbe.

- Was ist passiert? fragte sie.

- Ich habe dir eine Geschichte erzählt, und du bist in Ohnmacht gefallen.

- Ich glaube, das hat nicht an deiner Geschichte gelegen, sagte sie und lachte wieder.

- Sondern?

Sie drückte meine Schultern nach unten, legte sich hin und machte ihren Bauch frei, als wolle sie dort geküßt werden.

- Ich bin schwanger, Nadine. Von dir.

- Was?!!

Ich fühlte mich wie ein Raumschiff, das jeden Punkt der Galaxis gleichzeitig durchquerte, überall und nirgends zugleich war. Bald würde Susan mir mit süßholzraspelnder Stimme verkünden, mit welch unwahrscheinlich hohem Unwahrscheinlichkeitsfaktor ich unterwegs war. Doch, die Göttin der Weltraumtechnik sagte nichts, schien meine Verwirrung sogar zu teilen.

- Du hast es nicht gewußt?! Und ich dachte, das sei der Grund gewesen für dein plötzliches Verschwinden ...

- Nein. Weshalb sollte ich ...? Ich hätte doch niemals gedacht, daß ...! Außerdem ... wir haben doch aufgepaßt, oder?

- Nicht beim ersten Mal. Anscheinend ... Es gibt keine andere Möglichkeit. Ich bin im vierten Monat, und ich habe vor vier Monaten noch nichts mit Arthur gehabt.

Sie konnte nicht wissen, woran ich nun dachte. An Gerard, ein Boot auf dem Rhein, Erbrochenes und eine betrunkene Frau mit schlechten Französischkenntnissen. An eine Ratte im Laufrad und das Monster-Baby aus *Eraserhead*.

Ich bekam einen bitteren, trockenen Lachanfall.

- Ich wünschte, ich könnte es so lustig finden wie du ... Da ist übrigens noch etwas, was ich dir sagen muß ... Also, nachdem ich von der Schwangerschaft wußte, und glaubte, daß du dich deswegen aus dem Staub gemacht hättest, war ich unglaublich wütend auf dich, und habe mich bei Arthur ausgeheult. Der hat natürlich wissen wollen, weswegen ich so verzweifelt war, und, na ja, es war so ungefähr zwei Monate nach deinem Verschwinden, und, ich weiß, du wirst mich dafür hassen, nun, ich habe schon vorher mit Arthur geschlafen, kurz, nachdem du verschwunden bist.

Ich war zu müde, zu erschöpft, die Überraschungen hatten sich abgenutzt, meine Gesichtsmuskeln waren erschlafft, wollten sich nicht mehr zu einem weiteren Ausdruck des Erstaunens bewegen lassen.

- Ich wollte nicht allein bleiben mit dem Kind. Da habe ich ihm von der Schwangerschaft erzählt und gesagt, das Kind sei von ihm.

Eine Augenbraue ließ sich noch bereitwillig hochziehen.

- Und er ... er hat sich so darüber gefreut, daß er mir einen Heiratsantrag gemacht hat. Und ... ich habe *ja* gesagt ...

- Wann wollt ihr heiraten?

Ich war erstaunt über meine Ruhe, die vielleicht nur daher kam, daß sich um mich herum alles zu drehen schien, daß ich in diesem Taumel der einzige ruhige Punkt bleiben mußte, der Betrachter, der Kern, der versucht, nicht zu zerbrechen, sich nicht zerstören zu lassen.

- In einem Monat.

Aber der Gleichgewichtssinn des Körpers läßt sich nicht überlisten. Der Betrunkene glaubt, er passe sich der Welt um ihn herum an und torkelt und lallt vor sich hin. Er hält sich für normal, weil er sich genauso dreht wie alles, was er sieht. Die anderen sehen nicht seine taumelnde Welt, sondern nur ihn, wie er stolpert und fällt.

- Du bist natürlich eingeladen.

Das geht so lange gut, bis der Betrunkene die visuelle Verbindung abbricht, bis er die Außenwelt ausblendet, die Augen schließt und merkt, daß es nicht aufhört, dieses Taumeln, daß es nicht die Welt ist, die ihn stolpern läßt, sondern daß diese Unruhe, dieser Sturm, in ihm selbst ist, und daß er nur versucht hat, die Welt seinem Bild entsprechend zu formen. Nun erst, in der Schwärze hinter geschlossenenen Lidern, beginnt sein persönlicher Trip, beginnt sich die Spirale in ihm, in sich selbst, zu drehen, solange seine Kraft ausreicht. Läßt sie nach, fällt er. Dies ist der Moment, in dem der Kreisel zu wanken anfängt, in dem er versucht, sich dem Schwindelgefühl zu entziehen, indem er ihm nachgibt.

Das warme Wasser beruhigte meine Hände, war flüssiges Balsam. Der Perlkopfstrahl machte das Durchsichtige weiß und weich. Ein Genuß, der mich Lust auf eine warme Dusche verspüren ließ. Das Wasser wurde wärmer, heißer. Ich überließ ihm meine Hände, lieferte sie ihm aus, der Hitze, dem Feuer. Der Schmerz brannte, biß sich durch meine Haut, wollte meine Finger abnagen. Die Hände verfärbten sich, Blasen entstanden, ich schrie, und lockte damit meine Tante an, die meine Haut sofort mit kaltem Wasser kühlte, meine Hände mit Mullbinden umwickelte und mich hilflos und ungefährlich machte. Ich mußte gefüttert werden, von ihr oder Susan. Wenn ich alleine aß, verschüttete ich fast alles bei dem Versuch, den Topf vom Herd zu nehmen und den Inhalt auf einen Teller zu kippen. Den Teller auf meinen bandagierten Armen balancierend, fischte ich die noch übriggebliebenen Bissen mit dem Mund heraus, ließ meine Nase eintauchen in den Brei, während ich aß, gierig und ohne Scham, denn ich wußte, daß mich niemand beobachtete.

Sylvie erinnerte mich daran, daß ich Geburtstag hatte.

Die Verbände waren abgenommen, die leichten Brandwunden fast verheilt, doch meine Hände und Unterarme sahen immer noch fürchterlich aus, übersät mit Narben und jungen, hauchdünnen Hautpartien, dazwischen schlängelte sich ein Geflecht von bläulichen, hervorstehenden Adern, schmale Zufahrtsstraßen, die zu den kleinen Kratern auf den Handrücken führten. Meine Hände wirkten nicht mehr edel, feingliedrig, blaß, vornehm, elegant, gepflegt. Sie hatten ausgedient. Für sie gab es nichts mehr zu zeichnen oder zu berühren. Sie waren frei wie ein Mörder, den die Menschen wegen seines Klumpfußes verspotteten. Sie waren so frei, daß sie mühelos nach der mit Sahne und Früchten verzierten Festtagstorte greifen, sie zerschlagen, gegen die Wand, ein Bild oder Möbelstück werfen konnten, oder in das Gesicht eines Menschen, der es doch nur gut mit mir meinte. Aber sie fanden, sie hätten genug Unheil angerichtet, ergriffen das Brotmesser, schnitten die Torte an und legten mir ein Stück davon auf den Teller.

Es schmeckte nach Zitrone.

Arthur sagte, er könne mich verstehen, er habe mich durchschaut, er wisse, was mich so an Susan reizen, an sie binden würde. Was es war, wollte er mir nicht verraten. Es würde mir nichts nützen, das zu wissen, sagte er. Er sei es leid, mit mir um alles in seinem Leben zu konkurrieren. Susan erwarte ein Kind von ihm, wolle ihn heiraten. Was müsse denn noch geschehen, damit ich endlich einsehen würde, daß es keinen Sinn mehr, daß ich Susan an ihn verloren hätte? Er könne nicht mehr mit ansehen, wie sehr Susan wegen mir leiden würde. Ich solle endlich einen Schlußstrich ziehen und sie verlassen. Erwachsen werden. Mit meinen Dramatisierungen, sagte er, würde ich doch nur versuchen, meine eigene innere Leere, meine Kälte und Abgestumpftheit zu vertuschen. Ich sei exzentrisch. Für mich müsse es immer eine Prise heftiger, derber, verrückter, brutaler, aberwitziger, rauschhafter, betrunkener, trancehafter sein, damit ich überhaupt noch irgend etwas spüren und reagieren könnte.

- So sehe ich eben die Wirklichkeit, antwortete ich, woraufhin er sagte, ja, das sei gerade mein Problem, daß ich alles in meiner Umgebung transformieren würde in etwas Besonderes, Erhabenes, Verzerrtes, Überzeichnetes. In ein Comic. Dies sei meine Art der Wahrnehmung. Alles, was ich anschaue, würde sich in ein Detail aus einem Comicbild verwandeln.

Durch meine Berührung würden Menschen und Dinge in grotesker Zweidimensionalität erstarren. Er würde nicht zulassen, daß ich dies auch mit Susan versuchen, daß ich, in meinem Egoismus, sein Glück zerstören würde. Ich habe ihn damals nicht darum gebeten, die Badezimmertür aufzubrechen, sagte ich, und er antwortete, er kenne mich gut. Zu gut. Ich sei krank, morbid, neurotisch und pervers, und ich sagte:
- Ich bin eine Comic-Zeichnerin und sammle Geschichten.

In einem Punkt hatte Arthur sicherlich recht: daß ich endlich ausziehen mußte.
- Ich habe mit Ary telefoniert, sagte ich zu Susan. - Ich kann bei ihr wohnen. In zwei Stunden kommt sie mich abholen.
- Wer ist Ary?
- Eine Freundin.
- Ah. Du hast also wieder mal jemanden gefunden, der sich um dich kümmert?
- Ja.

Zugegeben, ich war anfangs nicht begeistert gewesen darüber, daß Arthur sein *Blade Runner* Poster über mein Bett gehängt hatte, doch nun, als Ary kam und mich anstrahlte, weil sie es für mein Poster hielt, und dieser Film sie und Arthur mit genügend Gesprächsstoff versorgte, so daß ich mich ungestört von Susan verabschieden konnte, in diesem Moment wußte ich den Wert dieses Filmplakats zu schätzen.

»Werde ich dich bald wiedersehen?« fragte Susan mit Tränen in den Augen.

»Nein, nicht so bald,« antwortete Nadine, mühsam ihre Gefühle zurückhaltend.

»Warum nicht?«

›War Susan blind?‹ dachte Nadine und seufzte. Hatte sie keine Augen im Kopf? Kein Mitgefühl für all die Kränkungen, die Schmerzen, das Leid, das sie hatte erdulden müssen, hier zusammen mit ihrem Konkurrenten, ihrem Rivalen?

»Ich glaub, ich brauch mal Urlaub« sagte Nadine (und Ary sah kurz herüber und lachte). »Es wird einfach alles zuviel für mich. Ich brauch Abstand von dir, von euch, für eine Weile.«

- Nein, widersprach Ary meinem Bruder, - das ist aus'm zweiten Teil, der sowieso viel besser ...
- Findest du? Find ich nicht.
- Echt? Aber ... Linda Hamilton ist doch ...!
- Weiß Arthur eigentlich, daß das Baby nicht von ihm ist? fragte mich Susan. - Hast du es ihm gesagt?
- Nein.
- Danke ... Ist es nicht ... schwierig für dich, so ein Leben ... als Zwitter?

Als Zwitter?! Das also war ihre Erklärung für die wundersame Zeugung gewesen! Von wegen sie war verliebt, hat mir vertraut, mir alles geglaubt, alles für möglich, mich für omnipotent, polymorph oder was sonst noch gehalten! Von wegen Liebe ermöglicht die erste Begegnung mit dem Phantastischen, weil sie selbst phantastisch und erhaben ist oder so ein Unsinn ... Nein, für sie gab es eine ganz einfache, banale Erklärung für das, was passiert war: Ich war ein unbehandelter Hermaphrodit, Mann und Frau zugleich, eine gynäkologische Mißbildung. Daß echte Zwitter meist unfruchtbar blieben, schien sie dabei keineswegs zu stören.
- Wirst du zu meiner Hochzeit kommen?
- Ich weiß noch nicht, sagte ich kühl. - Das ... hängt von meiner Tagesform ab.

Natürlich konnte sie, mit ihrem Sinn für Poesie, nicht ahnen, wie konkret ich dies meinte. Ary und Arthur sahen mich verwirrt an, verstanden wohl nicht, weshalb ich nicht zitternd, aber entschieden ›nein, ganz bestimmt nicht‹ gestammelt hatte, sondern mir sogar die Option offen ließ, tatsächlich bei der Hochzeit anwesend zu sein. Meine Gelassenheit in dieser Sache überraschte mich selbst. Vielleicht hatte ich zum ersten Mal die Komik meiner Situation erkannt. Sie lag zum Beispiel darin, daß ich in jeder anderen Gestalt versuchen würde, an

Susans Hochzeit teilzunehmen, nur gerade nicht in der menschlichen. Jede andere Form würde eine willkommene Verkleidung, ein Schutz, eine Flucht sein, eine Möglichkeit, bei ihr zu sein, ohne von ihr gesehen zu werden. Ich würde, dachte ich, mein menschliches Bewußtsein, meinen Schmerz aufgeben und nur noch den Schmerz der Kreatur spüren, deren Gestalt ich angenommen hätte, nicht mehr meinen eigenen.

Und ich war überzeugt davon, an ihrem Hochzeitstag schon nicht mehr in menschlicher Gestalt zu sein, denn ich glaubte damals, ein Muster hinter meinen Transformationen entdeckt zu haben, eine Art monatlichen Zyklus, aufgrund dessen ich meine menschliche Gestalt nach spätestens vier Wochen wieder verlassen mußte. So lebte ich also mit der Hoffnung, daß ich bei ihrer Hochzeit und vielleicht auch, wie hatte Frankensteins Monster seinem Schöpfer gedroht?, in ihrer Hochzeitsnacht bei ihr sein würde.

- Es tut mir wirklich leid für Sie, sagt der Wärter. - Sie müssen nicht weiterschreiben, wenn Sie ...
- Doch, doch, lassen Sie nur. Es tut mir gut.
- Da ist jemand, der Sie sprechen möchte. Eine Mrs. Raven.
- Ich will sie nicht sehen. Sagen Sie ihr, ich sei beschäftigt.
- Sie kennen diese Dame?
- Ja. Ich hatte bereits das Vergnügen. Schicken Sie sie fort, und bringen Sie mir bitte eine neue Tintenpatrone.
- Wie Sie wünschen ...

11

/ *ch-ch-ch-changes* - Changes, David Bowie /

Bowie sang von Veränderungen, während Ary und ich durch die Nacht fuhren, ihren kühlen Atem in uns aufnahmen wie meine Zellen den Sound aus dem Autoradio, so daß ich schon eine stimulierende Sound-Osmose befürchtete, eine vorzeitige Verwandlung unter dem Einfluß des pyknischen Mondes, der sich in der Maske von Jack Nicholson gefiel. Ein himmlischer Rattenfänger, den vielleicht Susan bestellt hatte, um mich fortzulocken, zu vertreiben aus ihrer Stadt. Und wir folgten ihm und der Illusion, daß wir uns auf ihn zu anstatt hier unten im Kreis umherbewegen würden. Wir folgten seiner Flöte wie Esel einer vorgehaltenen Möhre, einem koketten Verführer, der vor uns herumtanzte, Nähe vortäuschend und doch so unerreichbar wie die Sterne des Pop-Imperiums. Dort tummeln sich vielleicht Aliens, die den Code eines Musiksenders geknackt haben und sich fragen, was das wohl für Lebensformen sind, diese seltsam liquiden Wesen, die Farbe und Gestalt ändern, fliegen, umherspringen und jeder Zeit gut gelaunt sein können. Wenn sie Glück haben, sehen sie Bowies *Loving The Alien,* wenn nicht, *Fell In Love With An Alien,* und dann werden sie vielleicht die Kelly Family zu sich holen, als Studienobjekte, und enttäuscht sein, wenn sie das auf ihrem Bildschirm vergleichen mit dem, was sie in ihren grünen Händen halten.

- Tut mir echt leid für dich, die Sache mit Susan, sagte Ary. - Du liebst sie immer noch, nicht wahr?

Ich starrte nach vorne, auf die Straße, die Zukunft und den Mond, suchte nach einer Antwort auf Arys Frage und sah ein Umleitungs-Schild.

- Shit.

- Macht nichts, sagte Ary. - Ich kenne einen Schleichweg.

Die Freunde ihrer Ratten waren auch Arys Freunde, und nachdem mir ihr Nagerrudel einen herzlichen Empfang bereitet hatte, fühlte ich mich auch offiziell als vollwertiges Mitglied in ihre Gemeinschaft aufgenommen. Doch mein komfortables Leben in Arys Wohnung sollte nicht von Dauer sein. Schon am ersten Abend hatte ich ein ungutes Gefühl, als ich dem allabendlichen Fütterungsritual beiwohnte. Es bestand darin, daß Ary einer Stoffpuppe den Bauch aufschlitzte, ihn mit Hackfleisch füllte, und die Puppe den Ratten zum Fraß vorsetzte. Ein fauler Kanalisationsgeruch war mir dabei in die Nase gestiegen und hatte mir den Appetit für das Abendessen verdorben. Ich brachte nur wenig Verständnis für Arys Faszination für dieses Ritual auf, bis mich der Verdacht beschlich, daß es auch noch anderen Zwecken diente, auf die ich erstmals aufmerksam wurde, als ich mich persönlich davon betroffen sah, ungefähr eine Woche nach meinem Einzug, als ich Ary dabei beobachtete, wie sie einer haarlosen Fütterungspuppe an diesem besonderen Abend ein schwarzes Filztoupet und grüne Augenperlen annähte.

- Übrigens ... sagte sie. - Könntest du mir bis Samstag einen Vorschuß geben, für Miete, Essen und so, von, sagen wir, fünfhundert? Nimm's bitte nicht persönlich, aber ... ich habe ein paar schlechte Erfahrungen gemacht. Du bist jetzt schon eine Woche hier und, weißt du, eigentlich lasse ich so etwas nur bei den Ratten durchgehen ...

- Und ... wenn ich auch eine Ratte wäre?

- Netter Versuch.

Ihr Grinsen war Sympathie-Bekundung und Warnung zugleich.

Sie hob ein Stück meiner zerfetzten Doppelgängerin auf, zupfte die Fasern auseinander, zündete einen Strang mit dem Feuerzeug an, sah zu, wie das Feuer an ihm hochkletterte und blies es aus. In einem magischen Zirkel saßen mir die Ratten zu Füßen wie Hippies in Stonehenge, ihre schwarzen Augen sehnsüchtig und gierig auf mich gerichtet wie auf eine Nachspeise.

- Also, fünfhundert bis Samstag. Ist das für dich okay?
- Ja, ja, sagte ich schnell. - Kein Problem.

Vom Arbeitsamt erfuhr ich, daß die Agentur bei mir *Unentschuldigtes Nichterscheinen am Arbeitsplatz* gemeldet hatte und meine Karte seitdem den Vermerk *schwer vermittelbar* trug. Was mich wieder auf den Arbeitsmarkt trieb, war jedoch weniger eine irrationale Angst vor Arys Nähkünsten. Ich wußte, daß sie mich nicht verfluchen oder hinauswerfen würde. Nein, es waren die kurzen Fieberschübe, die wieder eingesetzt hatten und eine neue Transformation ankündigten, die ich auf keinen Fall mehr alleine, ohne Assistentin, durchstehen wollte. Und, ohne daß sie selbst davon wußte, hatte ich mich bereits für Ary entschieden. Nicht nur, weil sie ein Herz für Ratten besaß. Mein Körper drängte nach neuen, nicht-rattigen Erfahrungen. Wollte ich sie in mein Geheimnis einweihen, dachte ich, so mußte ich zuerst ihr Vertrauen gewinnen, sie davon überzeugen, daß ich keine Spinnerin oder arbeitsscheue Schmarotzerin war. Und danach würde ich mein Schicksal und meine Blutproben in ihre Hände legen.

Als meine Assistentin würde sie nur einen Schwur ablegen müssen. Ihr Glaubensbekenntnis zum Phantastischen, dem Unaussprechlichen, großen P und kleinen Störenfried. Doch ich wußte, was ich da verlangte, wie dünn der Grat war, auf dem ich selbst wanderte, wie primitiv und kindlich diese Phase war, die ich schon abgeschlossen glaubte und die nun, als junge Erwachsene, noch einmal wiedergekehrt war. Und doch kam mir das, was ich erlebte, weder vor wie eine Regression in eine frühkindliche Vorstufe der Liebesfähigkeit noch wie eine Geisteskrankheit. Aber, hielt sich nicht auch Batman für normal? Und, bestand nicht die Gefahr, daß es Ary, sobald sie meine Welt betreten hätte, so gut bei mir gefallen könnte, daß sie bei mir bleiben und ihrer eigenen Wirklichkeit den Rücken kehren wollte? Sie war meine Verbindung zur Außenwelt. In ihr floß das Blut, von dem ich zuviel verloren hatte, das mein anämischer, bastardisierter Körper nicht mehr selbst herstellen konnte und das ich ihm deshalb, vorübergehend oder auf Dauer, von außen zuführen mußte. Indem ich den kostbaren Saft anderen abzapfte.

Reality bites.

Ich war hungrig.

Zwei Stunden lang ließ ich mich von verschiedenen Arbeitgebern darüber aufklären, wie schlecht qualifiziert ich für ihre Jobs war. Dann versuchte ich es mit dem, was ich kannte, und rief Dana an, die bei Shining arbeitete, einer Agentur für Horror- und Splatter-Kleindarsteller.

- Hast du die Seiten gewechselt?

- Ja. Ich hab meinen Job verloren. Dumme und lange Geschichte. Erzähl ich 'n andermal. Also ... hättest du was für mich?

- Mmmh ... Wie wäre es mit 'nem Moderationsjob? Da hätte ich hier was ... 'ne Horror-Comedy-Show. Klingt allerdings etwas seltsam. Der Regisseur hat nicht den besten Ruf ... Muß es denn unbedingt noch was für diese Woche sein?

- Ja.

- Na ja ... so übel ist es nicht. Und bezahlt wird's auch nicht schlecht.

Zwei Stunden später saß ich im Büro der Produktionsfirma und versuchte, mir die Spucke des Regisseurs möglichst unauffällig vom Gesicht zu wischen, während dieser von *zynischem Meta-Entertainment* schwärmte, einer neuen Form von Theater, einer Mischung aus Bühnenkunst, Werbung, Geisterbahn, Heiner Müller und Thomas Bernhard. Er roch nach Leder, Achselschweiß und verfaultem Kürbisfleisch und glaubte, zwei Tage zur Vorbereitung müßten reichen, bei einem Profi wie mir.

So hatte ich am Premierentag meine letzte Nummer noch nicht fertig einstudiert und einen ausgeprägten Ekel entwikkelt vor Worten wie *schaurig*, *düster*, *makaber* oder *gruselig*. Durch eine Lücke im Vorhang riskierte ich einen Blick auf mein Publikum: thanatoide Schlucker verordneten Frohsinns. Doch, bevor ich ›ich geh da nicht raus‹ hätte stammeln können, wurde ich schon vom Eiskalten Füßchen auf die Bühne geschoben, beziehungsweise gestoßen, mit dem Ende eines Besens, denn so sollte das Programm beginnen: mit meinem Hinausstolpern auf die Bretter, die die Welt bedeuten.

- Oh, hallo! Schön, daß Sie hier sind, machte ich meinen Eingangs-Gag. - Wissen Sie, ich bin noch nicht lange tot, und trotzdem haben die mich hierhergeschickt, damit ich ein bißchen Werbung mache, für den Vampir-Beruf, so als Alternative. Wie ich dazu gekommen bin? Na ja, da läuft eigentlich alles über Beziehungen ...

... und so weiter...

Zu meinem Erstaunen lachten die Leute tatsächlich, obwohl dies eigentlich gar nicht im Sinne meines Auftrags war. Dieser lautete nämlich, *all diese Scheiß-Kultur-Spießer mal so richtig fertigzumachen.* Um sich als Bad Boy zu behaupten, schleuderte der Regisseur fortwährend Schlachtfleisch auf die Bühne, was weniger schockierte als einfach nur stank. Schauspieler oder Gegenstände auf die Bühne zu stoßen, so hatte mir ein Techniker verraten, sei ein wiederkehrendes Motiv seiner Stücke. Ob seine Mutter schon ein Stück von ihm gesehen habe, fragte ich ihn, und er antwortete, - nein, sie habe seit Jahren nicht mal ihren Sohn sehen wollen.

Jeder, heißt es, bekommt das Publikum, das er verdient, und so weit auseinander schienen mir Regisseur und Publikum auch in diesem Fall nicht zu liegen, beide sich nach einer überschaubaren Ordnung hinter der Verzerrung in ihrem kleinen Horror-Stadl zu sehnen. Jede Abweichung war konventionalisiert, ihre Wirkung im voraus mit eingeplant, jedes Risiko von vorneherein ausgeschlossen.

Ich nahm ein Stück Fleisch in die Hand und sah es lange an, bevor ich hineinbiß, nicht um das rohe Fleisch zu essen, sondern um es mir auf den Mund zu pressen und diesen mit Blut zu verschmieren. Diese Einlage war nicht im Programm vorgesehen, ebensowenig wie meine letzte Nummer, und nun, einmal auf den Geschmack gekommen, wollte ich weiter machen, improvisieren, sehen, was passieren würde, und ließ einen präparierten Sarg auf die Bühne schieben, das Requisit für die Nummer, die ich nicht mehr hatte vorbereiten können.

Ich legte einen Freiwilligen in den Sarg, nahm die Kettensäge, schaltete sie an und wartete darauf, daß mir jemand verriet, wie dieser Trick funktionierte. Schwitzend und zitternd stand ich nun dort, den Rücken zum Publikum, das ungeduldig mit Bierdeckeln, Gläsern, Kerzen und Vampir-Gebissen nach mir zu werfen begann. Enttäuscht schüttelte der Regisseur seinen rasierten Kopf, klopfte auf die Taschen seiner speckigen Faßbinder-Lederjacke, als suche er dort Zigaretten, faßte sich an den Kragen, zog ihn zurecht, drehte sich um und verließ den Bühnenraum. Etwas Fischiges, Flüssiges blieb in meinem toupierten Haar hängen. Ich faßte hinein. Es war eine Portion Fischsalat. Die Sauce rann mir das Gesicht hinunter. Rosa. Fischgestank. Ich hasse Rosa. Der Griff der Kettensäge fühlte sich warm an. Die Säge bettelte nervös um ihren Einsatz, versprach, artig zu sein, gar nicht so schlimm, wie alle immer behaupten, sondern ein lieber Kerl. Ganz harmlos. Vertrau mir, schnurrte sie, und legte los, jagte den Regisseur über das Produktionsgelände, mit mir hintendrein. Das Publikum johlte vor Vergnügen. An der Kasse zog ich die Zügel strammer und hielt an, um mir die Gage auszahlen zu lassen, während die Säge ruhig in meiner Hand lag. Ich entschuldigte mich bei der Kassiererin für den Schrecken, doch sie hörte nicht zu und schob mir verängstigt einen Tausender hin, obwohl nur fünfhundert vereinbart gewesen waren. - Ich kann leider nichts rausgeben, sagte ich, drehte mich um, ließ die Säge los und rannte davon. Die Säge, die die Spur des Regisseurs verloren hatte, folgte mir noch ein Stück des Weges, bis sie asthmatisch ratternd begann, kraft- und orientierungslos herumzuhüpfen und dann liegen blieb wie ein hilfloser, auf den Rücken gefallener Käfer. Traurig drehten sich ihre Zahnräder noch langsam weiter, während sie auf dem Asphalt ihr Leben aushauchte und am Horizont, am Ende der Straße, die Sonne unterging.

Nicht ohne Stolz überreichte ich Ary den Tausender.

- Ein Vorschuß. Für mein Futter ... und einen Käfig, falls nötig ...
- So hatte ich das doch gar nicht gemeint, lachte sie.
- Ich weiß, aber ... Ary, da ist noch etwas, was ich dir sagen wollte, und zwar ...

Den Rest des Abends verbrachten wir mit der Suche nach Sigmund Freud, der entlaufenen Katze von Arys Nachbarin, und als wir zwei Stunden, drei Katzen-Photo-Alben und vier Cognacs später wieder alleine waren, fühlte ich mich schon zu müde und mutlos, um das anzusprechen, was wie ein Alp auf meinem Herzen hockte.

Gemeinhin stellt man sich ja gerne vor, in einem Film zu leben und einen Regisseur zu haben, weil es das Leben einfacher macht, oder man sich ansonsten wenigstens damit trösten kann, gar nicht wirklich zu existieren. Eigentlich. Denn: s' is' ja nur Kino. Problematisch wird die Sache nur, wenn man sich allmählich bewußt wird, daß ausgerechnet der eigene Regisseur wahnsinnig geworden zu sein scheint. Meiner jedenfalls, schien es, gab sich schon lange nicht mehr mit B-Movies mit gruseligen Mönsterchen zufrieden, nein, dieser Verrückte sampelte aus seinem gesamten Horrorrepertoire, um vielleicht seinen größten und letzten Film zu drehen und dabei die ahnungslose Hauptdarstellerin durch die Kulissen zu hetzen.

Ich bekam Lust darauf, ihn kennenzulernen, um ihm meine Meinung sagen zu können. Daß er mich schamlos ausgenutzt und ich seinen Vertrag niemals unterzeichnet hätte. Jedenfalls nicht in nüchternem Zustand. Ich würde ihn zum Beispiel fragen, warum mir niemand sagen könne, welcher Film hier gedreht werde. Und dann diese Kostüme! Bitte? Ich selbst hätte es so gewollt? Schauspielerin werden, auf der Bühne stehen und berühmt und all das? Nur, leider besäße ich nicht genug Talent, und könne deshalb froh sein, wenigstens diese eine Rolle bekommen zu haben. Was hätten sie denn sonst mit mir anfangen sollen? Natürlich sei das eine Billig-Produktion, für Statistenfiguren wie mich bestenfalls B-Movies drin. Ich dürfe mich also glücklich schätzen, denn eigentlich sei ich nur für einen fünfminütigen Super-8-Streifen eines Volkshochschulkurses über *Bretonische Mythen* eingeplant gewesen.

Ja, ja, wunderbar und vielen Dank auch, aber ich würde mich trotzdem gerne mal mit dem Drehbuchautor unter vier Augen unterhalten.

Was soll das heißen: nicht möglich, verschwunden, untergetaucht?

Daß ich nach jedem Gestaltwandel bisher immer wieder in meinen ursprünglichen Körper zurückgekehrt war, in diesem Kontiunuum, dieser Gewißheit, lag etwas Beruhigendes. Beunruhigend hingegen war die Erkenntnis, daß sich der Zeitraum bis zur Rückverwandlung mit jeder Transformation zu vergrößern schien. Welches System lag dahinter? Bestand es aus den Potenzierungen der Zeiträume? Und, welcher mathematischen Regel folgten diese Potenzen? Setzen Sie bitte die Reihe fort: eine Stunde, ein Monat, drei Monate ... Was war mit den Phasen dazwischen, den *Phasen der Menschlichkeit*? Verhielten sich diese Zeitspannen nach dem Prinzip der Umgekehrten Proportionalität? Und wie ließe sich das in einem Graphen ausdrücken? In einer Parabel? Was waren die Koordinaten? In welchem verdammten Koordinatensystem befand ich mich eigentlich?!

Auch Arthur schien schon viel zu tief in seine mehrdimensionalen Systeme eingedrungen zu sein, als daß er noch die Achsen wahrnehmen oder benennen könnte. Er befand sich bereits in neuen Dimensionen, und wirkte darin selbst noch verloren. Sein Vorteil jedoch war, daß er, im Gegensatz zu mir, sein Programm jederzeit verlassen und den Spuk beenden konnte. Allerdings ... Wie neidisch wäre er wohl, wenn er von meinem Geheimnis wüßte? Wie erbärmlich erschienen ihm dann seine Spielereien mit Datenbrille und -handschuh im Vergleich zu dem multisensorischen Bio-Cybertrip, der nun ausgerechnet für seine kleine, dumme Schwester zu einem fast alltäglichen Ritual geworden war?

Wie unsere letzte Suchaktion im Netz gezeigt hatte, würde ich dort kaum Hilfe zu meinem Fall finden. Sollte es da draußen überhaupt jemanden geben, der Ähnliches wie ich erlebt hatte, konnte ich gut nachvollziehen, wenn er es vorzog, über seine Erfahrungen zu schweigen. Ich jedenfalls beabsichtigte keinesfalls, meine Erlebnisse der Netz-Gemeinde zum Fraß vorzuwerfen und Spuren zu hinterlassen, denn eine Transmorphianer-Homepage mit meiner persönlichen Krankengeschichte würde mich vielleicht als phantasiebegabte Comic-Autorin outen, vielleicht aber auch Leute auf meine Fährte locken, die ich mir besser vom Hals hielt.

Was ich im Netz suchte, war etwas anderes. Unter dem Deckmantel von Arthurs Identität wollte ich mich direkt an die Experten wenden, sie fragen, ob ihnen Fälle wie meiner bekannt seien. Arthur zeigte mir ein Programm namens Agent, mit dem man verschiedene Fachgruppen erreichen und auf ihren virtuellen Schwarzen Brettern Nachrichten für alle Teilnehmer hinterlassen konnte. Als ich ihn bat, mich alleine zu lassen, las ich auf seinem Gesicht eine Mischung aus gekränktem brüderlichem Ego und väterlicher Sorge darum, mich alleine in die große weite Welt hinauszuschicken. Daß sich jetzt sogar seine technophobe Schwester für Computerkultur interessierte, war für ihn gleichbedeutend mit dem Erscheinen des ersten apokalyptischen Reiters, verkündete das Ende, den Verfall seiner Kultur. Bevor er das Zimmer verließ, legte er mit nachsichtigem Grundschullehrer-Lächeln ein paar sorgfältig ausgewählte CDs ein und programmierte die Song-Folge nach einem wohl nur ihm bekannten System.

Ich schickte folgende Anfrage an verschiedene Diskussionsforen aus den Bereichen Medizin, Biologie, Chemie, Science Fiction und Horror:

Hello there,
did you ever come across a case of a real person undergoing spontanous and severe psychical AND physical transformations ... I mean REAL transformations ?

If so, please tell me everything about it. Thanks in advance.
Sincerely, Arthur

... und verriet Arthur, was ich getan hatte ...
- Du hast was gemacht?! rief er, und Urge Overkill wechselten von *The Break* über in *Need Some Air,* als ich eingeschüchtert zugab, an circa 25 verschiedene Gruppen geschrieben zu haben und Arthur darum bat, meine Antworten nicht zu löschen.

Er lachte mich aus.
- Ist dir eigentlich klar, was du da angerichtet hast?! Mein *account* wird überlaufen mit *flames!!*
- Tut mir leid, sagte ich kleinlaut, - eigentlich wollte ich nur wissen, wie real diese Transformations-Geschichten sind, doch, direkt danach zu fragen schien mir, irgendwie, zu auffällig.
- Zu auffällig, ach ja? Glaubst du wirklich, daß du auch nur eine einzige ernst gemeinte Antwort erhalten wirst?!
- Vielleicht. Deshalb frage ich ja.

Er sah mich an, als habe ich soeben behauptet, die Erde sei eine Scheibe. Seinen aggressiven Tonfall erklärte ich mir mit der genetischen Enttäuschung, die ich als Familienmitglied ihm, dem rational-analytisch-logisch denkenden Geist, gerade bereiten mußte.
- Art, du weißt doch, wofür ich das brauche ...
- Ich hätte nie gedacht, daß du so irrational ...!
- Und ich nie, daß Akte-X-Fans so ignorant sein können!
- Ich bin auf Scullys Seite, glaubte er, sich verteidigen zu müssen. - Außerdem ... Ich wundere mich wirklich, weshalb du soviel Energie in die Suche nach diesem Zeug steckst. Du hast dich vorher doch nie dafür interessiert, ob deine Geschichten plausibel oder real waren. Also, weshalb ausgerechnet jetzt?

Okay, ich treibe mich gerne in realitätsfernen Gegenden herum, doch dabei sind mir realistische Bezüge durchaus wichtig. Mein Problem war nun eher, daß ich die fiktionalen Elemente nicht mehr deutlich isolieren, sie aus der Realität herauslösen konnte. Zu sehr schien sich beides vermischt, Irreales in die reale Welt eingedrungen zu sein wie ich in Susan; und das, was in ihrem Bauch heranwuchs, war nur ein weiterer, kleiner Bastard dieser Verbindung.

Ich sah Arthur und mich wieder mit gepackten Schulranzen am Küchentisch sitzen. Gelangweilt spielten wir mit dem Kakaopulver auf unserer Milch, trugen kleine Berge ab, lösten winzige Schokolawinen aus und versuchten herauszufinden, wie sich die Schokolade am schnellsten und wie am langsamsten in der Milch auflöste, und ob sie sich durch Erhitzen wieder in Pulver zurückverwandeln ließe. Wegen einer vermeintlichen Milch-Eiweiß-Allergie durfte ich das Pulver eine Zeitlang sogar pur essen, ausnahmsweise, weswegen Arthur mich beneidete.

Er wartete immer noch auf die Antwort, die ich ihm nicht geben und den Blick, der seinen erwidern sollte.

Vielleicht war es eine Fluchtreaktion, vielleicht ein Zeichen für einen neuen Krankheitsschub, eine Art Prä-Transformelles Syndrom, jedenfalls spürte ich wieder, wie ich errötete und sich Schweißperlen auf meiner Stirn bildeten. Ich deutete dies als Signal dafür, daß es höchste Zeit war, Arthur zu verlassen, mir ein ruhiges Plätzchen zu suchen und mich dort, zum Beispiel in Arys Badewanne, einzunisten, um die bevorstehende Transformation einzuleiten oder sie vielleicht noch mit einem Erkältungsbad abwehren zu können.

Ohne meine Anwesenheit im Wasser zu bemerken, betrat Ary ihr Bad und stylte sich hektisch vor dem Spiegel, bis sie einen Anruf bekam, von dem sie aufgebracht zurückkehrte und sich fluchend knallroten Lippenstift über den Mund schmierte, als seien ihr die Puppen ausgegangen und sie wolle sich heute selbst als Rattenfutter anbieten.

- Hast du heute abend schon was vor? fragte sie, geladen wie eine Pistole.

- Na ja, nicht direkt. Kommt drauf an.

- Willst du mit mir ausgehen?

- Nein, tut mir leid, das geht nicht ... Meine Klamotten ... Ich meine ... Nein, ich will wirklich heute abend nicht weggehen.

- Schade.

Dann setzte sie sich zu mir auf den Wannenrand und sank zusammen wie ein Sack Liebeskummer aus verschlissenem, zu oft benutztem Leinen.

- Warum lerne ich immer nur Typen kennen, die beziehungsgestört sind?

Tröstend legte ich ihr meine feuchte Hand auf die Schulter, und während sie von Timo erzählte, dem Typen, der sie heute abend zum dritten Mal versetzt hatte, zeigte sie mal Wut und mal Trauer, abwechselnd wie Figuren in einem Wetterhäuschen. Daß ich ihren Nacken massiert hatte, merkte sie erst, als ich damit aufhörte.

- Komm doch mit rein, flüsterte ich verführerisch. - Das Wasser ist wunderbar.

Mein offener Blick gewährte ihr eine Panoramasicht meiner Seele, so deutlich und tief, daß sie noch jedes Ungeheuer in den Höhlen erkennen würde. Unerschrocken, fast ein wenig zu kühl, sah sie hin, studierte mich prüfend und abwägend wie ein Forschungsprojekt, und gab schließlich ihre Zustimmung, besorgte Whiskey und zwei Flaschen Rotwein, öffnete eine davon, entkleidete sich schweigend, stieg zu mir in die Wanne und sagte, mit einer für sie ungewöhnlichen Schüchternheit:

- Versteh mich bitte nicht falsch. Ich bin eigentlich nicht lesbisch, okay? - Okay. Und ich trinke nie Alkohol. Eigentlich, sagte ich und trank theatralisch einen Schluck Rotwein. Sie lächelte verlegen und schaltete die Musik ein.

Nick Cave besang eine Dunkelheit, in die ich mich nur zu gerne fallenlassen wollte. Bei *Stagger Lee* rutschte Ary die halbvolle Rotweinflasche aus der Hand ins Badewasser. Alkoholgeschwängert sah ich melancholisch zu, wie sich die letzten Häufchen weißen Seifenschaums auf dem roten Wasser auflösten. Und mit ihnen meine moralischen Zweifel, die Erinnerung an Susan.

Ausgerechnet jetzt stellte mir Ary die lesbische Gretchenfrage.

- Warst du schon mal in einen Typen verliebt?

- Nein, sagte ich und ratterte ungeduldig meinen Standardtext herunter, daß ich nichts gegen Männer habe, mich sexuell aber nur zu Frauen hingezogen fühle, bla bla. Ungeduldig deshalb, weil ich schließlich noch viel Wichtigeres mit Ary besprechen wollte, doch sie glaubte, mir erst einmal ausführlich von ihren lesbischen Freundinnen erzählen zu müssen, wie nett sie wären, wie normal, wie gut sie mit ihnen auskäme, daß die ja viel reifer wirkten, irgendwie frecher, na klar, das käme durch den Außenseiterstatus, hier geriet sie ein wenig ins Stocken, ja, ja, schwer hätten die's schon, sie bewundere das ja, habe total Respekt davor, wie die leben, so ehrlich, also, im Fernsehen habe sie da neulich einen Bericht gesehen ...

- Ich unterbreche dich nur ungern, Ary, aber ... der Punkt ist, daß ich gerade nicht so bin, so normal ...

- Wie meinst du das?

Ich räusperte mich.

- Ich bin nicht so wie andere. Ich ... Es ist so: Ich mache manchmal Dinge, die (ich verdrehte die Augen gen Himmel) ... andere vielleicht als ... unmöglich ... oder böse ansehen würden.

Arys Augen verkleinerten sich, als suchten sie nach Beweisen dafür, daß ich mindestens zehn Menschenleben auf dem Gewissen hätte. Da war es nur konsequent, daß sie ihre Beine von mir weg, hin auf ihre Seite und sich zurückzog wie ein General seine Truppen von einem Minenfeld. Umgeben von diesen selbst gelegten Minen wagte ich es nicht mehr, mich zu bewegen oder ein weiteres Wort zu sagen und dachte nur noch daran, wie ich so schnell wie möglich da wieder raus käme. Was war einer, der sagte: Ich bin nicht, was ich zu sein scheine, doch was ich bin, weiß ich nicht, nur, daß ich nicht so bin wie ihr, auch wenn es so zu sein scheint? Ein Monster mit Profil-Neurose?

- Was immer du bist ... sagte sie dann überraschend und küßte mich.

Ob sie danach noch von Liebe sprach, weiß ich nicht mehr. Über alles weitere klärte mich Ary am nächsten Morgen auf, nachdem sie mich ausgelacht hatte, weil ich meine Körperteile gründlich untersucht und dann zufrieden gelächelt hatte. Während sie meinem Gedächtnis nachhalf, suchte ich in den Küchenschränken nach einer Kopfschmerztablette und hörte ihr nur halb zu, bis zu einer bestimmten Stelle.

- Wir sind verheiratet?!

- Ja, wir haben uns mit Wasser und Whiskey als *Schwestern im Geiste* getauft, uns Schleier und Kronen aus Schaum aufgesetzt und ewige Treue geschworen. Du hast allerdings einen seltsamen Zusatz in die Trauformel mit eingebaut ...

- Ach ja? Was denn?

- Irgendwas von wegen, ob ich dich lieben und ehren würde in jedem Zustand oder so. Wirklich merkwürdig. Ich meine, wer käme auf die Idee, so was ...

- ...Und was habe ich dann getan?

- Du hast mir gratuliert und gesagt, ich wäre jetzt mit einem Monster verheiratet.

- Und?

- Na ja, was sollte ich dazu schon sagen? Außer, ja, das träfe sich bestens, ich sei nämlich auch kein Mensch. Dann bist du ganz ernst geworden und hast gefragt, was ich denn sei, und ich habe behauptet, ich sei Mary, deine Comic-Figur. Gefällt mir übrigens gut, das, was ich bisher davon gesehen habe.

- Danke.

- Mir ist dann aber nicht mehr viel eingefallen, als ich gemerkt habe, daß du mir diese Geschichte echt abgekauft hast, und das war so süß, daß ich dir diese Illusion nicht nehmen wollte. Na ja, da wurde es halt brenzlig, weil ich Mary ja nicht so gut kenne, nicht so gut wie du, also habe ich dich nach deinen drei Wünschen gefragt. Und dann ... das war überhaupt das Beste! Du hast mich gefragt, ob ich dir deinen alten Körper wiedergeben könnte! Deinen alten Körper, verstehst du?! Ziemlich abgefahren. Ich habe gesagt, dazu müßtest du mir erst ein Menschenopfer bringen. Und dann hast du dir gewünscht, deine Gestalt beim Sex verändern und Frauen auf jede erdenkliche Weise befriedigen zu können.

- Oh je ... und mein dritter Wunsch?
- Niente. Du bist wie ein Stein aufs Bett gesunken und eingeschlafen.

Fetzen meines Morgentraumes kehrten wieder, eine römische Göttin in weiß-goldenem Gewand und ihr Becher, aus dem ich nicht trinken wollte, den sie mir an die Lippen hielt, sowie die Schweineherde, die von Huren durch Rotlichtviertel getrieben wurde, und noch einmal die Göttin, wie sie mir ihren Namen verriet, schelmisch auf eine Spinne zeigte und lachte.

Mein Ernst verunsicherte Ary. Ihren auf einmal besorgten Blick erwiderte ich nur kurz, und klopfte ihr dann auf die Schulter, dankend und besänftigend, wie bei einem Abschied, dabei wollte ich nur ins Nebenzimmer gehen, um dort nach den Bögen zu suchen, die ich letzte Woche gezeichnet hatte.

Mary überwältigt einen Versicherungsvertreter, den sie nur zu diesem Zweck zu sich gebeten hat. Sie stellt ihn ruhig mit Hilfe von Schlafmittel, das sie in seinem Tee aufgelöst hat. Seine ausführlichen Schilderungen aller denkbaren Katastrophen und Ängste, die das Leben für Mary bereit halten könnte, finden endlich ein Ende, als der Vertreter wegdämmert. In Vorfreude auf den Leckerbissen umwickelt Mary seinen schlafenden Körper wie eine Roulade, bevor sie ihn ins Badezimmer schleppt und ihn mit einem elektrischen Küchenmesser in kleine Häppchen zerlegt. Doch dabei stößt das Messer auf Metall. Der Versicherungsvertreter, so stellt sich heraus, war in Wirklichkeit eine Maschine, eine Sonderzüchtung, die sich selbst mit menschlicher Haut überzogen hatte.

Marys Frist ist abgelaufen. Es ist ihr nicht gelungen, Menschenfleisch zu bekommen, um ihre alte, menschenähnliche Gestalt erhalten zu können. Statt dessen verformt sich ihr Körper, der die Erdatmosphäre nicht vertragen kann, zu einem schleimig-echsenhaften, riesigen Monster, das sich im Wald vor den Menschen verstecken und sich von Wildaas ernähren muß.

- Sag mal, was für Drogen nimmst du eigentlich? fragte Ary,

während sie eine Spritze zur Blutabnahme vorbereitete, und ihre Brauen fuhren hoch, als ich sagte - nichts. Nicht mehr. Außer Alkohol, vielleicht ... Es hatte sie überhaupt verwundert, daß ich sie darum gebeten hatte, mich zu untersuchen, das übliche Programm, Bluttest und all das. Sie hatte mich gefragt, warum ich denn nicht, wenn ich krank zu sein glaubte, zum Arzt ginge, und ich hatte von möglicherweise unangenehmen Überraschungen gesprochen, und Ary hatte genickt, verständnisvoll. Sie glaubte, sie verstehe, was ich meine, und jetzt, schien es, hatte ich ihr den Boden entzogen, doch sie blieb um Fassung bemüht, bohrte nicht nach, anders als Susan. Das Thema war für sie erledigt. Sie würde es auf sich beruhen lassen und sich ganz auf ihre Arbeit konzentrieren, meinen Auftrag ausführen, ohne Fragen zu stellen. Sie war wirklich eine gute Wahl gewesen.

- Hast du Angst vor Spritzen? fragte sie, und ich spürte, wie die Nadel durch mein Gewebe fuhr, hörte, wie Ary leise fluchte und langsam in meinem Fleisch herummanövrierte, als wolle sie meine Venen harpunieren.

- Mir wird schlecht, stöhnte ich.

- Halt still!

- Das tut weh!

- Sorry, aber ich bin nun mal keine Arzthelferin ...

Sie traf dennoch eine spendable Vene, zapfte mich ab und füllte den Cocktail um in mehrere Reagenzgläser, die sie mit ins Labor nahm.

- Und? fragte ich sie, als sie mit den Ergebnissen zurückkam.

- Irgendwas Auffälliges?

- Nein. Nur eine leicht erhöhte Alkoholkonzentration. Wie zu erwarten war.

- Sonst nichts? Wirklich nichts?

- Nun ja. Noch einen recht hohen IgE-Wert. Hast du irgendwelche Allergien?

- Heuschnupfen.

- Na, siehst du? Alles normal. Du hast letzte Nacht zuviel getrunken und eine leicht erhöhte Abwehrneigung, aber

ansonsten sind deine Werte wirklich absolut normal. Oder soll ich sagen ›leider‹?
- Nein, nein. Schon gut. Dann ... bin ich ja beruhigt, log ich.

- Post für dich! rief Ary fröhlich und warf mir die Postkarte zu wie ein Frisbee. Ihr Flug wurde von meinem Oberkörper gestoppt. Sie fiel auf meinen Bogen und verschmierte das Panel, an dem ich gerade gezeichnet hatte. - Oops, entschuldigte sich Ary und zeigte auf die Karte. - Kannst du das hier lesen?

Es war mutagisch.

- Nein, log ich, meinen starr gewordenen Blick immer noch auf die Schriftzeichen gerichtet, die soviel bedeuteten wie *Mir reicht's! Ich kündige! Mary.*

Mit einer einzigen Bewegung schob ich den Papierstapel mitsamt der Karte herunter, setzte mich bequemer in den Stuhl, die Hände im Nacken, die Füße auf den Tisch und verzog meine Mundwinkel zu etwas, das Ary als genußvolles Lächeln fehlinterpretierte.

- Läßt du mich mitlachen?

Klar doch. Nur ein wenig Geduld.

- Du hast nicht zufällig eine Idee für ein neues Comic?
- Shit. Schöpferische Krise, nicht wahr?
- Nein, eher im Gegenteil. Ich denke nur, daß Mary nicht mehr die richtige Figur ist für das, was ich vorhabe, für meine neue Geschichte ...
- Und ... was soll das werden?
- Ich weiß noch nicht. Ich habe zwar Ideen, aber die passen nicht in einen Plot oder größeren Zusammenhang, außer, daß es vielleicht 'ne Art weiblicher Selbstfindungsprozeß als Horrortrip wird oder so ... Bisher habe ich nur die Hauptfigur und ein paar Szenen.
- Und ... die Hauptfigur ist eine Comic-Zeichnerin, die zuviel Drogen nimmt, richtig?
- Falsch. Ich habe seit Monaten keinen Joint mehr angerührt!

Arthur hatte an die zweihundert E-Mail-Antworten auf meine Umfrage erhalten und mir angeboten, sie mit ihm gemeinsam durchzusehen. Ich hatte immer noch Kopfschmerzen. Er versprach, die Mails vorzusortieren und in mundgerechte Häppchen zu packen, hin und wieder flambiert, obwohl ich, wie Arthur anerkennend feststellte, gar nicht so oft geflamed worden war, wie er erwartet hatte, und wenn, dann eher auf die sanfte Tour.

You know that bloody thing called reality? Check it out, man! <The Big Kahuna> PGP-Key available …

- Woher kommt das? wollte ich wissen.
- Cornell University, New York.
- Nein, ich meine …
- Schau dir das mal an:

dear arthur, if you really should get any serious replies to your inquiry, please share your results with me (write to fiction address below or robert@thecure.com). thanks. love, robert

- Robert Smith von The Cure?! rief Arthur, ungläubig und fast ein wenig entsetzt.
- Warum nicht? Fiction ist, glaube ich, deren Label … Oh, was haben wir denn hier?

remember: one or two killjoys a day keeps the analyst away. Dr. Who, London

- Sehr witzig … Was sind denn *killjoys*?
- Vielleicht so was wie Spanische Fliegen. Gibt's wohl nur in England, das Zeug … War das alles?
- Hier ist noch eine Nachricht, kurioserweise an dich adressiert:

Nadine!!! Wir muessen reden! Treffen: heute, 19 Uhr, Final Exit. Sei puenktlich! Gruss, Nick Raven (nick@hell.org)

- Kennst du diesen Nick?
- Nein. Nie von ihm gehört ... Hast du wirklich kein Aspirin mehr?
- Nein, aber gleich um die Ecke ist eine Apotheke. Die haben übrigens auch ausländische Medikamente. Frag doch mal, ob die *killjoys* kennen. Würde mich echt interessieren ...

Es war eine umgangssprachliche Bezeichnung für das Antidepressivum Prozac.

Kinderschreck Freddy lauerte lässig in einem Kleiderschrank, sah mir blutrünstig in die Augen und fragte *Miss me*? Jemand mußte die Postkarte durch den Türschlitz in Arys Flur geschoben haben. Auf der Rückseite stand: *19 Uhr, Final Exit. Keine Rosen. Nick.*

Auf wackligen Knien hatte ich gerade das Exit betreten, mich auf einen Barhocker gesetzt und mit den Beinen daran festgekrallt, als jemand meinen Namen rief, hinter mir, jemand, dessen Gesicht ich nicht erkennen konnte, nur die Richtung, aus der die Stimme kam. Es war eine dunkle, wund gescheuerte Frauenstimme aus dem Billardraum, einer düsteren Ecke, in der sich noch düsterere Gestalten aufhielten, Phantome, die nur für Sekunden im flackernden Licht ihrer Feuerzeuge sichtbar wurden. Sie seien blind, ging ein Gerücht um, nur eines von tausenden, die über sie entstanden waren. Es soll Studenten geben, die nur im Exit kellnern wollen, um einmal zu sehen, wie diese Gestalten den Raum verlassen. Einmal, spätestens nach der letzten Runde, mußten sie es ja tun. Natürlich waren sie dann immer schon verschwunden, ohne daß jemand sie hat hinausgehen sehen, so daß böse Zungen behaupten, der Betreiber des Exits würde in diesem Raum nur ein Tonbandgerät mit dem Geräusch klackender Billardkugeln abspielen, weil er genau wußte, wie umsatzfördernd die mysteriösen Billardspieler waren. Doch, da sich bisher keiner außer den Spielern und dem Wirt selbst je getraut hatte, diesen Raum zu betreten, konnte nichts jemals bewiesen werden.

Die Stimme wiederholte ungeduldig meinen Namen.

Sie kam eindeutig aus dem Billardraum.

- Ja? rief ich vorsichtig, während ich auf den dunklen Raum zuging, vorbei an den anderen Gästen, und Schritte hörte, die auf mich zukamen, Absatzgeklapper. Ich senkte den Blick, hinab auf ein paar Frauenstiefel, und hob ihn wieder, hoch zu der Frau, die mich neugierig und erwartungsvoll fixierte. Sie war circa Mitte Dreißig, blaß, mit strohigem, aschblond-grauem Haar, hellen, wachsamen Augen und dunkelrot geschminkten Lippen, die verrieten, daß diese Frau alles bekam, was sie wollte. Genüßlich streichelte sie ihren Billiardstock wie eine Peitsche vor dem nächsten Schlag.

- Du brauchst keine Angst vor mir zu haben.

- Sie sind Nick Raven, nehme ich an, sagte ich leise und heiser, was ihr zu mißfallen schien.

Ungeduldig tippte die Stockspitze im Takt gegen ihre linke Handfläche.

- Du, Schätzchen, darfst mich Nicky nennen.

Nun traten auch die anderen Spieler aus dem Dunkel hervor, stellten sich im Halbkreis hinter der Frau auf und musterten mich prüfend.

- Ist sie das? fragte einer von ihnen und zeigte auf mich.

- Ja, antwortete Nick, und bat ihre Kumpels, sie allein mit mir zu lassen.

- Viel Spaß! wünschte ihr jemand sarkastisch. Andere murmelten: - na so was - und darauf haben wir so lange gewartet? - völlig unfähig - wie konnte sie nur?! - schade um all die schönen Jahre! - und jetzt das - hätte besser was Anständiges lernen sollen - hab ich's nicht immer gesagt?

- Setz dich da drüben hin! befahl sie mir.

Verlegen suchte ich nach meinem Tabak, den ich natürlich vergessen hatte. Sie gab mir ihren. Die gleiche Sorte, die ich auch bevorzuge. - Du rauchst das hier, stimmt's? sagte sie.

- Ja. Woher ...?

- Einen Whiskey?

- Ja. Einen doppelten bitte, wenn's geht.

- Natürlich, Schätzchen.

Als hätte ich zum ersten Mal ihrer Erwartung entsprochen, grinste sie und sah mir dabei zu, wie ich mit zitternden Fingern meine Kippe drehte.

- Schön, daß wir uns endlich mal sehen können. Wie geht es dir denn so?

- Ich würde mich besser fühlen, wenn ich wüßte, wer Sie sind, und was Sie von mir wollen.

- Ich bin so was wie, sagen wir ... deine Mutter.

- Was genau bedeutet ›so was wie‹?

- Ich wollte dir das ja eigentlich nicht sagen, aber ... es ist so: deine Eltern, also die, die du bisher für deine Eltern gehalten hast, sind nicht wirklich deine Eltern.

Zu oft hatte ich mir Ähnliches eingebildet oder vorgestellt, als daß ich diese Nachricht besonders schockierend oder originell finden konnte.

- Ach ja? Und wer sind meine Eltern?

- Das wirst du noch früh genug erfahren.

Natürlich. Erst im Endstadium, eklig mutiert und ausgewachsen würde das Ungeheuer von seiner Herkunft oder den Umständen seiner Entstehung erfahren. So war es Tradition, und warum sollte es ausgerechnet bei mir anders sein?

- Was wollen Sie von mir?

- Dich warnen. Vor einem Fehler, den ich selbst begangen habe. Ich mache mir große Sorgen um dich, um deine Gesundheit. Weißt du, diese Sache mit Mary ... Ich will dir meine Hilfe anbieten. Weil ich mich für dich verantwortlich fühle. Warum hast du dich nicht so verhalten, wie es dir beigebracht worden ist? Wie konntest du nur deinen Realitätssinn verlieren? Dich nicht mehr an dein Drehbuch halten?

- Mein Drehbuch? Sie meinen, es gibt tatsächlich ...?

- Natürlich. Es liegt oben in meinem Hotelzimmer. Wir sind jetzt am Ende des ersten Aktes. Ich könnte noch ein paar Änderungen vornehmen, falls du das wünschst. Dazu müßtest du nur deinen Vertrag verlängern.

- Meinen Vertrag?

- An deiner Stelle würde ich da nicht lange überlegen. Ich will

dir nicht zu nahe treten, aber, so, wie die Dinge in letzter Zeit gelaufen sind, sehe ich, ehrlich gesagt, nicht viel Hoffnung, daß du noch einmal heil aus dem ganzen Schlamassel herauskommst.
- Und ... was schlagen Sie vor? Was für ... Änderungen?
- Also erst einmal, dachte ich mir, muß diese Susan-Geschichte aufhören. Wir könnten sie zum Beispiel verunglücken lassen, lebensgefährlich natürlich, dann hätten wir gleich ein paar gute Krankenhausszenen mit drin. Ein junger Chefarzt kämpft um ihr Leben, doch vergebens. Sie stirbt unter seinen Händen, in deinen Armen. Und du, also, da müssen wir natürlich noch dein Äußeres verändern, Sonnenbank, andere Frisur und Klamotten, Fitneß-Training und so, also, ich dachte mir, das mit deiner ... also, du könntest dich in den Chefarzt verlieben. Dann lassen wir die Storyliner noch ein paar Hindernisse einbauen, die eurer Liebe zunächst noch im Wege stehen, nur, um den Triumph, euer Happy-End, schließlich um so ergreifender zu machen. Was hältst du davon?
- Warum kann ich denn nicht ein Happy-End mit einer Frau haben?
- Das ... geht nicht. Nicht solange du die Hauptrolle hast.
- Aber ... dann wäre ich doch gar nicht mehr ich selbst.
- Wirf mal einen Blick in den Spiegel! Glaubst du denn, daß du jetzt du selbst bist?
- Na ja ...
- Schätzchen, du wirst dich noch wundern, was wir mit ein bißchen Prozac alles aus dir herausholen werden!
- Aber ... wäre mein Leben dann nicht ... furchtbar langweilig?
- Ja, ich weiß, mein Kind. Du hast es nicht leicht. Wesen wie du können sich ein Leben ohne Drama nicht vorstellen. Ich weiß auch nicht, von wem du das hast. Von mir jedenfalls nicht. Genau wie diese Verwandlungs-Geschichten. Wie konntest du einfach damit anfangen, ohne das vorher mit uns abzusprechen? Na ja, daraus können wir immer noch Träume oder LSD-Trips machen, das geht schon noch. Wenn du nur deinen Vertrag mit uns verlängerst. Und mit meinen Änderungsvorschlägen einverstanden bist.

- Nein. Ich werde den Vertrag mit Ihnen nicht verlängern.
- Überleg es dir gut. Ich werde dir diese Chance nicht noch einmal bieten.
- Ich habe es mir schon überlegt. Ich brauche Ihre Hilfe nicht. Ich komme allein zurecht.
- Wie du willst. Dann wünsche ich dir viel Glück.
- Eine Sache noch: bitte lassen Sie Susan in Ruhe. Tun Sie ihr nichts.
- Okay. Mach dir keine Sorgen. Ich bin dafür bekannt, daß ich meine Abmachungen einhalte. Im Gegensatz zu dir ... War nett, dich kennengelernt zu haben.
- Danke für den Whiskey, sagte ich, während sie aufstand und ging. Dann fuhr auch ich nach Hause, beeilte mich, denn Ary und ich wollten an diesem Abend noch eine Party besuchen, die mir viel mehr bedeutete als das Treffen mit Nick Raven.

Noch beim Frühstück hatte ich Ary mein Leid geklagt, wie wenig ich die Trennung von Susan ertragen könne, und daß ich deshalb immer versuchen würde, in ihrer Nähe zu sein. Ob als Mensch, Fliege, Spinne oder Geist. Nur nicht als Gast auf ihrem Polterabend. Oder ihrer Hochzeit.
- Du würdest also, fragte Ary verständnislos nach, - freiwillig aus dem Leben scheiden und durch die Hölle gehen, um ewig in ihrer Nähe sein zu können, ja?
- Na ja ...
- Ja oder nein?
- Ja.
- Gut. Aber ... du hast Schiß davor, heute abend auf die Party zu gehen? Du würdest für sie durch die Hölle gehen, aber nicht auf ihre Party, ja? Fällt dir irgendwas auf?
- Das ist nicht irgendeine Party ...

Gepoltert wurde nicht. Das habe Susan nicht gewollt, sagte Arthur, als wir am Bufett nebeneinander standen. Er freue sich, daß ich gekommen sei. Ich glaubte es ihm. Und er freue sich, daß ich endlich über die ganze Sache hinweg sei und eingesehen habe, daß Susan, nun ja, sich halt mehr zu ihm hingezogen fühle. Das glaubte ich ihm nicht. Er sprach davon, wie vernünftig ihr Entschluß, ihn zu heiraten, sei, gerade auch für das Kind, und bot mir an, seine Patin zu werden. Das mit der Trauzeugin könne er ja verstehen, daß ich das nicht wolle, aber warum denn nicht Patin für sein Baby? Ich räusperte mich, und er witzelte herum, Tante Nadine, ha ha, das klinge nach einer verschrobenen Alten, Männerhasserin, Kinderfresserin mit sieben Katzen und so, ha ha, hey, ob ich darüber nicht lachen könne? - Nein, sagte ich und warf die Saucenkelle wieder zurück in den Topf, so schwungvoll, daß die Sauce überall hinspritze, auf das Bufett und Arthurs weißes Hemd. - Ihhh, rief er, das sähe ja aus wie Blut. - Sorry, sagte ich und dachte, das war wohl mein Herz, mein verdammtes Herz, was da herausgespritzt war und sich verteilt hatte, auf sein Hemd, sein Bufett. Das Blut war noch frisch, dunkel, wie alles an mir. Wo Susan denn wäre, fragte ich, während er Servietten bespeichelte, um meine Flecken abzuwischen. Da hinten, signalisierte er, bei ihrer Mutter. Ich ging zu ihr, der Schnee/Ball/Königin, bewacht von einem Paar mütterlicher Eisaugen, deren Zapfen sich auf mich einstellten. Ein Laserstrahl, der mir die Worte ausbrannte, doch nicht meine Augen, die ich auf Susan richtete ... bis sie mich fortstieß, hinauswarf. Ich stürzte ab, fiel heraus aus ihrem Blick. Zerbrochenes Weiß. Leider nicht kostbar. Nur Scherben, die kein Glück brachten. Von wegen nicht gepoltert. Hier polterte alles, direkt vor ihr, war ein Stapel Porzellan fallen gelassen worden und zersprungen. Nein, nicht anfassen! Sie könnten sich an mir schneiden. Scharfkantig geworden überall, hatte ich nun nichts mehr zu geben außer Schmerzen all denen, die mich berührten. Durfte nur noch mit Handschuhen angefaßt werden. Konnte keine Liebkosungen mehr annehmen, kein Streicheln über meine kalte Haut. Zu viele Kanten und Stacheln trug ich, Igel, mit mir herum. Würde tief hineinfahren in das Fleisch, tiefe Wunden hinterlassen, öffnen die Haut, die Adern all derer, die mir zu nahe treten. Eine andere Art von Zärtlichkeit. Mein Verlangen. Öffnen wollte ich sie, ihre Schalen knacken, nachsehen, ob in ihnen noch Blut floß, sie noch nicht so verhärtet waren wie ich, die Beschichtete, die jede Flüssigkeit abwehrte. Verblutete. Nicht einmal ein vertrocknender Fisch. Selbst dieser würde noch zappeln, nach Luft schnappen. Kämpfen. Dieser hätte sich nie selbst die Füssigkeit entzogen und sich eingefroren, versteinern lassen.

Hatte ich denn nicht die Schlangen in ihrem Haar gesehen?

Sie sagte, ich sähe gut aus, ich: - danke. Weiter kam ich nicht, schaffte es einfach nicht, rutschte bei jedem Versuch, ihr in die Augen zu schauen, immer wieder ab, zu ihrem Mund, und weiter, zu ihrem Hals, meinem Fetisch, wie sie einmal sagte, ich als Vampir, weiter abwärts, zu ihrem Busen, ich als Baby, zu ihrem Bauch, ich als Vater, zu ihrer Vagina, ich als Geliebte, und wieder hinauf zu ihrem Haar, ich als Wind, zu ihren Ohren, ich als Geräusch, als Geruch in ihrer Nase, als Geschmack in ihrem Mund, als Bild in ihrer Vorstellung.

Dem Baby ginge es gut, sagte sie. Mit ihm sei alles in Ordnung. Sie habe gestern noch ein Ultraschallbild machen lassen. Ob ich es sehen wolle?

Und sie zeigte es mir, ohne meine Antwort abzuwarten, wie ein Vorwurf, und ich sagte nichts dazu, wußte nichts zu sagen zu diesem Wesen, das schon aussah wie ein kleiner Mensch, zum Glück, der schon seine Hände ausstrecken und die Nabelschnur ergreifen konnte, der vielleicht einmal nach seinem richtigen Vater fragen würde, der ihn gerade zum ersten Mal sah und davon so ergriffen war, von diesem kleinen Wesen, daß er keine Worte dafür fand, und seine Mutter ihm mangelndes Interesse vorwarf, und überhaupt anfing, ihm alles vorzuwerfen, weil sie ihn immer noch für versteinert hielt und nicht sah, nicht sehen konnte, daß seine Oberfläche gesprungen, die Scherben nur notdürftig zusammengeklebt waren, daß sie keiner Belastung mehr standhalten würden, nicht der Schwere ihrer Vorwürfe, ich würde ihr die Laune, den ganzen Abend verderben, ihre Mutter verärgern, Arthur von ihr fernhalten, das Bufett ruinieren, den DJ vertreiben, die Kinder verängstigen, und ich spürte, wie sie mich mit ihrem Schuhabsatz zertrat, die porzellanene Spinne, mahnende Erinnerung, die vor ihren Augen zersplitterte, zu Staub wurde, Papier, unangreifbar, zu einem Nichts, trockenem Pulver, das erst wieder mit Wasser lebendig geformt werden könne, in den Händen eines anderen Menschen.

Ohne dies würde es Staub bleiben.

Sie kehrte nicht einmal die Scherben zusammen.

- Reiß dich bitte zusammen, Nadine, sagte sie und ging.

Den Rest des Abends lief ich Ary hinterher. Versteckt hinter ihrem Rücken, meinem Schutzschild, wich ich nicht mehr aus ihrer Nähe. Und geriet so in eine fröhliche Runde, in der Susan gerade verriet, wohin ihre Hochzeitsreise gehen würde. Gleich morgen nach der Trauung würden sie losfahren. Nach Prag.

- Nach Prag? krächzte ich heiser dazwischen. - Was wollt ihr denn da?

Alle lachten. Bis auf Susan. Sofort nahm sie mich ins Visier.

- Es war Arthurs Idee, hielt sie mir entgegen. - Er will dort nach dem Golem suchen.

Der Witz sorgte für Erheiterung, und sie lächelte erfreut, bis Ary sagte:

- Hey, was für ein Zufall! Wir wollten auch dieses Wochenende einen alten Freund von mir in Prag besuchen, nicht wahr, Nadine? Sie trat mir leicht auf den Fuß, und ich nickte, fassungslos, und starrte Ary an, genau wie Susan, doch, anders als sie, mußte ich versuchen, mein Erstaunen zu verbergen.

- Wie schön, sagte sie und meinte das Gegenteil. Ihre Mimik hatte sie verraten, die Schönheit zerstört, die mich eben noch bezaubert hatte.

Die Runde löste sich auf wie der Sternenhaufen einer Galaxie im Zeitraffer, und wie ein Mond folgte ich Ary, umkreiste sie so lange, bis sie mir ihre Aufmerksamkeit schenkte und ich sie fragen konnte: - Das mit Prag eben .. was sollte das bedeuten?

- Na, was schon? Wir werden morgen nach Prag fahren. Wie Susan und Arthur. Ist alles geklärt. Ich habe einen Freund dort und habe ihn angerufen, eben, als du im Exit warst. Er freut sich darauf, uns zu sehen und dich kennenzulernen.
- Seit wann hast du denn gewußt, daß die beiden nach Prag fahren?
- Arthur hat es mir heute nachmittag erzählt.
- Und du hast das alles festgemacht, ohne mich vorher zu fragen, ob ich überhaupt mitfahren will?
- Du hast doch heute morgen noch gesagt, du würdest alles tun, um in Susans Nähe zu sein, oder?

Sobald sie aufgestanden sein würde, dachte ich im Morgengrauen, nach meinem Erwachen, würde sie die zerwühlten Laken und das leere Bett neben sich sehen, ein paarmal meinen Namen rufen, keine Antwort erhalten, und nach mir zu suchen anfangen, zuerst vielleicht in der Küche, dann im zweiten Zimmer und im Bad, dann würde sie vielleicht bei Susan und Arthur anrufen oder bei meiner Mutter, und dann die Polizei ... doch soweit würde ich es nicht kommen lassen, mich vorher zu erkennen geben.

Von meinem Hochsitz auf dem Küchenschrank aus beobachtete ich ihre Suchaktion, und machte mich erst bemerkbar, als sie zum Hörer griff. Verwirrt blickte sie um sich, konnte jedoch auf ihrer Augenhöhe nichts erkennen. Das Krächzen, fand ich, tat meinen Stimmbändern gut. Sie fühlten sich stark und kräftig an.

Vielleicht würde ich sogar sprechen können. Dieses Mal.
- Hier, sagte ich mit rauher, kratziger Stimme. Ary drehte sich erschrocken um, sah in alle möglichen Richtungen, nur nicht zu mir hinauf, dahin, wo ich saß. - Hier oben, wiederholte ich, deutlicher, und endlich entdeckte sie meine Gestalt auf dem Küchenschrank. Sie preßte ihre Hand vor den Mund, um nicht loszuschreien. Ich spannte meine Flügel auf und landete unsanft auf dem Tisch.
- Zu wenig Flugerfahrung, sagte ich, als ich wieder auf mei-

nen Krallen stand, und putzte verlegen mein Gefieder, schweigend, zum einen, weil mich die menschliche Sprache sehr anstrengte, zum anderen, weil ich Ary erst mal Zeit lassen wollte, sich an meinen Anblick zu gewöhnen. Ich hatte keine Lust auf langatmige Erklärungen, wollte die ganze Sache so schnell wie möglich hinter mich bringen, und sagte deshalb, nachdem Ary immer noch nicht reagiert hatte: - Ja. Ich bin's. Nadine. Okay?

- Nichts ist okay, stammelte Ary. - Gar nichts ist hier okay ... bitte ... kannst du mir bitte verraten, was hier los ist?

- Das ist es ja gerade, was ich dir die ganze Zeit über sagen wollte!

- Was?!!

- Muß das ausgerechnet jetzt sein? Sind wir nicht sowieso schon zu spät?

- Zu spät für was?

- Susans Hochzeit.

Willst du etwa so mitkommen? In diesem Aufzug?

- Wie denn sonst?

12

/ *I think last night you were driving circles around me*
- Your Ghost, Kristin Hersh /

... obwohl sie zugleich sinnbild des verfalls war ... nein / zwölftes kapitel / sie betete sie an / sie war ihre geliebte und würde es immer sein ...

da saß ich nun ich armer sweeney verspottet selbst von baumkronen / dies war kein traum in dem es genügte die arme zu heben / dies luftschwimmen mußte ich erst lernen und ist nicht wie sex / fragt die vögel hört ihr lachen lernt gleichgewicht zu halten ohne boden und nestflüchtig auch ich himmelwärts zu oberflächen luft tanken an semipermeablen die unüberschreitbar höchstens ich ausbeule / allein der nächste ast schien weit und gefährlich / feigling sagte ary und ich solle mir das reden ab und bald gewöhnte ich mich an dieses leichte körperhaus das schlafen in wächtergestalt und sich selbst weder kennen noch vergessen das tier so natürlich diese perspektive / dann wieder vogel und weder dies noch mensch und fremd das wissen geliebt zu haben als einzige gewißheit nicht was zu tun wäre außer susan zu folgen und zu hoffen auf ihr erkennen allüberall zum beispiel über die gäste hinweg zur chorgalerie als verkleideter zaunkönig / welches gesicht sie wohl zum altar tragen wie es wäre arthurs augen auszupicken und ob susan dies wohl gestatte? / wie hätte sie denn auch ahnen können von dem vogel auf der vip-tribüne der schwarz sie nicht aus den augen ließ um sich geiergleich auf das aas ihrer abgelegten liebe zu stürzen diesen verwesungsgeruch in der nase den auch ihr parfüm nicht überdecken konnte / sie lachte nur susan lachte nur als der pfarrer sprach wer dagegen solle jetzt oder schweigen für immer und ich krächzte und natürlich drehten sich alle um zu mir dem raben der so nett und lustig krächzte und lachten nicht abergläubisch denn s'war ja nur ein tier das nichts bedeutet und versteht bloß verirrt hat es sich wohl das arme ding / nur ary lachte nicht war so weiß wie susans kleid wie damals als es sie zum ersten mal angefallen und sich mit spitzen krallen in ihren körper gebohrt hatte / das große p / der kleine störenfried / der nun auch ihr meiner gläubigen assistentin sich vorgestellt und hallo gesagt hatte / der junge mit der steinschleuder hätte mich niemals so treffen können wie ihr blick / sie war die letzte die sich wieder umdrehte zum altar hin und um nicht zu sehen wie sich die frischvermählten küßten sah sie zu boden als fürchte sie als zeugin schuldig zu werden / so mußte auch ich sie erschreckt haben als ich nach dem reisregen auf die braut zu flatterte ihr haar entblütete und auf den nächsten baum floh im schnabel meine trophäe fetzen ihres schleiers und geruchs / und dann in arys autokäfig kam das stück susan ins handschuhfach vorbei an den gartenzwergposten an der grenze hielt ary mir unräbisches verhalten vor und eine bonbondose mit regenwürmern / ob das zeug denn schmackhaft und meine haltung nicht schmerzhaft sei fragte sie / ja und nein / ob ich ihr nicht endlich verraten wolle was mit mir / nein / ich sei wohl nicht sehr gesprächig / sie habe mir doch verboten zu sprechen / aber nicht wenn sie mit mir alleine wäre nur für die anderen weil es sie irritieren könnte / na und? / ob sie stan einweihen solle / besser nicht ich habe sowieso noch etwas zu erledigen bevor ich mich bei ihr und stan niederlassen würde / was ich damit meine / susans hotel und ob sie mir ein paar infos besorgen könne zum beispiel ihre zimmernummer denn als vogel könne ich doch nicht so einfach ...

der einstieg war leicht durch ein gekipptes fenster schlüpfte ich in den raum dem dunklen noch menschenleeren in dem ich einen getrockneten blumenstrauß auf einem platzdeckchen umwarf die decke zurecht zupfte und darauf posierte mit stolz erhobener brust und blick aufs doppelbett dort stehen blieb scheinbar ohne harm und leben ausgestopft mit versteckter kamera hinter schwarzen linsen / so kam das monster doch noch zu seiner hochzeitsnacht / und übte immerfort zu sagen nimmermehr bis das paar die schwelle das zimmer betrat das heißt susan denn sie hatte sich geweigert hinübergetragen zu werden es albern und altmodisch gefunden und arthur sie unromantisch woraufhin er das angebot erhielt von ihr getragen zu werden was er sich nicht zweimal sagen ließ und so landete er schließlich auf dem bett und versank in den federn wie ein schwerer rucksack / zunächst waren sie viel zu sehr mit sich selbst beschäftigt doch dann entdeckten sie mich und susan fand mich eklig und geschmacklos meinen anblick wollte mich umdrehen zur wand hin oder in den kleiderschrank werfen doch bloß nicht anfassen und arthur nuschelte irgendwas von emanzipation und drückte mit einer hand meine beine zusammen die steif zu halten ich bemüht war / die seien ja ganz warm sagte er irritiert und berührte meinen vogelrumpf um über die federn zu streicheln und fand auch diese viel zu weich und susan mein federkleid zu glänzend für einen toten und schlug vor mich zu kitzeln um zu sehen ob / doch warum sollte sich ein vogel totstellen? das sei doch nicht normal / das sei hier sowieso nichts mehr und vielleicht gar kein echter rabe so mein bruder der mich für mechanisch hielt und mir in die augen sah worin er das objektiv vermutete denn wir sind hier im osten vergiß das nicht susan und sie widersprach sie glaube nicht daran / nein natürlich nicht so arthur heute würden sie pornos draus machen und dann war von paranoia die rede und ich kam in den schrank und hörte meine eigene schand / und sprach auch nicht wieder am nächsten tag als ich frei kam und noch nicht zurückkehren wollte zu ary nicht vor dem stimmtraining denn wer will schon wissen was raben denken wenn sie nicht erzählen nicht sprechen weil sie ihre stimmen zu kratzig finden für das was sie sagen wollen?

... und über der stadt die sinfonie und bierfaselei und kein entkommen denn geschichten werden leben hier und dick aufgetragen die eigenen da man nichts anderes sein will als dieses als hintergrund der nocturnes und ausflüge zum monologischen silberblick / wieviel innerlichkeit bevor spinnenaugen wachsen? / bis ein auge nach dem anderen sich und die dimensionen aufgibt und nur noch eines übrigbleibt und seine bilderwelt da die andere schwer verdaulich der versuch sie sich vom leib zu halten und den magen freizusprechen / so stieg ich auf ins poetische hinein

und streifte vogelfrei durch die stadt himmelseits hastig flügel schlagend bis entfederung drohte und schmerzen auf der flucht und wußte nicht wovor ekel farbleerer blick aus tieraugen tierstimme tierschwingen nun / sollte ich nicht genießen diesen flug die freudensprünge das getragenwerden auf himmelsschärpen dem ausgelegten blauen teppich zwischen wolken und erde ich zu tief und wolken zu hoch und menschenfern? / über gottlose see und vorbei an geschmückten ankern ruhe zeugnisse irdischen glaubens in deren dachstühlen mein versteck / *madwoman in the attick* / hier störte mein krächzen niemanden nicht die touristen und ihre apparate die sagten was schaut denn der so klug nicht wahr kluges tier dieser vogel echt oder ausgestopft? flog ich zu einem anderen turm einer anderen religion und ließ mich nieder darin inmitten des nebels der sich eingeschlichen in mein gefieder das feucht und klamm den dreck aufnahm den schmutz der kirchtürme / dieses mein mitbringsel für jede neue religion bevor ich sie stärker verschmutzt wieder verlassen / ich habe nie gelernt meine federn zu säubern / zu dünn meine haut zu zerbrechlich die knochen und schreckhaft bin ich geworden / der nebel legte seinen mantel um mich damit niemand meine augen sah die ach so klugen dabei traurigen hinweise auf was ich gewesen und sie nicht glauben würden / dann schon lieber ausgestopft das kannten sie damit konnten sie umgehen aber ein menschentier wäre der lächerlichkeit preisgegeben dabei war der preis nicht hoch die flugpreise gefallen und was mußte man schon aufgeben dafür außer mund und händen und lippen? / und war es nicht ein glück daß es geschah an diesem ort von dem man sagt er sei eine schwelle die ich nun hundertmal am tag überschreite? den drudenfuß oder judenstern die zeichen sind schwer zu deuten hier / man müßte schon genauer hinschauen nicht so kurzsichtig wie ich mit meinen entzündeten augen die nicht rot sondern schwarz nun zu mir gehörten wie die einverleibten würmer / ich will nicht daß dies je meine stadt wird niemals hörst du will ich mehr mit ihr verglichen werden / was hast du dir dabei gedacht ausgerechnet sie die sie mütterlich nennen zu wählen wie deinen bräutigam von dem ich im übrigen nicht glaube daß er es war der diesen ort ausgesucht hat / hast du nicht gewußt daß ich dir folgen dich suchen und auf dich warten würde? / *so cold let me in at your window* / dein schwarzgefiederter heathcliff / hast du nicht gewußt daß ich dich finden und mir jedes detail der fassade und deines zimmers einprägen würde um alles sofort aufzeichnen zu können sobald ich nur wieder finger und hände besäße? und daß ich gotische schlösser am liebsten zeichne?

die stadt am morgen in nebel gehüllt wie ein plattencover der band dessen sound letzte nacht am himmel gekratzt hatte / nichts davon war mir entgangen / *running my fingers up and down your spine* / der geruch von moder und essen einer haut des körpers gierig den tag zu verschlucken / *the same good feeling as when your heart meets mine* / und traumverlassen die raben in ihren türmen / die fassaden auf krücken gestützt so zeigt die steinerne diva ihr wahres gesicht nur im zwielicht / die häuser zum tode verurteilt der durch ritzen sich einschleicht in die träume der steine die tagsüber ruhig atmen und erwachen sobald ihre mieter schlafen um zu tratschen mit nachbarn auf pawlatschen und geheimnisse über diese auszutauschen / so lebt und atmet sie sich ein in die träume ihrer bewohner zerrt sie aus dem schlaf in ihren schoß diese mutter in deren ermatteten augen sich immer noch so viele zu spiegeln versuchen / jahrhundertelang hat sie ihr chaotisches netz gesponnen wie auf lsd und kinder und liebhaber gefressen um weiter zu wachsen bis die nahrung ausblieb und vielleicht ist das was wir von ihr sehen nur ihr abgelegtes kleid zurückgelassen bei ihrer letzten häutung / der versteinerte rest eines traumes

nirgendwo sonst waren fensterstürze so populär das verlangen die schwelle zu übertreten sich fallenzulassen hinab in den see auf dessen grund man die eigentliche stadt vermutete das trocken gelegte atlantis auf dem grund des flusses der zu einem meer geworden schien / dabei ist dies eigentlich ein träges gewässer von dem es zwar heißt es gäbe dort wassermänner und nixen doch fand man bisher nur blutegel

der weite platz ein gefängnis / sing sing / andere krächzen ununterbrochen und ihr nennt das gesang bierselgen ist doch nur gebafel größenwahn nach fünf bierchen beherrschen das hier schon die vögel / vielleicht nur neid da ich nun mit klarem blick den alp schauen muß in der architektur dieser mauern dieser erstarrten leiche einer einst schönen frau die zu lieben nur noch nekrophilie bedeutet von ihr will ich singen / monolog eines schrägen vogels / kann nicht schweigen wie es einem tier wohl anstünde und ewig rattert der schnabel doch klinge ich nicht wie die anderen / hören will ich was sie zu sagen haben nehme mir vor ihnen zu lauschen und nicht zu erschrecken wie ähnlich sie mir oder ich ihnen geworden / dummes zeug würde ary sagen nur geplapper wofür es sich nicht lohnt die sprache zu lernen in der man vor dem sprechen entscheiden muß ob man etwas nur eimal oder immer wieder tun wird / bierchen trinken vögelchen füttern oder knödelchen essen / will ich denn zu ihnen gehören oder überhaupt zu irgend jemandem?

später bei ary würde ich des nachts gedichte zu mir nehmen unfähig zu schlafen auf meiner stange denn nicht embryogleich unter daunendecken sicher versteckt des nachts auf dem wachturm ich mußte wachen mit schwarzen augen dunkelheit absorbieren und suchte das licht in den büchern obwohl das umblättern mühsam war und mein schnabel oft das papier zerriß und ary mir nur noch taschenbücher vor die krallen legte / hier galt das geschriebene wort noch etwas / zum beispiel leppin mit seinem gespensterroman der keiner war weder roman noch kam ein gespenst drin vor obwohl sie überall waren und ich nicht wußte was gespenstischer die komatöse stadt an der das jahrhundert gleichgültig vorbeigezogen war oder dieser junge mann in dem buch der so hitzig durch ihre straßen zog als hetze ihn jemand durch seine eigene verlorene seele mit all ihren geheimnissen und winkeln und den gassen ihrer faszination und ihrem grauen diese stadt die die phantasie auf reisen schickt um dem kerker zu entkommen / severin severin / nekrophil auch er verfallen der ihr leben aushauchenden schönheit dem grauen konservierter dekadenz als gäbe es noch die gute alte zeit die so gut nicht war denn schon damals vor dem krieg ließ sich niemand seine zigarette von einem fremden anzünden / man konnte schließlich nie wissen / und einer mit schwarzem vogel im schilde setzte sich hin des nachts dachte sich maschinen aus die gesetze eintätowieren und insekten die sich in handelsreisende verwandeln oder war es umgekehrt? jedenfalls verlobte er sich dreimal mit derselben frau fühlte sich körperlich unwohl und blieb im bett aus angst vor ihr seiner stadt der undurchschaubaren die ihn so beherrschte wie ihre gesetze die er nicht kannte / die alten waren außer kraft und nicht durch neue ersetzt worden doch gab es keine gesetzlosigkeit und man durfte kein einziges übertreten

allzu leicht glaubt man hier noch im alltäglichsten wunderbare zeichen zu sehen / wenn lehmklötze zu menschen werden zu insekten zauberern raben direktoren kaninchen karpfen dackel mehl mit ohren pflaumenaufläufe rindviecher heringe und wassermännern die seelen fangen und verkaufen / hier glauben sogar die schulkinder ihre schreibtafeln wären ein stück herausgeschnittener nachthimmel und träumen sich hinein / leicht sieht man hier überall einen doppelten boden und nicht den traum die risse in ihrem jugendstil-gewand die fetzen der frau die von abenteurern heimgesucht wurde die sich stücke aus ihr heraus rissen sie verschlangen ohne je etwas zurückzugeben so wurde sie geknechtet und getreten mit schwarzen stiefeln die altstadt später die ein museum werden sollte / so des führers plan der hier die menschen zerstörte und nicht die häuser nicht die architektur dieser dämonischen zwischenwelt deren lebendigkeit er wohl gespürt und sich selbst in ihr erkannt hatte in diesen traurigen steinen die ihm näher waren als das leid der menschen die in ihnen lebten / so gefährlich war die magie der verwinkelten gassen in denen die menschen nicht geradeaus sondern umherirrten wie schattenbilder gefangen in den dunkel brodelnden glaskugeln der alchimisten und ihrer geschichten mit den touristen in diesem viertel war es wie auf den bretonischen steinfeldern / sie waren immer da und sabotierten den zeitsprung erschwerten die vorstellung der zeit rudolfs des zweiten / blutrot hatte ein komet lange kriegszeiten vorausgesagt als der urenkel johannas der wahnsinnigen den thron dieser stadt bestieg und sich mit sterndeutern und alchimisten umgab und manieristischen kunststücken / dieser narr aus trübsinn der die scharlachtane anzog die gold versprachen und heilung seiner melancholie mit absuden latwegen abführmitteln krebsaugen wüstensalz hirschhornpulver und seiner sammelleidenschaft für mörderdolche und schildkröten mit uhrwerk überhaupt besaß er eine vorliebe für automaten und mechanische puppen versammelte einen orbis pictus in angsterregender unordnung um sich bis er sich selbst davor zu fürchten begann vor dem was er sich geschaffen seinem *dreamland* der fetische den abbildern seiner seele / so lebendig und unheimlich wie ein portrait arcimboldos / auch fürchtete er geplündert zu werden von seinen eigenen bediensteten was ihn dazu trieb den falschen zu trauen / etwa dem englischen magier john dee der suchte nach der quintessenz des universums der materie und transmutationen / ein vorfahre meines bruders vorläufer des rabbi löws und frankensteins und auch des doktor faustus von dem eine legende behauptet er habe sich hier aufgehalten und gutenberg geheißen / so versammelte der narr die zauberlehrlinge der zeit im goldmachergäßchen am fuße der burg die ihre eigenen gesetze besaß und menschen anzog wie den dichter von dem bereits die rede / alle waren sie auf der suche nach dem schem der unsterblichkeitsformel die sie sich selbst und ihren künstlichen geschöpfen einverleiben konnten und niemand von ihnen schien der frau der sängerin begegnet zu sein der ich letzte nacht gefolgt war die lauter sang als die band im stadion als hexe verschrien und unsterblich seit ewigen zeiten / niemand schien ihn wahrzunehmen den überdruß in ihrer stimme die von nichts anderem sang als der sehnsucht sich müde ver-

trockneten gefühls einzig nach vergänglichkeit
ich setzte an zur landung

13

Arys Freund Stanislav wohnt in der Nähe des Burgenviertels im Haus seiner Mutter, Parterre. Er sei überhaupt, so Ary, eher bodenständig. Ein Erdvogel, der auch nach dem Flüggewerden lieber am Boden bliebe als in wärmere Regionen zu fliegen. Zum Beispiel nach Frankreich, dem Land seiner Träume. Einen Raben bei sich aufzunehmen, versuchte Ary mich zu beruhigen, fände er sicher cool, erst recht, wenn er Französisch könne. Er sei allerdings auch, hatte sie mich gewarnt, leicht paranoid. In gewissen Dingen. Hatte wohl mal die falschen Drogen erwischt. Aber das könne für meine Situation nur von Vorteil sein.

Ich klopfte mit dem Schnabel gegen ihr Fenster und legte den Kopf schief. Unser Wiedererkennungszeichen, das so einzigartig nicht war, wie ich während meines Rabenrundfluges schnell bemerkt hatte. Stan lachte, als er mich sah, öffnete das Fenster und rief: - *Please come in, Sir!*

Daß ich seiner Einladung ohne Zögern folgte und mich erwartungsvoll auf dem Fernseher niederließ, verunsicherte ihn dann doch ein wenig.

- *What the hell is this?!*

- *Looks like a raven to me,* sagte Ary trocken und streichelte meine Federn. - *Look, it's not afraid of us. Maybe it's tamed. How shall we call it?*

- *What about ›Bill‹, as in Bill Clinton?*

Ich plusterte meine Federn auf.

- *And if it's female?*

- *Hillary.*

- *Bastard!* flüsterte ich Ary zu.

Nicht leise genug.

- *Ary? Did this bird just talk to you?* Sie verneinte. - *Now, birdie, listen to me: if you're just a big, pretentious, stupid black bird, then fine, but if not, if you're something different, you better tell us soon, 'cause, you know, sooner or later we'll catch on to you anyway …*

- Don't frighten it.

- I'm not frightening anything! I'm just asking this bird politely to come out of the closet if it's bewitched or something.

- I thought you don't believe in magic.

- I never said so. I'm just sick of it, you know? All this hide-and-seek-game, people pretending to be something else, disappearing and then coming back as someone different. I've had enough of this, you know?!

- Erm … and what, if it happened once more, just one more time?

- If this is anything but a raven, I'll throw it out! I won't tolerate any bewitched things in my house! … Hang on, Ary. Do you perhaps know this thing here?

- Erm … Remember, when I told you about this friend of mine, Nadine, who was supposed to come with me? And, how you were disappointed when I told you she was unable to come? Well … you see … this is why. She's … having some problems with her … figure at the moment and …

- You mean, this bird is actually your friend Nadine?

- You should be glad she came, after all. She's quite shy. Usually.

- *Hi,* sagte ich.

Er setzte sich und starrte mich an. - *Am I supposed to faint now?*

- *If you wish,* sagte Ary. - *But, I'm afraid, it won't change anything.*

- Why didn't you tell me about this before, on the phone, Ary?

- Because it happened only last night. This morning, I was just as surprised as you are now. But, I tell you, you'll soon get used to it. Just treat her like a normal … human being.

Er wandte sich mir zu. - *So … are you … okay, Nadine? Everything alright?*

- Yeah, I'm fine, thanks.

- *Okay,* sagte er langsam und nickte, Gelassenheit vortäuschend, - *okay guys,* und er sah ratlos zu Ary hinüber. - *So, what're we gonna do now? Go for a drink? I'm …* Er schluckte. - *I'm meeting a friend tonight, at a pub. Would you, Nadine, … I mean … would you like to join us, Ary and me?*

Im Ausgeschossenen Auge trafen sich Studenten der Prager Filmakademie, Regisseure, Filmkritiker, Stan, seine englischsprachigen Freunde und mancherlei anderes zufällig dort hineingeratenes Volk. Stan hatte gerade seinen Freund Henry begrüßt, dem, wie wir erfahren sollten, Bassisten der Thirsty Dogs, der sich noch darüber aufregen würde, daß seine Band durch einen dummen Fehler auf allen Plakaten als Thirty Dogs angekündigt war. Wer würde sie schon sehen wollen, Thirty Dogs, oh my God, Thirty Dogs wie peinlich ... Jedenfalls, Stan hatte ihm gerade *hallo* gesagt, als ein Typ namens Mattusek auftauchte und fragte, ob er sich zu uns setzen und, wie in solchen Fällen zu erwarten war, seine Geschichte erzählen dürfe. Er habe mit Václav Havel Theaterstücke und dann Drehbücher für Märchenfilme geschrieben, sagte er. Seine Haut wirkte blaß, grau und eingefallen.

- *I have not written fairytales for a long time,* sagte er.

- *Why not?* fragte Ary.

- *That is because ... today, no one knows what's good or bad anymore. And you cannot write fairytales without definite good or bad guys, you know? We used to know who the bad guys were, we used to think that, once, but, nowadays, everybody wants to be like them. And people do not want to hear they worship the wrong ones, you know?*

- *But ...* wollte ich widersprechen, doch erhielt einen warnenden Blick von Ary.

Mattusek zog eine Braue hoch und sah mich an, als glaube er einen Moment lang wirklich an Raben, die Menschen verstehen und sprechen könnten, doch gleich darauf ermatteten seine Augen wieder. Vielleicht war es ihm auch peinlich, wieder einmal herein gefallen zu sein, nicht mitbekommen zu haben, wie sehr sich die Zeiten geändert und er nicht hatte wahrhaben wollen, daß er nun auf die falsche Seite geraten war. Abgestellt wie ein ausrangierter Waggon.

- *Oh, erm, Mr. Mattusek,* sagte Ary, um von mir abzulenken. - *So ... you've really been working together with Václav Havel?*

- *Yeah, until he became a Saint and a popstar. Like Kafka. All myth. Attracts a lot of tourists and their money, though. That's the good side of it.*

- *So, erm, you're not very fond of Havel's works nowadays?*
- *Oh, well, yes. I still like him.*

Stan wurde unruhig und sagte schließlich: - *I prefer his works up to the point from when he made his own life to be a work of art. And this guy talks about ›living in reality!‹ For him, life must have become a fairy tale. Jesus! He's even living in a castle now!*

Ohne ihm zu antworten, widmete sich Mattusek seinen *knedlíkys*, die ihm der Kellner gerade gebracht hatte. Träge, gemütlich, in sich ruhend, harmoniebetont und irgendwie lebensbejahend lagen sie vor ihm, die *knedlíkys*, gierig darauf, die Bratensauce aufzusaugen, taten sie nichts anderes als zu warten, ihre Zeit abzusitzen, bis die Sauce sie erreichen und aufblähen würde. - *Really delicious,* sagte er. So süß wären sie sonst nur zu Haus bei Babicka. In den meisten Lokalen bekäme man sie nur geschmacksneutral, fad und reizlos. Als klassische Beilage des Sozialismus eben. Sein Lachen stockte, und er zeigte auf einen seiner Knödel und fragte, wie wir diese Dinger nennen würden. Niemandem fiel die englische Vokabel dafür ein, und so amüsierte man sich eine Weile über das deutsche Wort *Knödel*, erkannte die gemeinsamen Wurzeln, gab sich gegenseitig ein paar Budweiser aus und trank auf die Völkerverständigung, bis Ary sich übergeben und ich auf Stans Schulter überwechseln mußte, und wir wieder zu ihm nach Hause fuhren, nur knapp an den Verkehrskontrollen vorbei.

An einem Bauzaun warb ein Plakat für einen Besuch in der angeblich größten Erdbeer-Plantage Europas in Zbraslav, und Ary rief vom Rücksitz: - Ich ertrag es nicht! und drückte sich zwei Kissen an die Ohren. Ich ließ das Plakat unkommentiert, sah zu Stan hinüber, wie er, besorgt um Ary, schnell und doch vorsichtig fuhr und sagte zu ihm: - *Tu es très aimable,* und er machte eine Vollbremsung, sah mich an und ertrug es schweigend, von Ary als Punching Ball benutzt zu werden. - *Fucking idiot!* schrie sie, doch seine Ohren gehörten mir allein.
- *Tu parles français??*
- *Oui. Je suis français, en partie. Mon père était français.*

Ary beruhigte sich wieder und beugte sich vor, um mir

zuzuhören, als ich begann, meine Geschichte zu erzählen, die Geschichte meiner Familie und meiner Transformationen. Auf englisch. Das machte alles, fand ich, weniger sentimental. Stan fragte mich, ob ich ihm Französischunterricht geben könne. Ich sagte: - *Naturellement,* und er fragte Ary um Erlaubnis, sich ihren Raben für diese Zeit ausleihen zu können. Es sei meine Entscheidung, antwortete sie, lachte, und ich lachte mit, konnte ja zu diesem Zeitpunkt noch nicht ahnen, was diese Vereinbarung, die wir im Morgengrauen auf einem Parkplatz in einem Vorort Prags trafen, wirklich bedeuten würde.

Da ich im Stehen nur schlecht schlafen konnte, verbrachte ich die Nächte meist lesend, ließ mir von Ary Bücher unter die Krallen legen und blätterte die Seiten mit dem Schnabel um, während sie und Stan sich unterhielten, Bier tranken, Musik hörten oder schliefen. Zwar konnte ich so die Erinnerung an meine Gestalt verdrängen, nicht jedoch die an Susan, an das, was zur gleichen Zeit ein paar Straßen weiter geschah. Nichts half gegen diesen Schmerz. Kein Klassiker. - Vögel weinen nicht, weil sie fliegen können, hatte mein Vater einmal gesagt. Was für ein Unsinn, dachte ich, während warme Flüssigkeit die schwarzen, kurzen Federn meines Kopfes hinunterlief, und mir auffiel, daß ich bewußt das Umblättern hinauszögerte, weil es mich immer wieder daran erinnerte, daß ich nun keine Hände, keine Arme mehr besaß. Daß Vögel nicht zum Lesen und Seitenumblättern geboren waren. Daß ihre spitzen Schnäbel Narben auf Papier und Gesichter hinterließen. Daß alles, was ich tat und tun wollte, unnatürlich war. Daß ich mich einfach nicht artgerecht verhalten konnte oder wollte.

| ***many an aborigine's mistaken for a tree ... the tree begins to breath*** - The Dreaming, Kate Bush |

Mir war von Anfang an aufgefallen, daß Stan eine gewisse Ähnlichkeit zu Sandman besaß.

In dieser Nacht gab er mir den Befehl, zu Susan zu fliegen, in ihr Hotelzimmer.

Sie schrie, als sie mich im Mondlicht erkannte, neben ihrem Bett. Ratlos sah ich zu Boden, an mir herunter, die ätherische Leichtigkeit eines Geistes, der sie festzuhalten versuchte, als sie erschrocken zum Fenster rannte und sich hinausstürzen wollte, doch ich glitt durch sie, oder sie durch mich?, hindurch, sah sie fallen und konnte nichts dagegen tun.

- Es war nur ein Traum, beruhigte mich Stan, der plötzlich neben mir aufgetaucht war. Sein Deutsch war akzentfrei. Irgendwas stimmt hier nicht, dachte ich, und hörte ihn in härterem Ton weitersprechen. - Wenn du nur endlich aufhören könntest, Traum und Wirklichkeit zu verwechseln! Kapier das doch endlich! Schau dich an, zwick dich in den Arm! Na? Spürst du was? Siehst du? Keine Substanz. Dir ist Menschsein nur noch im Traum möglich. Siehst du das Tier dort drüben, diesen Raben? Das bist du. Das ist dein Körper in der Wirklichkeit, und nichts anderes, verstehst du?

Am nächsten Rabentag hatte ich Ary gebeten, im Hotel anzurufen und sich nach Susans Wohlbefinden zu erkundigen. Kurz darauf kam sie vorbei und erzählte, völlig aufgelöst, Haare und Nerven, von einem Streit mit Arthur, einem sehr heftigen Streit, weil Arthur, sie ließ sich von Ary ein Taschentuch geben, weil Arthur es herausgefunden habe, durch einen dummen Zufall, einem handschriftlichen Vermerk auf dem Ultraschallphoto, er sei mißtrauisch geworden und habe herausgefunden, daß er nicht der leibliche Vater ihres Kindes sein konnte, doch sie habe ihm nicht verraten wollen, wer es sei. Sie habe ihm geschworen, sie sei nicht fremdgegangen, nur mit Nadine zusammen gewesen. Daraufhin habe er sie sarkastisch gefragt, ob vielleicht seine Schwester sie geschwängert habe. Stans Finger tippten ungeduldig auf der Tischplatte. Er sah mich an, vorwurfsvoll, wie ich mir einbildete, konnte er etwa Susans Sprache verstehen?, und ich senkte den Kopf, schuldbewußt. Arthur sei völlig außer sich, sagte sie. Er habe ihr mit Scheidung gedroht, sei völlig durchgedreht. Sie verschluckte ihren Atem. Ary legte ihr tröstend den Arm auf die Schulter, sah zu mir hinüber, und Susan folgte ihr und sagte: - Oh, was für ein schönes Tier. Ist das dein Vogel? und Ary antwortete, - nein, er gehöre niemandem, eigentlich, sei ihr zugeflogen, und gab Stan ein Zeichen, er möge ihr in die Küche folgen, und lud Susan ein, zum Essen zu bleiben und sich, während sie und Stan das Essen vorbereiteten, mit dem Raben zu unterhalten. Er sei sehr zutraulich, sagte Ary, und ich legte meinen Kopf schief und hüpfte näher an Susan heran. - Oh, sagte diese nun und fragte nach meinem Namen. - Hillary, rief Ary aus der Küche und sagte, ich würde auch Deutsch verstehen.

Sie habe, gestand mir Susan, einen großen Fehler gemacht, sich auf eine Sache eingelassen, die ihr wohl über den Kopf gewachsen sei. Und jetzt sei sie schwanger und kurz vor der Scheidung. Und angefangen habe alles mit der Schwester ihres Mannes, Nadine. Sie habe sie schon sehr attraktiv gefunden, anfangs. Irgendwas an ihr habe sie sofort angesprochen, sie zu ihr hingezogen, und sie habe es für Liebe gehalten. Sie lachte. So sei es wohl oft. Und sie sich jetzt auch nicht mehr sicher, ob sie Nadine nicht doch noch liebe. Sie sei halt jetzt so durcheinander. Ohje, daß auch immer alles so kompliziert sein musse. Am liebsten, mir könne sie es ja verraten, wäre ihr eine Mischung aus Arthur und seiner Schwester in einer Person, aber ... hier unterbrach sie sich. Hach, ich hätte es gut. Ich hätte solche Probleme nicht, sei doch nur ein einfacher Rabe. Sie wisse ja leider überhaupt nichts über Raben, müsse sie zugeben, nicht einmal, was sie fressen. Ich sei wirklich ein hübsches Tier. Schon seltsam, in letzter Zeit habe sie es wirklich mit Raben, irgendwie. Auf ihrer Hochzeit sei auch so ein, sie wollte wohl Vieh sagen und sagte Vogel, gewesen, aber, natürlich, nicht so schön wie ich, sondern ganz garstig, nicht erzogen oder dressiert. Er habe nicht so brav dagesessen wie ich jetzt, sondern sich auf sie gestürzt und versucht, ihr den Schleier zu entreißen. So einer sei das gewesen. Nicht wie ich. Hach. Sie seufzte. Ich werde ihr wohl da auch keinen Rat geben können, nicht wahr? Und wieder lachte sie, fragte sich, was sie hier eigentlich mache. Mit einem Vogel reden, Selbstgespräche führen! Ob sie jetzt schon total verrückt sei. Sie habe Nadine schon vermißt, auf ihrer Hochzeit, und jetzt gedacht, sie wäre vielleicht hier, bei Ary. Sie habe doch vorgehabt, mit ihr zusammen nach Prag zu fahren. Und sie brach ihre Beichte ab, ging in die Küche und fragte Ary, wo ich denn eigentlich sei, und diese sagte, ich wäre wohl noch in der Stadt unterwegs, und ... äh ... würde heute abend bei Freunden übernachten, drüben, auf der anderen Seite der Stadt.

- Dieser Rabe ... hat sie damit irgendwas zu tun?

- Wer? Nadine? Wieso?

- Na ja ... Vielleicht ist es ja ihrer, dressiert und so, weißt du? Ich meine ... Vielleicht war er ja bei meiner Hochzeit ...

- Das ist doch absurd, Susan! Glaubst du wirklich, Nadine würde so etwas ...?

- Ich weiß nicht.

Stan starrte mich an, verloren in den Fängen des großen P. Ich schwieg. Ary schüttelte den Kopf und murmelte nur: - *this is crazy, absolutely crazy ...*

Dann widmeten wir uns Stans Plattensammlung und Bierkästen, das heißt, Susan, Stan und Ary. Mir blieb nur die Musik. Mein zarter Vogelkörper vertrug keinen Alkohol. Ary warf mir hin und wieder etwas Knabberzeug, Chips und Brotkrumen, zu. Als es Zeit zum Schlafen war, überließ Stan Ary und Susan das Sofa im Wohnzimmer. Er selbst schlief im Nebenzimmer und ließ, anders als sonst, die Tür einen Spalt offen, so daß ich von meiner Stange aus noch seine Füße sehen konnte.

Ich wußte weder, wo ich war, noch was passiert war, bis ich den Schaum vor meinem Mund spürte und einen unangenehmen Geruch, den ich zunächst nicht definieren konnte. Bald jedoch ahnte ich, daß es Urin war, mein eigener Urin, in dem ich lag. Aus einem Schlafsack heraus sah ich ein vertrautes Augenpaar. Ich wußte nicht, wie lange es mich schon beobachtet hatte, was es alles gesehen haben mußte. Nur, daß ich es wohl verschreckt und verunsichert hatte, denn die Augen waren weit aufgerissen.

Schuldbewußt streckte ich meine Hand aus, ich besaß wieder Hände, nach diesen Augen, nach ihr, doch sie zuckte nur zusammen, und ich versuchte, als wir uns aufrecht gegenübersaßen, sie, wenn ich sie schon nicht mehr berühren konnte, wenigstens noch mit den Augen festzuhalten, und sah den Schrei, den sie unterdrückte, den Schmerz, den ich ihr zugefügt hatte, die unterdrückte Wut darüber, daß ich wohl ihr Bild von mir, das sie Liebe nannte, zerstört hatte, ihre Verzweiflung über den Verlust dieser Illusion und daß es auf der ganzen Welt nichts mehr gab, mit dem ich das Trauma löschen und ihr Vertrauen würde zurückgewinnen können.

Vielleicht waren sie dämonisch, meine Kräfte, aber ich wollte mich nicht als Opfer, als hilflosen Spielball von dunklen und bösen Mächten sehen. Ich selbst hatte ihnen meine Tür geöffnet, war, obwohl gerade ich es hätte besser wissen sollen, ihrem Charme erlegen, hatte stets brav meine Wohnung gekehrt, den Schmutz hinausgetragen und ein Schild mit angeleinten Dämonen vor die Tür gehängt. Wir müssen draußen bleiben. Doch irgendwann hatte ich sie selbst hereingebeten und zu einer Tasse Kaffee eingeladen. Vielleicht, weil ich solch ein klärendes Gespräch nötig gefunden hatte. Vielleicht aber auch, weil ich schon abhängig von diesem ganzen Verwandlungstheater geworden war, weil sich die Angstthrills dabei so schnell abgenutzt hatten, und ich immer wieder in meinen alten Körper zurückgekehrt war. Ich wollte noch weitergehen, sehen, wie weit ich würde gehen können. Also mußte ich die Dosis steigern, mußten immer härtere Thrills her, der Stoff, den ich, Transformationsjunkie, meinem Dealer abkaufen mußte. Und jede Rückverwandlung war ein Entzug, schmerzhaft nicht nur für mich selbst, sondern auch für diejenigen, die mich lieben oder geliebt haben, weil sie nicht verstehen, wie man sich selbst so etwas antun, sich so zerstören kann, wie ich es immer wieder tat, bis zur letzten Zelle meines Körpers. Dies war das Grauen, wovor Susan nun zurückgeschreckt war. Sie fing an, sich die Kopfhaut blutig zu kratzen, perverse Liebeszeichen auszusenden, und Homöopathie, gleiches P mit gleichem P zu behandeln, war mein letztes Heilmittel, um Susan nicht zu verlieren. Ich sah, wie sie mir entglitt, unendlich fiel und sich ihre Augen leerten, und mußte es tun, sie mit beiden Händen

festhalten und mit ruhigem Blick auf ihre Nasenwurzel sehen. Ihre Lider zuckten, das rote Licht der Aufnahmebereitschaft, und ich sagte: - Du wirst schlafen. Nichts und niemand wird dich davon abhalten zu schlafen, und sie schloß die Augen.
- Deine Augen sind verklebt. Du kannst sie nicht öffnen, ehe ich es dir nicht wieder erlaube. Du spürst jetzt, wie deine Arme und Beine schwerer werden, angenehm schwer, wie auch deine Lider, die so schwer sind, daß du sie nicht mehr öffnen kannst. Du wirst vergessen, was du kurz vorher gesehen und erlebt hast. Wenn du aufgewacht bist, wirst du dich nicht mehr an das erinnern können, was vor kurzem in diesem Raum geschehen ist. Du wirst all diese Bilder vergessen und ... äh ... mich wieder lieben bis ... bis ich dir sage, du sollst damit aufhören.
- Nun stell dir vor, du liegst zu Hause in deinem Bett und träumst. Sobald dieser Traum zu Ende ist, wirst du deine Augen öffnen, hellwach sein und es als selbstverständlich hinnehmen, daß ich hier bin, daß du mich hier siehst. Und du wirst dich nur an diesen Traum erinnern, nicht an das, was du vorher erlebt hast. Ich werde dich jetzt aufwecken, indem ich langsam rückwärts von zehn bis eins zähle. Bei eins wirst du die Augen öffnen und wach werden. Zehn, neun, acht, sieben ...

Ich spürte, daß mich jemand beobachtete, blickte auf, sah Ary, übersprang ein paar Zahlen und rief: - Und ... eins!

Nach ihrem Erwachen sah Susan verwirrt hin und her zwischen mir und den Giftblicken, die Ary in meine Richtung abschoß, dann rückte sie näher zu mir heran, als habe sie sich für mich entschieden und wolle Ary signalisieren, wohin sie gehöre, daß sie, was auch immer ich vorhatte, zu mir halten und mit mir kämpfen würde.
- Hier riecht es aber verdammt nach Schwefel, findest du nicht? ... sagte Ary plötzlich, zu Susan, doch diese wußte nicht, wovon sie sprach, lachte nur, und sagte, nein, aber sie könne eh nicht so gut riechen, habe so 'ne Art Dauerschnupfen.
- Pech gehabt, Ary! triumphierte ich, und

- Glück gehabt! konterte sie, bis Susan wissen wollte, worum es ging.
- Sorry, aber das ist eine persönliche Sache zwischen Nadine und mir.
- Hast du mir etwa schon wieder was verheimlicht?
- Nein. Ganz bestimmt nicht.
- Nadine würde so etwas doch nie tun, bemerkte Ary. - Nicht wahr, Nadine?
- Was weiß Ary, was ich nicht weiß?

Ich frischte Susans Behandlung noch einmal auf, während Ary zur Tür gegangen war und auf mich zu warten schien. - Können wir uns mal kurz draußen unterhalten? fragte sie, und schweigend folgte ich ihr, im Mondlicht, bis wir uns auf einer Bank niederließen, vor uns die Lichter des Hradschins, die Karlsbrücke und die Moldau. Wie romantisch, dachte ich, doch Ary war unruhig. Ob sie sauer auf mich sei, fragte ich. Was ich denn falsch gemacht, ob sie denn nicht gesehen habe, wie durcheinander Susan gewesen sei. Nicht jeder reagiere so gelassen wie sie auf meine Transformationen. - Gelassen?! rief sie und lachte. Sie habe bis jetzt nur noch nicht die Gelegenheit dazu gehabt, mir ...! Ach, das sei jetzt auch unwichtig. Und das mit der Hypnose sei schon okay gewesen. Darüber rege sie sich gar nicht auf. Nein, *aufregen* sei sowieso das falsche Wort. Sie sei einfach nur enttäuscht. Von mir. - Warum hast du diesen Zusatz mit reingenommen? Du weißt schon, das *du sollst mich immer lieben* und so ...
- Ach, das ... Ich lachte erleichtert. - Es war, dachte ich, 'ne gute Gelegenheit, und, ich fand's halt witzig, irgendwie ...
- Witzig?!

Meine Hände kneteten unsichtbare Knödel.
- Na ja, es kann doch nicht schaden, oder? Nur so zur Sicherheit. Ich meine, in meiner Lage ...
- Willst du einen Hund oder eine Frau?
- Ich verstehe nicht.
- Vielleicht siehst du gar nicht, wie ähnlich du ihnen schon geworden bist, deinen neuen Schwestern.

- Welchen Schwestern?
- Du weißt, was ich meine.
- Nein.
- Ich dachte, du wärst anders ...
- Anders als was?
- Bist du eigentlich katholisch?
- Gewesen. Warum?
- Na, dann ist es kein Wunder.
- Was??
- Daß du dich selbst nicht annehmen kannst. Zufällig mal *Stiller* gelesen?
- Ary, verdammt noch mal, ich bin nicht ... -!
- Versprich mir, das mit Susan wieder rückgängig zu machen!
- Warum? ... Gut, wenn es dich glücklich macht.
- Für mich brauchst du das nicht zu tun ... Übrigens, diesen Bluttest neulich ... den würde ich gerne noch mal wiederholen. Wenn's dir nichts ausmacht. Ich hab alles dabei.
- Ist okay, murmelte ich, während sie aufstand, um zum Haus zurückzugehen.
- Also, morgen vor dem Frühstück?

Ich nickte.

- Und vergiß deinen Besen nicht ...

... In thunder, lightening, or in rain, ergänzte ich müde lächelnd, blieb noch bis zum Morgen draußen und rauchte eine Selbstgedrehte nach der anderen.

Susans Mund und Hände erzählten davon, wie sehr sie mich vermißt, geliebt und Arthur gegenüber verteidigt hätte, doch, sobald ich mich auf sie konzentrierte, roch, spürte und sah ich ihre Angst. Vor einem Wesen mit rot leuchtenden Augen, das an ihrem Bettende saß, während sie, die Decke aufraffend, auf mich zukam, den Kopf in meinen Schoß legte und zu mir aufsah, in grell-lebloses Starren, und wie dieses Wesen den Kopf schräg legte und seine Augen Laserstrahlen aussendeten, Strahlen, die ihre Höhlen ausbrannten, so daß sie selbst nicht mehr sehen konnte, wie mein Wolfsgebiß in ihren Hals fuhr. Meine Augen in der Farbe ihres Blutes.

- Laß den Unsinn, sagte sie.
- Was?
- Na, die schwarzen Kontaktlinsen. Es sieht unnatürlich aus. Wie alt bist du eigentlich?
- Das sind keine Linsen, sagte ich

und riß ihr ein Stück Fleisch aus dem Hals. Sie sank blutüberströmt zusammen. Ich fraß ihr Fleisch, riß es von ihren Knochen und nagte sie ab,

während sie weitersprach, von der Hochzeit, den Flitterwochen und Arthur. Alles sei wunderbar gewesen, Wetter und Bufett, alles ganz wunderbar, ihr Kleid, das Fest. Nur, warum ich nicht da gewesen sei? Ich sei da gewesen, sagte ich. Sie habe mich wohl übersehen. Das könne nicht sein, behauptete sie,

während sie ein mißgebildetes Baby in einem Insektenkokon gebar. Das Neugeborene fiel zu Boden, auf Steinfliesen, die sich blutgrün färbten. Sie schrie. Und wachte nicht auf, wollte einfach nicht aufwachen, redete weiter, weiter in diesem Licht, das so grell war, daß ich die Augen schließen mußte.

Und der Film war zu Ende.

Von nun an schützte ich mich mit einer Sonnenbrille, verdeckte meine Augen, die, wie ich selbst in einem Spiegel sah, schwarz geworden waren, so, als habe jemand in meine Pupillen gestochen und diese sich wie schwarzes Eigelb über die Iris verteilt.

In einem Touristenshop nahm Susan eine geschliffene Kristallkugel in die Hand, hielt sie hoch und sah mich durch diese Kugel hindurch an. - ... so viele Nadines, sagte sie, meine Wahrsagerin, beschwörend, kaufte die Kugel, schenkte sie mir und wunderte sich, daß ich ihre Begeisterung nicht teilen konnte.

Bei meiner letzten Rückverwandlung hatte ich etwas viel Interessanteres entdeckt. Vielleicht inspiriert von der Musik, die wir gehört hatten, war mir in dieser Nacht die Idee zu einer neuen Metamorphose-Technik gekommen, die ich nun, während eines Spaziergangs mit Ary und Stan am Moldau-Ufer, endlich einmal ausprobieren wollte. Eine Technik, die es mir ermöglichen würde, meine Transformationen selbst zu bestimmen. Nicht mehr nur Instrument zu sein, sondern das gesamte Konzert, Komponist, Raum, Verstärker, Lautsprecher, Dirigent und Orchester. Jede Transformation als Symphonie, Song, Aufführung oder künstlerische Performance zu sehen, wo ich bisher auf konventionelle, bekannte Gestalten, Muster und Strukturen zurück gegriffen hatte. Auf Coverversionen.

Dies wurde mein erster eigener Song

... voll Blut, aus rohem Fleisch, Schlangenarmen, die aus dem Wasser ragten und wild um sich schlugen, als wollten sie sich selbst vertreiben. Zwischendurch sei so etwas wie ein Kopf sichtbar geworden, würde Ary später erzählen, krakenartig, vernarbt, ein Kopf der, so schien es, verzweifelt seine Arme abzustoßen versuchte.

Stan und Ary riefen laut meinen Namen, und ich entschied mich für Arys Label, checkte sie jedoch, als gebrannte Künstlerin, vorher sorgfältig ab, betastete sie mit den Saugnäpfen an meinen Tentakeln, bevor ich meinen Schlangenarm um ihren Rumpf wickelte, und spielte ihr mein Demotape vor, diskordischer Gitarrenlärm, der vielleicht mal vor zehn Jahren hip gewesen war, im Kreise anglophiler Kunststudenten. *Daydream Nation.*

- Verdammte Scheiße! rief Ary. - Was willst du? Hör endlich auf mit dem Unsinn!

Ich schlug wild mit meinen Tentakeln um mich, versuchte, mich am Ufer festzuhalten, hochzuziehen, denn

zurück kam ich nicht mehr. Ich wußte nicht, wie es ging, wie ich wieder ...

... vielleicht wollte ich auch nur dem Turkey entgehen, ahnte jedoch, daß ich meine Gestalt wechseln mußte, in ihr nicht überleben würde.

Ich hatte etwas Wichtiges vergessen.

Die Haut.

Melodie, Rhythmus, Takt und Pausen.

Doch Ary pfiff mich nicht aus, sondern verlangte noch nach einer Zugabe, einer Coverversion, nach einem der zwei Songs, die sie bisher von mir kannte, einem einfachen Folksong, und ich versuchte, mich in diesen Song, mich selbst, zu verwandeln, und, da er so einfache, bekannte Akkorde besaß, fielen sie mir sofort ein, und ich begann ihn zu spielen. Meine Rettung.

Ich schwamm auf Ary zu, und sie streckte mir ihre Hand entgegen, zog mich heraus, Stan legte mir seinen Ledermantel um, und beide, er und Ary, nahmen mich schützend und wärmend in ihre Mitte, und ich fragte sie:

- Bin ich jetzt Original oder Kopie?

doch keiner wußte darauf eine Antwort.

/ ***you're nothing special here ... the queerest of the queer*** - Queer, Garbage /

- Und? Macht's Spaß? fragte der Wärter, als er mir das vierzehnte Schreibheft brachte. Der Boss sei sehr zufrieden mit meiner Arbeit, sagte er. So sehr, daß er mir ein bißchen Urlaub gestatte. Ich möge aber bitte meine Aufzeichnungen fortführen und ihm zuschicken. Es sei schließlich zu meinem eigenen Besten. Außerdem könne er mich jederzeit wieder zurückholen. Und ich könne mich, damit das von vorneherein klar sei, nirgendwo vor ihm verstecken. Ob ich dies verstanden habe?

- Ja.

- Gut. Gehen Sie. Schönen Urlaub.

14

Nach der Geschichte mit der Krake in Prag hatte Ary mich darum gebeten, noch eine weitere Probe nehmen zu dürfen, sicherheitshalber (sie habe einen bestimmten Verdacht), und mich noch am Abend unserer Rückkehr mit ins Labor genommen. Diesmal zapfte sie mir mehr Blut ab als je zuvor und füllte es um in mehrere Reagenzgläser, deren Inhalt ich skeptisch betrachtete. Ob ich jetzt nicht zu wenig und mein Blut keine ungesunde Farbe habe, fragte ich. - Alles im grünen Bereich, scherzte sie. Irgendein Automat war defekt, deshalb, erklärte sie, müßte sie meine Blutzellen-Verteilung per Hand analysieren.

Hinter dem Mikroskop stand ein Glaskasten mit aufgespießten Schmetterlingen. Ihre Flügel waren vollständig entwickelt, doch ihre Körper noch so plump und behaart geblieben wie die ihrer Raupen.

- Was sind das für Tiere? fragte ich.

- Mutanten, partiell morphologisch stimuliert. Keine große Sache eigentlich, heute nicht mehr. Die Flügel sind schon vor der Verpuppung ausgewachsen. Sie haben eine Entwicklungsstufe übersprungen, sich nicht verpuppt. Wir haben die Bildung des Hormons, das diese Transformation auslöst, unterdrückt, und die Produktion des Hormons, das während dieser Entwicklung aktiv wird, angeregt. Wir haben, wenn du so willst, die äußere Veränderung nur psychisch simuliert, um dem Schmetterling vorzutäuschen, er habe sich tatsächlich vollständig verpuppt. In Wirklichkeit hat er jedoch nur Flügel ausgebildet. Das führt dazu, daß der Schmetterling jetzt immer noch, wenn man das so sagen kann, sich so fühlt, als wäre er mitten in dieser Transformation, in einer nie endenden Verpuppungsphase, weil sich sein Körper ja kaum verändert hat.

Die Simulation permanenter Pubertät, dachte ich, um die Erinnerungen des Körpers zu fälschen, um ihm etwas vorzutäuschen, was ihm in Wirklichkeit vorenthalten worden ist. Drogen, um eine Rebellion des so betrogenen Organismus zu verhindern, um ihn weiterhin, beziehungsweise um so stärker, funktionieren und den Mangel in der eigenen Seele nicht erkennen zu lassen. Als ich Ary fragen wollte, warum sie so etwas tun würden, sagte sie, sie zweifele erheblich an den

Beteuerungen ihres Chefs, daß diese Hormone für eine neuartige Krebstherapie entwickelt werden würden. Aber, vielleicht, deutete sie an, meine er damit auch nur einen anderen Krebs als sie.

- Arme Biester, sagte ich.

- Ja ... Schau mal hier durch!

Sie überließ mir das Mikroskop, doch ich konnte nichts Außergewöhnliches erkennen und bat sie, mir zu verraten, was ihr daran aufgefallen war.

Sie holte tief Luft.

- Dieses Mikroskop ist sehr grob, einfach und ungenau. Normalerweise kann man damit gerade mal Zellkerne und Membran unterscheiden. Hier, in deinem Fall, sieht man jedoch auch noch die Mitochondrien, weil sie deutlich größer sind als ... als in all den Blutzellen, die ich bisher gesehen habe.

Und sie habe schon sehr viel gesehen, versicherte sie mir.

- Und was ... fragte ich verunsichert, - was bedeutet das?

- Die Anzahl und Größe der Mitochondrien einer Zelle gibt Hinweise auf die Zellaktivität. Deine Zellen sind also recht munter. Ich werde sie einmal provozieren, indem ich sie isoliere und ihre Reaktion auf Zytostatika teste. Das sind Medikamente zur Bekämpfung von Krebszellen.

- Heißt das etwa, ich habe ...?

- Nein, nein. Ganz im Gegenteil. Es sieht eher aus wie eine wahnsinnig aggressive, hysterisch-allergische Reaktion. Das Gute daran ist, daß du vermutlich gegen Krebs oder Viruserkrankungen immun bist. Die schlechte Nachricht ist, daß du einen völlig neuartigen Zelltypen mit dir herumträgst und wahrscheinlich auch selbst produzierst.

Sie gab mir zwei Plastikbecher, einen gefüllt mit Wasser.

- Ich brauche noch eine Urinprobe von dir, erklärte sie, als ich sie verständnislos ansah. - Wenn wir den Nachweis haben, daß diese Zellen auch die Gefäße durchdringen und ins Gewebe gelangen können ...

Sie konnten es.

Dann machte sie noch eine kurze genetische Analyse. Für

eine detaillierte Untersuchung, sagte sie, sei sie nicht gut genug ausgebildet. Sie würde mir allerdings davon abraten, solch eine Untersuchung noch irgendwo anders durchführen zu lassen, denn, soweit sie dies beurteilen könne, würde sich mein Erbmaterial deutlich unterscheiden von normalem Erbgut, sei aber, dabei sah sie mich vorsichtig an, durchaus noch humanoid.

- Was zum Teufel soll das heißen?!

- Daß du vorsichtig sein mußt, nie den falschen Leuten in die Finger fallen darfst. Du bist vogelfrei, eine neue Lebensform im rechtsfreien Raum, wahrscheinlich die erste deiner Art. Und, ich sage dir, kein anständiger Wissenschaftler wird sich die Chance entgehen lassen ...

- Und du? Was ist mit dir?

- Nein, sagte sie ernst. — Erstens, bin ich nur ein wissenschaftlicher Hilfsgeist. Und außerdem ... Was meinst du, warum ich die Ratten befreit habe? Weshalb sollte ich eine davon wieder zurückbringen?

- Dann ... fragte ich leise, - dann weißt du also nun, was aus der verletzten Ratte geworden ist?

- Ja.

- Wo hast du mich gefunden?

- Auf der Straße. Neben einem Lüftungsschacht. In einem Nest aus herausgerissenem Kassettenband.

- Und ... Warum hast du mich mitgenommen? Es gibt doch so viele Ratten ...

- Aber nicht so viele, die sich ihre Nester aus Musik bauen. Sie lachte. - Nein. Es waren ... Deine Augen waren anders.

- Wenn du mich nicht gefunden hättest, wäre ich wahrscheinlich ...

- Hör auf, Nadine. Es ist okay. Keine große Sache. Echt nicht ... Übrigens, ist dein Bein jetzt wieder in Ordnung?

- Ja ... Warum tust du das alles für mich?

- Weiß nicht. Sie lachte wieder, verlegen. - Vielleicht, weil ich dich mag.

- Obwohl ich so böse bin?

- Das bist du nicht.
- In Prag warst du da aber anderer Meinung.
- Ja, ich weiß. Ich war ganz schön sauer auf dich. Tut mir leid. Ich weiß auch nicht, weshalb ich so reagiert habe. Vielleicht, weil ich mir Sorgen um dich mache. Du bist wie ein Kind, das immer wieder in einen Brunnen fällt.
- So was Ähnliches sagt Susan auch immer.
- Ja. Sie hat etwas Mütterliches, findest du nicht?

Ich räusperte mich. - Ja?
- Ist dir das noch nicht aufgefallen?
- Doch, doch, sagte ich schnell. - Natürlich. Ja. Sie ... Sie wird wahrscheinlich eine gute Mutter sein für ... unseren Sohn.
- Euren Sohn?! Dann ist das Baby von dir?!
- Ja. Deshalb will ich auch nicht, daß sie erfährt, was mit mir los ist.
- Du willst es ihr nicht sagen? Oder ... zeigen?
- Nein. Ich will nicht, daß sie sich vor mir oder dem Baby fürchtet. Es soll aufwachsen wie ein ganz normales Kind.
- Aber ...
- Sie ist nicht wie du, Ary. Sie ist ein ganz anderer Typ.
- Ja. Schätze, das ist sie wirklich.
- Du magst sie nicht, nicht wahr?
- Ich mag nicht, wie sie dich behandelt. Das ist alles.
- Ich liebe sie, Ary.
- Ja, ich weiß. Aber ihr seid beide verheiratet. Sie mit deinem Bruder, und du mit mir. Schon vergessen? Sie grinste.
- Nein. Wie könnte ich nur? Auch wenn wir nur eine Scheinehe führen ...
- Wünschst du dir, daß es anders wäre?
- Sag mal, du ... Was du hier machst, also, das ist ...
- Verwirre ich dich?
- Ja. Schon. Ein bißchen.
- Gut.
- Du magst Chaos, nicht wahr?
- Natürlich. Du nicht?
- Nicht mehr ganz so sehr, seitdem ich darin lebe.

Bei der ersten Generation artenverändernder Mutanten, sagte Ary, sei es häufig der Fall, daß diese äußerlich unauffällig, der alten Generation angepaßt seien, damit ihre Andersartigkeit nicht auffiele, sie sich mit den Exemplaren ihrer originären Art paaren und sich fortpflanzen könnten, ohne sie zu verschrecken oder getötet zu werden.

Ich hatte bisher keinen Grund gehabt, mich unter Menschen unwohl zu fühlen, hatte den größten Teil meines Lebens als Kuckucksei in ihren Nestern verbracht. Sie hatten mich aufgezogen, mir Essen gegeben, bei ihnen hatte ich laufen, sprechen und lieben gelernt, und eigentlich hatten die meisten von ihnen auch die paar Eigenheiten, die, wenn ich jetzt darüber nachdenke, schon damals erkennbar waren, toleriert. Zum Beispiel, daß ich Arthur immer sagen konnte, wann sein Lieblingssong gerade im Radio lief. Meine panische Angst vor dem Sankt-Martins-Feuer. Daß ich lieber Horrorstories gelesen habe als Märchen, und dabei stets mit den Monstern oder Bösewichten sympathisiert habe, weswegen meine Mutter einmal zum Schulleiter und ich zum Psychologen mußte. Daß mir regelmäßig während des Schulgottesdienstes übel geworden war und ich mein, wie meine Mutter sagte, wunderschönes Kommunionskleid nach dem ersten Leib Christi vollgekotzt habe. Vor der ganzen Gemeinde. Woraufhin ich nicht mehr zur Kommunion durfte, mir jedoch in der Drogerie Back-Oblaten gekauft und die Messen zu Hause mit einer Freundin nachgespielt habe, natürlich immer nur Hochzeit oder Kommunion, weil wir das mit dem Küssen, den Oblaten und dem Rotwein so klasse fanden. Auch davon wieder erfuhr der Pfarrer, der mich zur Strafe im Vorbereitungskurs zur Firmung besonders hart drannahm, und wenn mir nicht ein eigener Plattenspieler versprochen worden wäre, hätte ich die Firmung wohl ganz verweigert. Nun ja, ich schwor dem Satan ab, bekam den Plattenspieler, und kaufte mir Platten von Christian Death, Sisters of Mercy, Siouxsie and the Banshees, Alien Sex Fiend oder Joy Division und hüllte mich in schwarze Gewänder, behangen mit Kreuzen und Totenschädeln. Nun, hieß es im Dorf, habe ich mich also auch äußerlich endlich zu erkennen gegeben als Satansbrut, und als ich damals ehrenamtlich in einem Hospiz aushalf, weil ich ein Zeichen setzen wollte gegen die Verdrängung des Todes in unserer Gesellschaft, so etwa lautete das unfixierte Manifest unserer Clique, also, als ich dort mit Todkranken zusammenarbeitete, schnappte ich das Gerücht auf, ich sei nekrophil. Eine schwierige Phase, sagte meine Mutter. Aber auch das gehe wieder vorüber. Das sagte sie auch, nachdem meine erste Freundin bei mir übernachtet und meine Mutter ‚so merkwürdige Geräusche letzte Nacht' gehört hatte. Als sie erfuhr, daß ich schon öfter mit ihr geschlafen hatte, war für sie, wie sie sich auszudrükken pflegt, Polen offen, und es nicht mehr so eindeutig, daß ich überhaupt ihre Tochter sei. Ich hätte eine jüdische Nase, fand sie.

Wesen wie ich, so Ary weiter, seien primär darauf aus, ihre Gene in der gesamten Population zu verteilen, und deshalb im Grunde promiskuitiv.

Das war er also: der Sinn des Lebens, zumindest der Sinn meines Lebens. Leben um zu leben. Das war wirklich alles. Sich fortpflanzen, stolz und selbstbewußt unsere Gene verstreuen und auf dem ganzen Erdball herumwuseln. Zwischendurch zappelt und müht man sich ab bei der Suche nach irgendeinem Trost, einer Ordnung, einem Prinzip, Vater, Gott oder Popstar. Dabei ist nur das Leben selbst heilig und gut. Und der ganze Rest, die Fragen nach Gut und Böse, Libido, Tod, Liebe undsoweiter, ergibt sich daraus, aus diesem Grundprinzip, diesem obersten Gebot. Seid fruchtbar und mehret euch. Vielleicht ist das Böse der fehlgeleitete Lebenswille, ein Warnmechanismus, um uns wieder auf den rechten Weg zu führen, hin zum Leben, zum Guten, zum Sich-Fortpflanzen oder Sich-Leuchtende-Kunststoff-Gänse-Ins-Fenster-Stellen. Das ist unsere Natur. Alles andere empfinden wir als pervers. Tja, und vielleicht soll auch die Liebe nur uns gräßlich egozentrische Wesen austricksen, uns zwecks körperlicher Vereinigung aneinander binden, damit wir wieder neue, winzige ego-

zentrische Wesen in die Welt setzen, die dafür sorgen werden, daß der Laden weiterläuft und wir mit unseren Genen an der Umsatzsteigerung beteiligt sein werden.
- Was wirst du denn so blaß? fragte Ary. - Übrigens, damit die Mutationen überhaupt erkennbar werden, zum Beispiel im dem Maß, in dem das bei dir der Fall ist, muß sich bereits über mehrere Generationen hinweg eine Gruppe abgespalten und weiterentwickelt haben. Es ist sozusagen das Familienerbe. Das funktioniert jedoch nur in einer, meist geographisch abgelegenen, biologischen Nische. Zum Beispiel auf den Galapagos-Inseln ...
- ... oder in der Bretagne?

- Ist irgend etwas? fragte meine Tante, verunsichert, weil ich, ohne sie zu begrüßen, direkt ihr Sofa angesteuert hatte, um mich dort breitbeinig niederzulassen, versunken, verschlossen in den Kissen.
- Ist mein Vater irgendwie ... merkwürdig gewesen? Ist euch an ihm irgend etwas aufgefallen, damals?
- Nein, nichts Besonderes. Bis zu seinem Tod, jedenfalls. Warum fragst du?
- War da wirklich nichts?
- Du hast ihn doch selbst gekannt.
- Nicht irgendeine Form von ... Erbkrankheit oder so was?
- Weil er sich umgebracht hat, meinst du? Machst du dir deswegen jetzt Sorgen?
- Nein, aber ... es könnte damit zusammenhängen.
- Was und womit?
- Ist dir oder Yvan an ihm oder euch selbst wirklich nie etwas aufgefallen?
- Nein. Was meinst du denn?
- Ihr könnt es mir ruhig verraten. Ich habe es mittlerweile auch schon gehabt.
- Was? Wovon redest du eigentlich?

Aus dieser Quelle würde kein Wasser sprudeln.

- Dieser Roman, an dem mein Vater angeblich geschrieben

hat, bevor er hierherkam. Hat er dir je davon erzählt? Worüber er war oder so?
- Nein, aber, wenn du willst ... Im Keller müßte noch eine Kiste mit seinen Notizheften stehen. Er hat mich damals gebeten, sie aufzuheben.
- Ich dachte ... Er hat sie nicht verbrannt?

Versteckt unter alten Hemden und Sakkos lagen ungefähr zwei Dutzend bunte, französische Kladden, vollgeschrieben mit kleiner werdenden, hellen Bleistiftlinien. Geheimdokumente, nur für den Verfasser selbst bestimmt. Oder eine Herzfrequenz, kurz vor dem Exitus. Sie mußten schon lange in Sylvies feuchtem Keller gelegen haben. Das Papier roch nach Schimmel und Fäulnis, war gewellt und drohte ständig zu brechen und sich in Papierstaub aufzulösen. Ich schlug vor, die Notizen zu transkribieren, indem ich übersetzte, während Ary mitschrieb. Eine sehr mühselige Arbeit, denn Ary besaß keinen Computer, und Arthurs Laptop lief nicht mehr. Ich habe einige Auszüge daraus kopiert und hier eingeklebt, um, so hoffe ich, alles Wesentliche davon wiedergeben zu können. Die ersten zwei Kladden waren für mich eher uninteressant, voller Haßtiraden Gerards auf seinen Vater, akribisch festgehaltenen Demütigungen, Phasen manisch übersteigerten Selbstbewußtseins, Schwärmereien für diese oder jene Dorfschönheit, ein Ausdruck sentimentaler Sehnsucht nach einem anderen Leben und dem naiven Glauben, alles werde sich durch einen Ortswechsel ändern lassen, der nagenden Unsicherheit bezüglich der eigenen Entscheidung zu studieren undsoweiter. Interessant wurde es erst nach Gerards Umzug nach Paris, nachdem er seitenlang über seine Geldnot gejammert hat und endlich notieren kann:

28.10.65 - R. hat mir tatsächlich einen Job gegeben!!! Jetzt wird alles gut! (...) Dieser Job macht mich endlich frei! (...)

2.11.65 - Phew! Der erste Tag war ganz schön anstrengend! R. ver-

langt sehr viel von uns, doch ich glaube, es wird auch sehr viel ~~Luft~~ Spaß machen, für ihn zu arbeiten. Er ist ein sehr belesener und ~~mit Buchstaben~~ gebildeter Mann, ein berühmter ~~Heiliger~~ Forscher, hat er gesagt und uns ein paar seiner Bücher gezeigt. Wir, sagt er, hätten die Ehre, bei seiner nächsten Forschungsarbeit mitmachen zu können. Wir wären sozusagen seine ~~Meerschweinchen~~ Versuchskaninchen. Und dann gab er uns superlange Listen mit Buchtiteln und sagte, diese Bücher sollten wir alle im Laufe unserer Zeit bei ihm lesen und Berichte darüber abgeben. Jeder von uns hat andere Titel bekommen - echt blöd, sonst hätte man das mit dem Lesen aufteilen können. Na ja. R. meint, wir hätten sehr viel nachzuholen, wären ja praktisch überhaupt nicht mit so was vertraut. Die Jobs waren ausgeschrieben worden für Studenten aus ~~wendigen offenen~~ Arbeiterfamilien, und im ~~Präsentations-~~ Vorstellungsgespräch hatten, wie sich herausstellte, alle, die später auch angenommen worden sind, gesagt, sie würden lieber fernsehen als Bücher lesen. Und jetzt das! Ist wohl so 'ne Art ~~Programm der Re-In~~ Umerziehungsprogramm. So, jetzt muß ich Schluß machen und mit dem ersten Buch anfangen. Dostojewski. Die Dämonen. Was interessiert mich so ein alter Russe?

22.12.65 - Bin ganz schön sauer. R. hat gesagt, wir dürfen über Weihnachten nicht nach Hause fahren. Sein Projekt sei zu wichtig. Wofür hält sich dieser eingebildete ~~Pelzmütze~~ Spinner?

29.5.66 - In Bio bin ich völlig ~~zur Platte abgestiegen~~ abgesackt mit den Noten, werde wohl die Zwischenprüfung nicht bestehen. Ich glaube, das mit dem Job war ein ~~Gebrechen Laster~~ Fehler. Ich werde morgen zu R. gehen und kündigen. (...)

30.5.66 - R. hat mich davon überzeugt, daß ich bei ihm bleiben müßte. Er würde mir ansonsten ein so schlechtes Arbeitszeugnis ausstellen, daß ich nirgendwo anders mehr einen Job finden würde. Er hätte da seine ~~Berichte~~ Beziehungen. (...)

20.9.66 - Endlich mal ein richtig tolles Buch! Melmoth, der Wanderer! Genial! (...) Jetzt macht es endlich Spaß, für R. zu arbeiten!

21.9.66 - (...) Als ich R. gesagt habe, wie gut mir Melmoth gefallen habe, murmelte er nur: gut, sehr gut, und zeigte mir noch einmal den Vertrag, den ich unterschrieben hatte. Dann wäre ich fast, wie ein Weib, in Ohnmacht gefallen, denn dort stand, kleingedruckt natürlich, daß ich am Ende dieses Projektes ein eigenes Werk abzuliefern hätte. ~~Gerechtigkeit~~ Sämtliche Rechte und Honorare dafür würden an R. fallen. Ein Ausstieg aus diesem Vertrag sei nicht möglich, nicht mal ausnahmsweise, nur bei vorzeitiger Werkablieferung, druckfertig allerdings. (...)

30.9.66 - ~~Halte mich nicht bereit~~ Bin in trauriger Stimmung. Habe heute am Bahnhof eine wunderschöne Frau gesehen, doch als ich auf sie zuging und sie ansprechen wollte, fragte sie mich, wieviel ich zahlen würde, und als ich ihr sagte, daß mir ihr Preis zu hoch sei, schnauzte sie mich wütend an, ja, was ich denn erwarten würde, bei ihren Extras, und als ich sie daraufhin verständnislos anschaute, fragte sie mich, ja, Junge, ob ich denn wirklich nicht wisse, daß jeder hier einen ~~Schleppe~~ Schwanz besäße! (...)

12.11.66 - Habe heute mit André über meinen Plot gesprochen, wegen der Probleme mit Rinauld. Ich glaube, er ist transsexuell. Ich kann mich einfach nicht entscheiden. Er sieht aus wie die Frau am Bahnhof, aber er ist keine Frau. Außerdem würde das auch nicht zur Handlung passen. Es sei denn, Rinauld wäre ein verhinderter Transsexueller, der sich wie eine Frau verkleidet, damit sich die unschuldigen Jungfrauen bei ihm sicher fühlen können, bevor er sie umbringt. Ja, das ist ein guter Einfall!

13.11.66 - André findet mich pervers und homophob.

20.11.66 - Komme mit Rinauld nicht weiter. Das Schloß käme überhaupt nicht lebendig rüber, sagt André. Es sei viel zu märchenhaft, irgendwie deutsch und ~~würde keinen Schauer geben sei~~ nicht gruselig genug, genauso wie meine unterirdischen Kerker. Er verstehe auch überhaupt nicht, warum Rinauld so ~~tierisch~~ bestialisch morden, Leichen schänden und sadistische Orgien inszenieren müßte, und warum an einer Stelle ein Riesenhelm vom Himmel fallen würde. Das sei ein Zitat, erklärte ich stolz. Eine Hommage. Ein Haufen Dreck Scheiße sei es, sagte er. Ich glaube, ich werde ihm sagen, daß er nicht mehr mein Freund ist, und ihm auch niemals dieses, mein erstes (!), Gedicht zeigen, das ich, für Rinauld natürlich, geschrieben habe:

> *Schwarz wie deine Seele finsterer Engel ist mein Herz*
> *Und hungrig fließt das blaue Blut durch meine Adern*
> *Getrennt von dir bringt alles Schmerz*
> *Oh laß mich nicht mit meinem Schicksal hadern!*

Er fand, ich solle alles noch einmal überarbeiten, und mir überhaupt überlegen, ob ich nicht noch einmal ganz neu anfangen wolle. Ich sei doch schon viel zu spät dran, sagte ich. Alle hätten schon einen Roman abgeliefert, nur ich noch nicht. Und, das Schlimmste, ich käme überhaupt nicht mehr weiter. Daraufhin sagte er nichts. Schöner Freund, dachte ich. Hätte mir auch mal einen Tip geben können. Aber jetzt wußte ich ja auch endlich, wie er wirklich über mich, über meinen Roman, denkt. Rinauld hatte alle Schreckenstaten begangen, hunderte Frauen umgebracht, alles ausprobiert, was es zu probieren gab, für ihn. Ich wußte nicht mehr, wie es weitergehen sollte. Dummerweise hatte ich ihn unsterblich und unverwundbar werden lassen, so, dachte ich, blieb nur noch Selbstmord, doch letzte Nacht habe ich von ihm geträumt, von Rinauld. Er kam zu mir, um sich zu beschweren, um mir zu sagen, er werde mir etwas Furchtbares antun, wenn ich ihn Selbstmord begehen ließe. Was er denn von mir wolle, fragte ich ihn. Die Weltherrschaft, sagte er. Und eine Zeitreise in die Zukunft, raus aus dem 18. Jahrhundert, damit er sich endlich würde operieren lassen können.

2.5.67 - Seit einem halben Jahr habe ich nichts mehr geschrieben, R. vertröstet, der natürlich immer ungeduldiger wird, auf Vertragseinhaltung beharrt und mir fürchterliche Konsequenzen androht, falls ich ihm nichts abliefere. Doch, was soll ich tun? Rinauld lacht mich nur aus. Ich fürchte wirklich schon, ich werde wahnsinnig!

3.5.67 - Ich habe R. das alte Romanfragment gegeben, als ersten Entwurf.

10.5.67 - R. sagt, mein Manuskript sei der größte und krankeste Schwachsinn, den er je gelesen habe! Als ich ihm antwortete, das sei doch auch eine Leistung, wurde sein Gesicht feuerrot. Er warf mich hinaus, sagte jedoch, er habe seine Leute im ganzen Land verteilt und werde mich immer im Auge behalten, solange ich ihm kein druckreifes Manuskript liefern würde. Da, sagte er, könne ich Gift drauf nehmen. Ihm habe bisher noch niemand den Vertrag vorzeitig gekündigt! - Mir reicht's!! Morgen werde ich abreisen! Zurück nach Plougastel! Der sehr geehrte Professor Doktor Nicholas Raven wird mich dann mal sonstwo hin lecken können!!!

- Nicholas Raven!? rief ich laut, entsetzt und überrascht.
- Kennst du den etwa?
- Die Frau, die ich im Exit getroffen habe, nannte sich Nick Raven. Ich habe dir doch von ihr erzählt, oder?
- Ja, aber dieser Nicholas Raven scheint ein Mann zu sein.
- Vielleicht ist es Rinauld, der sich zur Frau hat umoperieren lassen, scherzte ich bitter.
- Oder ein Dämon. Für die dürfte Geschlechtswechsel doch kein Problem sein ...
- Ach ja? fragte ich zurück, entschieden, mich nicht provozieren zu lassen.
- Wo ist die nächste Kladde?
- Da sind keine mehr. Das war die letzte.

Plötzlich mußte ich lachen, und Ary fragte nach dem Grund dafür.

- Jetzt verstehe ich, was die Alte von mir wollte, was sie gemeint hat, mit *Vertragsverlängerung* und dem ganzen Gerede, von wegen, ich sei adoptiert oder so. Ich sollte den Vertrag meines Vaters übernehmen und seine Arbeit fortsetzen. Ihn damals gehen zu lassen, war der Fehler gewesen, von dem sie gesprochen hat, und jetzt wollte sie ihn wieder gutmachen dadurch, daß sie versucht hat, mich in ihre Projekte mit einzuspannen. Dieses Versprechen vom besseren Leben, ihrem Drehbuch und all dem Quatsch! Ich sollte ihr Geschichten liefern, die Geschichten, die sie von meinem Vater nicht bekommen hatte. Und ...

Ich hatte Ary noch nicht von der Milchkammer erzählt, in der ich gewesen war. Zwar war mir deren Chef immer noch nicht vorgestellt worden, ich glaubte auch nicht mehr, daß dies je geschehen würde, aber noch weniger daran, daß Nick Raven dahintersteckte. Die Organisation dieses Ladens traute ich ihr wirklich nicht zu. Sie schien eher eine kleine Nummer zu sein. Außerdem hatte ich mich in der Kammer zum Schluß recht wohl gefühlt. Und das wäre sicher nicht ihre Absicht gewesen. Andererseits kann man nie wissen, wer mit wem und wie zusammenhängt, also war immer Vorsicht geboten, und deshalb tat ich erst mal so, als wäre all dies nicht geschehen, und verkündete Ary weiter stolz und euphorisch, daß ich Nick Ravens Vertrag nicht verlängert und mich so von ihren Verpflichtungen befreit habe (und, sehr geehrte Mrs. Raven, falls Sie diese Notizen doch lesen sollten: lassen Sie mich Ihnen sagen, daß ich genauso über Sie denke wie mein Vater, das mit dem Lecken, Sie wissen schon ...).

- Du hast dem Teufel höchstpersönlich einen Vertrag gekündigt?!! rief Ary.

- Ja, sagte ich, eher schüchtern.

- Wow! Ary pfiff anerkennend. - Cool!

- Es war nichts Besonderes. Wirklich nicht ... Sag mal, was war eigentlich mit der Blutprobe aus Prag? Hast du die schon untersucht?

- Nein. Warum sollte ich? Wir haben doch die letzte ...

- Du hast doch gesagt, du hättest da noch einen Verdacht ...

- Die x-Zellen-Konzentration im Blut ist ein wenig höher als in der letzten Probe.

- Wieviel höher?

- Ungefähr doppelt so hoch.

- Hast du nicht gesagt, diese Zellen könnten auch in mein Gewebe eindringen?
- Ja.
- Und was heißt das?
- Es wäre möglich, daß die x-Zellen-Konzentration im Blut abnimmt, weil die Dinger ins Gewebe wandern und dort die Verwandlungen auslösen. Während der Verwandlungsphase wären diese Zellen im Blut dann in geringerer Konzentration nachzuweisen, Blut und Kreislauf geringer belastet und das allgemeine Wohlbefinden gesteigert ...
- Deshalb fühle ich mich dann auch stärker als sonst ... So wie jetzt.
- Ja. Moment, dann würde das allerdings bedeuten ...
- Daß ich jetzt in verwandeltem Zustand bin.
- Und daß deine primäre Gestalt nicht mehr die menschliche ist.
- Sondern?
- Das werden wir dann sehen. Nach der nächsten Rückverwandlung.
- Shit.
- Ja. Genau.

Level 2

1

Was zum Teufel wolln die hier von mir?! Sperren mich ein und sagen, 'ne Einführung könnten sie sich sparen, ich würde schon Bescheid wissen ... Gar nix weiß ich! Ich soll schreiben, sagen sie, einfach weiterschreiben. Wolln die mich verarschen oder was?! - Gut, Leute, hab ich denen gesagt, - ich mach's, wenn's sein muß, aber ihr werdet schon sehen, was ihr davon habt, nämlich gar nix! So jemand wie ich ... Ich weiß doch nicht mal, wie ich wirklich heiße ... wie sollte ich denn dann ...? Meine Mutter? Ja, ja, gesehen habe ich sie schon ein paarmal ... Sie könnten, sagen die Typen hier, mir helfen, sie wiederzufinden. Wenn ich ihren Wisch unterschreiben würde, was ich natürlich nicht getan habe. Ich würde, habe ich denen gesagt, gar nix unterschreiben, nicht, bevor sie mir nicht sagen, was ich hier soll und was hier gespielt wird. Bitte? Sie haben mir das schon gesagt? Sorry, aber daran kann ich mich nicht erinnern, und, nein, ich glaube nicht, daß die Erinnerung wiederkommen wird. Das hier ist eine Entführung, jawohl, eine Entführung, und bitte schön, meine Herren, haben Sie etwas dagegen, wenn ich nun wieder ...? weil, wissen Sie, hier liegt wohl eine Verwechslung vor, ha ha, aber sie fanden das gar nicht lustig, sind einfach gegangen und haben mich hier allein gelassen, in diesem verdammt weißen Raum, mit diesem verdammt weißen Heft ... Mann, ist das schwül hier drin! Und klebrig ... Also gut, mir bleibt wohl nichts anderes übrig. Fangen wir an ... Was'n das für 'ne Anlage? Ist irgendwie schon vorprogrammiert. Und bestimmt nicht mit dem Zeug, was ich sonst so höre. Wer war denn hier vorher drin? Was'n das für'n elektronischer Scheiß? Kann man das denn nicht irgendwo abstellen? Ach, egal ...

/ ***you're free, so ›happy birthday‹*** - Born, Never Asked, Laurie Anderson /

Ja, natürlich habe ich schon oft getötet. Und verstehe überhaupt nicht, warum sich hier jeder darüber aufregt. Was ist schon dabei? Ich habe nur getan, was alle getan haben, dort, wo ich herkomme. Und jetzt sagen sie, es sei unmoralisch. Ich sei unmoralisch. Dabei wissen die doch gar nicht, was da unten wirklich abgeht. Da, wo ich herkomme. Wo wir herkommen. Meine beiden Schwestern und ich.

Wir haben uns mühsam nach oben gearbeitet, kann man wirklich so sagen, und, na ja, als wir dann oben waren, also dann haben wir überhaupt nicht verstanden, warum uns alle ›asozitiv‹ nannten und darum baten, wieder zurückzugehen dahin, wo wir her gekommen waren. Wir schlugen *asozitiv* in einem Wörterbuch nach und fanden heraus, daß es dieses Wort nicht gab.
- Kann nicht sein, sagte Jerry. - Du hast dich bestimmt verhört, und ich sagte: - nein, Tom verhört sich nicht, und sie nannte ein anderes Wort, das wäre es gewesen, ganz bestimmt, und sie las seine Bedeutung vor - *unfähig zum Leben in menschlicher Gemeinschaft*, und ich brüllte sie an - so eine Frechheit! Wir sind doch nicht unfähig! Und was ist das überhaupt, *menschliche Gemeinschaft?* Wir sehen aus wie sie, reden wie sie, und trotzdem behaupten die, daß wir nicht so leben können wie sie?!
- Ja. Weil wir nicht so sind wie sie.
- Ach, und was sind wir dann?

Darauf konnten mir Jerry und Tweety auch keine Antwort geben. - Wir hätten nicht hierherkommen, nicht die anderen verlassen sollen, sagten sie, in dem gleichen wehleidigen Ton, der mir schon seit einiger Zeit auf den Keks geht. - Bitte? fragte ich nach. - Habt ihr denn gar nicht mitgekriegt, wie sie uns gedroht und verstoßen, aus ihren Kreisen ausgeschlossen haben? Daß uns gar keine Wahl blieb, als zu fliehen, nach vorne, nach oben, hinauf zu den Menschen? Und jetzt beschwert ihr euch ausgerechnet bei mir, eurer fürsorglichen Schwester, behauptet, ich würde euch herumkommandieren, dabei ... Einer muß doch hier die Zügel in die Hand nehmen. Wo wären wir denn sonst geblieben, ohne mich? Wer hat sich denn um euch gekümmert, die ganze Zeit über, seit damals, seit dem Verlust unserer Eltern, als

wir noch klein und hilflos waren? Damals habt ihr meine Hilfe dankbar angenommen, obwohl ich auch nicht älter war als ihr!
- Ist es uns denn nicht immer gutgegangen? Hat euch denn je irgend etwas gefehlt? Hattet ihr nicht immer genug zu fressen, genug zarte Artgenossen, die ich für euch mit nach Hause gebracht habe? Ihr mußtet euch nie von Abfällen ernähren. Und jetzt, ausgerechnet jetzt, wollt ihr euch beschweren und mir womöglich noch vorwerfen, ich sei unmoralisch, das ist es doch, oder? Was ist nur los mit euch? Habt ihr vergessen, wo ihr gelandet wärt, ohne mich, in welchem Magen, wenn ich nicht für euch gesorgt hätte, damals, nachdem sich unsere gnädige Frau Mutter aus dem Staub gemacht hat?
- Wir finden nur, Tom, sagten sie kleinlaut, - daß du jetzt vielleicht ein bißchen vorsichtiger sein solltest ... Hier herrschen andere Regeln als bei uns zu Hause.
- Zu Hause?! Nein ... das ist nie unser Zuhause gewesen. Und, ich sage euch, es gibt noch eine andere Person, die das auch weiß, sehr genau vermutlich ...
- Das ist doch absurd. Weshalb sollte sie denn hier oben ...?
- Warum nicht? Wo sollte sie sonst hin sein?
- Und wie sollen wir sie überhaupt erkennen? Hier sehen doch alle gleich aus!
- Zerbrich dir darüber mal nicht deinen hübschen Kopf, Tweety. Ich sage euch, sie wird uns erkennen. Wir müssen nur nach ihren Duftmarken Ausschau halten. Sie werden uns zu ihr führen ...

Ja, okay, ich geb's zu. Ich bin nicht gut auf sie zu sprechen, weil sie uns so früh verlassen hat, einfach verschwunden ist, damals, nachdem ich Vater umgebracht und mich an ihr festgeklammert hatte, einfach, weil ich so durcheinander gewesen war, weil ich nicht begreifen konnte, was und warum ich es getan hatte. Es kam mir so natürlich vor. Ich mußte es tun, das mit Vater, und doch, irgend etwas in mir war aufgeschreckt, damals, nachdem ich zugebissen hatte. Ich hatte ihn doch geliebt, war seine Lieblingstochter gewesen. Warum hatte ich ihn töten können? Und ich suchte Rat und Trost in den Augen unserer Mutter, doch die waren traurig, also versuchte ich sie zu umarmen, auf ihren Rücken zu springen, doch sie stieß mich fort und drohte mir, genau so, wie sie es bei Vater immer getan hatte. Vielleicht kannte sie nicht einmal unser Geschlecht, so wenig wußte sie über uns, von unserer Ähnlichkeit, daß sie uns genau so behandelte wie den Alten, der sie immer gebissen hatte, wenn sie nicht so wollte wie er. Nach seinem Tod fraßen wir sein Fleisch, meinen ersten Beutefang, auf den ich so stolz war. Nur sie nicht. Sie drehte sich um und verließ das Nest.

Manchmal frage ich mich, ob meine Schwestern auch so oft von ihr träumen wie ich.

Oder sie von uns.

Wir hatten schon früh bemerkt, daß wir uns noch auf einer ganz anderen Ebene verständigen konnten als unsere Artgenossen, und eine Art Geheimsprache entwickelt. Ich glaube, zu dieser Zeit ist uns zum ersten Mal aufgefallen, daß wir anders waren als sie, und ich begann, insgeheim all die anderen dummen Viecher um uns herum zu verachten und versuchte, sie zu bekehren oder umzuerziehen.

Ich fragte sie zum Beispiel, ob sie je darüber nachgedacht hatten, wie dunkel unsere kleine Welt wäre, wenn es nicht die Lichtquellen gäbe, mit denen diese riesigen Fleischklöpse, die immer wieder auftauchten und für Angst und Schrecken sorgten, etwas zu tun haben mußten. Sie sahen uns nur verständnislos an, hielten mich für eine Spinnerin, und sagten, das Licht sei halt schon immer dagewesen und werde auch immer dasein und wollten nichts hören von einem menschlichen Techniker. Für sie war es selbstverständlich, daß es immer irgendwie funktionierte, daß sich schon irgend jemand darum kümmern würde, daß dieses Licht nicht ausging. Wozu also darüber Gedanken machen? Wenn wir uns mit so einem Zeug beschäftigen würden, könne dies nur eines bedeuten: daß wir faul wären und uns vor dem Jagen drücken wollten!

Für uns aber waren diese Lichter Wunder aus einer anderen Welt, und von nun an folgten wir ihnen unauffällig, diesen lichtbringenden Wesen, wann immer sie zu uns hinabstiegen. Wir wollten werden wie sie, alles von ihnen lernen, ihre Laute, die so anders waren als unser Quietschen, ihre Bewegungen, ihren aufrechten Gang, an dem wir übten, weil wir glaubten, dies sei der erste Schritt, um ihre Sympathien zu gewinnen. Um vielleicht von ihnen mitgenommen zu werden, hinauf in ihre Welt, und ihnen allein dadurch ähnlicher zu werden.

Eines Tages versteckten wir uns in einer der großen braunen Kisten, die sie mit sich herumtrugen und schmuggelten uns so wie ... egal ... jedenfalls kamen wir so in die Welt der Götter.

Wir hatten bereits ein sehr feines Gehör entwickelt für ihre unterschiedlichen Laute und stellten fest, daß es ihnen sehr wichtig zu sein schien, diese Laute ständig auszustoßen, und - wow! - wieviele verschiedene Laute sie hatten! Wie abwechslungsreich und interessant ihre Welt klang im Vergleich zu unserer! Wir horchten genau hin, wagten nicht zu quieken, um nichts zu verpassen, um sich später an alles erinnern zu können, und zogen fasziniert umher wie im Freudentaumel. Allerdings, was uns schon irritierte, war, daß sie, sobald sie jemanden von uns entdeckten, Laute ausstießen, die unseren nicht unähnlich waren.

Vielleicht, dachten wir, sollten wir unseren aufrechten Gang stärker trainieren.

Wir hatten bald Fortschritte gemacht und uns einen Gott ausgesucht, der nicht ganz so groß und unerreichbar wie die anderen erschien, der kleiner wirkte, weil er auf dem Boden lag, vor einer Wand neben einem überfüllten Mülleimer. Er roch vertrauenserweckend. Dort bei ihm, dachten wir, könnten wir uns zu Hause fühlen, stellten uns auf die Hinterbeine und gingen, mühsam balancierend, auf ihn zu.

Er war der erste Gott, der bei unserem Anblick nicht schrie, sondern uns ansah, als wären wir selbst ein Wunder. Natürlich weiß ich nicht mehr, was er als erstes zu uns sagte, doch er redete auf uns ein und sprach sehr deutlich, und so fingen wir bald an, seine Laute zu imitieren, woraufhin seine Augen noch größer wurden, und er sich nacheinander an Stirn, Brust, linke und rechte Schulter faßte. Das konnten wir ihm leider nicht nachmachen. Wegen unserer kurzen Vorderbeine. Dann setzte er sich aufrecht hin, an die Wand gelehnt, und sah uns lange an, bevor er sich zu uns hinunterbeugte und, langsam und deutlich, immer wieder zwei Wörter sagte, die wir so lange wiederholten, bis er sich wieder zurücklehnte, zufrieden, und grinste.

Die Wörter *ich* und *Ratte* waren unser Schlüssel zum Götterreich, zu deren Lieblingen, zu deren Sensation, wir nun wurden. Wir bekamen helle, luxuriös ausgestattete ›Käfige‹, wie sie es nannten, nur das Beste zu fressen, wurden dreimal täglich gebürstet und immer wieder aus den Käfigen herausgeholt, gestreichelt und fotografiert. Das nervte ein bißchen, doch fanden sie bald, zu ihrer großen Überraschung, heraus, daß wir auch andere ihrer Worte verstehen und lernen konnten. Von da an erhielten wir einzeln Sprechunterricht und lernten so viel in so kurzer Zeit, daß sich bald niemand mehr traute, in unserer Anwesenheit über uns zu sprechen, weil sie wußten, wir konnten sie verstehen, selbst wenn sie flüsterten.

Sie hatten mit uns Texte einstudiert und setzten uns in winzige Korbstühle vor einer blauen Wand und sagten, wir sollten uns aufrecht halten und unseren Text sprechen und richteten große schwarze Geräte mit runden Glasscheiben auf uns, die uns so sehr verängstigten, daß wir anfingen, wild um uns zu beißen.

Von da an behandelten sie uns leider nicht mehr so gut, das heißt, eines Tages verplapperte sich ein junges, unachtsames Ding, und wir erfuhren, daß sie uns als Versuchstiere verkaufen wollten. Und flohen wieder zurück in den Untergrund.

Da wußten wir, daß wir die falschen Götter angebetet hatten, daß sie vielleicht gar keine Götter waren, diese seltsamen Wesen, die über uns hausten und sich für etwas Besseres hielten.

Nun wollten wir gar nicht mehr werden wie sie, doch ausgerechnet jetzt veränderten wir uns, fingen wir an, uns ihnen äußerlich anzupassen, zu wachsen und ihnen ähnlicher zu werden. Wir wuchsen heran zu dem, was wir verachteten. Quälend langsam und unaufhaltsam veränderten sich unsere Körper. Unsere Blicke wurden schärfer, farbig, der Rumpf schmaler, die

Beine länger, unsere Pfoten zu Händen und Füßen. Der ganze Körper schien sich zu strecken. Während wir größer wurden, fielen uns die Haare unseres Fells aus, nur nicht am Kopf, und wir ekelten uns vor unserer weißen Haut und froren. Auch unser Geruch veränderte sich. Unsere ehemaligen Artgenossen sahen uns nun als Feinde und bissen in unsere nackten, schutzlosen Zehen. Das Schlimmste an dieser Entwicklung war, daß wir nichts tun konnten, um sie aufzuhalten, und auch nicht wußten, wie weit sie noch gehen, wie sehr wir noch wachsen würden. Bald gab es auch ein Nahrungsproblem. Hatten wir früher eine ganze Woche lang an einer Ratte gefressen, so mußte jede von uns wegen ihrer Körpergröße nun mindestens fünf Tiere pro Tag fangen und töten, um nicht zu verhungern. Immer länger dauerten unsere täglichen Streifzüge durch die Kanalisation, um überhaupt noch Ratten zu finden. Am letzten Tag fanden wir nach stundenlanger Suche nur noch zwei Tiere. Eine Rättin und einen Ratzen. Satt geworden wären wir durch sie wohl nicht. Wir ließen sie frei und wagten den Aufstieg.

Seitdem leben wir versteckt in einem verlassenen Keller. Hier ist es angenehm dunkel, und dies ist der einzige Ort, von dem man uns nicht verscheucht hat, wo man uns ruhig schlafen läßt und nicht wieder fortjagt, weil wir keine *Arbeit* haben. Wir wissen nicht, was sie damit meinen, was das ist, *Arbeit*, aber es muß mit dem zusammenhängen, wonach sie uns fragen und was wir auch nicht kennen. Mit *Geld*. Am Anfang haben wir uns genommen, was sie übrigließen, und uns nichts dabei gedacht, denn, bei uns war das jedenfalls so, wenn jemand etwas zurückläßt, nimmt es sich der, der vorbeikommt und es brauchen kann. Ohne Geld kann man sich hier, so scheint es, jedoch nicht einmal fortbewegen. Alles läßt sich hier für Geld kaufen, doch ohne Geld gibt es nichts, nicht mal das Schlafen an einem sicheren, überdachten Platz. Wir lernten bald, uns trotzdem das zu nehmen, was wir zum Leben brauchten. Und sehr schnell zu rennen.

Als das mit der Flucht einmal schiefging, wurden wir von zwei grün gekleideten Typen in ein Auto gezerrt und in ein Büro gebracht, wo man uns nach unseren Persalien oder so fragte. - Eure Namen! schrien sie uns an und wollten nicht glauben, daß wir keine Namen hatten, Andrea, Monika oder so, schrien sie, und da verstand ich, was Namen waren und versuchte angestrengt, mich an die Namen in dem Heft, das wir irgendwo gefunden hatten, zu erinnern, und sagte, wir hießen Tom, Jerry und Tweety und wüßten nicht, wer unsere Eltern seien, und da sah uns der Typ sehr böse an, und ich wußte, daß ich mir etwas einfallen lassen mußte, und mein Blick streifte ein Poster an der Wand, mit Gesichtern und Namen drunter, zwei Namen, also Menschen mit Familien, dachte ich, vielleicht sogar Berühmtheiten, echte Stars, das hatte uns jemand gesagt, jedenfalls würde der Typ uns sicher mit mehr Respekt behandeln, wenn wir so tun würden, als gehörten wir zu diesen Familien. Ich korrigierte mich also und sagte, unsere Namen wären Tom Baader, Jerry Ensslin und Tweety Meinhof, und er schrie: - Raus! und ließ uns wieder gehen. Später erfuhren wir, daß wir, wenn er uns eingesperrt hätte, gute und helle Zimmer und freies, warmes Essen bekommen hätten.

Als ich den Typen fragte, was wir denn dafür tun müßten, blinzelte er mich sehr merkwürdig an und sagte dann, das ginge gar nicht. Nicht jeder werde dort hineingelassen. Und jemand mit unseren Namen schon gar nicht.

- Warum nicht? fragte ich. - Weil wir Popstars sind?

- Ja, sagte er und lachte, obwohl ich doch gar keinen Witz erzählt hatte. - Was für Musik macht ihr denn?

- Musik? Was ist das?

- Hey, Lady! Was hat dich denn in unser Sonnensystem verschlagen?

- Das Licht, antwortete ich, erfreut über sein Interesse. - Hast du auch schon einmal im Untergrund gelebt?

- Könnte man so sagen, ja ... Du weißt wirklich nicht, was Musik ist?

- Nein.

- Soll ich es euch zeigen? Hey, Mädels, wie wär's mit 'ner heißen Party bei mir zu Haus? Der Abend hat gerade erst angefangen ...

Ein, zwei Bisse in die Halsschlagader genügten, um ihm zu zeigen, daß wir keine gewöhnlichen, kuschenden Weibchen waren. Zu dumm, daß er uns das nicht gleich angemerkt hatte.

Wenigstens hatten wir so endlich einen warmen Unterschlupf und genügend zu fressen, nisteten uns in seiner Wohnung ein, lasen seine Comics und hörten seine Platten.

- Ist das Musik? fragte ich Jerry.

- Ja, sagte sie und las aus ihrem Wörterbuch vor: - *Die Kunst, Töne in ästhetisch befriedigender Form nacheinander, Melodie, und nebeneinander, Harmonie, zu ordnen, rhythmisch zu gliedern und zu einem geschlossenen Werk zusammenzufügen.* Das wird es sein. Glaube schon.

- Fein! rief ich begeistert. - Das macht Spaß!

Zufällig entdeckten wir, daß wir mit einem der Geräte auch Töne aufnehmen konnten, nahmen uns selbst auf, lachten, ahmten die Musik und die Stimmen auf den Platten und den Silberscheiben nach, und wußten, oder zumindest wußte ich nun, was ich machen wollte.

Tag und Nacht nahm ich nun den Rekorder mit und nahm alles auf, was mir interessant erschien, Wörter, Sätze, Geräusche, Sounds, hörte mir zu Hause das Ergebnis an,

und war enttäuscht.

- Wie war das noch? fragte ich Jerry. - Ordnen und rhythmisch gliedern? Wie geht denn das?

- Du solltest vielleicht irgend 'ne Struktur hineinbringen ... irgendeinen Zusammenhang, damit's irgendwie ... ästhetisch ... klingt.

- Das kann ich nicht. Das geht nicht. Muß das denn sein?

- Fürchte ja. Wenn du Popstar werden willst.

- Hey, was ist eigentlich mit euch los? Warum helft ihr mir nicht? Ich denke, wir halten zusammen! Ihr wollt doch auch hierbleiben, oder?

- Weißt du, eigentlich ... also, Tweety sagt, sie würde am liebsten wieder zurückgehen, und ... ich auch, wenn ich ehrlich bin.

- Was habt ihr nur? Kapiert das doch endlich! Wir gehören jetzt zu den Göttern und müssen lernen, uns wie sie zu verhalten! Ich gebe mir alle Mühe, für euch hier oben ...!

- Ja, ja.
- Oder wollt ihr etwa nicht zu der Familie der Götter gehören?
- Na ja, Tom ... ich fürchte nur, wir können nicht mehr hierbleiben. Gestern, als du unterwegs warst, ist so eine Frau hier gewesen, die nach Geld gefragt hat. Und sie hat ganz komisch in der Wohnung umhergeguckt, uns nach unseren Namen gefragt, und warum wir nie die Tür abschließen würden. Wenn das nicht bald in Ordnung käme, hat sie gesagt, würde sie die Polizei verständigen, und ich habe gefragt, was dann passieren würde, und sie wurde immer unfreundlicher, sagte, noch so eine Frechheit und sie würde gleich die Polizei rufen. Weil es bei uns so seltsam riechen würde. Andere Hausbewohner hätten sich schon beschwert. Ob wir dann eingesperrt würden, habe ich sie gefragt, und sie sagte, nein, man würde uns nur hier rauswerfen. Du, Tom, ich habe irgendwie ein ungutes Gefühl. Ich glaube, die werden uns hier nie in Ruhe lassen.
- Na und? Dann gehen wir eben zurück in unseren Keller. Wo ist das Problem? Und die Musik, den Rekorder und die Comics nehmen wir einfach mit.
- Und da war noch etwas ...
- Ja?
- Nachdem die Frau weg war, sind Tweety und ich wieder zu Ratten geworden. Zwar ganz kurz nur, aber ... wie gesagt, ich denke, wir müssen vorsichtig sein. Wenn uns das irgendwo anders passiert ...
- Ach, du immer mit deiner Panikmache! Vielleicht machen das die anderen ja auch hier, sich immer wieder zurückverwandeln, heimlich, weil sie sich davor schämen, es zuzugeben. Hast du darüber auch schon mal nachgedacht, na?
- Nein.
- Siehst du? Wir sind völlig normal. Genau wie all die anderen da draußen.
- Ich will aber trotzdem nicht mehr hierbleiben ... Wie lange willst du denn noch nach unserer Mutter suchen?
- Bis ich sie gefunden habe.
Ich hatte bereits ihre Fährte aufgenommen.

*/ **alles findet früher oder später einen weg in deinen körper** - Zucker, Die Sterne /*

2

Diesmal war alles ganz anders. Schon der Empfang, nun, als ich freiwillig hierhergekommen bin, und der Wärter mich angelächelt und mir einen Begrüßungsdrink angeboten hat, bevor er mir meine Kabine zeigte. - Die gleiche wie bei Ihrem letzten Aufenthalt? hat er mich gefragt. Es sei ihre größte, und - ja, bitte, habe ich geantwortet, und die Kammer erscheint mir nun wirklich größer als beim ersten Mal, doch vielleicht liegt dies nur daran, daß ich nun gewußt habe, was mich erwartet, daß ich mich nicht mehr fürchtete, weil ich bereits erfahren hatte, wie gut mir der Aufenthalt hier tat. Damals, vor sechs Monaten, nach meiner ersten Freilassung, hatte ich dies nicht sofort bemerkt, erst, als Susan mir sagte, ich würde viel entspannter und ausgeglichener wirken. Als wäre ich stehengeblieben. Würde endlich nicht mehr davonlaufen. Vor der Wahrheit.

- Vor welcher Wahrheit? hatte ich sie zurückgefragt, und mich dabei weniger für ihre Antwort interessiert als für die Quelle ihrer Informationen.

- Vor deiner Wahrheit, sagte sie, ohne doppelten Boden, und ich war beruhigt und entschied, daß ich es ihr auch nie sagen würde, nie sagen könnte. Daß ich nicht zu ihrer Familie gehörte, mich ihrer Gemeinschaft nicht zugehörig fühlte. Daß ich ein Waisenkind war, fortgegeben von den Eltern, ohne Gebrauchsanweisung, vor eine fremde Tür gelegt in einem Korb ohne Waschzettel. Ohne Namen. Ohne Geschichte. Nicht mal ein *Sorgen Sie gut für sie* war ich ihnen wert gewesen. Mißraten, aus der Art geschlagen, eine Mißgeburt, Kuckucksei. Der Pinguin. Ein abgebrochenes Experiment, unvollendetes Werk, zu früh geborener Alptraum. Geboren aus einem zu engen Brustkorb, der keine natürliche Nahrung geboten hatte. Nur Fertigkost, aus Flaschen, Bildschirmen, Eßpapier, für zwanzig Pfennig pro Blatt vom Kiosk. Giftgrüne Schlangen, schwarze Schnecken und saure Pommes.

Susan hatte anders geschmeckt, damals vor sechs Monaten, nach meiner Rückkehr. Traurig und bitter. Nachdem sie das Baby verloren hatte.

Ein natürlicher Abgang, sagte sie. Eine natürliche Abwehrreaktion einer nicht-lebensfähigen Frucht. Sie habe es noch einmal sehen wollen, doch man habe ihr davon abgeraten.

Meine Schuld.

Sie wollte sich nicht von mir trösten lassen, nicht hören, daß es nicht sie war, die versagt hatte, wie häufig diese Dinge geschehen konnten, gerade bei Erstgeburten, und wie groß ihre Chance war, auch noch ein gesundes Baby zur Welt zu bringen. Beim nächsten Mal.

- Es wird kein nächstes Mal geben, sagte sie.

- Warum nicht? Arthur ist doch ...

- Ach, Arthur ...

Ein neues Angebot also, dachte ich. Eine neue Party. Obwohl ich doch gerade endlich aufgehört hatte, auf ihre Einladungen zu hoffen. Und zusagen wollte ich diesmal nur, wenn sie mich nicht wieder als Zaungast vorführen würde. Es hatte sich vieles verändert. Sie war verheiratet, und ich hatte mich gerade wieder mit Arthur versöhnt und wollte nicht mehr zwischen den beiden stehen, nur weil sich Susan nicht entscheiden konnte. Ich hatte lange um sie gekämpft, selbst gegen meinen eigenen Bruder, doch, als sie dann zu mir gekommen war in Prag, hatten meine schwarzen Augen das Gestrüpp aus Lügen gesehen auf dem Grund ihres ängstlichen Herzens, das nun wieder einen dornigen Ast nach mir ausstreckte, stacheliges Efeu. Einen unverhofften Trieb aus einem todgesagten Baum.

- Laß es uns noch einmal versuchen, sagte sie und zog meine Hand herunter, legte sie auf ihren Bauch, und ich wollte noch sagen - du siehst doch, was dabei herauskommt, doch ich schwieg, und ... ihre Hände waren so warm und ihr Haar so weich und ...

... das Nest schon angewärmt. Ich brauchte mir nur die Kleider meines Bruders überzuziehen. Er besaß die gleiche Größe wie ich. Und schon wäre ich, simsalabim, erwachsen, reif, verantwortungsbewußt und all das. Es wäre, dachte ich anfangs noch, nur ein Kostüm, nur eine Maske, und sie hielt mir das Kleid vor und fragte, ob ich es anziehen wolle, es nicht schön, wunderschön, finden würde, und ich willigte verzaubert ein und sie half mir hinein, und erst dann, als sie den Reißverschluß des Rückenteils zuzog, spürte ich wieder meine Angst, die alte Phobie ...

Es geschah über Nacht. Ich, mein Körper, hatte es wohl für sie getan. Während ich weiße Karnickel gesehen und Woody Allens Regieanweisungen und die Melodie von *Let's Misbehave* gehört hatte. Ich schwitzte und fürchtete, mit langen Plüschohren und Hasenzähnen zu erwachen, doch am Morgen stellte sich mir etwas anderes in den Weg, etwas Vertrautes, von dem ein undefinierbarer Schmerz ausging.

- Bist du immer noch so wehleidig? kommentierte Susan mein leises Wimmern und ließ weitere Pinselstriche folgen, mit denen sie, die Munch-Epigonin, mich auf ihre Leinwand zu bannen versuchte, verzerrt zu einem Symbol, einem Klischee. Das nicht schreien wollte. Sondern aus dem Bild herausstieg. Und die Kleider ablegte. Um sich so zu zeigen, wie es sich selbst erschaffen hatte, diese Nacht.

- Wolltest du dich nicht operieren lassen? fragte sie. - Oder ist er wieder nachgewachsen?

- Nein, Susan ... ich ...

Ich legte mir eine Erklärung zurecht.

- Ich denke, du wolltest endlich Schluß machen mit diesem ... Zwitterdasein.

Da war es schon wieder, dieses Wort.

- Ja, aber ...

- Ich meine, fuhr sie fort. - Vielleicht war das ja der Grund dafür, weshalb ich ...

- Nein. Das glaube ich nicht.
- Woher willst du das wissen?
- Weil ... ich ... Susan, ich bin ein Mann, bin es die ganze Zeit über gewesen, und es wäre schön, wenn du endlich aufhören könntest ...! Ich holte tief Luft. - Ich ... wollte immer eine Frau sein, früher, weißt du? Deshalb habe ich mich Nadine genannt, Hormone genommen und so. Bis ich es irgendwann leid war, das Zeug zu schlucken und mich zweimal am Tag zu rasieren, und dann ... na ja, ich habe lange über das nachgedacht, was du gesagt hast, das mit dem sich selbst akzeptieren und so, und ...
- Das heißt, du ... hast mich die ganze Zeit über angelogen?!
- Nicht angelogen, Susan. Ich wollte ja ...
- Das heißt, du ... bist überhaupt keine Frau? Nie gewesen?
- Ja.

Ich atmete tief aus, in ihr Schweigen hinein.
- Und wie ... ist dein richtiger Name?
- Antoine.
- Ah, gut ... murmelte sie. - Schön.
- Findest du es denn nicht schlimm? Daß ich keine Frau bin?
- Nein, ich ... schätze, ich muß mich nur erst an den Gedanken gewöhnen ... Ich ... Ich verstehe nur nicht ganz, weshalb du jetzt auf einmal ... so eine drastische ...
- Ich sagte doch schon, ich habe über vieles nachgedacht, seit der Sache mit Arthur und dem Baby und ... na ja, weißt du, ich würde es halt gerne noch einmal versuchen, mit dir ... Ich meine, nur, falls du das auch willst, natürlich. Wir müssen ja nicht gleich heiraten, aber ich ... Weißt du, ich habe das halt nie gehabt, so eine Familie, und, also, ich hätte schon gerne ein Kind ...
- ... ein Kind mit mir? Ist das wirklich dein Ernst? Wie kommst du denn darauf, daß ich, nach allem, was passiert ist ...!
- Ich liebe dich, Susan, und ...

Was tat ich da eigentlich? Wollte ich überhaupt dieses Baby? Ja, ich wollte es, wie etwas, das sie mir noch schuldete, was mir noch zustand. In meinem Kopf hämmerte Arys Stimme, ihre Prophezeiung und meine Antwort. Ich wußte genau, was ich tat, wie unfair ich Susan gegenüber war. Warum konnte ich nicht aufhören damit, nicht aussteigen? Warum machte ich weiter?

Ich versprach Susan, ihr innerhalb der nächsten sechs Monate zu beweisen, daß ich für eine Familie sorgen und ein regelmäßiges Einkommen verdienen könne, wofür sie, als Gegenleistung, danach die Pille absetzen würde. Sollte ich scheitern, müßte ich sie heiraten. Diese in Maschinenschrift verfaßte Vereinbarung legte sie mir vor, und ich unterschrieb sofort, zuversichtlich, daß ich entweder als Mann problemlos einen gutbezahlten Job finden würde, oder, falls nicht, vor einer Heirat ohnehin geschützt wäre, da, was Susan nicht wissen konnte, in meinen Papieren immer noch die weibliche Identität eingetragen war. Zum Schluß schnitt ich mir mit der Papierkante in den Daumen und setzte ein Blutsiegel neben meinen Namen, und sie seufzte typisch.

- Wie konntest du dich nur auf so etwas einlassen?! rief Ary, nachdem ich ihr den Vertrag gezeigt und sie mich sarkastisch dazu beglückwünscht hatte. - Und was ist, wenn Susan gewinnen sollte? Spätestens dann wirst du ihr sagen müssen, was wirklich mit dir los ist, oder noch eins draufsetzen, das Spiel noch weitertreiben, und tatsächlich so schnell wie möglich deine Papiere ändern lassen müssen. Und all das nur, damit du sie ungeschützt vögeln kannst? Was findest du nur an dieser Frau?!

- Du siehst das alles viel zu negativ, sagte ich und begann, mich von Ary zurückzuziehen, obwohl ich ahnte, daß sie recht hatte, doch dies einzugestehen, davor schämte ich mich zu sehr. Ich würde um Susan kämpfen. Was verlangte sie schon von mir? Was sollte ich schon für sie aufgeben?

Alles.

Doch das erkannte ich erst, als der faulige Geruch meines Kellers bereits den Lüftungsschacht hinaufgestiegen war wie ein Hilfeschrei, doch da war es schon zu spät, da ließ sich nichts mehr machen. Zuviel Feuchtigkeit steckte in diesen Wänden, kroch die Etagen hinauf, erreichte bald die oberen Stockwerke. Ich würde alles ausräumen, fortwerfen und sanieren müssen.

/ ***don't you know that it's worth every treasure on earth to be young at heart*** - Young at heart, Frank Sinatra /

Zuerst hatte ich die Pfützen ja noch aufzuwischen versucht, irgendwann jedoch alles stehenlassen, zugesehen, wie das Wasser anstieg, Raum für Raum, und ich blieb einfach da, in diesem Haus, meinem Haus, bis zuletzt, als Kapitän eines sinkenden Schiffs.

Das Wasser war klar und rein. Hier würde ich lange leben können, dachte ich, auch ohne zu atmen, und stellte fest, daß ich auch körperlich fischähnlicher geworden war, und verzichtete von nun an auf Morgenwäsche und Hygiene, schlief noch weniger und sprang gleich nach dem Aufstehen in die Fluten, hätte am liebsten direkt dort geschlafen, auf dem Meeresboden.

Doch mit der Zeit zeigte das Haus erste Risse, wurde zu eng, zu feucht, als wollte es kein Haus mehr sein, sondern endlich ein Teil des Meeres, und es wußte nicht von der Unmöglichkeit seines Traums, wußte nicht mal, was Träume überhaupt waren, und erst recht nicht, daß ich gerade in ihnen ertrank. Es schien, als warteten beide, Haus und Herrin, nur darauf, endlich fortgespült zu werden. Egal wohin.

So kam ich schließlich wieder in die Milchkammer. Zur Entgiftungskur.

Vielleicht war ich zu früh auf die harten Sachen umgestiegen, hatte mich zu früh von ihr einschließen lassen, in ihrem Haus, dessen Wände so glatt waren, daß ich an ihnen herunterrutschte, an ihrem Hals, meine Zunge, ich, die dort keinen Halt fand, sich nach innen wünschte, so klein, daß sie durch die schmale Röhre hinabfiel, tiefer, bis auf den Grund, in ihren Bauch hinein. Zu spät erkannte ich, daß ich nicht mehr zurück konnte.

Sie hatte versprochen, mich hin und wieder rauszulassen, die Flasche, in der sie mich gefangen hielt, zu öffnen. Doch dann hatte sie, mißtrauisch und trickreich, mich eingekorkt und ihren ansehnlichen Fang herumgezeigt. Welch hübscher, exotischer Schatz. Sie konnte stolz auf sich sein, daß es ihr gelungen war, ein derart luftiges, flüchtiges Wesen anzulocken und einzufangen. Vielleicht, dachte sie wohl, würde es ihr eines Tages nützlich sein. Solange würde sie es auf dem Kaminsims aufbewahren. Und niemals mehr den Verschluß öffnen.

Sie wußte, sie hatte Glück gehabt. Daß sich Geister normalerweise nicht so leicht beschwören und einfangen ließen. Sie wurde euphorisch, fühlte sich, als habe sie mit dem Wesen in ihrer Flasche ein Stück übersinnlicher Kraft gewonnen. Ein Wesen, das vielleicht alles tun würde, um seine Freiheit wiederzuerlangen. Nein, entschied sie. Der Kaminsims war ein zu gefährlicher Aufbewahrungsort. Und sie wickelte die Flasche in Decken ein, legte sie in einen Truhensarg und überprüfte jeden Tag, ob der Korken noch fest saß, soviel Angst hatte sie vor dem Zorn ihres eingeschlossenen Geistes, und wagte nicht mehr, ihn auch nur noch einmal anzuschauen, sondern legte ihn rasch wieder zurück und schloß die Truhe.

Der Geist jedoch konnte warten. Ein Menschenleben war für ihn nur ein Wimpernschlag, eine kurze Verschnaufpause, und er ersuchte sie kein einziges Mal darum, freigelassen zu werden. Nicht einmal in den Jahren, in denen sie älter wurde, in denen sich all ihre Wünsche und Träume nur noch darauf konzentrierten, nur einmal wieder jung sein zu dürfen. Und dann, an ihrem 90. Geburtstag, als sie spürte, daß es mit ihr zu Ende ging, wagte sie es endlich, vielleicht aus Mitleid, vielleicht aus Neugier, an diesem Tag holte sie die Flasche aus der Truhe und sah sie sehr lange an, bevor sie sie öffnete.

Und ihre Angst verflog, sie erinnerte sich an den Charme dieses Geistes, seine Kraft, und sah sich selbst im Flaschenbauch gespiegelt, der Kristallkugel, und wußte nun, was sie all die Jahre über eingeschlossen und versteckt hatte, und sie holte die Flasche hervor und öffnete sie, traurig lächelnd, sagte - sei frei! und sah, wie der Geist vor ihr Gestalt annahm, und sich nicht an ihr rächte, sondern ihr ihren sehnlichsten Wunsch erfüllte.
- Das verstehe ich nicht! rief Susan vorwurfsvoll, nachdem ich ihr diese Story, an der ich arbeitete, erzählt hatte. Als sie keine Antwort erhielt, setzte sie ungeduldig hinzu: - Wie weit bist du denn mit den Zeichnungen?

- Fast fertig.
- Wie war's eigentlich bei Juju, dem Comicladen? Was haben die gesagt?
- Sie finden meine Sachen ganz gut. Wollen auch ein paar Hefte auslegen.
- Nein, ich meine ... du hast doch gesagt, die suchen noch eine Aushilfe.
- Im Moment nicht. Aber, ich hab meine Nummer dagelassen. Für alle Fälle.

Susan lernte für ihr Examen und schrieb Bewerbungen. Unter anderem für eine Stelle als Psychologin bei der katholischen Beratungsstelle für Ehe-, Familien- und Lebensfragen, für die sie bisher ehrenamtlich gearbeitet hatte. Ihr Zaubermittel, das Ass, das sie dabei immer wieder gerne, wie sie es gelernt hatte, aus dem Ärmel zog, war das Rollenspiel, mit dem sie sich auch auf ihre eigenen Vorstellungsgespräche vorbereiten wollte.

Ich bin vom Teufel besessen, sagte ich, doch das paßte ihr nicht, und ich fragte warum. Das könne nicht sein, sagte sie. So etwas käme in der Praxis nicht vor. Ich möge mir bitte ein realistischeres Problem ausdenken. Das fände ich aber ganz realistisch, sagte ich, und sie - nein, so ein Unsinn. So jemanden würde sie zu einem richtigen Psychiater schicken, aber nicht selbst behandeln. Das könne sie auch gar nicht. Sie wisse nicht mal, wer dafür zuständig sei. - Wie? fragte ich überrascht nach. - Du willst bei einer katholischen Beratungsstelle arbeiten und kennst nicht mal die Adresse eines ortsansässigen Exorzisten? doch da hatte sie schon abgewunken, war aufgestanden und hatte sich wieder zum Lernen an den Schreibtisch gesetzt und warf mir mangelndes Interesse an ihrem beruflichen Fortkommen vor. Ich sei ein Macho.

Vielleicht hätte ich sie fragen sollen, wer hier wen am Fortkommen hindere, und was ich alles tat, für sie, für uns, soviel, daß ich kaum noch zum Zeichnen kam, doch ihre Vorwürfe hatten mir die Sprache verschlagen. Oder ich war nur zu müde gewesen, weil ich wegen meiner zwei Jobs als Telefonist und als Aushilfe in einem Spielwarenlager jeden Tag von sechs Uhr morgens bis elf Uhr abends unterwegs war und auch wußte, wie sehr sie mich dafür verachtete, daß ich nur Aushilfsjobs fand und keinerlei Ambitionen zeigte für einen anderen Beruf als den eines Comiczeichners.

Ich trank mich jede Nacht in den Schlaf, ölte die Maschine, damit sie am nächsten Tag wieder reibungslos funktionieren würde. Und schüttete so die Träume mit dem Biere aus.

Die hohe Alkoholkonzentration im Blut, so hatte ich herausgefunden, hemmte auch eine Weile meine hyperaktiven Mitochondrien, allerdings mußte ich dazu die Dosis regelmäßig erhöhen, immer mehr schaumiges, dunkles Meer trinken, bis ich einmal des Nachts darin umherzappelte, mich leicht und glücklich fühlte, bis sich mein Geist spaltete, den Fischkörper verließ und diesen von außen betrachtete, zu Boden sank und dort liegen blieb wie eine Made im Bier. Ich leerte die Flasche, und etwas regte sich in meinem Bauch, regte und wuchs so schnell, daß ich zerbrach, der Keim herausschnellte und sich sofort daran machte, meine Hülle mit scharfen Zähnen aufzufressen.

Gerade mal drei Wochen hatte ich als Telefonist durchgehalten, als mich der erste, ernste Fieberschub ereilte, in der Frühstückspause, im Aufenthaltsraum, nachdem ich zum ersten Mal nicht morgens heimlich auf dem Klo getrunken hatte. Meine Kolleginnen hielten mich wegen meines androgynen Aussehens für schwul und liebten es, mich in ihre Gespräche über Ästhetik und Kosmetik mit einzubeziehen und manchmal auch zu necken, zum Beispiel an diesem Tag, als sie das Thema Nagelpflege durchnahmen und als Negativbeispiel auf meine abgeknabberten, unlackierten Nägel verwiesen,

da war ich auch schon fortgerannt, in einen Nebenraum, hatte mich dort vor den Kühlschrank gehockt, die Tür aufgerissen, die Klappe vom Gefrierfach, mein Gesicht so dicht wie möglich an das Eis gehalten, atmete tief durch und genoß dieses kühle Lagerfeuer.

Ich hatte es geschafft. Es zum ersten Mal aufhalten können.

Im Licht des Kühlschrankes betrachtete und testete ich meine behaarten, schwarzen Krallen wie Handprotesen, die mir einen Vorgeschmack gaben auf das, was ich diesmal hätte werden sollen oder vielleicht noch werden würde. Als sich meine Zellen wieder beruhigt hatten, zog ich ein paar braune Wollhandschuhe über und ging zurück in den Pausenraum, wo meine Handbedeckung amüsiertes Unverständnis hervorrief. Und Schuldgefühle.

- So haben wir das doch gar nicht gemeint, sagten sie. - Du mußt dich nicht für deine Hände schämen. Sie sind doch völlig okay, nur ein wenig ... nackt.

Jetzt nicht mehr, dachte ich und fuhr meine eingezogenen Krallen aus, bis ihre Spitzen die runden Woll-Fingerkuppen durchstießen wie eine Löwenpranke. Die Armbänder der Sekretärin klapperten nervös, während sie sich ihre Unterarme rieb wie eine Herzkranke.

- Wir müssen wieder rein, sagte sie. - Es wird langsam kalt hier.

Auf dem Klo trank ich noch eine Dose Whiskey-Cola, sicherheitshalber, und ritzte, während ich auf die beruhigende Wirkung wartete, mit den Krallen ein paar sinnlose Muster hinein. Dann warf ich die Dose fort, zog die spitzen Krallen sanft über meine Unterarme und genoß diese leichte Erregung, diese Spannung darin, herauszufinden, wie weit, wie tief ich gehen konnte, bis ich das Blut hervorlocken und Spuren hinterlassen würde.

Am nächsten Tag wurde ich in eine neue Abteilung versetzt. Ohne Kühlschrank. Meine Dienstbar war entdeckt und aufgelöst worden. Ich hatte sie am Vortag erst gefüllt und deshalb keine neuen Flaschen dabei. Normalerweise gab es zwischendurch auch immer kleine Pausen, in denen man kurz zum Kiosk nebenan gehen konnte. Oder jemand anderes ging und brachte etwas mit. An diesem Tag, in dieser Abteilung, verließ niemand seinen Arbeitsplatz außerhalb der vorgeschriebenen Pausen. Selbst das Klo war in dieses Großraumbüro mit integriert worden.

Seit einiger Zeit hatte ich es mir angewöhnt, überall, wo ich hinkam, zuerst nach dunklen Ecken, Verstecken und Schlupflöchern zu suchen, bevor ich mich an einem Ort gut aufgehoben fühlen und auf andere Dinge konzentrieren konnte.

In diesem Büro war alles rund, offen und transparent.

Als die Gliederschmerzen heftiger geworden waren, sprang ich auf, lief zur Tür, rief dem Abteilungsleiter zu, ich sei im Lager, und eilte durch die Gänge, auf der Suche nach einer nicht elektronisch verschlossenen Tür, hinter der ich ein gemütliches, verschwiegenes Eckchen zum Transformieren würde finden können.

Meine Hände fingen schon an, sich zu behaaren.

Ich schaffte es nicht mehr rechtzeitig.

Wenigstens gab es keine Zeugen.

Nur eine Gruppe von BWL-Studenten im Praktikum, die mich entdeckten und zu lachen anfingen. Ich mußte erst einem von ihnen ins Bein beißen, damit ich abhauen konnte. Nach einem kurzen Snack aus der Biotonne putzte ich sorgfältig mein Fell und riskierte einen Blick in eine Schaufensterscheibe. Ich sah hundeähnlich aus, diesmal, häßlich, wie eine Hyäne mit pechschwarzem Fell, außergewöhnlich groß. Ein streunender Bastard, ausgerissener Dämon.

Der es leid war, sich zu verstecken.

- Ach, das ist nur eine Phase, hörte ich meine Mutter wieder sagen, und genau so, mit diesen Worten, nahm ich mir vor, würde ich es auch Susan erklären. Keine Sorge, Schatz, es ist nur eine Phase. Vielleicht ein Test für unsere Liebe. Wir müssen jetzt zusammen halten. Ich brauche deine Hilfe.

Und noch ein Spruch meiner Mutter fiel mir ein, etwas, das zuerst mein Vater, dann ich selbst von ihr zu hören bekam:

- Du immer mit deinen romantischen Anwandlungen ...

Schauerromantisch, Mama. So nennt man das, was ich mache.

- Du bist spät, rief Susan mir durch die Sprechanlage entgegen.

Meine Stimme erweckte anscheinend noch ihr Vertrauen.

Mein Aussehen nicht.

Sie bekreuzigte sich und fing an zu beten. - Ich bin's doch, Na... äh, Antoine, sprach ich auf sie ein, doch sie hielt mir ihre verkreuzten Unterarme entgegen und rief, ich solle verschwinden, wer oder was immer ich auch sei! Ich ging auf sie zu, legte meine Pfoten besänftigend auf ihre Unterarme und sagte leise, daß ich nichts dafür könne. Sie brauche sich nicht vor mir zu fürchten. Ich würde ihr nichts tun, habe mich den ganzen Tag nur vegetarisch ernährt, doch sie rief: - Warum kommst du ausgerechnet zu mir?!
- Aber ... Susan ... Ich wohne doch hier!
- Oh nein! schrie sie und bekreuzigte sich noch einmal, hastiger als zuvor.

Erschöpft ließ ich mich in einen Sessel fallen und überlegte, wo ich noch eine Flasche Alkohol versteckt hatte, irgendwas Hochprozentiges. Und ging, ohne Susan zu beachten, zum Zeitschriftenständer, hob ihn hoch, nahm den Johnny Walker, trank ihn in zwei Zügen leer und spürte, wie sich das Zeug durch meinen Magen fraß, und ich mich bald auf dem Boden zusammenrollen mußte vor Schmerzen. Ich griff nach Susans Fuß, hielt ihn fest mit eingezogenen Krallen, weil sie fortlaufen wollte, zog mich an ihr hoch, doch sie stieß mich immer wieder hinab, trat nach mir, auf meine Pfoten, gegen meinen Oberkörper und rief etwas, was ich nicht verstehen konnte, nicht mehr, und ich versuchte, meinen Mund zu öffnen, so, wie ich es gewohnt war, doch alles, was ich an Lauten noch zustande brachte, klang nach Bellen und Winseln. Also gut, dachte ich, und winselte, und da endlich streichelte sie mich. Dankbar leckte ich ihre Hände ab, ihre Füße, jeden Fleck Haut, den ich erreichen konnte, wedelte mit dem Schwanz, und empfand bei all dem ein melancholisches Pulsieren in der Vagina. Morgen wird der Spuk vorbei sein, lautete mein Nachtgebet auf dem Bettvorleger.

Doch am nächsten Morgen begrüßte ich Susan immer noch schwanzwedelnd und wußte nicht mehr, ob ich dies aus Freude oder Berechnung tat. Jedenfalls bekam ich meinen Spaziergang und mein Futter, gewöhnte mich an den hitzigen

Geruch und den faden, verdorbenen Geschmack meines Futters und lernte bald, die Bissen routiniert und artistisch hinunterzuwürgen und ohne Hände zu trinken. Und in diesem Moment, als ich meinen Kopf über das Wasser hielt und meine Zunge immer wieder eintauchte, um winzige Tröpfchen einzufangen, ich konnte es mir nicht erklären, aber plötzlich fing ich an, mich an dieses Wasser hinzugeben, mich zu vertränen, in den Napf hinein, der doch viel zu klein war, um ein Spiegelbild zurückwerfen zu können.

Dabei sollte all dies nur das Vorspiel gewesen sein.

Sie saß nackt auf dem Rand ihres Bettes.

Und rief meinen Namen.

Nadine.

Rief mich zu sich.

Ich würde es nicht tun können.

Niemals.

- Ich will dich nicht als Tier lieben, sagte ich, wieder klar und deutlich, hob den Kopf und sah sie an, verlor meine Tränen wie Blut aus einer verletzten Schlagader. Nie zuvor hatte ich mich so verletzlich gefühlt. In diesem Moment hätte nur ein falsches Wort, eine Demütigung oder Zurückweisung von ihr mich wie Humpty Dumpty zerbrechen lassen und niemand mich je wieder zusammensetzen können. Sie zog mich zu sich heran, legte sich hin, bot mir ihre Brust an wie ein Rettungsnetz und befahl mir, von ihr zu trinken, und ich trank, die Flüssigkeit schmeckte nach Milch und da ...

- Du bist nicht Susan!! rief ich erschrocken und stand auf.

- Aber, Kindchen, natürlich nicht. Erkennst du mich denn nicht mehr?

Nur mit Mühe konnte ich meine Wut zurückhalten. - Sie haben mich reingelegt!!

Sie sang - *You sexy motherfucker* von Prince, legte Susans Gestalt ab und zeigte ihr wahres Gesicht.

- Fuck *you*! rief ich.

- Oh, nicht doch! Nicht so vulgär, Schätzchen! ... Mir ist zu Ohren gekommen, daß du beabsichtigst, dich fortzupflanzen, dein erster Versuch jedoch gescheitert ist, richtig?

Ich nickte.
- Nun, es dürfte dich vielleicht interessieren zu erfahren, daß dies nicht der einzige vergebliche Versuch bleiben wird.
- Heißt das, ich bin impotent?
- Impotent? Also, Schätzchen, nein! Sie lachte so sehr, daß sie sich die Tränen aus den Augen reiben mußte. - Mein liebes Kind! Hast du je gehört, daß eine Frau schwanger geworden ist, weil sie von Sex geträumt hat?
- Nein.
- Siehst du? Und genausowenig wird eine Frau jemals von dir schwanger werden!
- Warum?
- Weil ... Habe ich dir denn noch nicht gesagt, daß du gar nicht wirklich existierst? Daß du nichts weiter bist als Einbildung, eine, wenn du so willst, fickende Fiktion? Sonst nichts ... Also, finde dich bitte endlich damit ab! Und ... mach dir keine Sorgen wegen Susan. Sie wird sich morgen früh an nichts mehr erinnern können. Ist dir eigentlich klar, was du da hättest anrichten können? Du weißt ja, daß ich deine Verwandlungen nicht billige, aber, wenn es schon sein muß, dann nimm gefälligst Rücksicht auf die Gefühle deiner Mitmenschen und mach es heimlich und diskret, nicht so, daß es gleich jeder mitbekommt. Oder bist du etwa stolz auf dein Talent?
Ich schüttelte rasch den Kopf.
- Gut. Dann behalte es auch für dich, okay? Ach ja, und, wegen deiner Hochzeit, sag mir bitte rechtzeitig Bescheid, damit ich mir diesen Tag freihalten kann! Ach so, ja, wegen der Papiere. Mach dir keine Sorgen. Ich werde tun, was ich kann. Übrigens, du weißt ja, daß du noch kein richtiger Mann bist, daß ich dich erst noch verwandeln muß, oder? Also, halte dich bitte in der Zwischenzeit etwas zurück. Mit Susan. Du weißt schon. Wenn ich erst einen Mann aus dir gemacht haben werde, wirst du auch nichts mehr mit diesen Verwandlungen zu tun haben.
- Bitte? Sie meinen ...?
- Ja. Wenn wir uns beeilen, kannst du schon nächste Woche all deine Probleme los sein!

- Aber ... ich ...
- Ja, freust du dich denn gar nicht darüber? Du solltest mir dankbar sein!
- Ja. Vielen Dank ... Vielen verdammten Dank auch schon mal!!

- Shit, sagte Ary nur, nachdem ich ihr erzählt hatte, daß Nick Raven aus mir einen stink-normalen, verheirateten Hetero-Mann machen wollte.
- Sie hat von Anfang an was gegen meine Kunst gehabt! knurrte ich.
- Du doch auch, oder?
- Schon, aber ... da habe ich sie auch noch nicht beherrschen können.
- Und jetzt kannst du es?
- Nein, noch nicht, aber ich ahne langsam, wie es gehen könnte ... Was war eigentlich mit der Spermaprobe, die ich dir letzte Woche gegeben habe?
- Sah ziemlich tot aus.
- Vielleicht ist bei der letzten Transformation etwas nicht richtig ...
- Das glaube ich, ehrlich gesagt, nicht, denn alles andere scheint normal zu sein ... Oder, laß es mich so sagen: es sieht aus wie Sperma ohne Spermien. Präpubertär ... Du bist noch nie längere Zeit ein Mann gewesen, oder?
- Nein.
- Siehst du? Deine Pubertät hat nicht mal angefangen.
Da widersprach ich heftig.
- Ja, natürlich. Aber nicht als Junge. Das ist das Entscheidende. Du bist als Mann einfach noch nicht so ... reif, verstehst du?
- Und ... was ist dann mit dem Bartwuchs?
- Mmh ... partielle morphologische Stimulation?
- Und wenn ... Nick Raven mich jetzt ...?
- Nein. Es ist und bleibt Magie. Allerdings mit dem Unterschied, daß du dann ihr Opfer, die Verwandelte, wärst. Und vermutlich deine Kräfte verlieren würdest, weil sie dich fixiert,

festgelegt, gebunden hat mit ihrer Macht. Und hast du nicht gesagt, als Gefangene könntest du dich nicht ...?
- Kann ich denn gar nichts tun?
- Du könntest versuchen, dich selbst wieder in eine Frau zu verwandeln. Dann kann dir Nick Raven nichts mehr anhaben.
- Das habe ich schon versucht. Es klappt nicht.
- Ja, weil du gebunden bist durch deinen Vertrag mit Susan. Und dadurch, daß du ein Mann bleiben willst, um ein Kind mit ihr zu zeugen, nicht wahr?
Ich räusperte mich.
- Schätze, du mußt dich entscheiden, Nadine ... und, sobald du eine Wahl getroffen hast, für deine Entscheidung kämpfen. Du darfst nicht länger erwarten, daß dir jemand anders das abnehmen wird. Oh, sie werden es tun, glaube mir, Leute wie Nick Raven, natürlich, nur allzu gerne werden sie versuchen, dir gerade das zu nehmen, was dich stark macht und einzigartig. Sie sind Händler, die auf Flohmärkten herumlungern und um kostbare Stücke feilschen, um sie selbst zum dreifachen Preis verkaufen zu können.
- Du findest also, ich sollte versuchen, meine Kräfte zu behalten?
- Ich finde, du solltest verdammt noch mal damit anfangen, sie ernst zu nehmen!
- Aber in all den Büchern und Filmen ist es immer ein Entweder-Oder.
- Es gibt immer noch eine dritte Möglichkeit, verstehst du? Die ist vielleicht ein wenig anstrengender, weil es dafür keine Drehbücher gibt und so, aber, ich fürchte, anders geht's nicht. Es gibt keine Hintertür, keinen Schleichweg zum Erwachsenwerden. Sorry.
- Könnte ich denn nicht ... und wenn ich versuchen würde, noch ganz schnell meine männliche Pubertät abzuschließen?

Sie seufzte. - Du willst immer noch beides haben, nicht wahr? Die Schokoladentorte und die Wespentaille ... Es geht nicht, Nadine. Dir bleibt nicht mehr genug Zeit. Nick Raven hat dir ein Ultimatum gestellt, vielleicht sogar, um dich genau

jetzt vor diese Entscheidung zu stellen. Du kannst eine Pubertät nicht im Schnelldurchgang durchmachen. Vielleicht bist du nicht einmal drin. Vielleicht wirst du auch nie reinkommen. Wer weiß?
- Ja, ja, murmelte ich. Draußen vor der Tür, vor dem Schloß, vor dem Gesetz ... - Aber ... wenn ich als Mann schon immer präpubertär gewesen sein sollte, wie konnte Susan dann von mir schwanger werden? Ich habe doch ihren Bauch gesehen, und sie ...
- Vielleicht war es nur Einbildung. Eine Scheinschwangerschaft. So, wie wir vielleicht alle nur Einbildungen sind. Ein einziger riesengroßer Witz ... Hey, was hast du denn? Das ist doch kein Grund, so blaß zu werden! ... Aua! Hey! Das tut weh! Spinnst du?!
- Sorry, aber ... ich wollte nur mal checken, ob du noch da bist, ob du wirklich da bist und nicht ... weil, wenn du nicht mehr da wärst ... also ...
- Kannst du deine existentialistischen Experimente nicht woanders machen?! ... Aber ... keine Sorge. Sieht ganz so aus, als wärst du schon in der Pubertät. Ich hoffe nur, sie dauert nicht mehr lange.

Ich sprach mit Susan, sagte ihr, daß sie recht und ich mich geirrt habe, und versprach ihr, alles zu tun, um doch noch eine Frau zu werden, löste den Vertrag auf und rechnete, wie üblich, wieder einmal mit dem Schlimmsten, doch sie war erleichtert, sagte, sie habe sich schon gefragt, was wohl mit mir los sei,

und dann verwandelte ich mich zurück, meine erste bewußte Transformation, nur wenige Stunden, bevor Nick Ravens Ultimatum abgelaufen wäre.

Es hatte mich sehr viel Energie gekostet, allerdings nicht so viel wie die anschließenden Hypnose-Sessions für Susan.

Deshalb bin ich jetzt wieder hier. In der Milchkammer. Zum Kräftesammeln. In Sicherheit vor meiner Verfolgerin.

Ich bin in den Rang einer Externen aufgestiegen und darf kommen und gehen, wann ich will, zu meinem neuen Job bei Juju, oder kurz bei Susan vorbeischauen und dann wieder zurück in meine Kammer, während sie neben meinem verlassenen Körper liegt und schläft, vielleicht träumt, vielleicht davon, wie sie sich in den Schnee fallen läßt, als Schneengel um sich schlägt und ich ihr eine Hand reiche und ihr aufzustehen helfe, damit sie ihr Bild nicht selbst zerstört.

Heute morgen ist sie hingefallen, gestürzt auf ihre eigenen Flügel, und weinte, weil sie versagt, weil sie gesündigt, einen Engel zerstört habe, und zur Buße fing sie an, sich Schnee in den Mund zu stopfen, Unmengen von Schnee. Ich konnte sie nicht davon abhalten. Dann lachte sie, sagte, sie sei ein Mond, einer meiner vielen Monde, und sie werde bald explodieren. Keine Supernova, aber doch beachtlich. Sie spüre einen Druck in sich, sich auszudehnen, fortzutreiben, von mir und ihrem Zentrum, und die wenigen Teile von ihr, die auf mich zufliegen würden, würden alle verglühen, sobald sie in meine Atmosphäre fielen.

Es ist unruhiger geworden hier. Gestern abend habe ich Stimmen aus dem Nebenraum gehört. Meine Nachbarin scheint ein ziemlich lautes Organ zu haben. Und eine Stimme, die meiner nicht unähnlich klingt. Sie hat außerdem die Angewohnheit, jeden Song laut mitzusingen. Falsch und schräg. Grauenhaft. Ich habe schon ein paarmal gegen die Wand geklopft und — Ruhe! geschrien, danach war es kurz still, dann hat sie zurückgeklopft ... und weitergemacht wie zuvor.

3

Nebenan scheint noch eine Frau zu sein. Eine Freigängerin, heißt es, die in einem Comicladen arbeite. Mehr wollte mir mein Pfleger nicht über sie verraten.

Wir verständigen uns per Klopfzeichen. So haben wir das in den Kanälen jedenfalls immer gemacht. Wenn jemand irgendwo festsaß. Um uns zu beruhigen, gegenseitig das Gefühl zu geben, daß noch jemand da und man nicht alleine ist.

Sie schreit immer wieder, das arme Ding. Ist wohl noch nicht lange hier.

Ich verstehe nicht, weshalb ich nicht zu ihr darf. Da passen sie höllisch auf. Daß niemand hier etwas anderes zu Gesicht kriegt als seinen Pfleger. Als ob sonstwas passieren könnte.

Dabei will ich doch nur spielen.

Aber da ist dieser Geruch, den der Typ immer an sich hat.

Anders als der meiner Geschwister.

Und doch muß sie mir ähnlich sehen, meine Nachbarin, denn der Typ hat mich heute mit ihr verwechselt, mich mit — Sie sind ja immer noch da! begrüßt, und ich habe, erstmal verwirrt, zurückgefragt, wo ich denn sonst sein solle.

- Ist Ihr Pilot defekt?

- Mein was?

- Ihr Pilot? Ach, hat man Ihnen den noch nicht gebracht? Mit diesem Gerät können sie sich selbst hin und her bewegen zwischen Ihrer und unserer ... Ich werde mich sofort darum kümmern, oder ... Er schrieb eine Nummer auf, riß das Blatt aus seinem Notizbuch und gab es mir. — Geben Sie das in Ihre Anlage ein. Und in spätestens einer Stunde kriegen Sie Ihren Piloten.

Wunderbar, dachte ich, und bedankte mich herzlich.

Das Schätzchen würde mich direkt zu ihr führen, auf ihre Spur, ihre Fährte, und ich grinste, siegessicher, meinem Ziel nähergekommen zu sein, als ich je vermutet hatte.

Dieser Pilot ist natürlich 'n Witz. Ich komm echt nicht damit klar, hab keine Ahnung, wie man das Teil bedient oder so. Muß irgendwie voreingestellt sein. Jedenfalls erwachte ich heute morgen in einer überfüllten U-Bahn, und als ich das Gerät aus meiner Brusttasche hervorzog wie ein ungeliebtes Pausenbrot, und es drehte, leuchteten mir geschmacklos die Ziffern sieben und dreißig entgegen.

So eine Unverschämtheit! dachte ich, und gähnte, schnorrte mir einen Kaffee zusammen und fragte ein paar Typen mit Star Trek-T-Shirts nach den Comicläden dieser Stadt, markierte sie alle in einem Stadtplan, den ich genauso geklaut hatte wie die Sonnenbrille und die blonde Perücke, und, es war mittlerweile schon halb zehn, klapperte einen Laden nach dem anderen ab. Auf der Suche nach ihr, nach ihrer Duftspur.

Ich fand sie schließlich bei Juju,

und beobachtete sie erst mal aus dem Augenwinkel heraus, inkognito, sah ihr ein bißchen bei der Arbeit zu, dabei, wie sie Comics las, so selbstversunken, daß ich ihr dabei den ganzen verdammten Laden hätte ausräumen können! Sie scheint etwas verträumt zu sein. Sehr gut …

Als sie den Laden um zwei verließ, folgte ich ihr, zu einer Bank, einem Supermarkt, durch die Melchior- und Balthasar- bis in die Kasparstraße, wo sie vor dem Haus Nummer 16 stehenblieb und die Tür aufschloß. Die Holztür war sehr schwer, fiel nur langsam wieder zu, und so schlüpfte ich hinter ihr hinein, versteckte mich in einer dunklen Ecke des Hausflurs, wartete, schlief ein und …

wachte wieder um sieben Uhr dreißig auf, am nächsten Morgen, gähnte, und hätte sie beinahe verpaßt, wenn sie nicht so laut die Treppe hinuntergetrampelt wäre. Sie hatte sich wohl verspätet, die Gute … Sie mußte in den oberen Stockwerken wohnen. Ich wartete noch eine Weile, um sicherzugehen, daß sie nicht zurückkommen würde, weil sie etwas vergessen hätte, und stieg dann die Treppen hinauf und klingelte vom dritten Stock an aufwärts an jeder Tür und sagte, wenn mir geöffnet wurde, ich wäre auf der Suche nach einer Plastik-Tasche. Mit Comicheften.

Sie wohnte im Dachgeschoß. Natürlich. Und nicht allein.

- Hi, sagte ich und erfuhr, daß ich Nadine hieß.
- Hast du dich noch mal umgezogen? fragte meine Mitbewohnerin.
- Nein, sagte ich. — Das hatte ich heute morgen auch schon an.
- Ah! Und jetzt willst du mir bestimmt wieder vorwerfen, wie unaufmerksam ich ...!?

Sie war also anscheinend auch meine Freundin ... und ziemlich wütend auf mich. Ich blieb ruhig, hatte vorgehabt, ihr zu sagen, daß ich heute erst eine Stunde später in den Laden mußte, doch dann änderte ich meinen Plan und fing an, hektisch in der Wohnung herumzusuchen. Nach dem Portemonnaie, das ich vergessen hatte, sagte ich.
- Hier ist es nicht. Du mußt es verloren haben.
- Mist. Kannst du mir etwas leihen? So ... 'n Fünfziger?

Es war mehr als fair, dachte ich. Wenn Nadine wirklich war, wofür ich sie hielt, dann würde sie mir noch viel mehr schulden, viel mehr, als sie mir je würde geben können.

Ich hatte das Telefonklingeln wohl überhört. Sonst wäre ich zum Hörer geeilt, um zu verhindern, daß ... Jetzt stand ich im Flur neben meiner Freundin, während sie in den Hörer sprach - Nadine?
- Das ist für mich, sagte ich, nahm ihr den Hörer ab, drückte unauffällig die Gabel herunter, sagte - Ach, das ist gut, daß du anrufst. Sag mal, wie ist das denn mit ... nicht? Schade. Na dann, kann man nichts machen. Ja, ja, beeil dich jetzt nur. Ja. Bis die Tage, okay, ciao, und hing auf.
- Wer war das denn? fragte sie. - Ich habe gedacht, das ...
- Du mußt nicht alles über mich wissen, sagte ich und grinste, verabschiedete mich und machte mich auf den Weg zum Comicladen.

Nadines Leben begann mir Spaß zu machen.

Ich zog die Sonnenbrille an und setzte die Perücke auf. Daß sie schief saß, störte mich nicht. Nicht dieses Mal.

Ich grüßte sie freundlich, als ich den Laden betrat, doch sie murmelte nur - hi!, ohne dabei von ihrem Comicheft aufzusehen. Ich hielt mich eine Weile in der Superhelden-Ecke versteckt und

beobachtete von dort aus, wie sie einen anderen Kunden freundlich begrüßte, ihm eine Tasse Kaffee anbot und angeregt mit ihm ins Schwatzen kam. Nachdem der Typ ausgetrunken und ein paar Hefte gekauft hatte und wieder gegangen war, sank ihr Blick wieder auf die Zeichnungen vor ihr herab, wie ein Spielzeugautomat, dem die Münzen ausgegangen waren. Ich schob meine Unterlippe vor, schlenderte lässig auf sie zu und fragte:
- Gibst du mir auch einen Kaffee?

Und sie sah mich an, suchte wohl nach einer passenden Antwort, doch fand keine, so sehr sie auch danach suchte, weder in meinen Augen noch sonstwo in meinem Gesicht.

Ich nahm die Perücke ab, fuhr mir durch die Haare und sagte
- Oh, wie ich diese Zotteln hasse! ... Du etwa nicht?
- Nein ... Jedenfalls nicht so sehr, daß ich deswegen eine Perücke tragen würde ...

Ich grinste und hielt ihr meine Hand entgegen.
- Du bist Nadine, nicht wahr? Sie nickte. - Hi! Ich bin Tom ... Was liest'n da?
- Batman, sagte sie düster und sah mich dabei auf eine Art an, die mir nicht unsympathisch war. Vielleicht würde ich ihr doch nicht so leicht etwas vormachen können. Vielleicht war sie doch ein härterer Brocken, als ich gedacht hatte, experienced, dachte ich, als wir auf dem Weg zu einer Café-Kneipe an diesem Plakat vorbeikamen, das fragte *are you experienced*? Das war sie bestimmt, dachte ich, diese Frau an meiner Seite, die weder euphorisch noch ängstlich, sondern nur schweigend neben mir her ging, als würde es zu den normalsten Dingen überhaupt gehören, seiner Zwillingsschwester oder Doppelgängerin zu begegnen, als habe sie solch ein Zusammentreffen schon erwartet, tausendmal durchgespielt, als verfolge sie einen geheimen Plan und habe nur auf meine Ankunft gewartet, um ihr Programm abziehen zu können, ihr Ritual, den Begrüßungsritus, das Besuchsprotokoll.

Ihr erstes Gebot lautete wohl: Wenn Sie ihrer Doppelgängerin begegnen, laden Sie sie zu einem Drink ein, ihr zweites: Verhalten Sie sich ihr gegenüber so natürlich wie möglich, und das dritte: Vermeiden Sie Gespräche über Reizthemen wie ›echte Identität‹, Meldeangelegenheiten, staatliche Unterstützungsmöglichkeiten, Kindheit und Fragen der eigenen Herkunft im allgemeinen. Versuchen Sie statt dessen, mit Smalltalk eine angenehme Gesprächs-Atmosphäre herzustellen und umwerben Sie Ihren Gast, so lange, bis er sich in ihrer Umgebung wohl fühlt, so sicher, daß er dazu bereit ist, alles auszuplaudern, was sie immer schon über ihn wissen wollten.

Dumm nur, wenn beide dies versuchen und außerdem einiges vertragen. So tauschten wir bis zur letzten Runde Erfahrungen aus über Comics, Bands und Enthaarungsmittel, verabschiedeten uns wie richtige Schwestern, mit ein paar Wangenküssen, und verabredeten uns gleich wieder für den nächsten Nachmittag. Fast wie ein Liebespaar.

Wenn Sie Ihrem Anti-Ich begegnen, rät Stephen Hawking, geben Sie ihm niemals die Hand! Sie würden sich beide mit einem riesigen Knall in ein unendliches Nichts auflösen.

Ich hatte sie geküßt.

Sie wollte alles über mich wissen, sagte, sie habe so etwas noch nie zuvor erlebt, diese Nähe, diese Vertrautheit. Wir sollten, schlug sie vor, uns zusammentun, ein Team bilden, Hand in Hand gemeinsame Sache machen. Comics, Frauen, alles. Wir könnten, sagte sie, uns doch abwechseln, mit der Arbeit im Laden und, dann aber auch, grinste sie, mit Susan. So stressig sei die Arbeit auch wieder nicht, betonte ich, doch sie war nicht davon abzubringen. - Nein, nein, sagte sie. - Ich bin so froh, meine Schwester wiedergefunden zu haben. Da werde ich dich doch jetzt nicht hängenlassen!

Wir seien so lang getrennt gewesen. Es gäbe soviel nachzuholen, sagte sie.

Dann begannen wir mit der Suche nach Unterschieden, Muttermalen, Pickeln und sonstigen Hautunreinheiten und Narben, fanden jedoch, als auffälligstes Unterscheidungsmerkmal, lediglich mein Tattoo am linken Oberarm, das Triskell, ein Symbol der Druiden und der bretonischen Unabhängigkeitsbewegung. So etwas wollte Tom auch haben, an genau der gleichen Stelle wie ich. Sie gehöre doch zu meiner Familie, sei doch auch ein Popstar, wie ich. - Bitte? unterbrach ich sie, doch sie sah uns wohl schon als Paar, Bonnie und Clyde, oder Hanni und Nanni, und sagte, - hey, das sei doch klasse! Daß ich so gut zeichnen könne! Sie mache Musik, und zusammen ließe sich da einiges zustande bringen. Pop-Videos zum Beispiel. Wir wären ein wunderpaares Paar, ein echtes Künstlerpaar. Das haue rein. Wow! Bumm! Peng!

Es war nicht daß erste Mal, daß sie in Comicsprache verfiel.

Ich fragte, wie alt sie sei, und war erstaunt, als sie mich daraufhin nach meinem Alter fragte.

- Siebenundzwanzig, sagte ich.

- Dann bin ich das wohl auch.

- Du weißt nicht, wie alt du bist?!

- Ich habe dir doch erzählt, daß wir in Heimen aufgewachsen sind.

- Wir?

- Ja. Ich und meine zwei Schwestern.

- Du hast noch zwei Schwestern?! ... Sind die ... Ich meine, sehen die auch so aus wie du ... also, wie ich ...?

- Ja.

Ob ich das richtig verstanden habe, fragte ich nach. Daß ich nicht nur eine, sondern drei Doppelgängerinnen habe. - Keine Doppelgängerinnen, korrigierte sie mich, - Schwestern, ja. Vierlinge. Willst du sie einmal kennenlernen, die anderen zwei?

- Ja, sagte ich und dachte: was bleibt mir schon anderes übrig?

Sie lebten in einem Kellergewölbe, sie und ihre, das heißt unsere, beiden Schwestern, Jerry Ensslin und Tweety Meinhof, die beide noch jünger und unerfahrener wirkten als Tom. Ich fühlte mich schuldig, als habe ich ihnen die Eltern weggenommen, als sei es allein meine Schuld, daß sie hier hatten hausen müssen, während es mir recht gutgegangen war. Auf dem Boden lagen Kinderbücher, Bilderbücher und Comics herum, zerfleddert und zerlesen.

Tom war eindeutig ihre Anführerin, kräftig und stark, spontan und so selbstbewußt, wie ich es selbst in meinen manischsten Phasen nie erlebt habe, doch sie war auch sehr aggressiv und impulsiv, schnell reizbar. Und blitzgescheit, schien es, ihr Blick sehr aufmerksam und eindringlich. Was hätte wohl aus ihr werden können, wenn nicht ...?, doch hier brach ich gleich ab, es war zu spät, die Karten schon verteilt. *Rien ne vas plus.* Und sie, davon war ich überzeugt, wußte genau, welches Blatt sie gezogen hatte.

Tom würde warten, bis die Zeit reif wäre und sich dann das nehmen, von dem sie glaubt, es stünde ihr zu. Und niemand würde sie daran hindern können. Soviel ahnte ich. Sie besaß etwas Unangenehmes, Herausforderndes, der Hunger einer Unterernährten, deren Wille über den geschwächten Körper gesiegt hatte. Auf der Suche nach ihrem Suchtmittel. Eine Königin ohne Reich. Süchtige ohne Sucht.

Gib so einer einen Finger und sie wird dir die ganze Hand abreißen, sie auffressen und auch noch die Knochen abnagen.

Sie mache Musik, sagte sie, und führte mir stolz ihr, wie sie es nannte, Stimmenaufzeichnungsgerät, vor und einige Samples, Gesprächsfetzen, Verkehrs- und andere Alltagsgeräusche, die sie aufgenommen hatte. Sie sei eine Aufnahmemaschine, sagte sie, unterlege die gesammelten Geräusche mit Rhythmus und füge sie zu Musik zusammen.

Ich konnte allerdings an ihren Werken keinerlei Struktur oder Komposition erkennen. Vielleicht machte sie Minimal Art oder so was, mag sein, jedenfalls übten ihre Werke keinen Reiz auf mich aus. Ich hütete mich allerdings vor der Frage, ob dies Kunst sein solle. Vielleicht war sie mir in diesen Dingen, gerade wegen ihrer kindlichen Art, voraus und ich nur ein mißgünstiger Salieri, der sie zu Fall bringen wollte.

Zu Fall? wiederholte ich in Gedanken, erschrocken darüber, daß ich bis zu diesem Moment nie an eine Konkurrenzsituation mit ihr gedacht hatte. Nicht einmal wegen Susan. Sie interessiere sich nicht für Frauen, nur für mich, hatte sie gesagt, und ich hatte es ihr geglaubt und mich deswegen, zugegeben, in Sicherheit gewogen, daß ich von uns beiden immer die Überlegenere, die Mächtigere bleiben würde. Sie würde mich so lange mit Honig begießen, bis ich, Bernstein-Insekt, darin eingeschlossen und unschädlich sein würde. Eine Zierfigur auf ihrem Kaminsims. Ein Museumsstück. Eine monströse Mißbildung hinter Glas. Ein konserviertes Spiegelbild. Eine genetische Vorratskammer.

Sie schien meine Angst riechen zu können.

– Wir brauchen neue Namen, entschied sie. – Etwas ... Sie sah mich an, - etwas Einheitliches, was uns das Gefühl gibt, zusammenzugehören. Was läßt sich denn alles aus Nadine machen?

Ich schauderte.

- Tweety! Du wirst ab sofort Nadja heißen! bestimmte sie. - Und du, Jerry, dich nennen wir einfach N. Ist das okay für dich? Und Nadine bleibt Nadine.

Ich wollte mich fast dafür bedanken.

- ... und mich redet ihr bitte in Zukunft an mit DJ Enn, Äi, Di, alright?

Wir nickten eingeschüchtert.

NAD schien den Charakter ihrer Schwestern wirklich gut eingeschätzt zu haben. Nadja war hübsch und feminin, raffiniert frisiert, geschminkt und kostümiert, nur leider schrecklich eitel. Bei unserer ersten Begegnung hatte sie kein Wort gesagt, sondern mich nur mit großen, enttäuschten Kinderaugen angestarrt wie ein vom Umtausch ausgeschlossenes Weihnachtsgeschenk und sofort ihren Handspiegel hervorgezogen, um ihr Make-Up nachzubessern. N hingegen schien ihr äußeres Erscheinungsbild so egal zu sein wie alles andere auf der Welt. Ich mache mir Sorgen um sie. Vielleicht eine Art Mutterinstinkt.

Für sie bin ich so etwas wie eine Botschafterin aus dem Land des Lichts. Sie interessieren sich sehr für meine Geschichte, meine Erinnerungen, Hobbies, Vorlieben, doch als ich sie einmal, aus Höflichkeit, nach ihrer Geschichte gefragt habe, sind sie mir ausgewichen, behaupteten, sie hätten keine Geschichte (N), könnten sich nicht an sie erinnern (Nadja) und hätten, soweit sie sich erinnern könnten, nur in der Dunkelheit gelebt. Dies sei ihre einzige Geschichte. Mehr sei da wirklich nicht, sagte NAD, und ich ahnte, daß sie etwas vor mir verschwieg, verbarg. Einen unausgesprochenen Vorwurf. Ein Unrecht.

- Wie ist es, von einer Mutter in den Arm genommen und getröstet zu werden? fragte mich die ansonsten schweigsame N und sah zu NAD herüber, als erwarte sie von ihr ein Zukkerstückchen.

- Ich ... weiß auch nicht, stammelte ich. - Meine Mutter ... Ich korrigierte mich, - die Frau, die ich als Mutter kennengelernt habe ... na ja, sie war auch nicht ...
- Aber, sie hat dich zumindest nicht verlassen, oder? fuhr NAD dazwischen, und die anderen hielten sich wieder zurück.
- Nein. Stimmt. Das hat sie nicht.
- Nicht wie unsere Mutter.
- Ja ... Das ... tut mir leid ... für euch ...
- Willst du uns bei der Suche nach ihr helfen?
- Was habt ihr denn mit ihr vor? Wenn ihr sie gefunden habt?
- Findest du nicht auch, daß sie uns noch etwas schuldet?
- Ich kann ja verstehen, daß ihr ..., aber irgendwann solltet ihr aufhören, zu erwarten, daß ... Ich meine, vielleicht hatte sie ihre Gründe ...
- Willst du uns nun bei der Suche helfen oder nicht?

Sie legten ihre rechten Hände zum Schwur gestapelt auf den Tisch, und NAD sah mich skeptisch und erwartungsvoll an, so lange, bis auch ich meine Hand hinzulegte und sie uns den Schwur abnehmen konnte, all unsere Energien für die Suche nach unserer Mutter aufzubringen und sie, sollten wir sie finden, angemessen zu behandeln, entsprechend unseren Gesetzen.

NAD fiel auf, wie sehr meine Hand zitterte. - Du brauchst keine Angst zu haben, sagte sie. - Wir sind wie du. Und auch wir haben ein Geheimnis, das uns verbindet, das unser kleiner, feiner Geheimbund schützt und bewahrt. Du kennst es sicher. Hast es auch schon gemacht.
- Was?
- Das Ritual. Kommt! Wir führen Nadine unsere Kunst vor! Konzentriert euch! Zählt langsam bis drei, und dann, entspannt euch. Eins ... zwei ...

Und die drei verwandelten sich in Ratten ... und wieder zurück. Regungslos verfolgte ich das Schauspiel.
- Wo bleibst du denn? fragte NAD ungeduldig. - Willst du nicht? Bist wohl aus der Art geschlagen, was? Sie lachte. - Ich weiß, es ist nicht leicht, aber ... gib's zu, daß du es auch schon

gemacht hast. Es ist doch völlig normal. Jeder tut es. Jeder muß es tun. Von Zeit zu Zeit. *Back to the roots.* Komm, hier sind wir unter uns. Hier ist deine Familie. Laß dich gehen. Vor uns brauchst du deine Herkunft nicht zu verschweigen. Wir sind doch alle einmal Ratten gewesen, damals, dort unten, auch unsere Mutter. Erinnerst du dich nicht mehr daran?

Mein Blick tastete die verrußten Wände ab, auf der Suche nach einem Rattenloch. NAD roch meine Angst, kam auf mich zu, stellte sich neben mich, sah mir in die Augen, stützе sich lässig an der Wand ab und fragte langsam: - Du bist doch bestimmt schon mal eine Ratte gewesen, früher, oder? Mit einem Fingerschnippen gab sie Nadja und N den Befehl, sich vor die Eingangstür zu stellen. Ich zitterte. NAD trat zurück, mit einer ausladenden Armbewegung, eine Magierin, die sich vor ihrem Publikum verbeugte, und sagte: - Bitte sehr! Die Bühne gehört dir ... Na los! Kehre zurück zu deinen Ursprüngen, zu dem, was du eigentlich bist, immer noch, trotz all deiner Bemühungen, und zeige uns, daß du zu uns gehörst, denn ... Sie zog ein blitzendes Taschenmesser hervor. - ... bei uns gibt es nur Familienvorführungen, du verstehst?

/ ***Murder Ballads*** - Nick Cave /

Natürlich war der Käfig, in den sie mich einsperrten, viel zu klein, um mich darin zurückverwandeln oder genügend bewegen zu können. Es war ihre Rache, NADs Rache. Sie hatte von Anfang an gewußt, wer ich war.

- Warum bist du damals fortgegangen? fragte sie. - Siehst du? Das hast du jetzt davon, daß du damals nicht mehr als Ratte leben wolltest und uns im Stich gelassen hast!

Ich versuchte, ihr zu widersprechen, Wörter mit meinen dünnen, schmalen Lippen zu formen.

- Oh, du möchtest mir etwas sagen. Schade, daß ich dich nicht mehr verstehen kann, daß du mir nicht erzählen kannst, wie dankbar du mir bist, wie glücklich du bist, endlich wieder eine

Ratte sein zu dürfen, und dies auch zu bleiben, für den Rest deines jämmerlichen, wertlosen Lebens, mit all den Erinnerungen an dein Menschsein, daran, wie du deine Susan geküßt und geleckt hast und sie dich. War sie gut? Na ja, das werde ich ja bald selbst herausfinden. Aber, sei nicht traurig. Allzu lange wird es nicht dauern. Ratten werden nicht sehr alt.

Ich verfluchte sie in der Rattensprache.

Sie tätowierten sich gegenseitig, mit meinem Zeichen, und wechselten sich ab mit ihren Besuchen bei Susan. In den Laden ging natürlich keine von ihnen, so daß ich meinen Job dort auch wieder verlor. Da ich meinen Transformator nicht mehr bedienen konnte, kam ich auch nicht mehr zurück in die Schreibkammer. Und NAD ließ mich nicht aus den Augen.

Nadja und N interessierten sich nicht für Susan. Nadja sagte, sie fühle sich nicht zu Frauen hingezogen, hatte sogar gefragt, ob sie nicht etwas mit Arthur anfangen könne, und ausgerechnet NAD antwortete ihr, so etwas wäre Inzest und unmoralisch, woraufhin N müde sagte, daß sittliche Maßstäbe nie verbindlich, sondern stets konstruiert und wandelbar seien.

Diese verzogenen Gören hatten einfach vor nichts Respekt. Für sie war all dies ein Spiel, ein Kriegsspiel. Und jede von ihnen ein Bodysnatcher, gierig danach, mein Leben zu übernehmen.

NAD erzählte nie von ihren Besuchen bei Susan, sondern spielte mir die Tapes vor, die sie in diesen Nächten aufgenommen hatte, und fragte mich, ob sie alles richtig gemacht habe, oder ich ihr noch ein paar Tips geben könne.

- Hör mal, fragte sie mich dann. - Glaubst du, dieser ist besser als der eben? Ich meine, hier übertreibt sie ein bißchen, findest du nicht? Oder, später, - Ich habe ihr doch nicht weh getan, oder? Kannst du dir erklären, warum sie sich so vor mir fürchtet?

Es gab nicht viel, was mich noch am Leben hielt. Nicht viel außer der Hoffnung darauf, NAD eines Tages die Kehle durchbeißen und mich zurückverwandeln zu können.

Während sie bei Susan war, übernahm N ihre Wachschicht. Sie hatte mir ein paarmal ihren Ärger mit NAD gebeichtet, und ich ihr, daß ich mich auch in andere Gestalten verwandeln könne. Ich versprach ihr, sie zu unterrichten, wenn sie mich freiließe. Sie zögerte. Ich sei viel stärker als NAD, sagte ich. Mit mir zusammen brauche sie keine Angst mehr vor ihr zu haben.

Ich hatte gerade noch Zeit, ihr einen Crash-Kurs im Transformieren zu geben, nachdem sie mich freigelassen und ich mich zurückverwandelt hatte, da stand auch schon NAD in der Tür. Ehe sie begriff, was geschehen war, war ich schon als Fledermaus über ihren Kopf hinweg in die Freiheit geflogen.

- Wie oft habe ich euch eigentlich gesagt, daß sie uns nicht entwischen durfte!? brüllte ich die beiden Idiotinnen an.
- Ich kann doch nichts dafür, jammerte N, - sie hat sich selbst befreit. Aber, ich habe alles gesehen, sie genau dabei beobachtet, wie sie es gemacht hat.
- Fein, sagte ich, und die beiden sahen mich erwartungsvoll an.
- Na, glotzt nicht so blöd! Tut endlich was! Sie darf uns nicht entkommen! Jetzt, wo sie wieder draußen herumläuft, so aussieht wie wir und unser Leben lebt. Das Leben, das uns zusteht! Kapiert ihr das denn nicht? Solange sie lebt, können wir nicht leben! Wir müssen sie töten! Außerdem fängt sie an, mich zu langweilen. Es war nicht genug, unseren Vater zu töten. Jetzt müssen wir auch unsere Mutter töten! Ich kann sie nicht mehr ertragen, mit ihren moralischen Scheißbedenken. Was weiß die denn schon von uns? Und dann kommt sie, ausgerechnet sie, uns mit Moral!! ... Du, N, wirst sie umlegen. Hier ist eine Waffe. Ein, zwei Schüsse dürften genügen. Verschwende nicht zuviel Munition auf sie, hörst du? ... Bis heute abend ist sie tot. Wenn nicht, wird eine andere von euch sterben. Ist das klar genug?
- Ja, sagte N und ging.

Die Zeit bis zu Nadines Tod vertrieb ich mir mit einem Besuch bei ihrem Bruder. Er fragte mich nach einem Buch, das er mir ausgeliehen habe, von David Letterman glaube ich, und arbeitete gerade an seinem Computer, an einem Frauen-Imitationsprogramm oder so, jedenfalls hat er es mir so erklärt und mich gefragt, ob ich ihm nicht helfen wollte. Ich könnte dabei unsterblich werden, versprach er. Dazu ließ ich mich nicht zweimal einladen. Nach sechs Stunden hatte ich all seine Fragen beantwortet. - Sehr gut, lobte er mich, bedankte sich, verabschiedete mich und rief mir nach - Beim nächsten Mal machen wir eine Kopie deines Körpers.

Vielen Dank, dachte ich, aber davon habe ich vorerst genug.

Ich mußte einen Passanten nach der Uhrzeit fragen, weil Nadine prinzipiell nie Armbanduhren trug. Das war auch so eine Marotte von ihr, die ich nicht länger mitmachen wollte. Keine Salami, keine Uhr, eine Frisur, die keine war, ihre viel zu enge Lederjacke und Hosen, dafür zu weite Pullover, überhaupt, dieses ganze dunkle, figurverhüllende Zeug, und daß sie keinen Sport trieb, nur Billig-Drogen nahm, und erst ihr Musikgeschmack! Ich war es leid! Ich wollte endlich mein eigenes Leben leben. Das war mein gutes Recht, fand ich. Ich hatte lange genug gewartet. Jetzt war ich dran, die Zeit der Ablösung gekommen. Und ich würde, dank Arthur, nun auch noch unsterblich werden! Wie die Typen in dieser Serie. Wie heißt es da noch?

Es kann nur eine geben.

- Erst halb sechs, sagen Sie? Vielen Dank. Da habe ich ja noch eine Stunde Zeit, mich auf die Übernahme von Nadines Identität vorzubereiten. Wenn sie, wie mir Nadja verraten hatte, um halb sieben nach Hause kommt, wird N ihr auflauern und sie abknallen, ihre Leiche verschwinden lassen, und niemand sie vermissen. Sie wird niemandem fehlen, sich nur ein wenig verändert haben.

Ich ging zum Westpark, ungeduldig, konnte es kaum erwarten, sie endlich sterben zu sehen.

Die von der Messeleitung haben einen Riesenaufstand gemacht, als ich schon eine Stunde vor Feierabend meine Sachen zusammenpackte, und das am zweiten Arbeitstag, dabei hatte ich mich nur nach der Uhr am Computer gerichtet, die jedoch noch nicht von Sommer- auf Winterzeit umgestellt worden war. Ich durfte mich dann aber trotzdem schon auf den Heimweg machen.

Als ich am Westpark vorbeikam, hörte ich einen lauten Knall, der wie ein Pistolenschuß klang. Ich versteckte mich hinter einem dicken Baumstamm. Und sah N und NAD, N mit einer Pistole und eine verletzte NAD. N mußte auf sie geschossen, ihr die rechte Hand zerfetzt haben, und NAD schrie sie laut an: - Bist du total durchgeknallt?! Nicht auf *mich*, sondern auf *sie* solltest du schießen, du Vollidiotin!!
- Tut mir leid, aber ich dachte ...
- Du sollst nicht denken, sondern tun, was ich dir gesagt habe! Nadine kommt hier erst in einer Stunde vorbei! Um halb sieben! Und? Haben wir halb sieben?
- Ja.

Die Gute hatte wohl auch vergessen, ihre Uhr zurückzustellen.

Was sich nun abspielte, ließ mich fast wieder an die Existenz eines höheren Wesens, das es gut mir meinen muß, glauben. Es war wie eine Folge von Laurel & Hardy. Allerdings mit Splattereinlage, wegen der zerfetzten Hand.
- Schau dir nur mal diese Hand an! schrie NAD und fuchtelte mit dem unnatürlich rot aussehenden Stumpen vor Ns Nase herum. - Wie soll ich denn damit noch Comics zeichnen?
- Seit wann zeichnest du denn Comics?
- Seit ich weiß, daß ich dazu Talent habe! Genetisch. Ich dachte, ich versuch's mal damit.
- Keine Musik mehr?
- Nein! schrie sie nun noch lauter. - Gar nichts mehr! Keine Hand, keine Kunst, kein Garnichts! Und all das habe ich dir zu verdanken!

Sie wollte wieder auf N losgehen, besann sich dann jedoch wieder eines Besseren, als ihr Blick auf ihren Unterarm fiel.

Die arme N war völlig verzweifelt, versuchte, zu retten, was noch zu retten war, erinnerte sich plötzlich an das, was sie von mir gelernt hatte und weihte NAD darin ein, damit diese ihre verletzte Hand durch Zauberei wieder würde heilen und N ruhig schlafen können.

Natürlich gab es eine Sache, die ich N nicht verraten hatte.

Natürlich hatte ich von Anfang an gewußt, daß es niemals gelingen würde.

Daß NAD kein Gespür für notwendige Ordnung und Struktur besaß.

Und keinerlei Übung oder Erfahrung.

Daß sie überhaupt keine Selbstdisziplin oder -kontrolle entwickelt hatte.

Und deshalb scheitern mußte,

als sie versuchte, sich wieder ›ganz‹ zu machen, und sich auflöste in einen riesigen, schleimigen Wurm mit rüsselartiger Schnauze, eine Entwicklung, die sie, so sehr sie sich auch darum bemühte, nicht mehr aufhalten konnte. Sie versuchte noch, mit dem Rüssel ihre Umgebung abzutasten, zärtlich, fast mitleiderregend, und gab nicht-menschliche Klagelaute von sich, die einem das Herz hätten rühren können, nur mir nicht, nicht mehr, und ich gab mein Versteck auf, ging auf sie zu, und sah, wie sie sich in Wasser auflöste, eine dreckige Pfütze wurde, die selbst noch kleiner wurde, so klein, daß bald ein Hund sie ausgeleckt oder die Sonne sie ausgetrocknet haben würde.

N starrte auf die Pfütze, dann auf mich, anklagend, als wolle sie fragen, ob dies auch ihr, uns allen, bevorstehen würde. Sie setzte sich ihre Pistole an die Schläfe. Es gelang mir noch, sie ihr aus der Hand zu schlagen, doch dann rannte sie fort.

Am nächsten Tag sah ich die grobkörnige Aufnahme einer Wasserleiche in der Zeitung, und erfuhr auf diese Weise, daß ich in den Fluß gesprungen war.

Ich dachte als erstes an Susan. Nach der Sache mit NAD hatte sie diese beziehungsweise mich nicht mehr in ihre Wohnung gelassen, so daß ich bei Nadja, die sich mir gegenüber neutral verhielt, untergeschlüpft war.

Ich mußte ihr sagen, daß ich noch lebte, daß sie sich keine Sorgen um mich zu machen brauchte.

Die Polizei war in ihrer Wohnung, um Spuren zu sichern.

Die Beamten beschäftigten sich mit einem Tonbandgerät und erschraken bei meinem Anblick. Ich seufzte, sagte, ich sei nicht das, wofür sie mich hielten, auch wenn ich so aussehen würde, und fragte sie, weshalb sie hier seien und wonach sie suchen würden. Nach einem Abschiedsbrief, vielleicht? Ein Beamter preßte sich ein Taschentuch vor den Mund und rannte hinaus.
- Bitte! insistierte ich. - Ich bin die Mitbewohnerin dieser Wohnung, die Sie gerade durchsuchen, und ich würde gerne von Ihnen erfahren, weshalb Sie das tun! Oder machen Sie das bei allen Selbstmördern? Ist das so 'ne Art Standardprogramm?
- Tut mir leid, da dürfen wir keine Auskunft geben. Sie können aber einen Antrag ans Präsidium stellen. Das heißt, ach so, ja, das geht ja nicht, weil ... Hm, das ist natürlich ein Problem ...

Ich sah ihn provozierend an, so, wie es jeder anständige Geist auch getan hätte.
- Ich meine, ich würde ja gerne, aber ... bitte verstehen Sie ...

Nun trat meine Tante hinzu, die mich offensichtlich nicht für einen Geist hielt, und verriet mir, Susan habe einen Unfall gehabt. Oder versucht, sich umzubringen. Das wisse man noch nicht genau. Es bestünde Verdacht auf einem vorsätzlichen Tötungs-, vielleicht sogar Mordversuch. Deshalb seien die Beamten hier. Um Spuren zu sichern.
- Was ist mit Susan?! fragte ich. - Sie ist doch nicht ...?
- Nein, sagte sie. — Mittlerweile ist sie außer Lebensgefahr. Sie hat irgendein Lösungsmittel getrunken und ist mit schweren Vergiftungserscheinungen ins Krankenhaus gebracht worden. Auf die Intensivstation. Die Eltern haben uns auf diese Tonbänder hier hingewiesen und glauben, daß die Person auf diesem Band versucht haben könnte, ihre Tochter umzubringen.
- Aber ... das ist ... das bin doch ... stammelte ich und schnappte mir die Kassette, rannte hinaus, zu schnell, um von den Beamten noch aufgehalten zu werden, die Treppen hinunter zu Arys Auto, und fuhr davon, hielt an einem abgelegenen Waldstück an und schob das Tape in den Rekorder.

Auf dem Band hörte ich, wie ich selbst, meine Stimme, verächtlich auf Susan einsprach, über sie spottete, sie verletzte, beleidigte, ihr Dummheit, Naivität und Unfruchtbarkeit vorwarf, und wie sie es nicht glauben wollte, daß sie wirklich mit mir sprach, wie sie immer wieder schrie, ich sei gar nicht ich selbst, ob ich Drogen genommen habe, sie erkenne mich nicht wieder, habe Angst, ich würde sie nicht mehr lieben. Sie habe sie nie geliebt, es sei alles nur Lüge gewesen, konterte diese Stimme, meine Stimme, die so fremd klang. Sie könne überhaupt niemanden lieben, sagte sie, diese Stimme, die zu mir gehörte. Sie sei ein Höllenwesen, die Hölle ihre Heimat, daher sei sie gekommen und dorthin werde sie auch wieder zurückkehren, und zwar mit ihr zusammen! Sie sei ein Dämon, und sie jetzt seine Geliebte geworden!

Ich wendete den Wagen und fuhr zurück in die Stadt.

Wie ich es schaffte, keinen Unfall zu bauen, weiß ich nicht. Vielleicht, weil ich offiziell schon tot war, also dachte, es sei ohnehin alles egal, vielleicht auch, weil mich dieses Gefühl, eine Für-Tot-Erklärte zu sein und eine Beinah-Gestorbene zu besuchen, lähmte und zugleich mit einer Narrenfreiheit ausstattete, die mir den Glauben an das Unmöglichste zurückgab.

Im Radio hörte ich, daß meine Leiche auf mysteriöse Weise aus der Pathologie verschwunden sei, und einige Beamte bereits ausgesagt hätten, mich lebendig ...

Ich stellte das Radio aus, hielt an einer Telefonzelle an und versuchte, Arthur und Ary anzurufen, doch bei beiden war besetzt, und so fuhr ich weiter. Direkt zum Krankenhaus.

4

Oben mußte jemand vergessen haben, die Pforten zu schließen, und bald schon war der Fluß aufgebrochen wie eine Wunde, und sein verschmutztes Blut breitete sich aus, floß über die Absperrungen hinweg hinein in Gassen und Häuser, nahm den Kindern ihr Spielzeug, Eltern die Gemütlichkeit und Studenten ihre Bücher.

Die Intensivstation lag im vierten Stock.

Hier würde sie sicher sein. Unerreichbar für den über seine Ufer getretenen Fluß und all dem, was er mit anschwemmen würde.

Da die Besuchszeit vorüber war, standen meine Chancen gut, Susans Eltern nicht zu begegnen. Ich mußte einige Male an der milchig-gläsernen Eingangstür klingeln, bis eine Schwester kam und öffnete. Ich sei zu spät, sagte sie. Die Abendessen würden schon verteilt.

- Ich ... habe gerade erst erfahren, was passiert ist, deshalb konnte ich nicht eher ... An ihrer Halskette hing eine winzige silberne Doppelaxt. - Ich bin ihre Freundin, Sie verstehen?

- Schon gut, sagte sie, lächelte und fragte, zu wem ich wolle.

- Susan ... Basnier.

- Und ihr Name?

- Nadine Basnier.

Sie sah mich an, als wolle sie sagen - ach, Sie sind das, und notierte sich etwas auf ihrem Block, zögerte, strich es wieder durch, und sagte - okay, kommen Sie mit, gab mir einen weissen Kittel und Mundschutz und brachte mich zu Susan.

Sie lag in einer weißen Box, einer der vielen Zellen, die im Halbkreis um das Stationszentrum herum angeordnet und einsehbar waren. Die Schwester schob die Glastür zu Susans Kabine zur Seite und sagte, ihr gehe es schon besser, aber ihr Zustand sei weiterhin kritisch.

Ein Alptraum, stabilisiert.

Obwohl ihr Bett neben dem Fenster stand, mit Flußblick, konnte sie nicht hinausschauen, nicht den Fluß, das Sonnenlicht oder den Himmel sehen, nicht das Deckenmuster und nicht einmal den Schatten neben ihr, dort, wo ich saß, den Mund, die Hälfte meines Gesichts, verdeckt, zu ihrem Schutz, gekleidet in Weiß, der Farbe ihrer Bettdecke, des Raumes, der Pflaster auf ihrer blassen Haut, die die Kanülen festhielten, die Schläuche, die zu den Apparaten und Maschinen führten, die sie mit Sauerstoff und Nahrung versorgten. Hier war alles durchsichtig, zerbrechlich, filigran wie ein Insekt, dieser

Raum, und sie, ihre zerbrochenen, zerkratzten Flügel. Ihre Augen waren weit aufgerissen und sahen doch nichts. Die Innenfläche ihrer rechten Hand zeigte nach außen, einladend, offen für Berühungen. Sie bewegte sich nicht, als ich sie berührte, und auch ihre Augen blieben stumm, unverändert.

Vielleicht würde sie sich nie wieder zurückverwandeln.

Sie habe heute Nachtdienst, hatte die Schwester gesagt. Ich könne so lange bleiben, wie ich wolle.

Sie sah nicht aus wie eine Tote.

Ich began, ihre Hand zu streicheln, sie zu berühren, zu wärmen, mit Gesten, nicht mit Worten. Zu groß war die Gefahr, sie mit meiner Stimme zu verängstigen, endgültig zu verlieren. Zu schmerzhaft ihre letzte Erinnerung an mich, diese Worte, die nie meine gewesen waren.

Doch wie sollte ich sie wecken, die Erinnerungen ihres Körpers, und sie zurückholen, ohne mich ihr zu erkennen zu geben, ohne meine Stimme? Sie würde auch meinen Geruch nicht erkennen, und dieses Handicap war für sie und mich Segen und Fluch zugleich. Hatte sie wirklich nie etwas gerochen, oder es nie riechen wollen? Den Schwefel, die Kanalisation, das Blut, Urin, Schweiß und Tränen und meinen ganz eigenen Geruch, den sie wohl nie wahrgenommen hatte, denn wie hätte sie mich sonst mit NAD verwechseln können? Und wohl auch nicht das Lösungsmittel, das ich in eine kleine Wasserflasche umgefüllt hatte, und deshalb lag sie nun hier, in ihrem Glassarg, dem weißen Daunenbett, die Schneekönigin, Koboldtochter. Hier kam einiges zusammen. Nun konnte oder wollte sie die Arme nicht mehr bewegen, mit Flügeln schlagen, sondern würde einfach hier liegenbleiben, im Schnee.

Over her dead body.

Hier gab es nichts zu beschönigen. Keine Zeichen vornehmer Herkunft, aristokratischer Blässe, bescheidener Zurückhaltung, freiwilligen Verzichts. Hier gab es kein Motiv. Hier würde niemand seine Staffelei aufstellen, genausowenig wie vor einer Magersüchtigen. Hier war nichts mehr rein und unschuldig. Nein, ihre Schönheit besaß etwas Monströses, eine Offenbarung des Körpers, ihres Fleisches, das seine Schwäche nun ungeniert und rücksichtslos, als tragische Parodie seiner selbst, als seelische Travestie, präsentierte. Das Gift hatte ihren Körper aufgeschwemmt, ihr Haar dünner und ihre Haut rosiger werden lassen. Die Wörter waren Fleisch, die Hungernde zum Skelett, die Hilflose zum Pflegefall geworden. Mehr als das. Zur Puppe.

Ich hatte die Rollen verwechselt. Und nun waren wir beide tot. Noch nicht ganz, okay, Untote vielleicht, die weder sterben noch leben konnten. Und lieben? Hatten wir uns und ich sie je geliebt? Was wußte ich schon von ihr? Selbst bei ihren Koboldgeschichten hatte ich alles nur auf mich bezogen. Selbst dabei hatte ich mich geirrt, alles falsch gedeutet. Und warum? Nur, weil ich es nicht hatte ertragen können, nichts Besonderes, nicht selbst diese Koboldtochter zu sein, weil ich selbst, die ach so Hochsensible und Feinsinnige, nicht das Gespür, nicht den Riecher dafür besessen hatte, zu ahnen, was von ihr zusammen mit der Puppe erstarrt war, was sie hatte retten wollen und wann es sie selbst heimgesucht hatte, um sie zu zerstören, wie jeder Geist, der eines Tages zurückkehrt, jedes Geheimnis, das wir schon so gut verdrängt, versteckt zu haben glaubten. Sie, Susan, sollte meine Lichtgestalt sein, die Glückliche, Göttliche, Weibliche, Mütterliche, Gute, Gesunde, der Gegenentwurf zu meiner Persönlichkeit. Nichts an ihr sollte dunkel sein. Und genau dies, ihre Dunkelheit, war mein blinder Fleck gewesen.

Wir waren uns nie wirklich begegnet, unmittelbar, unsymbolisch.

Meine Art der Wahrnehmung, wie ich damals zu Arthur gesagt hatte. Ich könne nichts dafür und nicht anders.

Wirklich nicht? Was hatte ich denn noch zu verlieren außer diesem einen Talent, der Fähigkeit, nicht lieben zu können? Und selbst das war nicht einmal etwas Besonderes. Oh ja, Moment, jetzt hätte ich diese andere Gabe beinahe vergessen. Merkwürdig, nicht? War sie vielleicht nur eine bequeme Ausrede, ein behütendes Geheimnis, so grausam wie ein Kinderlied? *Flieg Käfer, flieg! Dein Vater ist im Krieg … Schlaf, Kindchen, schlaf! Dein Vater ist ein Schaf. Deine Mutter ist ein Trampeltier. Was kannst du armes Kind dafür?* Vielleicht begann hier meine Geschichte. Vielleicht hatte ich es selbst gewollt, aus mir selbst das gemacht, was ich heute bin, war, wie Susan und vielleicht jeder andere Mensch, die Verkörperung meiner eigenen Geschichte geworden, nur früher und konkreter als sie. Konkrete Poesie, ha! Verdammt ... Mir war die Gnade, oder Ehre, meinetwegen, zuteil geworden, meinen Kindheitstraum ausleben zu dürfen.

Durch den Tränenschleier hindurch konnte ich sie kaum erkennen.

- Dämonen weinen nicht, hatte Ary einmal zu mir gesagt, um mich zu trösten, mir zu beweisen, daß ich keiner von ihnen sein konnte. Vielleicht weinte ich aber gerade deswegen, weil ich keiner von ihnen war, weder eine Verdammte noch eine Liebende, weder ein guter Mensch noch ein böser Dämon. Vielleicht ein böser Mensch oder ein guter Dämon. Oder etwas ganz anderes. Etwas dazwischen, das aus allen Systemen heraus- und hinabgefallen war.

Jemand legte seine Hand auf meine Schulter.

- Darf ich dir noch einmal meine Hilfe anbieten, Schätzchen?

Natürlich wußte ich, wer es war. Sie reichte mir ein seidenes Taschentuch. Ich schneuzte hinein und sagte: - nein, lassen Sie mich endlich in Ruhe.

- Glaubst du wirklich, daß du hiermit alleine fertig wirst? insistierte sie.

- Ja.

- Warum bist du eigentlich immer so unfreundlich zu mir? Du hältst mich für den Teufel oder so was, richtig? Na ja, wer einen Teufel sucht, findet auch einen. Oder erfindet sich halt einen ...

- Ja, ja, ich weiß schon ... Bitte lassen Sie mich jetzt allein! Susan ... sie ...

- Ich könnte sie für dich retten. Allerdings ...

- Ich werde Ihren verdammten Vertrag nicht unterschreiben! Verschwinden Sie endlich!
- Ganz wie du willst ...
- Und, rief ich ihr hinterher, - sagen Sie nicht, dies sei meine letzte Chance! Sie kommen ja doch immer wieder!
- Ich will doch nur dein Bestes, Schätzchen ...

Nun hatte Susan meine Stimme gehört, mußte ich mich ihr zu erkennen geben, ihr sagen, daß ich nicht die war, für die sie mich halten könnte, sondern die andere, die sie vorher gekannt hatte, und ich erzählte ihr von NAD, N und Nadja ...

und ihr Blick folgte mir wie das Auge einer defekten, vollautomatischen Suchkamera, die sich zwar noch auf ihr Zielobjekt ausrichten, ihre Brennweite jedoch nicht mehr einstellen konnte. Für sie war ich wohl nur ein dunkler Fleck, der sich von links in ihr nebel-weißes Gesichtsfeld geschoben hatte. Ein paarmal kniff sie die Augen zusammen, und einmal glaubte ich, Furcht in ihnen zu sehen,

und dann erzählte ich ihr davon, wie mich ihr erster Blick getroffen habe, wie wehrlos ich seitdem sei, ihr gegenüber, und zählte all die Momente auf, in denen ich dieses Gefühl wieder verspürt hatte, wenn sie mit nassen Haaren aus der Dusche kam, die Art, wie sie Fenchel zubereitete, wenn sie sich vor einer Spinne erschreckt und mich gerufen hatte, wie sich ihre Nase kräuselte, wenn sie wütend war, wie sie Arthurs Computer angeschrien und beschimpft und wie sanft und ruhig sie mit dem Baby in ihrem Bauch gesprochen hatte, wie sie mich geküßt, nachdem ich sie mit Schokolade gefüttert hatte, und wie sie mich dann ansah und lachte, weil mein Mund so verschmiert gewesen war, wie ich auf sie eingeredet hatte, bei ihrem Diät-Tick, als sie sauer auf mich war und all die Light-Produkte, die ich ins Regal zurückgestellt, wieder in den Wagen geräumt hatte, wie sich ihre Haut anfühlte, wie sie roch, wenn ich neben ihr lag, unsere nackten Körper nebeneinander, wie gerne ich meine Haut über sie gelegt, über sie ausgebreitet hätte, um sie überall gleichzeitig berühren und küssen zu können, ihre Lippen, mit diesem Geruch, nach Moschus und Sandelholz, wenn sie aufschrie, als habe sie ...

/ ***this human form ... I now repend*** - Caribou, The Pixies /

... und dann, danach, habe ich mich ihr nahegefühlt wie nie zuvor, die Zeit verflucht und das Leben, weil es immer ein Ende geben würde, und ich habe ihr geschworen, ich würde sie auf Rosen betten, für immer und ewig, und manchmal, wenn wir feststellten, daß wir im gleichen Takt atmeten, hat sie mich geküßt, manchmal aber auch nur ängstlich angesehen.

Nun atmete sie allein, im Takt der Maschinen.

- Das Rosenbett, flüsterte ich ihr zu, - ich werde dir die Rosen besorgen, versprochen ... und ich sah zu dem Apparat hinüber, der ihren Herzschlag anzeigte, gleichmäßig, regelmäßig. Ein gutes Zeichen, versuchte ich mich zu überzeugen. Beruhigend surfte der Lichtpunkt über die gezackten Wellen, beruhigend zu sehen, wie ihre Kurve immer noch ausschlug, sich der Stromlinienförmigkeit verweigerte, wie sich ihr Brustkorb immer noch hob und senkte. Es atmete. Etwas in ihr. Die Maschinen schnurrten, sangen, erzählten leise, legten einen Soundteppich und Melodie-Tentakeln aus, wärmende Dekken, die sie beschützten. Verführten. Und in den Schlaf sangen. Einen viel zu langen Schlaf.

/ ***so, wake up, my love ... my lover wake up*** - Where do we go now but nowhere?, Nick Cave /

Wissenschaftlich, so Arthur, sei bisher kein einziger Fall bewiesen, in dem ein menschlicher Organismus so viel Energie ausstrahlen konnte, daß sie auf andere Materie eingewirkt habe. Sämtliche energetischen Prozesse fänden nur innerhalb eines Körpers statt und würden dessen Grenze, die Haut, niemals

durchbrechen. Selbst bei Verliebten würde jeder Körper unabhängig voneinander die Glückshormone produzieren, auch wenn man dabei von elektrisierender, knisternder Spannung sprechen würde. Nachzuweisen sei davon gar nichts. Menschen besäßen keine telepathischen oder parapsychologischen Kräfte. Natürlich existierten feinste Schwingungen in der Atmosphäre, sonst gäbe es ja kein Radio oder Funkverkehr, doch kein Mensch sei so sensibel, daß er diese Schwingungen wahrnehmen könne, selbst jene nicht, die sich als Medien bezeichnen. So jemand wäre so etwas wie ein lebendiger Vollverstärker, und wer würde das schon aushalten, bei den Programmen heutzutage?
- Auf KissFM läuft gerade *Devil's Haircut,* sagte ich nüchtern, und Arthur fiddelte eine Weile an seinem Tuner herum, ein wenig nervös, bis Beck sang *I've got a devil's haircut in my mind ...*

- Spring! sagt die Stimme neben mir. Meine Stimme. Ns Stimme. - Spring hinunter! sagt sie. - Du wirst nicht sterben. Du bist unsterblich. Der Fluß trägt das Braun ihrer Augen. Ich will nicht springen. Traue N nicht. Sie hat schon einmal versucht, mich umzubringen. - Laß dich fallen, sagt sie. - Spring hinein. Das Wasser ist warm. Der Fluß wird dich tragen, dich zu ihr führen. Schließe deine Augen. Du wirst sie ertasten, sie finden und berühren können. Dort unten wirst du ihr begegnen.

Ich stieg über das Geländer, breitete meine Arme aus und sprang

hinein in braunen, durchsichtigen Pudding, irgendeine glibberige Gel-Substanz, die mich sanft landen ließ und umschloß wie eine Mahlzeit. Götterspeise. Die mich, Jonas, verdaute und verdaut wurde. Hier, dachte ich, würde ich nie wieder herauskommen. Hätte ich nur nicht auf N gehört. Ich boxte und wehrte mich, doch das Gel umschloß mich von allen Seiten, leistete Widerstand, beschützte mich. Als dürfe ich nicht verletzt werden während meines Transportes, meines Absturzes.

Es wurde dunkler. Stundenlang dauerte meine Reise, mein Sturz, ich mußte schon kilometertief unter den Meeresspiegel gesunken sein, und begriff langsam, daß die gallertige Masse um mich herum mich wohl mit Sauerstoff und Nahrung versorgte, daß ich in einer Art Zelle unterwegs war, einer Raumkapsel.

Endlich lief ich auf Grund auf, in der Dunkelheit der Tiefsee. Es gelang mir, mich aus meiner Kapsel zu befreien, und ich trieb wieder nach oben, schneller als ich hinabgesunken war. Bald wurde es heller, und es erschien ein riesiges Schiff über mir, das mich so stark anzog, daß ich gegen seinen Sog ankämpfen mußte, um nicht von seiner Schraube zerfetzt zu werden.

Es bewegte sich riesig und majestätisch über mir auf der schwarzen See, unter einem tiefblauen Nachthimmel. Auf mich zu. Egal, wohin ich vor ihm auszuweichen versuchte. Sobald ich mich herumdrehte, sah ich seinen mächtigen Rumpf hinter mir, einmal kurz seine vier großen Schornsteine, und schwamm sofort wieder weiter, bis ich erschöpft aufgab, auf der Stelle zappelte und darauf wartete, daß mich das Schiff mit seinem Bug überfahren würde.

Es blieb stehen. Direkt vor mir. Wenn ich meine Hand ausstreckte, konnte ich seinen schwarzen Rumpf berühren, es streicheln, wenn ich es gewollt hätte. Ich stieß mich ab, schwamm davon, und es folgte mir. Ich drehte mich um, und es blieb wieder stehen. Vielleicht würde es sogar für mich Männchen machen, doch daß wollte ich lieber nicht ausprobieren.

Jemand mußte mich gesehen und eine Strickleiter hinunter gelassen haben. Ich hatte Angst, dort hinaufzuklettern, doch mir blieb keine andere Wahl.

Als ich oben ankam, legte mir ein Matrose sogleich eine Decke um, erkundigte sich nach meinem Namen und sagte, ich werde schon erwartet. - Von wem? fragte ich und erhielt keine Antwort, sondern wurde zum Aufenthaltsraum gebracht, einer Art Backstage-Party.

Dort saß mein Vater, der sich von seinem Barhocker erhob und auf mich zukam, mich umarmte und fest an sich drückte. Ich solle mich nicht fürchten, sagte er und tippte den Typen neben ihn an, der sich zu uns umdrehte, mich freundlich anlächelte und mir sehr bekannt vorkam. - Darf ich vorstellen? fragte mein Vater. - Herr K, meine Tochter Nadine, und K schüttelte meine Hand, gab mir einen Drink und sagte, als er mein Zögern bemerkte, für Künstler wären hier alle Getränke frei, doch da zog mich mein Vater auch schon von ihm fort, hin zu einer braunen Insel mit orangefarbenen Clubsesseln, auf der es siedend heiß war und selbst die Boxen Easy-Listening ausschwitzten. Er bezahlte seinen Tipsy Tangerine, sah mich schweigend an und lächelte.

- Du willst sicher wissen, warum ich es getan habe, nicht wahr?

Ich wußte, was er meinte.

- Ich habe es für dich getan.

- *Monsieur Gerard Basnier!* rief jemand durch den Lautsprecher.

- *Monsieur Gerard Basnier, attention s'il-vous-plait! Votre jeune fille ...*

Der Rest der Durchsage war unverständlich. Mein Vater sagte, ich müsse jetzt wieder von Bord gehen, das Schiff verlassen. Sofort.

- Aber ... Warum kann ich nicht hierbleiben?

- Das geht nicht!! fuhr er mich ungewohnt harsch an. - Du kannst nicht hierbleiben! Du mußt von Bord gehen, hörst du? Wir haben dich nur ein Stück mitgenommen. Jetzt mußt du aussteigen. Geh! Du wirst finden, was du suchst. Aber nicht hier, nicht auf diesem Schiff!

Und mit vereinten Kräften stießen mich mein Vater und K von der Reling. Ich zappelte in der Luft wie der Roadrunner, sauste wie ein Granitblock nach unten und schrie laut auf, als ich die Wasseroberfläche durchstieß und erst weit unter Wasser abbremsen und wieder nach oben schwimmen konnte.

Von dem Schiff war nichts mehr zu sehen.

Neben mir drohte jemand zu ertrinken. Ich schwamm auf ihn zu. Es war ein Frauenkörper. Ich hielt ihn fest, zog ihn an die Oberfläche, hielt den Kopf hoch, öffnete den Mund, preßte meine Lippen auf ihn und gab ihm Mund-zu-Mund-Beatmung.

Dann fing sie selbst wieder an zu atmen, hielt sich an mir fest, und ich konnte mit ihr zusammen auf das Ufer zuschwimmen, das plötzlich vor uns aufgetaucht war. Sie wehrte sich, strampelte und schlug um sich, als ich sie an Land ziehen wollte, rannte immer wieder zurück ins Wasser, doch ich war schneller, packte sie nun fester am Arm und sah ihr in die Augen.

Meine Zunge ertastete länger und schärfer gewordene Eckzähne in meinem Mund, und nun, aufgrund dieses Kostüms, wußte ich, was ich zu tun hatte, und hielt ihren Kopf fest, beugte ihn leicht zur Seite, legte ihren Hals frei, biß hinein und trank ihr Blut. Das also hatte N mit Unsterblichkeit gemeint, dachte ich und trank Susan leer, bis auf den letzten Tropfen, gewann an Stärke und weinte, weil ich wußte, was ich ihr antat, was ich aus ihr machen würde. Vielleicht gab es einen anderen Weg, doch den kannte ich nicht. Bevor sie starb, biß ich mir selbst in eine Pulsader, preßte ihr die Unterseite meines Handgelenks an den Mund und ließ sie von mir trinken. Sie zögerte nicht lange und trank, gieriger als bei meinem letzten Angebot. Mein Blick verschwamm, löste sich auf, wurde grobkörniger, eine Bildstörung. Ein anderer Hintergrund erschien, überlagerte mein Bild, als habe jemand die Kulissen ausgetauscht, während ich noch auf der Bühne stand.

Vor ihrem Bühnenbild.

In ihrem Stück.

Wir standen am Strand von La Palue. Am Horizont fuhr ein Schiff mit vier Schornsteinen aus dem Bild. Susan war aufgedreht, außer sich vor Freude, lächelte mich an, als hielte sie ein ganz besonderes Geschenk für mich bereit, und konnte meine Traurigkeit nicht verstehen. Ich konnte sie selbst nicht verstehen. Es war nur ... Ich hatte mit dieser Reise anderes vorgehabt, als mich wieder nur mit mir selbst zu beschäftigen. Deshalb hatte ich sie die Führung übernehmen lassen, weil ich

dachte, sie hätte mich mit zu sich genommen, statt dessen würde sich nun wieder einmal alles nur um mich drehen. Aus Höflichkeit. Oder weil es nicht anders ging. Dies war schließlich mein Trip, *after all* …
- Was hast du denn? fragte sie.
- Warum hast du uns hierher gebracht?
- Weil … Ich dachte, es würde dir gefallen … Das hier ist doch deine Heimat. Gefällt es dir hier nicht? Dort hinten steht das Haus deiner Familie … Ich verstehe nicht … Was hast du denn?

Natürlich. Hatte ich denn wirklich geglaubt, es wäre so einfach? Daß ich hier irgend etwas anderes als auch nur ein weiteres meiner Bilder von Susan finden würde? Eine auf mich bezogene, mir angepaßte, meinen Wünschen entsprechende Karikatur meines eigenen hohen Ideals, an dem ich offensichtlich gescheitert war? Hier, mir gegenüber, stand das, was ich von Susan wirklich wußte, und das war erschreckend wenig. Und zur Strafe mußte ich nun mit dieser Karikatur vorlieb nehmen. *You get what you give,* oder, um es mit Arthur zu sagen, *what you see is what you get* …
- Susan, es … tut mir leid …
- Schon gut. Es ist okay. Ich weiß, Wesen wie du können nicht …

Nein. Ich wollte es nicht mehr hören.
- Was … für ein Wesen bin ich denn?
- Dafür sind wir ja hier. Um das herauszufinden. Komm jetzt, gehen wir zum Haus. Dein Vater erwartet dich schon.

Er begrüßte uns herzlich, gutgelaunt, mit drei Wangenküssen rechts und links für jede von uns und einer Umarmung für mich. Seine Haut war warm, die Hände ein wenig feucht. Vor Nervosität, dachte ich.

Er fragte nicht, wie es mir ging, was ich seit seinem Tod gemacht oder sich seitdem in meinem Leben verändert hatte.

Er schien es zu wissen.
- Nadine, es gibt da etwas, worüber wir einmal reden sollten … sagte er und kochte uns einen starken Kaffee. Nebenan spra-

chen Stimmen aufgeregt durcheinander. Geister? Nein, nur Fernsehen.

- Ist da drüben noch jemand?

Er schloß die Tür und flüsterte: - Du hast die Hefte gefunden, zu meinem Roman, nicht wahr?

- Ja.

- Er wird in den nächsten Tagen fertig werden, aber, es ... es ist nicht mehr der Roman, den ich damals angefangen habe. Jemand anderes hat ihn zu Ende geschrieben.

- Das kommt vor ... Und?

- Jemand, den du kennst ...

Natürlich wußte ich, wen er meinte.

Er habe ihn verkauft, damals, seinen Roman, sich selbst, seine Seele, sagte er in dem gleichen wehleidigen, melodramatischen Ton, der meine Mutter schon aufgeregt hatte. Was denn daran so schlimm sei, fragte ich. Die Schriftstellerei habe ihm wohl nicht gelegen, aber, was soll's? Es gäbe ja auch noch andere ehrbare Berufe und Möglichkeiten, unsterblich zu werden. Ich würde ihn nicht verstehen, unterbrach er mich. Er habe damals einen Vertrag abgeschlossen, aus dem er nicht mehr habe aussteigen können. Und deshalb sei ich jetzt in Schwierigkeiten ...

- Was habe ich denn damit zu tun?

Er seufzte, als quäle es ihn, weiter ausholen zu müssen. - Ich bin damals, als ich nach Deutschland kam, nicht nur vor meinem Vater und der Arbeitslosigkeit geflohen ...

- ... Sondern auch vor Nicholas Raven, ich weiß ...

- Du weißt?

- Ja, er hat mich gebeten, deinen Vertrag zu übernehmen, fortzuführen. Mit allen Tricks. Er hat behauptet, ich habe keine andere Wahl, redete geheimnisvoll daher, von wegen, er wisse, wer ich sei und so ... Ich lachte. - Der Kerl ist echt hartnäkkig, taucht immer wieder auf, nur, weil er diese Unterschrift von mir haben will ... für eine Drehbuchänderung und ein angenehmeres Leben und so 'n Quatsch ... Stell dir vor, dieser Typ hat versucht, mir einzureden, es gäbe so etwas wie ein

Drehbuch zu meinem Leben, und er sei der Autor! Dieser Bastard!
- Und ... glaubst du ihm?
- Das mit dem Drehbuch? Damit wollte er doch nur erreichen, daß ich endlich seinen blöden Wisch unterschreibe und für ihn zu arbeiten anfange! Vielleicht hat er mich deshalb sogar entführen lassen, in so 'ne Art Schreibkammer, wer weiß?
- Damit habe ich nichts zu tun, Schätzchen ...
- Siehst du? sagte ich zu meinem Vater. - Da ist er schon wieder! Heute mal wieder als Frau.
- Gerard, Liebster, hast du ihr denn immer noch nicht von uns erzählt?

Über diese Andeutung wagte ich nicht einmal nachzudenken, und starrte meinen Vater ungläubig an.
- Nein, Nadine. Es ist nicht so, wie du denkst. Ganz und gar nicht ...
- Könnt ihr euch nicht ein wenig beeilen? Wir sind heute schon in Zeitdruck, weil wir noch eine Szene mehr als geplant abdrehen müssen.
- Moment mal, haben Sie vergessen, daß ich Ihren Vertrag nicht unterzeichnet habe?
- Das spielt keine Rolle ... Du gehörst mit zum Team.
- Wie bitte? Ich sah hilfesuchend zu meinem Vater herüber, der verlegen murmelte: - Na ja, Nadine, also, weißt du ...
- Na los, Gerard, sag deiner Tochter die Wahrheit! Sage ihr endlich, was du getan hast, was passiert ist, damals, nachdem ich dich in Deutschland gefunden habe!
- Nun ja, es ist so ... Ich ... Nick Raven machte mir damals das Angebot, den Vertrag überschreiben zu lassen, auf dich, meine Tochter. Ich sollte ihm nur deinen Geburtstermin mitteilen, und dann wäre die Sache für mich erledigt ...

Seine Hände zitterten so heftig, daß er sie fest gegeneinander pressen mußte.
- Erzähl ihr, was du dann getan hast, Gerard, mein kleines Cleverle!
- Ich habe ihm ein falsches Datum genannt und eine Woche später deine Todesurkunde geschickt, gefälscht, natürlich.

Dann habe ich jahrelang nichts mehr von ihm gehört.
- Natürlich nicht. Ich kann warten.
- Ich habe gedacht, es sei alles in Ordnung.
- Dummkopf.
- ... Bis zu deinem einundzwanzigsten Geburtstag. An dem Tag kam ein großer Umschlag an, mit einem aktuellen Photo von dir, ohne Absender, nur mit einer knappen, handschriftlichen Notiz: *Mit besten Wünschen, Nick Raven.* Dann, na ja, ich habe gedacht, wenn ich nicht mehr leben würde, wäre der Vertrag auch ungültig, und deshalb ... Er weinte wie ein kleiner Junge.
- Du solltest frei sein, Nadine. Deshalb habe ich es getan. Ich wollte nicht, daß du für meine Fehler büßen mußt. Ich habe immer nur das Beste für dich gewollt!
- Und, fragte ich dazwischen, - und was ist jetzt mit dem Roman?
- Er ist fast fertig, sagte Nick Raven. - Willst du ihn lesen?

Sie zeigte mir einen Stapel Manuskriptseiten und schlug die letzte Seite auf. Ich überflog den Text, der genau diesen Moment, unser Treffen, beschrieb.
- *Ecriture automatique*, nicht wahr? sagte ich. - Ganz nett,

und fand auch diesen Satz sofort im Text wieder, wie von Geisterhand hinzugefügt.
- Willst du wissen, wie es weitergeht? fragte sie, hielt mir das Manuskript vor wie die zehn Gebote und blätterte eine Seite weiter, schlug sie jedoch, als ich näher herantrat, sofort wieder zurück.
- Du darfst das ganze Buch lesen, aber nur, wenn du versprichst, bei mir zu bleiben. Nur dann darfst du über diesen Augenblick hinaus lesen. Na? Willst du nicht wissen, was noch alles auf dich zukommt? Du kannst eh nichts mehr daran ändern. Es steht alles hier drin. Ist alles vorherbestimmt. Na, willst du es nicht lesen?
- Tu es nicht! rief mein Vater.
- Keine Angst ... beruhigte ich ihn, und riß Nick Raven den geleimten Papierstapel aus den Händen, zerriß die Seiten und brach den Rücken auseinander.

- Glaubst du wirklich, ich hätte dir das Original mitgebracht? sagte sie dazu nur und lachte. - Ach, Gerard, schau nur! Ist sie nicht schnuckelig, unsere Kleine, so süß, gerade, wenn sie so hübsch rebelliert! Wie putzig! Ach, Schätzchen, ich hätte nie gedacht, daß du einmal soviel Spaß machen könntest, damals, vor deinem Fall ...

- Wie bitte? fragte ich.

- Ja, lachte sie immer noch. - Hast du denn nicht verstanden? Vielleicht hat sich dein Vater wieder einmal nicht richtig ausgedrückt, ein paar Dinge vergessen, unbedeutende Kleinigkeiten, zum Beispiel, daß du mit einundzwanzig genau das Alter seiner Hauptfigur erreicht hattest, dem Transvestiten, du erinnerst dich?

- Oder was genau ich Gerard vorgeschlagen hatte, damals, als Abänderung seines Vertrages. Ich schrieb ihm nämlich, seine Talente lägen wohl, wie sich gezeigt habe, in anderen Bereichen als dem Literarischen, aber, ich sei ja kein Unmensch, er könne seinen Vertrag auch einhalten, indem er mir, als Alternative sozusagen, eine andere schöpferische Eigenleistung liefere, ein anderes Werk, und, nun ja, das einzige, was er da in letzter Zeit zustande gebracht habe, sei wohl die Schwangerschaft seiner Frau gewesen ...

- Wollen Sie etwa sagen, ich bin ...?

- ... Ja. Genau. Eine gefallene Romanfigur, die ich deinem Vater abgekauft habe, zu einem, wie ich denke, recht fairen Preis, wenn man bedenkt, in was für einem Zustand ich dich übernommen habe. Eigentlich, wäre dein Vater etwas begabter gewesen, hättest du etwas ganz Großes, Edles, ein echtes Meisterwerk werden sollen, aber, na ja, Gerard hatte anderes im Sinne als Geistesübungen. Er war eben Franzose, noch dazu Proletarier, was soll man da machen? Und dann bist du abgerutscht und auf diese Weise zur Welt gekommen, etwas tiefer, weiter unten, in einem Körper, der dich hier festhält, obwohl du doch so gerne wieder zurückkehren würdest in deine Heimat, die Welt der Fiktionen, aber, vielleicht liegt sie nicht einmal dort, deine Heimat, vielleicht gehörst du nirgendwo hin,

du Ärmste, weder zu den Menschen noch zu den Fiktionen, bist ein Go-Between, ein Halbwesen, halb Mensch, halb Fiktion, wie jedes Monster, aber ... wem sage ich das?
- Bin ich ... Ich schämte und haßte mich dafür, daß ich nun weinen mußte, vor ihr, und wusch mir die Tränen ab. - Ich meine, bin ich die einzige, oder gibt es noch andere ... wie mich?
- Ja. So außergewöhnlich bist du nicht.
- Gibt es denn so viele ... von uns?
- Die meisten sind sogar in deinem Alter. Aus den geburtenstarken Jahrgängen. Deshalb bin ich auch froh, daß ich damals zugegriffen habe, als das Angebot noch groß und die Nachfrage und Preise niedrig waren. So ein echtes Original wie dich kann sich heutzutage ja kaum einer mehr leisten.
- Ich verstehe nicht ...
- Ja, denkst du denn, es ware so einfach gewesen, dich großzuziehen? Da bemüht man sich jahrelang darum, dir eine optimale Erziehung zukommen zu lassen, Waldorf, Fernseh-Verbot, kein Plastik-Spielzeug und so, du weißt schon, kurz, man tut alles, um aus dir einen normalen Menschen zu machen, und was kommt dabei raus?

- ... Eine sexbesessene, egomanische kleine Hexe! Und damit, wenn ich das hinzufügen darf, stehst du übrigens wirklich alleine da, meines Wissens, aber, Madame wollte ja unbedingt etwas Besonderes, Einzigartiges sein! All die anderen fallen im Alltag kaum auf, deshalb bemerken sie, bis auf wenige Ausnahmen, ihren Sonderstatus auch nicht, aber du, mit deinen Verwandlungen ...!
- Nadine!! rief Susan, die die ganze Zeit ängstlich in einer Ecke gestanden hatte, nun dazwischen. - Ist das wahr?! Ist das wirklich wahr?!!
- Ja, klärte sie Nick Raven auf, ohne daß ich es verhindern konnte. - Deine Freundin besitzt die seltene und bisweilen erschreckende Angewohnheit, sich hin und wieder in ein Monster zu verwandeln, zum Beispiel in eine Ratte oder Spinne ...
- Susan, ich ... kann es dir erklären ...

Doch, Mrs. Raven ließ sich nicht unterbrechen. - Hat sie dir nie davon erzählt? Sie tut es meist heimlich, im Verborgenen, ungefähr alle vier Wochen, bei Vollmond. Vielleicht schämt sie sich ja deswegen. Es ist auch wirklich ein schreckliches Schicksal! Aber es ist ihre Natur. Keine Krankheit oder so etwas. Sie kann nichts dagegen tun.

Susan hielt beide Hände vor ihren Mund, um sich selbst am Schreien zu hindern und starrte mich mit weit aufgerissenen Augen an, während Mrs. Raven weitersprach: - Sie kann einem wirklich leid tun. Ich meine, wie soll sie denn jemals eine vernünftige Arbeit finden, einen Betrieb, der sie länger als vier Wochen beschäftigt, oder jemanden, der sie liebt, der sie so akzeptiert, wie sie ist, so ... behindert ...
- Ich habe so jemanden bereits gefunden, sagte ich und legte demonstrativ einen Arm auf Susans Schulter, doch sie wand sich aus meiner Umarmung heraus, stieß mich fort, verschränkte ihre Arme vor der Brust und fauchte, ich solle sie bloß nie wieder anfassen!
- Susan, ich wollte es dir ja schon früher ...!
- Laß mich in Ruhe! Geh! Verschwinde!!

Ich war wieder mit ihr allein.

Unsere Füße versanken in weichem, warmem Sand.

An den Rändern löste sich das Bühnenbild auf, fransten der Himmel und der Horizont des Meeres aus und verblaßten die Schatten meines Vaters und Nick Ravens.

Wir konnten nur gemeinsam wieder zurückkehren.

Und mußten es tun. Bald.

- Ich will nicht! schrie Susan. Was hast du nur? Hier ist doch alles so, wie wir es uns immer gewünscht haben!

- Wir müssen zurück! Das hier ist nichts anderes als der Traum einer Sterbenden!

- Willst du etwa, daß wir diesen Ort verlassen? Das Paradies?

- Ja.

Denn es würde unseren Tod bedeuten, den Stillstand, das Nichts. Es war notwendig, immer wieder diesen Fall zu riskieren, Paradiese zu verlassen, zu zerstören. Sex, Kunst, Transformationen, waren Fall, Tod und Neuanfang, jedesmal.

Vielleicht war es ein Glück, daß ich sterblich geworden war.

Ich packte Susan am Oberarm und zerrte sie mit ins Meer, drückte sie unter Wasser, zog sie weiter hinaus und hinunter, bis auf den Grund und hielt sie dort fest, bis ich selbst das Bewußtsein verlor ...

Level 3

1

- Ich soll aufschreiben, was nach ihrem Tod geschehen ist?
- Ja.
- Warum? Was wollen Sie damit?
- Sie sind nicht hier, um Fragen zu stellen! ... Früher, bei diesem Typen aus Stratford, wären Sie mit so was nicht durchgekommen, aber heutzutage hält sich ja jeder Luftgeist für ...!
- Moment ... Ich bin nicht Ariel, nicht *dieser*, von Shakespeare ...
- Nein? ... Entschuldigung. Aber ... Sie kennen doch Nadine Basnier, nicht wahr? Könnten Sie vielleicht trotzdem ...? Und, bitte beeilen Sie sich. Das ganze ist 'ne Chefsache. Und, äh, bitte benutzen Sie die Kopfhörer. Was Sie da hören, klingt ja schrecklich depressiv ...

/ ***not the end ... not the end ... just remember, that death is not the end*** - Death Is Not The End, Nick Cave /

Hunde, die bellen, beißen nicht. Und nicht jeder, dem ein düsterer, melancholischer Zug anhaftet, ob beabsichtigt oder nicht, plant bereits seinen eigenen Tod. Sollte er allerdings doch einmal ernst gemacht haben, darf er sich nicht wundern, wenn ihm niemand mehr glaubt, daß er nicht nur sein Gesicht blasser gepudert hat.

Fast jeder hatte Nadine eine allgemein dramatische Verhaltensweise unterstellt, und sie selbst erstaunlich wenig dazu beigetragen, dieses Vorurteil zu entkräften.

Ich konnte nicht an ihren Tod glauben. Er schien so unwirklich wie ihr Leben. Jemand wie sie würde nicht einfach verschwinden, zerfallen und von Würmern gefressen werden.

Ihre Vorstellung war beendet, der Vorhang gefallen, und ich wollte zum Künstlerausgang gehen und dort auf sie warten, um ihr persönlich zu gratulieren.

Diesmal, würde ich sagen, habe sie sich selbst übertroffen.

Muß ich noch erwähnen, daß mich bald die Nachricht erreichte, ihre Leiche sei auf mysteriöse Weise aus der Pathologie verschwunden? Obwohl die Stahltüren elektronisch gesichert waren?

Nach all dem, was ich mit ihr erlebt hatte, schien es mir überhaupt nicht unwahrscheinlich, daß sie sich zur Zeit irgendwo in anderen Sphären oder Dimensionen herumtrieb, in ihrer üblichen charmant desorientierten Art. Vielleicht würde sie sogar versuchen, Kontakt zu mir aufzunehmen. Ich mußte wachsam bleiben, dachte ich. Auf ihre Zeichen achten. Doch, vielleicht würde sie auch gar nicht mehr zurückkehren wollen in ihren Körper, den sich vermutlich schon Nick Raven geholt hatte, nur, um festzustellen, daß er leer und Nadine ihr wohl wieder einmal entwischt war.

Um so erstaunter war ich, sie bei ihrem Bruder zu finden.

Er hatte mich angerufen und gebeten, sofort vorbeizukommen.

Es sei dringend.

Es gehe um Nadine.

Sie lag in seiner Badewanne, eisgekühlt und noch recht gut erhalten, wie er meinte.

- Sie hat wohl nicht sehr lange im Wasser gelegen. Weist kaum Schwellungen auf. Oder Fischbisse. Die Kühlung scheint auszureichen, aber wir müssen uns trotzdem beeilen.

- Womit?

- Mit der Reanimation.

- Aber sie ist doch ...!

- Ja. Ihr Körper ist tot, aber nicht ihr Geist! sagte er und zeigte auf einen Stapel Disketten: - Hier, auf diesen Disketten habe ich sie gespeichert. Einen großen Teil ihrer Persönlichkeit, zumindest. Sie war vor einiger Zeit hier, hat ein paar Fragebögen ausgefüllt, und jetzt muß ich diese Daten nur noch aufbereiten, sie damit füttern und ...

- ... auf ein Gewitter warten?
- Nein, Ary. Was ich mache, ist wissenschaftlich abgesichert! Medizinisch ist das alles überhaupt kein Problem. Glaube mir, Nadine wird uns dafür dankbar sein!
- Und wenn nicht?
- Dann löschen wir einfach wieder ihr Programm.
- Du willst deine Schwester an einen Computer anschließen?!
- Funksignale, Ary, Funksignale ... so geht das heute. Wir pflanzen ihr einen Chip ein und sagen dem Rechner, er soll aufpassen, daß sie keine Dummheiten macht.
- Du willst sie fernsteuern?!
- Das Programm wird ihr noch genügend Raum für eigene Entscheidungen lassen, keine Sorge. Sie wird nur ein wenig verwirrt sein, in den ersten Tagen, bis sie sich wieder orientiert hat. Ist ja auch klar. Aber dann wird sie wieder ganz die alte sein. Nun ja, vielleicht nicht ganz so, aber ...
- Du meinst, sonst gibt es keinerlei Risiken?!
- Na ja, es kann sein, unter Umständen, daß sie eine übermäßig starke emotionale Bindung zu dem Rechner aufbaut, wie zu einem Vater, verstehst du? Aber, nein, sonst kann wirklich nichts passieren ... außer einem Stromausfall ...

Er bemühte sich zu lächeln.
- Arthur, ich glaube nicht, daß wir so etwas tun sollten. Ich finde es ... unnatürlich.
- Nein, widersprach er. - Es ist nur menschlich.
- Ich glaube, wir machen einen großen Fehler.
- Come on, Ary! Es ist doch nur ein Versuch, bei dem weder wir noch Nadine etwas verlieren können! Vermißt du sie denn nicht auch? Wünschst du dir nicht auch, daß sie wieder bei uns sein kann?
- Nicht auf diese Weise.
- Das ist doch nur ein kosmetisches Problem ...

Wie er meint, dachte ich und seufzte, während er, der Schneidermeister, mir, seiner Assistentin, Anweisungen gab. Ich solle erst eine runde Stelle hinter dem Ohr frei rasieren, dann dieses Loch ausschneiden und schon einmal eine Nadel heraussuchen. Und etwas Stopfgarn. Hautfarben.

Von dieser Coolness zugleich beeindruckt und verwirrt, fragte ich mich, wie Nadine es all die Jahre mit so einem Bruder hatte aushalten können, als ich plötzlich in seinem Verhalten das seiner Schwester wiedererkannte. So unerschrocken, wie sie sich dem Phantastischen entgegenstellte, ging er mit Technik um. Beide wollten sich nicht unterkriegen lassen, sondern als wahre Meister ihres Fachs erweisen. Und hatten vielleicht mehr gemeinsam, als ihnen lieb war, eine Vorstellung, gegen die sich beide mit Händen und Füßen wehren würden, obwohl sie sich gegenseitig respektierten, manchmal sogar aushalfen, wenn es anders nicht ging, aber letztlich würden sie wohl immer in einem geschwisterlichen Konkurrenzkampf verstrickt bleiben, in dem sich jeder insgeheim dem anderen überlegen fühlt und ihn doch nie verlieren und ohne ihn leben wollte.

- Mist! fluchte ich, denn ich hatte Nadine ein Stück Ohr abgebrochen, weil ich mit dem Taschenmesser abgerutscht war. - Es geht nicht! Sie ist noch zu kalt! rief ich Arthur zu, und dieser antwortete, beschäftigt, ich solle einen Fön nehmen.

Da saß ich also und versuchte, das Ohr einer gefrorenen Wasserleiche aufzutauen, und während ich so fönte und Arthur auf seinen Bildschirm sah, gelang es mir einfach nicht, mir vorzustellen, daß dieser Körper vor mir zu der Person gehörte, die ich gemocht, vielleicht sogar geliebt hatte. Selbst, als ihre Gesichtszüge wärmer und weicher wurden, blieben sie mir fremd.

Das war sie nicht. Es mußte jemand anderes sein. Jemand, der ihr ähnlich sah. Aber nicht sie.

Dann sah ich ihr Tattoo. Das verdrehte Kabel des Föns hatte ihren T-Shirt-Ärmel angehoben. Es war der Kobold, Eulenspiegel, Narr, der der Verstorbenen ihren Namen zurückgab, vor mir herumtanzte und meinen Liebessong verzerrte, *those eyes, those lips,* für immer geschlossen. Niemand würde mehr in diese Augen sehen können, kein Feuer, kein Leben mehr in ihnen sein außer dem der Maden, die sich bis zu diesen ermatteten Augen hocharbeiten und sich dann daraus, fast zärtlich, mit ihren winzigen Mäulern noch winzigere Stücke herausbeißen würden. Beharrlich würden sie, die fleißigen Tagelöhnerinnen, sich so von ihr ernähren, von meiner Freundin, sie abnagen bis auf die faulenden Knochen.

- Verzeih mir, Nadine, sagte ich, bevor ich mein Messer ansetzte und in die Kopfhaut schnitt. Nicht sehr tief. Es war kein tiefer Schnitt notwendig. Nicht so wie beim Sezieren im Labor. Da bin ich kühl und professionell. Nur bei den Ratten nicht. Die habe ich nie sezieren wollen. Die hat immer meine Kollegin gemacht. Die Ratten. Und ich wusch Nadine das Blut und mir die Tränen ab, mit demselben Taschentuch, und fuhr mit den Fingern über ihre bläulichen Lippen, die zu helle, fleckig gelbe und graue Haut ...

... Ihre Lippen schmeckten nach Verlassenheit, nach Häutung. Sie sah aus, als brauche ich ihr nur den eisblauen Lippenstift abzuwaschen und sie mit Leben zu füllen, als warte sie nur darauf, zu erwachen, wachgeküßt zu werden nach einem hundert Jahre langen Schlaf, auf jemanden, der ihre Lippen öffnen und sie mit der Zunge abtasten, der ihn nicht spüren würde, ihren Tod, diese Fäulnis, sondern nur ihre Gegenwart, gleich, welche Gestalt sie nun wieder angenommen hatte.

Ein Zauber hatte sich über sie gelegt, ihr Siegel und Stempel aufgedrückt, und selbst meine Küsse hatten sie nicht brechen können. *Breaking the code.* Vielleicht hatte Arthur recht. Vielleicht würde es uns gelingen ...

Er hatte mittlerweile alle Dateien in sein Programm kopiert und wurde nun gefragt, ob er eine Sicherheitskontrolle und anschließende Aktualisierung der Daten wünsche. - *Yes,* tippte er ein, und das Programm bat ihn darum, eine Verknüpfung zu dem Gehirn herzustellen, mit dem es sich verbinden sollte. - Ary? Bist du fertig? rief er, und ja, ich war fertig, und er legte die Enden seiner Elektroden hinein in die Hautklappe, die ich frei geschnitten hatte, nahm zufrieden wieder Platz, startete das Programm und erklärte mir, was jetzt geschah. Nadines neuronale Strukturen würden durch elektronische Impulse reanimiert und neu strukturiert werden. Ihr neues Leben würde beginnen, ihr Nervensystem jetzt lernen. Sie gewann wieder an Gesichtsfarbe. Arthur sah, fast neidisch, zu seiner Schwester hinüber und sagte leise: - Was sie gerade erlebt, ist wohl das Außergewöhnlichste und Aufregendste, was ein menschliches Wesen je erlebt hat ...
- Sie ist kein Mensch ... korrigierte ich ihn, vorsichtig, - nicht mehr ...

Der Rechner zeigte an, welche Hirnareale jeweils gerade stimuliert wurden. Reaktivierte Bereiche färbten sich orange-rot. Als die Abendsonne auf dem Bildschirm ausgefüllt war, meldete das Programm:

reactivation process complete

do you want to reload the programme with new data now?

- *Yes*, drückte Arthur,

und der Rechner meldete:

connecting ...

recreating files with new data:

FRANCES1.FRS, FRANCES2.FRS, FRANCES3.FRS ...

Blitzschnell scrollten die Dateinamen über den Bildschirm.

- Nein!! schrie Arthur auf und drückte panisch die Escape-Taste, womit er dem Rechner jedoch nur ein verärgertes Piepsen entlocken konnte. Schließlich verkündete dieser stolz:

recreation of files complete

- Bastard!! fauchte Arthur ihn an, und ich fragte, was passiert sei.

- Irgendein Eintrag in den *config files* muß einen Aufruf des *cron-demons* verursacht haben, der ... egal, jedenfalls hat das Programm auf meine alten FRANCES-Dateien zugegriffen anstatt auf Nadines Daten!

- Und ... was bedeutet das?

- Daß ... Er schluckte. - Daß sich Nadines Daten jetzt mit denen von FRANCES vermischt haben ...

- Wer oder was ist Frances?!

- Ach, ... das ist so ... eines meiner Projekte, mit dem ich ein künstliches, weibliches Gehirn entwickeln wollte ...

Ich sah ihn vorwurfsvoll an, während er weiterfluchte, und fragte, ob wir es nicht einfach noch einmal mit den Original-Disketten versuchen könnten.

- Nein, Ary, sagte er. - Du verstehst nicht. Die Daten sind direkt in ihr Gehirn übertragen worden, und da können wir nichts mehr ändern, ohne ihre gesamte neurologische Struktur zu zerstören.

- Das heißt, wir können nichts mehr für sie tun?

Statt zu antworten, tippte Arthur zitternd wieder etwas in den Rechner ein, und dieser meldete:

analyzing substance ...

0 ... 1% ... 50% ... 99% ... complete ...

would you like the results to be saved, printed or visualized?

Arthur entschied sich für die graphische Darstellung, und auf dem Bildschirm erschien ein merkwürdig amorphes Gebilde. Eine rote lepröse Blutzelle. Oder irgendein hundsgemeiner Virus.

- Das ist Nadine, kommentierte er und tippte hastig weiter. - Das heißt ... das, was von ihr noch übrig ist ...

Fatal Error! meldete das Programm.

warning!

can't extract substance 2 out of substance 1 without causing irrepairable damage!

(call our service department for more details)

substance 1 has absorbed substance 2

all files have been modified

save changes?

are you sure?

FRANCES already exists

overwrite? cancel? new name?

- Scheiße! knurrte Arthur und schrieb *FRANNAD*,

das Programm *thank you*

connecting ...

forwarding files to alt.anybody-out-there, alt.artificial-life, alt.biopunks, alt.out-of-body, alt.urban-legends ...

1 ... 50 ... 99% ... complete

transfer completed successfully!

- - - thank you for using this programme

- - - this is a 30-days-evaluation copy

- - - after that period we strongly advise you to register your copy!

- - - you are now on day 238 of your evaluation period

- Nein!! stöhnte Arthur. - Das gibt es doch nicht!!
- Was ist jetzt wieder?
- Sie ... ist auch noch ins Netz geraten. Oh, mein Gott! ... Abgesehen davon, daß mich die Netz-Gemeinde killen wird, weil ich soviel Junk-Mail verschickt habe ...
- Kannst du sie da nicht wieder herausholen? Nadine, meine ich ...
- Ich ... ich verstehe es nicht! Ich habe doch nie so etwas ...!
- Aber die Daten müßten doch noch hier sein, irgendwo, oder?
- Nein, das ist es ja, was ich nicht verstehe. Es gibt keine Ausgangsko-

pie. Das heißt, das Original ist jetzt im Netz, verteilt auf hunderte verschiedene Server. Ich weiß auch nicht, wie das alles ...!
- Können wir nicht versuchen, sie wiederzufinden?
- Ja, schon, aber ... wenn uns nur ein einziges Bit fehlt, werden wir sie nicht mehr zusammensetzen können ... Wenn ich wenigstens noch ein Backup gemacht hätte ...
- Heißt das, wir können sie jetzt nicht mehr wiederbeleben?
- Doch, schon, aber ihr Bewußtsein, das künstliche Bewußtsein, ist jetzt da draußen, und sie würde eine Online-Verbindung brauchen wie die Luft zum Atmen. Natürlich könnten wir es trotzdem versuchen, aber ... Er lachte bitter. - ... Wärst du bereit, die Telefonrechnung für sie zu übernehmen?

Damit brach er die Verbindung ab, beendete das Programm, fuhr den Computer herunter und schaltete ihn aus.

Wir befreiten Nadine von den Elektroden und beerdigten sie in der Nähe eines kleinen Waldstücks.

/ ***Unplugged*** - Nirvana /

Ich erwachte an Susans Krankenbett, zusammen mit ihr, in gemeinsamer Verwirrtheit, dem einzigen Gefühl von Gemeinsamkeit, das uns noch geblieben war. Sie erkannte mich immer noch nicht, wollte mich vielleicht auch nicht erkennen, ihren Blick durch mich hindurch auf das Fenster gerichtet, den Fluß, in dem wir beide ertrunken waren.

/ ***the kitten that padded and purred on my lap ... now swipes at my face with the paw of a bear*** - Where do we go now but nowhere?, Nick Cave /

Ich hatte sie nicht festhalten können. Sie war gestürzt und wollte sich von niemandem mehr aufhelfen lassen. Als ob es ihr besser gefiele dort unten, auf dem kalten Kunststoff-Boden ihres Zimmers, in eine Ecke gekauert, das Nachthemd vom

Leib gerissen, leckte sie sich die Unterarme ab und wollte damit ihr Gesicht putzen, hielt mir, als ich auf sie zugehen wollte, ihre zu Krallen verzerrten Hände entgegen, fauchte mich an und lief auf allen vieren an mir vorbei durch das Zimmer, von einer Ecke in die andere, drohte mir, verjagte mich aus ihrem Revier.

Ary hielt mich für einen Geist, glaubte, ich sei tot, sagte, sie habe mein Tattoo auf der Leiche gesehen, und ich erzählte ihr, müde, von meinen Doppelgängerinnen, wie sie mein Leben übernehmen und mich zerstören wollten, vor allem NAD, die dafür gesorgt hätte, daß sie sich alle tätowieren lassen würden, so wie ich, damit niemand uns mehr würde auseinanderhalten können, nicht einmal mehr Susan. Ich erzählte ihr von N, von NADs Tapes, Susans Reaktion darauf und wie ich versucht hätte, ihr zu helfen, und fürchtete, alles noch schlimmer gemacht zu haben. Es sei alles meine Schuld, sagte ich.
- Nein. Das ist es nicht ... versuchte Ary, mich zu trösten. - Du hast getan, was du tun konntest. Du hast sie wieder aufwachen lassen.
- Vielleicht war gerade das ein Fehler gewesen.
- Nein, nein, Nadine, sagte sie, schnell und unsicherer als zuvor.

Ich legte ihr meine Hand auf den Rücken, auf ihre Schulter, und massierte sie dort, um mich bemerkbar zu machen, um ihr zu zeigen, daß ich da war und mich nicht fürchtete vor dem Monster oder für was auch immer sie sich heute halten wollte und bot an, sie nach Hause zu begleiten, weil sie sich davor fürchtete, alleine in die Wohnung zurückzukehren, die sie an Susan erinnerte.

Vielleicht hätte sie nicht den Müll hinuntertragen, ich es nicht zulassen sollen, daß sie noch sah, was Susan hatte wegwerfen wollen, zusammen mit der lästigen Person, die ihr dieses Stück Stoff, die Erinnerung an ihre Hochzeit, geschenkt hatte als Überleitung zu einem Geständnis, das dann nicht ausgesprochen worden war, weil Susan die Versöhnung nicht hatte annehmen wollen, sondern Nadine nur als Närrin, Spinnerin und Verrückte beschimpft hatte. Traurig lag der Stoffetzen in ihrer Hand, blieb sie regungslos, unschlüssig, als wisse sie nicht mehr, was als nächstes zu tun sei, ob sie dieses Stück Brautschleier wieder wegwerfen, hinunterschlucken, zerreißen oder es verbrennen sollte.

Sie, die lächerliche Romantikerin, wie sie selbst sagt, entschied sich dafür, es aufzuheben, diese Mumie ihrer unglücklichen Liebe, und wollte es in eine Schublade in Susans Schreibtisch legen,

und fand dort unzählige Diagramme, handgeschriebene Notizen, Schaubilder, Kopien, Zeichnungen, bekritzelte Blätter, Analysen etc., Aufzeichnungen einer Wissenschaftlerin, die sich vor allem mit zwei Personen beschäftigten, mit ihr, Nadine, und Arthur. Irgendwo zwischen diesen Unterlagen lag ein Zettel mit dem Thema ihrer Diplom-Arbeit. *Zwischen Aberglauben und Fortschrittsgläubigkeit: Folkloristische Mythologie und technokratische Kultur.* Aus diversen Skizzen und Zusammenfassungen ging hervor, daß für sie diese beiden Begriffe untrennbar zusammengehörten.

- Jetzt weiß ich, warum sie sich nicht entscheiden konnte zwischen Arthur und mir, sagte Nadine, und im ersten Moment dachte ich noch, sie würde darüber hinwegkommen, scherzend, doch dann ... Ich sah, daß ich sie jetzt nicht berühren, daß ich ihr Zeit, Schmerz und Einsamkeit geben und mitansehen mußte, wie sie fiel und zerbrach wie eine zu oft und nur mit billigem Kleber reparierte Lebenslüge. Ich ließ es geschehen. Wußte, daß es nötig war und ich ihr Fallschirm sein würde. Es kam nur darauf an, den richtigen Moment zu finden, wann ich mich öffnen sollte. Wenn sie vorher nicht selbst meine Leine ziehen würde.

Sie hat dich nur ausgenutzt, Nadine, du Närrin, weil sie sich deiner Liebe so sicher gefühlt hat, weil sie genau wußte, woher sie gekommen war, deine Liebe, was sie gespeist hatte. Eine sich nimmer erschöpfende Quelle, da konnte sie sicher sein, denn nichts bindet stärker als diese Fesseln, nichts hält kleiner. Wird die auch nicht größer werden? hatte sie wohl gefragt, am Anfang, als sie vor meinem Käfig stand, denn sie hatte ja nur eine Etagenwohnung und wenig Auslaufmöglichkeit, da muß man achten auf so was, verstehst du? Sie durfte nicht zulassen, daß du eines Tages wachsen würdest. Deshalb solltest du Welpe bleiben, ihr Kind, damit sie nie die Macht verlieren würde. Denn dann, sobald du echte Liebe erfahren würdest, würde sie dich verlieren, und wie oft hat sie dir vorgeworfen, du wärst kindisch? Dabei hat sie genau das gewollt, genau dieses, das hat sie gebraucht, deine Abhängigkeit, mehr als du sie, und du hast das Liebe genannt, du Närrin!

Dann die Bilder unserer Beziehung, all die Schmerzen, verständnislosen Blicke. Die Ratte im Käfig. Wie sie mich als Haustier halten, aus mir einen Bären, Clown, Mann und mich normal machen wollte. Die Ratte im Käfig. Wie sie mir Fallen gestellt und in Kauf genommen hatte, daß ich sterben könnte. Wie sie an mir vorbei gesehen und mich nie wahrgenommen, ihn nie hatte sehen wollen, diesen Kern meines Wesens, das, was in mir schlummerte, mich zum Zwischenwesen machte, und monströs, das große P. Die Ratte im Käfig.
- Brauchst du mich noch, oder willst du jetzt lieber alleine sein? fragte Ary ... Ariel, du wirst immer da sein ...

Sie sah mich an wie nie zuvor,

und ich folgte der Linie ihres Haaransatzes am Hals, dem verschwitzten Geruch ihres engen verwaschen-orangefarbenen T-Shirts, dem Geruch ihrer warmen, hellen Haut, ihres schwarzen, weich gelockten Haares, dann zu den Wangen hinüber, ihre Lippen schnappten nach meinen Fingerspitzen, umschlossen sie, und ...

nein, es geschah nichts an diesem Abend, nichts weiter, als daß wir ins Kino gehen wollten, uns jedoch nicht auf einen Film einigen konnten, weil jede die Entscheidung der anderen überlassen, Nadine mir zuliebe einen Actionstreifen, und ich ihr zuliebe einen Horrorfilm sehen wollte, es sei schließlich ihr Abend, wiederholte ich, und sie sagte - nein, und dann entschieden wir uns für *Harold and Maude,* ich weiß auch nicht, wieso, jedenfalls wurde auch daraus nichts, weil wir zu spät kamen und ausgerechnet die Anfangsszene verpaßten, die, in der Harold versucht, sich aufzuhängen. - Nein, jetzt kann ich da nicht mehr reingehn! sagte ich. - Sorry, aber ... das war's! - Kennst du den

Film denn schon? - Ja. Natürlich. Du nicht? - Doch. Auch. Und dann unterhielten wir uns, mittlerweile wieder zu Hause angekommen, darüber, warum wir uns beide diesen Film heute hatten ansehen wollen, und Nadine nahm sich eine Topf-, ich eine Sonnenblume, und wir spielten Szenen aus dem Film nach, bis wir beide auf dem Boden lagen, uns ansahen, und ...

nein, wir küßten uns nicht. Ich sagte doch schon, daß nichts geschehen war an diesem Abend, zumindest nichts, was nicht auch an jedem anderen Abend, in jeder anderen Beziehung hätte geschehen können, doch, halt, wir hatten ja noch nicht einmal eine Beziehung. Jedenfalls taten wir eigentlich nichts anderes als zu reden, über alles mögliche, das heißt, nein, eigentlich nur über Ratten, Voodoo und unsere Träume, und dazwischen, in den Pausen, sahen wir uns an, sehr lange, und ...

ja, man kann schon sagen, daß sich in dieser Nacht etwas verband, vereinigte, ein Netz gewoben wurde, unter uns, für uns, die zwei Spinnen, die von nun an ihr Netz teilen wollten, obwohl Spinnen keine Wohngemeinschaften bilden. Normalerweise. Wir würden die Ausnahme und normal hier bald sowieso nichts mehr sein.

/ ***it's magic, it's magic, the way we got together... it's magic, it's freedom, it's fair ... it's magic, it's magic, no, not at random ... and there must be a higher power somewhere*** - A Higher Power, Jonathan Richman /

Ich vergaß, daß sie kein Mensch und ich nicht lesbisch war. Es war mir egal gewesen. Ich wollte nichts davon hören, nicht in dieser Nacht, und erst gegen Morgen, erst dann, als ich sah, wie sich ihr Schweiß verdickte, sie drohte, in ihrer eigenen Flüssigkeit zu ersticken, da erst kehrte sie wieder, die Erinnerung an ihr Anderssein, ihre Fremdheit. Sie wand sich umher auf dem feucht gewordenen Laken, versuchte das Gel, das ihr Körper selbst produzierte, abzustreifen, und anfangs half ich ihr noch dabei, die Gelschicht vom Gesicht zu entfernen, sie zu befreien, frei zu graben, vor allem ihren Mund, um nicht sie, nicht den Kontakt zu ihr zu verlieren. - Ich fühle mich gut, sagte sie. Wie verwandelt. Von jemand anderem als ihr selbst. Einer höheren Macht, nach der sie sich gesehnt, der sie sich anvertraut habe. Ihr gehe es gut, sagte sie, während sie verschwand, verschluckt wurde. Sie habe sich nie besser gefühlt, strahlte sie, ihre Augen, das letzte, was ich von ihr sehen konnte, was es wohl als letztes zudecken würde, dieses Gel, das an seiner Außenschicht bereits begann, sich zu verhärten, dunkler zu färben und Falten zu bilden. Ich weinte, rief immer wieder ihren Namen, doch sie lächelte nur und sagte, kaum noch hörbar, sie sei okay. Nur diese andere Macht nun, die scheine sie wohl nicht vertragen zu können.

Sie verpuppte sich.

Sie hatte sich tatsächlich verpuppt.

Mitten auf dem Bett. In einem riesigen dunkelbraunen Kokon.

Und schien zu atmen.

Ruhig.

Zwei Tage und zwei Nächte blieb es dort liegen, dieses Ungetüm, der Wal, meine Geliebte, die sich selbst verschluckt hatte. Hin und wieder streichelte ich sie, sprach mit ihr, versuchte, etwas zu erkennen, irgendeine Veränderung. Am Morgen des dritten Tages platzte ihre Haut am Kopfende auf und eitriges, hellgraues Fruchtwasser lief heraus. Meine Matratze ist ruiniert, dachte ich, um mich abzulenken, zu beruhigen, um mich davon abzuhalten, mir vorzustellen, was ich als nächstes sehen, wie sie nun geworden wäre, nach ihrer Wiedergeburt, ob ich sie überhaupt noch erkennen oder mich vor ihr fürchten würde. Versteinert stand ich vor dem Kokon, und

sah eine Reihe von Zähnen, spitzen Zähnen, die sich ein Loch in die Kokonhaut, sie auffressen wollten, und je größer das Loch wurde, desto mehr konnte ich von ihr, ihrem neuen Gesicht, erkennen, obwohl sie noch eingewickelt war in die Reste ihrer geplatzten milchigen Hülle. Gierig fraß sie den Kokon, aus dem sie geschlüpft war, die Augen noch geschlossen, die Haut gerötet, als fehle ihr noch die obere, dickere Schutzschicht. Als sie die Hälfte der Hülle gefressen hatte, setzte sie sich aufrecht hin, an ihren organischen Eßtisch, riß sich größere Kokonstücke heraus und führte sie zum Mund, als esse sie einen Brotlaib. Dann, nach dem letzten Stück, sank sie erschöpft zusammen, leicht gekrümmt, als habe sie jemand hergeschleppt und vor meiner Tür abgelegt wie ein hilfloses Bündel empfindsamen Fleisches. Regungslos blieb sie dort auf meinen dunkelroten Laken liegen. Und atmete ruhig.

Äußerlich unverändert.

So schien es.

Zunächst.

Sie schlief sehr lange und war nach dem Aufstehen noch so schwach, daß sie kaum aufrecht gehen konnte. Sprechen und essen konnte oder wollte sie auch noch nicht. Sie wollte einfach nicht den Mund aufmachen.

Ich wußte nicht, ob ich ihr ein Fläschchen oder eine Tracht Prügel geben sollte, als sie mich mit großen Augen ansah, nachdem ich meine Schuhe bei ihr gefunden hatte, feucht, von innen ausgeleckt. Als ich mich zu ihr hinunterbeugte, legte sie ihre Hände auf meine Brüste und sah mich in mysteriös-freudiger Erwartung an. Ich spürte ihre Wärme, dann zog sie die Hände zurück, öffnete mein Hemd mit einem hastigen Ruck und sah mir dabei fest in die Augen, zog mich näher zu sich heran, tiefer zu sich herab, und begann, sich an mir, meiner Milch, satt zu trinken. Ich dachte mir schon, daß da etwas nicht stimmte, sah hin und wieder auch ein Stück ihrer flinken und wendigen Zunge, doch sie bewegte sich viel zu schnell, um Genaueres erkennen zu können. Erst als sie satt war, vergaß sie wohl ihre Schüchternheit oder Vorsicht und sog ihre Zunge deutlich sichtbar und geräuschvoll ein wie ein Bündel Spaghetti.

- Ich mußte mich auch erst dran gewöhnen, sagte sie, wieder klar und deutlich, und wollte meine Meinung dazu hören, wie ich sie fände, als ginge es um die Farbe eines T-Shirts, und ich antwortete, als trage sie eine unkonventionelle Farbkombination: - ... etwas ... ungewohnt ... vielleicht ...

Es war nicht ihre einzige Veränderung, nur die sichtbarste.

Immer wieder ließ sie neue Tentakelstränge aus ihrem Mund wachsen. Ich hatte schon lange den Überblick verloren, mich schon nicht mehr getraut, genauer hinzusehen, wie dicht sie bereits ihr Netz aus Zungen gewoben hatte. Ich wollte sie fragen, was für ein Spiel das sei, doch sie gab nur Schmatzgeräusche von sich, konnte gar nicht mehr sprechen. Irgendwann, als die Atemluft wärmer und knapper geworden war, riß ich meine Augen auf und sah, was sie geschaffen hatte. Ihr Kunstwerk. Von dem ich ein Teil geworden war. Die Füllung.

Was zum Teufel hatte sie nun schon wieder ...?!

Ich war eingeschlossen unter einer Glocke aus warmem, feuchtem, fleischigem Gewebe, das pulsierte und zu atmen schien. Ich schrie und strampelte, doch niemand schien mich zu hören oder zu spüren.

Dann hörte es auf, sich zu bewegen.

Ich bekam diese verdammten Dinger nicht mehr ...!

Ich wartete, geduldig, wie betäubt, bis sich die fleischfarbenen Wolken über mir auflösten, Nadine es geschafft hatte, ihre Schlangentöchter zurückzupfeifen. Ich hatte mich nie vor Schlangen gefürchtet. Nicht das war mein Problem, nein, sondern, daß ich normalerweise nicht auf

Spiele dieser Art stand, und das sagte ich ihr, die noch nicht wieder sprechen konnte, weil immer noch zu viele Schlangen in ihrem Mund waren. Sie würde es bereuen, sich entschuldigen, das wußte ich, doch sie würde auch Verständnis und Vergebung erwarten, einfordern, denn, das müsse mal gesagt werden, normal, also normal im landläufigen Sinne, war hier sowieso nichts mehr. Nicht mit ihr. Daran würde ich mich gewöhnen müssen.

Da kannte sie keine Kompromisse. Nicht mehr.

Zu lange waren sie eingeschlossen gewesen, ihre Kräfte, zu lange hatte sie selbst den Deckel auf ihre Büchse gedrückt und sie mit sich herumgetragen, sich beschwert und gefürchtet vor dem, was in ihr hockte.

Sie würde nicht erst mühsam wieder Laufen und Sprechen lernen müssen wie ein Kaspar Hauser.

Nadine war anders. Ich wollte, daß sie anders war. Frei.

Und sie lernte auch erstaunlich schnell, so schnell, daß es sie selbst überraschte und auch verunsicherte, daß sie anfing, Dinge vor mir zu verbergen, zum Beispiel, was genau sie da unten im Keller trieb. Obwohl es meine Wohnung war und mein Keller, hatte sie mir den Zutritt verboten und ein *Bitte-nicht-stören*-Schild vor die Kellertür gehängt. Wenn sie frühmorgens zurückkehrte, stank sie entsetzlich nach Schwefel. Dieser Geruch haftete ihr selbst nach dem Duschen noch an. Er verriet sie, wie sie ihre Nächte verbrachte, wie der Fischgestank die Marktfrau und das fremde Parfüm den Ehebrecher. Ich war nicht eifersüchtig. Wäre niemals mit meiner Rivalin in einen Wettstreit getreten, verhielt mich unauffällig, loyal, wie eine treue Ehefrau, die ihren Mann gewähren läßt, weil sie weiß oder glaubt zu wissen, daß er zu ihr zurückkehren wird, wenn sie ihn nur an der Auslaufleine läßt. Nur dann wird der reuige Streuner wieder zurückfinden an ihren warmen Ofen. Sie wird da sein. Er soll wissen, daß sie da sein wird.

Doch die Sache wurde ernster und Nadine kälter und reservierter mir gegenüber, während ihre Kräfte wuchsen, verborgen unter der Oberfläche, bedrohlich wie ein Eisberg, dessen Spitze ihr Körper und seine helle Haut war. Ich hielt Abstand zu ihr, in Furcht vor ihren unterseeischen Ausläufern, an denen ich, das kleine Versorgungsschiff, zerschellen würde, wenn ich nicht vorsichtig genug mit meinen hochempfindlichen Radargeräten um sie herum navigierte, immer wieder, bis ich eine passable Anlegestelle gefunden hatte.

So wusch und bügelte ich also ihre Hemden und wollte nicht wahrhaben, nicht bemerken, daß sie vielleicht schon die Scheidung geplant und unseren gemeinsamen Besitz aufgeteilt hatte. Demnach bekäme ich den Alltag, und sie das Sorgerecht für das Phantastische, *das kleine P.*, wie sie es liebevoll nennt, ihr leibliches Kind aus erster Ehe, welches zu adoptieren sie mich überredet hatte. Und somit wäre ich auch noch unterhaltspflichtig für die beiden und erhielte ein vierzehntägliches Besuchsrecht, auf das ich gerne verzichte, denn mit Freude würde sie mir wohl regelmäßig ihr verzogenes Gör vorbeischicken, um sich dann endlich auch mal einen schönen Tag machen zu können.

- Alles in Ordnung, Ary? fragte sie eines Abends mit sorgenumwölkter Stirn und Schwefelfahne.

- Alles bestens, sagte ich und steckte ihre Wäsche ein zweites Mal in die Maschine.

Jede andere Frau hätte mich wohl verlassen oder rausgeworfen, damals. Nicht jedoch Ary. Sie ist eben eine besondere Frau, die meine rebellische Trotzphase überstanden und zu mir gehalten hat, obwohl ich ihr so wenig zurückgeben konnte. Ich hatte die ganze Zeit über gewußt, daß ich ihr Unrecht tat, wieviel ich von ihr verlangte, war voll Schuldgefühle ihr gegenüber, weil ich mich nur noch dem widmete, was ich ‚meine Sache' nannte, fühlte ich mich jedoch auch unschuldig, unfair behandelt und murmelte jedesmal, wenn ich aus dem Keller kam und sie die Nase rümpfte, ich könne doch auch nichts dafür. Es mache mir Spaß und sei außerdem mein einziges Talent. Meine Berufung. Was sollte ich denn sonst tun? Vom Comiczeichnen alleine würde ja wohl kaum jemand leben können. Sie seufzte und fragte mich, was ich denn vorhabe, ob ich vielleicht als Zauberkünstlerin auftreten wolle, Kaninchen und Tauben hervorzaubern und so, ich wisse schon. - Ja, sagte ich. - So was Ähnliches.

Nur ... Ich würde keine Tricks benutzen.

Bei mir würde alles echt sein. Keine Show. Mein Publikum

würde das Theater nicht so verlassen, wie es hereingekommen war, sondern tatsächlich als Rabe, Schlange, Spinne, Ratte, Fledermaus oder wovor auch immer sie sich fürchteten. Für ein paar Sekunden nur, natürlich. Dann würden sie sich an nichts mehr erinnern können. Nur ihr Körper, das Gedächtnis ihrer Körperzellen würde aufgefrischt werden.

Ich hatte meine Gründe dafür, meine Experimente im Keller vor Ary geheimzuhalten. Sie hatte mir gedroht, mich zu verlassen, wenn ich es zu weit treiben sollte. Sie wußte nicht, wie weit ich schon war, daß es mir schon gelungen war, eine Spinne in eine Fledermaus und diese in einen Menschen zu verwandeln. Er wirkte aber so hilflos, daß ich aus ihm sofort wieder eine Spinne machte.

Sie sei eine Performance-Künstlerin, behauptete sie, und so, hatte ich ihr geraten, solle sie sich auch meinen Eltern vorstellen, die uns eingeladen hatten, um meine Partnerin einmal kennenzulernen, nach einer großzügigen Toleranzphase, die sie mir stets gewähren, weil sie erst einmal abwarten wollen, wie sich die Dinge entwickeln, ob es überhaupt was Ernstes sei. Wir waren nun sechs Wochen zusammen. Höchste Zeit also für einen Schwiegertochter-Besuch.

- Meine Eltern sind cool, versuchte ich sie zu beruhigen. - Wirklich. Sie werden dich mögen. Sei einfach nur du selbst.

Doch sie traute dem Braten nicht. Vielleicht war sie noch traumatisiert von ihrem ersten Besuch bei Susans Eltern. Ich weiß nicht, welcher Kobold sie geritten hatte, jedenfalls antwortete sie auf die Frage, was sie denn sonst so mache, sie lasse sich gerade zur Heilpraktikerin ausbilden. Ich trat ihr leicht auf den Fuß, doch sie war nicht mehr aufzuhalten,

und hörte meiner Mutter aufmerksam zu, während diese über Lehrinstitute, Homöopathie und Bachblüten sprach und wissen wollte, was Nadine davon hielt. Sie wende andere Methoden an, sagte sie, und meine Mutter fragte - welche?

- Nadine hat bretonische Vorfahren ... ergänzte ich ungefragt.

- Ach ja? Wie interessant! rief meine Mutter, und Nadine nickte und wurde in ein Gespräch über Druidenkultur verwickelt, worüber sie, wie sie selbst einmal zugegeben hatte, kaum etwas wußte, dafür um so mehr erfinden und nacherzählen konnte, die Mythen und Sagen ihres Vaters, ihres Onkels, der Calvaires, ihr Familienerbe, von Generation zu Generation weitergereicht, von irgendwas mußten die Leute ja leben, in dieser Region, das hatten sie gelernt, das war ihr Gold, diese pseudohistorischen Anekdoten, die meine Mutter anfangs mit Skepsis genossen, der Erzählerin jedoch bald das Hinkelsteinfeld geräumt hatte. Weil Nadine ältere Rechte für sich geltend machen konnte. Einen biographisch belegbaren Authentizitätsanspruch. Eine Lizenz zum Lügen.

- Und ... wo haben sie diese Pilze gefunden? unterbrach sie meine Mutter.

- In einem Waldstück nahe der Jungfrauen-Bucht im Norden des Landes. Auf der Lichtung der fünf Seewölfe. Das waren fünf im Kreis angeordnete Hinkelsteine. Und im Mittelpunkt dieses Kreises, hieß es, würden die Pilze der Träume wachsen.

- ... Und gepflückt werden durften sie nur bei Vollmond, fügte ich hinzu. - Von drei Frauen, und, jede von ihnen, mußte ein Kind im Kindbette verloren haben ...

- Ja. Genau, stimmte Nadine mir zu. - Genau so war es.

- Ich bin froh, daß es dich, so jemanden wie dich, erwischt hat ... sagte Ary.

- Was?

- Irgendwann mußte es ja passieren ... Es war doch abzusehen, daß ...

- Was?!

- ... es nicht mehr lange dauern würde, bis der erste Mensch...

- Ich bin kein Mensch, Ary.

- Ja, ich weiß. Das sagst du jedesmal ... und ... Ihre Stimme veränderte sich. - ... Ich will es verdammt noch mal nicht mehr hören, verstehst du?!

Ich sah sie erschrocken an. - Warum nicht?

- Weil es nicht stimmt. Du bist menschlicher als die Menschen selbst. Als manche.

- Ary, wir sind hier nicht in *Blade Runner!* ...

- Weißt du, du bringst mich dazu, mich manchmal selbst zu fragen ...
- ...und du bist nicht Deckard!
- Läßt du mich bitte auch mal ausreden?!
- Das ist doch absurd, Ary! Warum solltest du denn kein Mensch ...?
- Weil ich dich liebe, Nadine, und ... liebt man nicht gerade das besonders, worin man sich selbst erkennt, oder das, was man noch nicht ist, aber sein sollte?
- Ich weiß nicht. Kann sein.

Ich hatte mich zu früh geschmeichelt gefühlt. Das erkannte ich, als Ary mir verdeutlichte, wie sie Menschlichkeit definierte. Nämlich vor allem als die Fähigkeit, Fehler zu machen, fehlbar zu sein. Sie unterschied jedoch zwischen sympathischen und unverzeihlichen Faux-Pas. Sympathisch war ihr zum Beispiel, daß ich meine Transformationen noch immer nicht richtig kontrollieren konnte. Um auf Zwischenfälle dieser Art vorbereitet zu sein, schafften wir uns ein Aquarium an, ein Terrarium, einen Vorrat an verschiedenen Tierfuttersorten, einen VW-Transporter, und ich bekam ein Handy mit einprogrammierter Direkt-Durchwahl zu Arys Labor.

Natürlich versagte unser Frühwarnsystem hin und wieder, das heißt, ich glaube, Nadine war oft von ihren eigenen Transformationen so überrascht worden, daß sie nicht einmal mehr zum Handy greifen konnte, und, so behauptete sie, in verwandeltem Zustand vergesse sie dann anzurufen, wisse nicht mehr, wer oder wo sie war.

Wenn ich ihre Trips schon nicht begleiten konnte, so versuchte ich wenigstens, in ihrer Nähe zu bleiben, las ein Buch oder sah fern, während sie durch die Wohnung flog, in der Badewanne schwamm, durch den Ort streunte, oder einfach nur in der Küche blieb und Heuballen fraß, weil sie zu groß war, um durch die Tür zu passen. Sie blieb nie lange fort und war auch in der Haltung nicht anspruchsvoll.

Mit einer Ausnahme.

Da, fand ich, hatte sie den Bogen doch etwas überspannt, an diesem

Abend, als ich nach Hause kam und die Wohnung nicht, wie abgesprochen, aufgeräumt war, sondern komplett verhangen und alle Möbel und Wände überzogen mit kräftigen, blickdichten Spinnweben, während sie selbst achtbeinig, überdimensional, fett und selbstzufrieden auf dem Netz über der Sitzgruppe vor dem Fernseher hockte und sich später, nach ihrer Rückverwandlung, natürlich an nichts mehr erinnern konnte. Sie gab jedoch zu, daß dieses Maleur, wie sie es nannte, nur von ihr verursacht worden sein konnte, und erklärte sich dazu bereit, seine Spuren selbst zu beseitigen. Als sie den sechsten blauen Müllsack hinuntergetragen hatte, erschien der Hausmeister in unserer Tür, und fragte, was denn da drin sei, in all den Säcken, und Nadine riet ihm, selbst nachzuschauen, was er natürlich nicht tat, sondern brummte, bei uns herrsche Sodom und Gomorrha, er habe unsere unnatürliche sexuelle Orientierung und Lebensweise noch nie billigen können, und früher, ja damals, da hätte so etwas wie uns nicht ...!

- Spießer, knurrte sie und knallte ihm die Tür zu.

- Vielleicht hätten wir nicht ... Ich meine, wenn er uns jetzt hier rauswirft ...

- Das wird er nicht. Dafür habe ich gesorgt.

Ja, natürlich. Wie hatte ich das nur vergessen können?

Auch für Nadine gab es Regeln und Gesetze. Nur keine Gesetzbücher. Sie mußte ihre Grenzen allein durch Erfahrungen ausloten. Trial and error.

Trial: Wir gingen auf eine ganz normale Dark Wave Party im Final Exit, Arthur, sie und ich, Nadine zuliebe, damit sie mal wieder rauskam. Sie ist nicht der Typ, der auf solchen Partys tanzen oder fremde Leute anquatschen würde. Nein, sie gehört zu den Randerscheinungen, Schattenwesen, die sich in dunkle Ecken zurückziehen, meist direkt neben den Lautsprechern. Wenn sie überhaupt etwas sagen, sind es sarkastische Kommentare zu den anderen Gästen oder Kostproben ihres Humors, der sich harmonisch in die Atmosphäre einfügt. - Gefällt es dir hier? fragte ich, und sie sagte - ja, sie amüsiere sich bestens, drehte sich eine neue Kippe und starrte wieder auf die Tanzfläche. Irgendwann verloren Arthur und ich sie aus den Augen, schien sie von den schwarz gestrichenen Wänden verschluckt, absorbiert, aufgenommen worden zu sein. Ich fand sie erst wieder, als ich über ihren Fuß gestolpert war, und sie den Kopf hob und mich phosphorisiert anlächelte, im Schwarzlicht.

Error: Die Musik? Der DJ? Das Marihuana in der Luft? Oder der Typ, der sie angemacht hatte? Etwas war geschehen. Etwas, worüber sie sich wohl aufgeregt hatte. Dämonenträchtig verfinsterte sich ihr Blick, verkleinerten sich ihre Augen, die Sucher, die sich nun ganz objektiv auf ihr Ziel einstellten, leer, bar aller Empathie. Wie eine mechanische Holzpuppe, ein Menschenautomat, eine Jahrmarktattraktion der Jahrhundertwende, ein automatisierter Freak. Teilnahmslos starrte sie auf die Tanzfläche, auf einen mit mystischen Symbolen behangenen Typen, dessen Körper im Rhythmus der tiefen Bass-Beats zuckte. Es sah aus wie ein Tanz, zunächst, und vielleicht hatte deswegen niemand früher etwas bemerkt, zu einem Zeitpunkt, wo ihm noch jemand hätte helfen können, dem Tänzer, der nun stolperte, sich seine blonden, toupierten Haare aus und das schwarze Hemd vom Leib riß und auf dem Boden umherwälzte wie ein heimsuchender Breakdancer, bis er kurz aufschrie und dann liegenblieb.

Bald hatte sich eine Zuschauermenge um ihn herum gebildet. Ich schob sie beiseite, mit wichtigen Gesten, als wollte ich rufen: Laßt mich durch! Ich bin Biologin, dabei wußte ich selbst nicht, was hier geschehen und zu tun war.

Es war unmöglich, in dem Fleischklumpen auf der Tanzfläche noch irgend etwas Menschliches, irgendwelche menschlichen Züge, Körperteile oder Gliedmaßen zu erkennen. Es sah aus wie ein Haufen wild gewordenen und verwachsenen Fleisches, das traurige Ergebnis der allerletzten Transportation von Brundle-Fly.

Die Musik und gebrochenen Flashlights fuhren auf den Kadaver nieder, ließen ihn aber nicht mehr zu neuem Leben erwachen. Als die letzten Beats verklungen und der letzte Lichtstrahl erloschen war, brach Panik aus. Ich sah zu Nadine hinüber, in die Ecke, in der sie gesessen hatte.

Sie war verschwunden, geflohen,

auf die Damentoilette, wo sie mit angezogenen Knien unter dem

Waschbecken hockte. Das junkiephobe Schwarzlicht und die blau-grünen Kacheln verliehen ihr einen Look, der Nosferatu lieblich aussehen ließ. Ihre Augen starrten ins Leere. Sie war immer noch, schien es, unterwegs. - Komm jetzt, laß uns nach Hause fahren! rief ich, stupste sie leicht am Oberarm, damit sie aufstand, und ging die Stufen hinab, zurück zur Tanzfläche.

Von dem Fleischklumpen war nichts mehr zu sehen. Zwei Sanitäter saßen bei einem glatzköpfigen Typen, dem sie eine Rote-Kreuz-Decke umgelegt hatten, und sprachen beruhigend auf ihn ein, und es hatten sich ein paar Gruppen gebildet, die aufgeregt zu diskutieren schienen.

Plötzlich spürte ich eine kalte Hand auf einer nackten Stelle meiner Schulter und erschrak. - Wolltest du nicht gehen? sagte eine müde Stimme neben mir.

Dabei hatte ich anfangs noch geglaubt, sie würde mich verstehen, meinen Konflikt, wie sehr ich an meinen widersprüchlichen Gefühlen litt. Anfangs interpretierte ich ihre stumme Akzeptanz meiner Entscheidung als Einverständniserklärung und bereute meine Hartherzigkeit ihr gegenüber, als ich sah, wie sie das Sofa in die Küche schob und es zum Bett umfunktionierte, wie sie sich in ihr Schicksal fügte, es annahm, ohne Widerrede, doch dann, als ich in der Nacht aufgewacht war und in die Küche ging, sah ich, daß sie das Bett verlassen hatte. Das Bett, die Wohnung, und mich.

Ich wehrte mich gegen den Impuls zu weinen, obwohl mich niemand sehen und Nadine nicht zurückkehren würde,

als ich etwas an der Tür hörte, einen Schlüssel, der vorsichtig im Schloß herumgedreht wurde.

- Wo warst du? fragte ich.

Ihre Augen waren trocken, ihre Haltung abweisend. Sie hing ihren Mantel auf und nahm etwas aus seinen Taschen heraus, hielt es mit den Fingern umschlossen und steckte es in ihre Hosentasche.

- Was hast du da in der Hand?

- Wo?

Sie zeigte mir ihre leeren Hände, wie eine Zauberkünstlerin. Ich streckte meine Hand aus, um nach der Hosentasche zu greifen. - Hey! rief sie. - Faß mich nicht an, hörst du?

- Warum ... schrie ich nun, - ... warum verschwindest du nicht wieder?! Dahin, wo du hergekommen bist?! schrie ich, obwohl ich es nicht so gemeint hatte. Ich hatte es gewußt und sie dennoch angeschrien, mit Wörtern wie Messern nach ihr geworfen, dem ganzen schmutzigen Geschirr unserer Beziehung.

Und sie getroffen. Jedesmal.

Doch sie weinte immer noch nicht. Nicht wie ich. Deshalb warf ich weiter. Unser Stapel mit dreckigem Geschirr war hoch genug. So holten wir unseren Polterabend nach, und ich rief, sie sei ein gefühlskaltes ... ein ... ein ... und, überhaupt völlig unfähig ... Sie könne nicht lieben und werde niemals ...!!

Ich hatte sie in die Küche hineingetrieben, und sie die Tür verschlossen. Ich atmete tief durch, beruhigte mich, und meine bessere Hälfte, die anderen Gefühle für sie, kehrten wieder zurück, und ich sagte: - Es tut mir leid, Nadine. Mach bitte auf und laß mich rein.

Auf dem Küchentisch stand eine kleine Glasflasche, die zu verstekken sie wohl vergessen hatte. Blitzschnell griff sie nach dem Fläschchen und wollte es wieder einstecken, als ich ihre geschlossene Faust abfing, sie festhielt, langsam umdrehte und zu öffnen versuchte, bis Nadine sie selbst aufgehen ließ wie eine Blume. Deren Kelch keinen Nektar barg.

- Was ist das?! fragte ich sie, und sie sagte - Rattengift, ruhig, viel zu ruhig, und ich nahm das Fläschchen, öffnete das Fenster und warf es hinaus, auf ein Garagendach, sie weinte immer noch nicht, und in mir stieg Wut auf, und ich schrie sie an, daß Ratten doch Überlebenskünstler wären, verdammte Überlebenskünstler, ob sie dies vergessen habe? Und sie fragte mich, leise, ob ich vergessen habe, wie sehr sie mich gebraucht habe, meine Hilfe, damals als Ratte. Sie sei nicht so stark. Und ich solle mich nicht vor ihr fürchten.

- Ich will kein Freak sein, Ary.

- Nein, nein, das bist du auch nicht, sagte ich schnell, instinktiv, umarmte sie, und erinnerte mich erst, als ich den Schwefel an ihr roch, wieder daran, daß an diesem Abend alles anders gewesen war.

Es sei wie eine Sucht, sagte sie später. Das Andere zu erkunden, den fremden Körper zu spüren, seinen Geschmack, seinen Geruch. Eine Form von Liebe. Nichts weiter.

- Und wie wäre es, unterbrach ich sie mit einem Hauch von Sarkasmus, - wenn du das auch einmal bei mir versuchen würdest?! Das mit dem Hineinversetzen. Oder ... was hält dich davon ab?
- Die Liebe.
- Wie bitte?
- Ja, erklärte sie. - Es funktioniert nicht, sobald Liebe mit im Spiel ist. Das gibt dann so 'ne Art Rückkopplungs-Effekt ... und ziemlich heftige Kopfschmerzen. Ich schätze, das ist eine meiner Grenzen, so 'ne Art Sicherung, ein netter Wink, eine kleine Erinnerung an die oder den, die oder der hier die Fäden zieht, auch meine.
- Dann hast du es also schon einmal probiert?! Mich zu verwandeln, oder?
- Mmh ... ja ... nicht richtig. Also ... ich hatte es mal so angedacht ..., daß es dir vielleicht gefallen würde, als Ratte ...
- Angedacht?!! Als Ratte?!!

Sie lachte. - Aber Ary, vertraust du mir denn überhaupt nicht mehr?

Doch, ja, ich vertraue ihr. Natürlich. Noch vertraue ich ihr, wie viele, die ihr zum ersten Mal begegnen. Sie alle scheinen in ihr eine alte Bekannte wiederzuerkennen, glauben, ihr schon einmal begegnet zu sein. Es ist sehr merkwürdig und ein wenig unheimlich. Als habe sie schon einmal gelebt. Als habe sie schon hundertmal gelebt, zu jeder Zeit an jedem Ort.

Auch meine Mutter fühlt sich durch sie an eine alte Schulfreundin erinnert, ihre beste Freundin damals, vor dem Krieg, bis meine Oma ihr sagte, sie dürfe sie nicht mehr besuchen. Sie trafen sich trotzdem noch weiter, heimlich und abends und wechselten ihre Treffpunkte, die Orte ihres süßen Geheimnisses. Bis die Freundin eines Abends nicht mehr kam. Meine Mutter dachte zuerst, sie habe sich vertan und warte an einem anderen Treffpunkt. Wo sie wirklich war und vielleicht auf ihre Freundin warten würde, das, erzählte meine Oma später, das habe sie ihrer Tochter nicht sagen können. Ihre Familie wäre fortgezogen, sagte sie zu meiner Mutter, die kurz darauf von einer Lehrerin erfuhr, was geschehen war. Sie würde vergebens warten, die Briefe ihrer Freundin nie mehr erhalten. Daß sie ihr immer noch schrieb, daran glaubte sie fest, und schrieb lange Antwortbriefe, die sie nie verschickte, sondern verbrannte. Damit sie den gleichen Weg gingen wie ihre Freundin.

- Ich dachte nur, sagte meine Mutter zu Nadine. - Vielleicht hast du ihre Familie gekannt. Hätte ja sein können ...

Nadine hört sich all diese Geschichten geduldig und aufmerksam an, als würde sie selbst durch sie erst lebendig werden, auch, wenn sie noch so langatmig erzählt oder unglaubwürdig sind. Sie läßt sie alle erzählen und lächelt manchmal, wenn jemand glaubt, sie sei es gewesen, die zu früh verstorbene Schwester, Freundin oder Tochter. Sie nimmt diese Geschichten dankbar entgegen wie Geschenke oder Opfergaben, atmet sie ein und aus.

Fremden gegenüber habe ich meine Fähigkeiten bisher nur ein einziges Mal gezeigt, als Darstellerin in einem Horror-B-Movie, den ein Freund von Ary gedreht hat. Ich hatte ihn auf einer Party kennengelernt, er hatte mir von seinen Ideen erzählt, und ich fragte ihn, ob er sich auch vorstellen könne, etwas mit mir zusammen zu machen. Ich könne ihm ein paar einmalige Effekte anbieten. - Ja, ja, das sei ja wunderbar, sagte er, aber sein Budget sei so niedrig, daß er schon kaum die Schauspieler bezahlen könne und außerdem habe er es eh lieber, wenn die Special Effects ein bißchen trashiger aussehen würden. - Kein Problem, sagte ich, - und zahlen brauchst du mir auch nichts. Wenn du damit ein Problem hast, dann betrachte es einfach als Werbegeschenk, okay? - Von welcher Firma? wollte er wissen und sah mich an wie ein Verliebter. - Unbelieveable, antwortete ich, und er zog das Drehbuch aus einem Bücherstapel hervor, gab es mir und fragte, was ich denn bisher so gemacht habe, worauf ich mich spezialisiert habe. Das, sagte ich, könne ich ihm nicht verraten. Er solle sich einfach überraschen lassen.

Der Plot war, daß jemand über Nacht in einem sächsischen Provinzort eine Waldorf-Schule errichtet hatte. Die Pädagogen und Schüler behaupteten, sie kämen in friedlicher Mission. Bald stellte sich jedoch heraus, daß sie heimlich Neonazis jagten und ihnen Blut abzapften, weil sie entdeckt hatten, daß dies eine ausgezeichnete und ökologisch korrekte Energiequelle sei. Die Lage änderte sich. Die Ossis schlossen sich zusammen, vergaßen frühere Unstimmigkeiten, verbrüderten sich sogar mit den Wessis wieder, alles, um sich gegen die feindliche Invasion der Waldos zu wehren. Einem Häuflein Zivis und Punks gelang es schließlich, die Waldos in die Flucht zu treiben, mit einer Schlagerparade-CD und einer 100.000-Watt-Anlage. Das weckte sogar die Nazis auf, die nun eigentlich keine Nazis mehr waren, denn die Musik hatte ihre blassen, geschwächten Körper zu Tränen gerührt, und sie belegten Abendkurse und begannen eine Therapie. Ossis wie Wessis feierten, und alle waren glücklich und zufrieden ... bis die Marsianer kamen ...

Ich war zuständig für die Waldos, die ausgesaugten Nazis, die sprechenden und kommentierenden Ratten der Punks und die Kostüme der Marsianer. Die Dreharbeiten waren sehr anstrengend, vor allem deshalb, weil ich nach jedem Drehtag die gesamte Crew hypnotisieren mußte. Am Ende war Arys Freund so begeistert, daß er mich darum bat, bei seinem nächsten Film wieder mitzumachen. Und mich einmal seinem Freund Christoph S. vorstellen zu dürfen.

Auf einem Horrorfilm-Festival wurde mein Creature Design mit einem Sonderpreis ausgezeichnet. Verlegen lächelnd hatte ich gerade meine H.-R.-Giger-Statue im *Alien*-Stil entgegengenommen und mich bei der Jury bedankt, als mein Blick auf Arthur fiel, der an seinen Nägeln knabberte. Der Ärmste hatte sich gerade erst wieder von meinem Tod und meiner Wiedergeburt erholt. Nach der Preisverleihung gratulierte er mir zähneknirschend und beklagte sich darüber, daß ich ihn nicht mit ins Team aufgenommen habe.

Darauf wußte ich ihm nicht zu antworten, sah ihn nur schweigend an, wie jemand, der von einem vielleicht tödlichen Plan wußte, einem Plan, der so geheim war, daß nicht einmal engste Familienangehörige darin eingeweiht werden durften. Lieber solle er glauben, seine eigene Schwester habe ihn übergangen.

- Ich habe meine Gründe dafür gehabt, sagte ich schließlich, bat ihn um Verständnis und sah Lori am Horizont. - Was für Gründe?! rief er mir nach, mehrmals, während ich mich schon Lori zugewandt und sie begrüßt hatte. Auf KissFM lief gerade *Girls & Boys* von Blur.

Lori gratulierte mir und fragte, was ich in letzter Zeit so getrieben habe, abgesehen von der Arbeit bei Unbelievable. Wenn sie mich ansah, zuckte das Lid ihres rechten Auges nervös. - Bist du noch mit Susan zusammen? fragte sie.

- Nein ... Und bei dir? Alles in Ordnung?

Sie schüttelte den Kopf und bekam einen Weinkrampf. Ich nahm sie zur Seite, führte sie in einen abgelegeneren Teil des Biergartens und blieb neben ihr stehen, vorsichtig darauf achtend, genügend Distanz zu wahren, um keine falschen Hoffnungen zu wecken. Schließlich schneuzte sie sich, faßte sich wieder, und murmelte: - Diese verdammten weiblichen Hormone ... Ich bin vor drei Monaten operiert worden. Aber ... Das ist es ja gerade. Ich habe das Gefühl, daß alles schiefgelaufen ist. Ich glaube, die haben bei mir ganz schönen Murks gemacht, und jetzt komme ich mir vor wie ein Freak ...

- Du bist eine Frau, Lori.

- Nett, daß du das sagst, aber ... Was schaust du mich denn so merkwürdig an?

Sie würde von nun an nie mehr Hormonpillen schlucken müssen.

- Was für Gründe? rief Arthur seiner Schwester nach, traurig, weil er wohl wieder einmal dabei war, sie zu verlieren. Ich versuchte, seine Gedanken nachzuvollziehen, seine Liebe zu Nadine, seiner Halbschwester, die sich vielleicht gar nicht so sehr von meiner Liebe zu ihr unterschied, außer in dem Punkt, daß ich eingeweiht war in ihr Geheimnis, und sie deshalb eher verstand als Arthur, dem keine andere Wahl blieb als ihre Distanz als ein Entgleiten, einen Fall, zu deuten, den er nur mitansehen, aber nicht aufhalten konnte. Er wollte sie nicht auch noch verlieren. Wie Susan. Ich versuchte, ihn zu trösten, ihm zu sagen, daß Nadine aufrichtig zu ihm gewesen wäre. Woher ich das wissen wolle, hielt er mir trotzig entgegen. Niemand kenne Nadine so lange und so gut wie er, nicht einmal ihre Mutter. Die habe sich nie für sie interessiert. Ja, so etwas sei sehr schlimm, warf ich ein, wollte ihn ablenken, runterbringen von seinem Jammertrip oder was er auch gerade fuhr, doch er gab das Steuer nicht aus der Hand und entführte mich in die Vergangenheit, in Nadines Vergangenheit, und schaltete die Scheinwerfer an, weil es so dunkel geworden war, obwohl der Abend noch jung, viel zu jung war für diese frühe Dämmerung, zu dieser Jahreszeit.

Es sei nur eine dumme Mutprobe gewesen, nichts weiter, hatte Nadine gesagt.

Eine Viertel Stunde später, sagte Arthur, und sie wäre nicht mehr aufgewacht.

Er brachte mich zu dem Haus, in dem wir Susan zuletzt besucht hatten. Es war ein klassizistisches Herrenhaus, das weit mehr Macht ausstrahlte als seinen Bewohnern geblieben war.

Sie habe sich unter der Bettdecke versteckt und einer Schwester in den Arm gebissen, sagte Arthur, und ich fragte mich, ob er wirklich Nadine meinte. Einen so hohen Grad an Aggressivität sich selbst und der Umwelt gegenüber, so hatte der Oberarzt ihm damals gestanden, habe er noch nie bei einer Patientin erlebt. Ihr Verhalten deute auf eine schwerwiegende Persönlichkeitsstörung hin, eine Krankheit, die Arthur nicht nennen wollte. Vielleicht aus Angst. Vor der Bedeutung der Schrift auf der Wand.

Das Urteil war gesprochen. Die Hinrichtungen wurden vierzehntägig wiederholt, aufgefrischt. Sie muß mehr Leben haben als eine Katze. Sie hatte mir nie davon erzählt, von diesen ersten Verwandlungen. Ihrem ersten Tod.

Frei kam sie vermutlich nur, weil sie rechtzeitig erkannt hatte, wie die Ratten in diesem Haus liefen, und sich eine weitere, neue Identität zulegte, eine, die lustige Figuren zeichnete, nach wenigen Wochen entlassen und dann sofort wieder abgestreift werden konnte. Das Kostüm, ihre alte Haut, hatte ausgedient, die Trägerin das Gefühl für ihre eigene Macht und dramatische Kunst wiedergewonnen.

- Du findest also, daß sie immer noch krank ist? fragte Arthur.

- Nein, nicht krank, nur ... anders.

- Anders?

- Ja. Vielleicht ... gelingt es ihr, Kontakt aufzunehmen zu einer Welt, zu der wir keinen Kontakt haben ... oder nicht mehr haben.

- Also, Ary, weißt du, ich habe nicht viel übrig für so ein esoterisches ...!

- Ich auch nicht. Du fragst dich, warum Nadine dich nicht in ihr Team mit aufgenommen hat? Weil es nie ein Team gegeben hat. Weil sie nie eins brauchte.

Er lachte. Laut und arrogant.

- Ich wußte gar nicht, daß mein Schwesterchen den Kahuna Modus drauf hat.

- Den was?

- Ach, das ... ist so ne Redensart ... Du willst doch wohl nicht behaupten, daß sie das alles alleine gemacht hat, oder? Selbst ich hätte doch ...!

- Ich sagte dir doch, daß sie anders ist.

- Anders, ja, aber nicht übermenschlich! ... Ich bitte dich! Wir reden hier von Nadine, meiner kleinen Schwester, die glaubt, das Netz sei eine mythologische Auskunftsstelle. Habe ich dir schon erzählt, was sie neulich ...?

- So klein ist sie nicht. Außerdem ist sie nur deine Halbschwester. Vergiß das nicht. Ihre andere Hälfte wird dir immer fremd bleiben.

Nun war ich selbst verunsichert, wußte nicht mehr, was ich eigentlich hatte sagen wollen. Wollte ich ihm denn wirklich Nadines Geheimnis verraten? Halt die Klappe, Ary! sagte ich mir. Du hast heute schon viel zu viel ausgeplaudert. Und getrunken.

Betrunken muß ich tatsächlich gewesen sein, sagte mir Nadine am nächsten Morgen. Ich hatte keinen Blackout, konnte mich noch an alles erinnern, und litt fürchterlich unter meinem schlechten Gewissen, dem einer Betrügerin, das ich vor Nadine nicht würde verstecken können.

- Na, was hast du gestern abend über mich erzählt? fragte sie, und ihr Ton und Blick, oh wie gut ich dies kannte, verriet, daß sie das, was sie sagte, nicht so naiv meinte, wie es schien. - Keine Sorge, sagte sie also,

Arthur werde heute aufwachen mit einem dicken Kater und einer Gedächtnislücke, die sich ganz zufällig, und dieses Wort betonte sie sehr unangenehm, genau auf die Phase unseres Geprächs beziehen würde. - Wirklich?! fragte ich sie genauso naiv zurück und ging zum Telefon.

Arthur bat mich darum, leiser zu sprechen, weil sein Kopf so brumme. Ob er sich noch an unser Gespräch von gestern abend erinnern könne, fragte ich, und Nadine stellte sich neben mich, lehnte sich lässig an die Wand mir gegenüber, und ich begann zu zittern, und Nadine starrte mich an, und Arthur sagte, nein, er könne sich an gar nichts mehr erinnern, und ich hakte nach, stammelnd wie ein Idiot, ob er sich an gar nichts oder nur nicht mehr an unser Gespräch erinnern könne. - Welches Gespräch? fragte er, und wußte mir in allen Details zu berichten, was vorher und nachher geschehen war. Nur von einem Gespräch mit mir wußte er nichts. - Warum? fragte er. - War irgendwas Wichtiges? - Nein, murmelte ich, - nein, nein, und ließ mir von Nadine den Hörer aus der Hand nehmen und auflegen.

Ganz schön knapp, sagte sie. Ohne zu lächeln.

2

Es war, als hätte ich einen wahnsinnig schlechten Trip eingeworfen, der nicht mehr aufhörte, tage- und wochenlang hielt er an, drängte sich mir auf, riß mich entzwei, Tornado, mein chaotisches Herz, meine verwirrten Sinne, und ich sehnte mich nach nichts anderem mehr als Ruhe, dem Luxus der Stille, um sie endlich nicht mehr zu hören, all diese Stimmen, Arys Gedanken, die Stimmen der Nachbarn, der Menschen auf den Straßen, in den Radios und Studios, um nicht mehr all die Bilder ihrer Träume zu sehen, ihre Tagträume, ihre Vorstellungen, die Filme aller Kinos gleichzeitig, alle Kanäle, jedes Netz-Dokument. Ich spürte den Haß jedes einzelnen Kämpfers in seinem Krieg, den Hunger und die Todesfurcht der Armen, die Ungeduld der Neugeborenen, die Ruhe der Alten, die Liebe der Mütter, den Stolz der Väter, das Glück der Liebenden und Geliebten, den Schmerz der Getrennten, die Energie der Leistungssportler, die Eitelkeit der Erfolgreichen, die Sorglosigkeit der Wohlbehüteten, Geborgenen und ihre Schwäche, die Habgier der Reichen, den Unmut der Gehemmten, die Verzweiflung der Selbstmörder, den Wahnsinn all der Systemlosen und Unstrukturierten.

Ich hatte mich entschieden. Sie wollten mich behandeln, damals, die Stimmen zum Schweigen bringen, doch ich hatte mich dagegen gewehrt, und nun kamen sie wieder, stärker als zuvor, bedrohlicher, marschierten sie auf mich zu, den Weltempfänger, sternförmig, auf eine Mitte zu, die längst keinen Mittelpunkt mehr besaß, und ich war so damit beschäftigt, ihre Truppen abzuwehren, mich gegen sie zu verteidigen, daß ich Ary nur noch leer und stumm, mit großen, erschrockenen Augen anstarren konnte, unfähig dazu, ihr mitzuteilen, was ich gerade wahrnahm oder empfand. Ich konnte sie nicht einmal um Hilfe bitten, nicht einmal darum, mich zu töten, um all die Stimmen zum Schweigen zu bringen, um eins zu werden mit dem Nichts, mit dem, wozu ich geworden war, oder glaubte, es geworden zu sein. Eine Anpassung, Korrektur. Eine Gnade.

- Nein! sagte sie entschieden, beugte sich zu mir hinunter und hockte sich neben mich. - Ich sage es dir jetzt wirklich zum allerletzten Mal! schrie sie mich an. - Ich werde dich niemals aufgeben, so wie ich es dir geschworen habe, damals, in der Badewanne, erinnerst du dich?! Es ist mir völlig egal, welchem Tier du jetzt wieder ähnlich geworden bist, und ob du dich deswegen selbst für ein Tier hältst oder nicht! Ich werde es niemals zulassen, daß dich irgend jemand wie ein Tier behandelt! Egal, was du jetzt gerade wieder bist ... ich werde niemals Angst vor dir haben, weil ich dich liebe, verstehst du?! Sie nahm mich in den Arm, und wir schluchzten synchron.

- Es hat aufgehört, sagte ich.

Alle Töne und Eindrücke waren verschwunden, zu Hintergrund-Musik, Feedback-Sound, geworden. Ich hörte nur noch Arys Stimme.

Ich hatte es geschafft, dachte ich. Ich hatte überlebt, trotz Nick Raven, hatte diese eine Kraft, die meinem Wesen entgegengesetzt zu sein schien, nicht nur nicht gefürchtet, sondern sie sogar gesucht. Ich hatte mich selbst besiegen, verwandeln lassen, war erwachsen und unsterblich geworden und verwundbar geblieben.

Ary glaubte fest an meine Unsterblichkeit. Sie konnte nicht verstehen, wie sehr ich mir wünschte, so sterblich zu sein wie sie und mit ihr gemeinsam zu altern. Ein Menschheitstraum habe sich an mir erfüllt, sagte sie, und ich verriet ihr nicht, daß ich bereits meine ersten grauen Haare im Spiegel entdeckt hatte. Aber, sagte sie, es sei nicht verwunderlich, daß ich so dächte, denn schließlich sei ich kein Mensch, und ich wollte ihr entgegenhalten, und sie sei kein ... kein ... und da ich nicht wußte, was ich sagen sollte, sagte ich nichts.

Sie konnte nicht mehr aus dem Haus gehen, ohne von wildfremden Leuten angequatscht zu werden, die glaubten, sie müßten ihr unbedingt ihre Geschichte erzählen. Es war wie ein Reflex. Sie sahen Nadine. Fingen an zu quasseln. Und sie hörte zu. Sie schaffte es einfach nicht, sie zu unterbrechen und ihnen höflich und freundlich zu sagen, ihre Geschichte interessiere sie nicht, und, wenn sie sie unbedingt loswerden müßten, sollten sie sie doch jemand anderem erzählen, eine Therapie anfangen, oder einen Roman. Aber, nein, sie blieb ruhig vor diesen Groupies stehen, nahm ihre Beichte ab und erteilte ihnen die Absolution mit einem Lächeln als Autogramm. Selbstverständlich gefiel ihr dies, nur, leider, hatten wir es meist eilig, so daß ich es bald als meine besondere Aufgabe ansah, sie als Security Guard vor diesen gierigen Saugern abzuschirmen. Sie sah selbst ein, daß dies nötig war, und ich ließ ihr noch genügend Freiheit, sich über meine Sicherheitsmaßnahmen hinwegzusetzen, wann immer sie das wollte. Sie müsse, sagte ich, Prioritäten setzen, und sie entschied sich dafür, sich erst mal auf Obdachlose zu spezialisieren, und natürlich gingen auch mir all die Geschichten ans Herz, doch mit der Zeit wiederholten sie sich, wurden sie alle zu einer einzigen Mega-Schicksals-Geschichte, die sich Nadine anscheinend immer und immer wieder anhören konnte ohne sich zu langweilen. Sie mache das auch nicht aus ästhetischen Gründen! sagte sie einmal verärgert, als ich sie darauf ansprach.

- Ich gebe ihnen nur, was sie brauchen.

- Ach, und was ist das?

- Das ist bei jedem etwas anderes, sagte sie, ging hinaus und knallte die Tür zu.

Star-Allüren, dachte ich, doch, als ich mich wieder beruhigt hatte, verstand ich auf einmal, was sie da tat, warum es sie so zu diesen Gestalten hingezogen hatte. Es war ihr Job. Sie hatte erfahren, daß sie diesen Menschen etwas geben konnte, mehr als die Markstücke, die ich für sie in die Hüte warf, während sie sich hinter mir versteckt hielt und über meine Schulter spitzelte, um, falls nötig, doch noch Kontakt aufnehmen zu können.

So bekam sie auch mit, daß die alte Frau, der ich gerade eine Münze in die Hand gelegt hatte, noch etwas zu ihr sagte, das ich nicht verstand, sie jedoch so reizvoll fand, daß sie mich sofort beiseite schob, um sich die ganze Geschichte erzählen zu lassen. Doch sie hatte ihr gar keine Geschichte erzählen wollen, sondern stand auf, wollte Nadine umarmen, doch es sah aus, als hielte sie sich an ihr fest, und Nadine ließ, wie es ihre Art war, die Projektion mit sich geschehen, so daß es wieder an mir hängenblieb, dazwischenzufragen. Ich hatte keine Antwort erwartet, erhielt sie auch nicht, aber sie begann nun, auf Nadine einzureden, in einer Sprache, die ich nicht verstand, hielt sie sie fest, am Kragen gepackt, so fest, daß Nadine sich nicht mehr von ihr lösen konnte und ihr zuhören mußte. Sie schien ihre Worte zu verstehen, und das, was sie ihr erzählte, schien nicht ihre eigene, sondern Nadines Geschichte zu sein. Als ich schon befürchtete, Nadine würde gleich ohnmächtig werden, ließ die Alte sie plötzlich los, setzte sich wieder auf ihren Platz und begann zu beten, während Nadine noch vor ihr stand, sie anstarrte und sich nicht rühren konnte.

Ich ahnte, dieses Mal würde sie sich selbst helfen müssen.

Ich zog sie von der Alten fort und fragte sie, was geschehen sei.

Darüber könne sie nicht reden, entschuldigte sie sich. Nicht einmal mit mir. Vielleicht irgendwann. Aber nicht jetzt.

Es sei einfach zu persönlich.

- Na, kommen Sie schon! rief mein Wärter. - Was hat sie zu Ihnen gesagt?! Schreiben Sie's auf!
- Nein. Es ... tut mir leid ... Ich kann nicht ...
- Sie sind hier, um die Wahrheit zu erzählen! Nichts als die Wahrheit! Haben Sie das vergessen?
- Ich ... Ich kann aber nicht ... Ich kann es nicht aufschreiben. Bitte verstehen Sie! Bitte ... lassen Sie mich wieder gehen! Ich ...
- Sie machen einen großen Fehler ...
- Ja. Ich weiß. Kann sein. Darf ich jetzt vielleicht wieder ...? Bitte! Ich muß unbedingt noch was erledigen. Ich kann nicht hierbleiben! Sie haben doch gesagt, ich könne kommen und gehen, wann ich wolle. Warum halten Sie mich fest?
- Damit Sie aufschreiben, was diese Frau Ihnen gesagt hat, bevor ... bevor Sie's vergessen, vielleicht ...
- Warum sollte ich so etwas denn vergessen? ... Es ist also wahr? Sie wissen schon längst, was die Alte mir gesagt und auch, daß sie recht hat, nicht wahr? Sonst wären Sie doch jetzt nicht so ...!
- Gut, gehen Sie ...

Es würde nicht lange dauern, hatte sie zu mir gesagt. Ich solle in der Zwischenzeit spazierengehen und sie in ungefähr einer Viertel Stunde wieder abholen.

Sie wußte, daß ich es nicht gerne sah, wenn sie Susan besuchte. Nur noch einmal, hatte sie gesagt. Nur noch dieses eine Mal wolle sie zu ihr gehen. Um ihr zu helfen. Sich von ihrer Schuld, ihrem schlechten Gewissen zu befreien.

Die Kameras.

Sie hatte die Überwachungskameras vergessen.

In jedem einzelnen Zimmer auf Susans Station waren sie installiert, die Kameras, die ihre Objektive per Infrarot auf Bewegung ausrichteten und vom Schwesternzimmer aus überwacht wurden. Als ich dort vorbeikam, sah ich, wie das gesamte Stationsteam auf einen einzigen Monitor starrte, als würde sich dort etwas Ungeheuerliches abspielen.

Sie sahen, wie sich ein Mensch in eine Katze verwandelte.
- Hast du auf Aufnahme gedrückt? fragte eine der Schwestern. - Ja. - Und das ist wirklich kein Kinofilm? - Nein. - Wow! entfuhr es einigen. So etwas würde ihnen doch kein Mensch glauben! Damit müßten sie unbedingt raus, an die Medien, die Öffentlichkeit! So etwas hätten sie noch nie zuvor gesehen. Sie hätten immer geglaubt, so etwas gäbe es gar nicht, sei unmöglich. - Wir müssen den Oberarzt informieren, sagte eine. - Wartet hier! Und wir anderen ... Kommt, laßt uns rübergehen. Die darf uns nicht entwischen!

Meine Starre löste sich, und ich rannte zu dem Monitor, schob die Schwester davor beiseite, drückte den roten Knopf daneben und rief in das Mikro hinein: - Lauf weg, Nadine! Renn, so schnell du kannst! und Nadine drehte sich erschrocken und fragend um, suchte den Lautsprecher, und sah in das Objektiv hinein. Jetzt hatten sie auch noch eine Aufnahme ihres Gesichts, dachte ich und rief noch einmal: - Lauf!! und sah sie noch aus dem Bild verschwinden, dann rannte ich selbst, so schnell wie möglich, aus dem Gebäude heraus,

und fuhr, versteckt hinter dem Steuer meines Wagens, noch eine Weile vor dem Hinterausgang der Klinik umher, vor dem Flügel, in dem Susan untergebracht war, um auf Nadine zu warten, sie zu suchen. Ein paar schwarze Vögel flogen verschreckt auf, doch niemand von ihnen kam auf mich zu. Ich konnte nicht einmal erkennen, ob es Krähen oder Amseln waren. Keine Raben. Die gab es hier schon lange nicht mehr. Ein paar Hasen hüpften orientierungslos auf dem Klinikrasen umher. Ich streckte ihnen meine Hand einladend durch das Türgitter hindurch zu, doch sie hoppelten angstneurotisch alle wieder davon.

Vielleicht war sie schon weg, tröstete ich mich. Vielleicht war ihr schon längst die Flucht gelungen. Susans Zimmer lag ebenerdig und war ohne Fenstergitter. Wie alle Zimmer auf der Selbstmörderstation, hatte Nadine erzählt. So könne sich niemand aus den Fenstern stürzen. Und Gitter seien hier überflüssig. Wer hierher kam, fürchte die Freiheit und das Leben mehr als den Tod. Außerdem, sagte sie, seien geflohene Suizidversuche für die Ärzte hier keine große Sorge, eher eine Sorge weniger.

Sie konnte also einfach aus dem Fenster geflogen sein.

Vielleicht würde sie jetzt vor meinen Küchenfenster sitzen und mit einem gelben oder schwarzen Schnabel gegen die Scheibe picken.

Vielleicht war sie aber auch schon fort, in wärmere Regionen.

Für die Medien war es die Sensation des Tages, wenn nicht gar, wie ein Reporter sagte, die Sensation des Jahrhunderts, gerade rechtzeitig zu Beginn des neuen Jahrtausends. Ein Wesen mit übernatürlichen Kräften, das tatsächlich zu existieren schien und für dessen Existenz es einen überzeugenden Beweis gab. Die Echtheit der Videoaufnahmen wurde nicht weiter hinterfragt. Es war Sommer, Nessie gerade durch, und diese Nachricht, so hatten wohl simultan und telepathisch alle Verantwortlichen entschieden, genau das, was die Welt nun brauchte. Ein neuer Mythos. Ein neuer Skandal. Der Oberarzt der Klinik bürgte kraft der Autorität seines Amtes für die Seriösität der Aufnahmen. Damit war das Thema vom Tisch und das Video auf Sendung, auf allen Kanälen, halbstündlich wiederholt wie ein Hitclip im Rotationsschema. Seit vierzehn Uhr. Immer wieder. Nadine, wie sie sich langsam zur Kamera umdreht und, einen Moment verunsichert und dann neugierig inspizierend, in die Linse schaut, so daß sich jeder Zuschauer von ihr untersucht fühlen mußte. In den zahlreichen Sondersendungen und Expertenrunden einigte man sich bald darauf, daß man es hier mit einer perfekt getarnten Außerirdischen zu tun habe. Und alle, Zeitgeistler, UFO-logen, Biologen, Philosophen, Journalisten, Kritiker und besorgte Anrufer, stellten sich immer wieder die gleiche Frage: Wer war dieses Wesen, wie konnte es sich so lange in unserer Mitte verstecken, und vor allem, wo war es jetzt?

An der Klärung all dieser Fragen, hieß es, werde derzeit noch gearbeitet. Zu Ns verschwundener Wasserleiche stellte niemand mehr eine Verbindung her. Dafür war das Gedächtnis der Medien zu kurz. Anders als in den Institutionen. Es war bekannt geworden, daß die Person auf dem Video einige Jahre zuvor selbst Patientin dieser Klinik gewesen sei. Was genau zum richtigen Zeitpunkt, gegen sechzehn Uhr, neues Futter für die Talkrunden brachte. Und wieder die Frage nach der Authentizität des Videos aufleben ließ. Und erste Verschwörungstheorien und feministische Wissenschaftlerinnen, die Nadines Schicksal nahezu perfekt in gesamthistorische, multidisziplinäre Zusammenhänge einzuordnen wußten. Auch Theologen und Priester kamen zu neuen Weihen, wurden neben Sektenaussteigern, Jugendkultforschern, Esoterikern, Science-Fiction- und Fantasy-Autoren gesetzt, Filmausschnitte eingespielt, von *Frankenstein* über den *Elefantenmenschen* bis zu *Edward mit den Scherenhänden.* Die Experten fragten sich, ob es überhaupt möglich sei, daß, und strickten sich schnell ein paar Erklärungen zusammen, bemühten dazu Darwin und Galapagos, das Goethe-Zitat, den Kalten Krieg, die neuen Technologien, das FBI und Area 51. *Fact or Fiction?* hieß eine Sondersendung auf CNN, die sich seit achtzehn Uhr ebenfalls mit dem Fall beschäftigten, und sogar Gillian Andersson und David Duchovny als Mulder und Scully, den FBI-Agenten aus *Akte-X,* zu der Sache befragten.

Die Medien blühten auf, mitten im Sommerloch, und pfiffen ihre Redakteure von ihren Fincas zurück. Niemand, schien es, wollte sich diese Chance entgehen lassen. Ein wenig unzufrieden war man allerdings mit der gelassenen Reaktion des Publikums auf diese Neuigkeit. Der kleine Mann auf der Straße schien sich, und auch darüber wurde besorgt in den Talkrunden diskutiert, überhaupt nicht zu ängstigen oder auch nur den Sensationscharakter dieser Nachricht würdigen zu können. Verantwortlich für diese Reaktion machten einige die schwerwiegenderen, persönlichen Probleme der Zuschauer wie die Angst um Job und Rente, andere ihre Abstumpfung durch allgemeine Informations-Übersättigung, die Bildungspolitik, den Werteverfall, den Triumph des Kapitalismus, wieder andere, wenn auch nur eine sympathische Minderheit, die Medien selbst mit ihrer Einlull-Taktik. Zu dem auch dieser Fall wieder gehöre. Man darf halt nicht alles glauben, nur weil's in den Medien ist. Erst recht nicht, wenn's in den Medien ist. Die Zeiten haben sich geändert. Die Fünfziger sind vorbei. Heute ist Fernsehen nicht mehr dein Freund. Höchstens der Freund der Einsamen. Und die würden aus lauter Verzweiflung ohnehin jedem armen Teufel die Tür öffnen, nur, um mal wieder reden oder nur zuhören zu können.

Ich glaube hingegen, daß den Menschen einfach, durch Filme, Bücher, was auch immer, der Gedanke an außerirdische oder sonstwie übernatürliche Wesen schon so vertraut geworden war, daß sie glaubten, alles schon im Kino geprobt und erlebt zu haben, so daß ihnen jetzt, wo es tatsächlich passiert, nurmehr ein Achselzucken und ein müdes - Ach ja? zu entlocken war.

Und diese Reaktion, durch stündlich durchgeführte Passantenbefragungen bestätigt, konnten die medialen Würdenträger natürlich nicht durchgehen lassen. - *Pushen!* würden sie ihren Redakteuren sagen. - Wir müssen die Sache jetzt richtig pushen! *Make it big! Make it new! Make it big time news!* Macht den Leuten mal richtig Dampf unterm Hintern! Egal, wer oder was sich hinter dieser Sache tatsächlich verbirgt. Wir müssen den Leuten Angst einjagen! Versteht ihr? Angst und Schrecken vor diesem Unbekannten, das irgendwo da draußen immer noch frei herumläuft! Kapiert ihr das?!

So ähnlich muß es sich wohl zugetragen haben und dazu gekommen sein, daß, sobald gegen halb neun Nadines Identität bekannt wurde, irgend jemand diese Informationen, daß die vermeintliche Außerirdische vor 27 Jahren in einem rheinischen Kreiskrankenhaus als Tochter eines französischen Gastarbeiters und einer deutschen Hausfrau geboren und von ihnen erzogen wurde, abänderte und aus Nadine eine Vollwaise machte, die von einer streng katholischen Pflegefamilie adoptiert worden sei, die sie verstoßen habe, weil sie sich schon als Kind so merkwürdig verhalten und ein Priester schließlich ein Zeichen an ihr entdeckt habe, die drei Sechsen, das Symbol des Satans, radförmig verdreht, eintätowiert auf ihrem linken Oberarm. Daß sie eine psychisch instabile, arbeitslose, lesbische Comic-Zeichnerin sei, ließ man so stehen, da man es wohl, irgendwie, passend fand.

Und die Debatten erwachten zu neuem Leben. Nur die Feministinnen waren plötzlich verstummt, und die Priester stritten sich darüber, wie genau sie dieses Wesen, dieses Zeichen, interpretieren sollten, ob nur als Warnung oder bereits als apokalyptische Strafe ihres Herren. Außerdem nutzten sie die Gelegenheit, um ihre Kirchen freizusprechen von dem Vorwurf, im Mittelalter Millionen unschuldiger Frauen getötet und sich für dieses Verbrechen nie offiziell entschuldigt zu haben.

- Nun, schien er die ganze Zeit über sagen zu wollen. - Sehen Sie doch! Haben wir uns denn wirklich geirrt? Könnten wir uns jemals irren?

- Vielleicht, sagte ein Politiker nun, vermutlich geschwächt von den infektiösen Gedanken des Priesters neben ihm. - Vielleicht hätten wir

die Inquisition niemals abschaffen dürfen, denn, sehen Sie? Eine ist durchgekommen! Eine hat überlebt! Anscheinend. Und dann, das ist überhaupt das Beste!, lebt sie auch noch als Arbeitslose auf unsere Kosten! Jeder einzelne von Ihnen, jeder Bürger, der ehrlich seine Steuern zahlt, zahlt für dieses Wesen mit, unterstützt dieses Leben, das vielleicht nur darauf aus ist, uns alle zu zerstören!
- Sie wollen also, unterbrach ihn der Moderator gegen zwanzig Uhr fünfundfünfzig. - Sie plädieren also dafür, harte, gesetzliche Maßnahmen gegen diese Person anzuwenden?
- Ja. Es ist, als demokratische Staatsbürger, unser aller Pflicht, gerade als Deutsche, mit unserer Geschichte! 33 darf sich einfach nicht wiederholen!
- Halten Sie es, außenpolitisch gesehen, denn für problematisch, daß es sich bei dieser Frau um eine Deutsche handelt?
- Nun ja, es heißt, sie sei Halbfranzösin ...
- Dann wäre der Fall eine Zerreißprobe für die deutsch-französischen Beziehungen?
- Wir müssen, denke ich, die Sache gesamteuropäisch sehen und lösen. Engstirniges, nationalistisches Denken führt uns da nicht weiter. Europol hat seine Unterstützung bereits zugesagt. Auf die Entscheidung der Amerikaner warten wir noch. Liebe Zuschauer, sprach er in die Kamera und hielt seinen Kopf dabei genauso schräg wie Nadine auf dem Video. - Liebe Zuschauer, bitte seien Sie versichert, alle erforderlichen Maßnahmen wurden getroffen. Die europaweite Suche nach Nadine Basnier hat soeben begonnen. Unsere besten Beamten und Sicherheitsdienste werden mit diesem Fall betraut werden. Es gibt keinen Grund zur Besorgnis. Überhaupt nicht.
- Ist das nicht alles ein bißchen viel Aufwand für die Suche nach einer Frau? fragte der Journalist und hängte, als er den finsteren Blick des Politikers sah, noch schnell an: - ... werden sich doch bestimmt jetzt einige Zuschauer fragen ...
- Nein, kam die entschiedene Antwort. - Den Zuschauern muß klar sein, wie gefährlich diese Person ist!
- Würden Sie so weit gehen zu sagen, daß sie das Böse unserer Zeit verkörpert?
- Ja. Eindeutig. Denken Sie nur an den armen Menschen, den sie da in

eine Katze verwandelt hat. Wo ist diese Katze jetzt? Wer wird sie je finden können? Dieser Mensch ist verloren! Für immer!
- Ähem ... es heißt, der Frau gehe es schon wieder so gut, daß sie bald sogar entlassen werden könne ...
- Das halte ich für ein Gerücht.
- Und ... was werden Sie tun, wenn es Ihnen gelingen sollte, sie gefangenzunehmen?
- Wir haben bereits einen Antrag auf Wiedereinführung der Todesstrafe für diesen extrem schwerwiegenden Fall gestellt. Wir werden sie wohl verbrennen müssen. Bei Wesen dieser Art weiß man schließlich nie, Sie verstehen?
- Aber ... werden Sie sie nicht vorher untersuchen?
- Wir werden natürlich ein paar Gewebeproben nehmen, aber ... Ist unsere Zeit nicht jetzt schon vorbei?
- Oh, ja, danke. Es ist gleich schon neun. Jetzt schalten wir um zu einer weiteren Sondersendung. Oh, ja, also, wie ich gerade höre, ist eine Belohnung in Höhe von einer Million D-Mark ausgeschrieben worden für entscheidende Hinweise, die zur Festnahme von Nadine Basnier führen. Wir sind gleich wieder da, nach der Werbung, mit einem Bericht über das bisherige Leben der Nadine Basnier, der zur Zeit meistgesuchtesten, mysteriösesten, unheimlichsten und gefährlichsten Frau der Welt, die so lange unauffällig und unerkannt in unserer Mitte gelebt hat!

Ich hatte den Ton des Fernsehers so laut gestellt, daß ich das Klopfen des Vogelschnabels am Fenster zuerst nicht gehört habe. Sie war zurückgekommen. Als Rabe. Verheult öffnete ich ihr das Fenster, ließ sie hinein, sich auf dem Boden zurückverwandeln und küßte sie auf die Stirn, sanft, doch sie erwiderte meinen Kuß nicht, blieb dort auf dem Boden sitzen, erschöpft, müde, verunsichert, ängstlich.

Ein Vogel, der aus dem Nest gefallen war. Und der mich nun mit hungrig großen Augen ansah, mit dem gleichen fragenden, verständnislosen Blick, den ich heute schon an die dreihundertmal gesehen hatte.

Lange Zeit sagten wir beide nichts. Es schien, als wären die Stimmen in ihr wieder lauter geworden, die Armeen weiter vorgerückt. Erst jetzt fiel mir auf, wie töricht es von mir gewesen war, zu glauben, ich müsse ihr erst noch erzählen, was ich den ganzen Tag über gesehen hatte. Nein. Sie wußte all das schon. Sie hatte alles mitangehört, mitanhören müssen. Alles, was ich gehört hatte und hundertmal mehr. Ihr Mund zitterte. Sie schien nach Worten zu suchen, nach Lauten, für etwas, was sie nicht ausdrücken konnte, was mächtiger zu sein schien als sie. So verängstigt hatte ich sie noch nie gesehen. Sie schien selbst vor mir, vor meinen Berührungen, Angst zu haben, nicht mehr zu wissen, ob sie mir noch trauen konnte, ob ich sie nicht verraten würde.

Sie blieb auf dem Boden sitzen, und drehte sich so, daß sie, ohne aufstehen zu müssen, den Fernseher sehen konnte und darin ihre eigene Lebensgeschichte, Bilder ihrer angeblichen Adoptiv-Eltern, ihres Vaters, ihrer Mutter, ihrer Kindheit, festgehalten auf Super 8, ein fröhliches, hübsches Mädchen, sie sei ihr schon früh aufgefallen, sagte eine Lehrerin, ein besonders begabtes Kind, das jedoch auch, das habe sie damals schon geahnt, auf eine sehr merkwürdige Weise immer schon anders auf sie gewirkt habe, anders als die anderen Kinder. - Wo haben die nur das ganze Zeug her? fragte ich, und dann sah ich Nadines verlassenes Kinderzimmer in der Wohnung ihrer Mutter und Arthur, der den Reporter nicht anschauen wollte und sagte, er habe seine Schwester immer geliebt, und Schnitt auf Nadines Mutter, die an ihren Haaren herumzupfte und sagte, wie stolz sie auf ihre Tochter sei, wie sehr sie sich darüber freuen würde, daß sie jetzt so berühmt sei, und was für eine Ehre, endlich mal im Fernsehen ... dann wurde auch sie ausgeblendet, überblendet von Nadines Video wie ein interfamiliärer ironischer Kommentar. Ich ging zum Fernseher, wollte ihn ausschalten. - Nein, sagte Nadine. - Laß nur.

- Vielleicht ... haben wir nicht mehr viel Zeit ... zusammen, meine ich.
- Ja. Ich weiß.
- Warum bist du hierhergekommen?
- Weil ich dich noch einmal sehen wollte.
- Was wirst du jetzt tun? Dich da draußen irgendwo verstecken?

Sie zuckte mit den Achseln. - Ich will nicht den Rest meines Lebens als Monster verbringen. Außerdem ... Es ist zu spät. Ich kann nicht mehr fliehen.

Sie zeigte mir die Menschenmenge, die sich vor unserem Haus gebildet hatte und weiter wuchs. - Sie werden auf alles schießen, was sich aus dieser Wohnung herausbewegt, und ... kleiner als ein Vogel oder eine Ratte kann ich nicht werden. Das geht nicht.

Traumwandlerisch verbarrikadierte ich die Haustür mit Möbeln, ließ die Jalousien herunter und verschanzte mich dahinter, riskierte Blikke nach draußen nur noch durch die Lamellen hindurch. Nadine saß während all dessen zusammengesunken auf dem Sofa und sah sich ihre Berichte im Fernsehen an. Ich fragte sie, ob sie mir nicht helfen wolle.

- Nein. Es würde ohnehin nichts nützen, sagte sie, baute die Barrikaden wieder ab und schaltete den Fernseher per Fernbedienung aus. Und lächelte. - Es gibt noch eine andere Möglichkeit, wie ich entkommen und in menschlicher Gestalt überleben kann. Na ja, in einigermaßen menschlicher Gestalt. Ihr Blick deutete auf die Badezimmertür.

- Du willst doch nicht etwa ...?!

Sie ging ins Bad, ich folgte ihr, und blieb vor der Kloschüssel stehen.

- Keine Sorge, Ary. Mir wird nichts passieren. Ich habe das schon einmal gemacht, und weiß, was ich tue. Ich habe da noch etwas zu erledigen, und dann, so schnell wie möglich, werde ich wieder zurückkommen. Ich verspreche dir, ich werde euch nicht alleine lassen. Auch wenn ich die erste Zeit nicht bei euch sein kann.

- Bei *uns*? Wovon redest du? Ich will doch nur mit dir ...!

- Du weißt es also noch nicht? Du bist schwanger, Ary, von mir.

- Nein, ich ...

- Wenn du nicht willst, kann ich ...

- Nein, nein, das ist ... schon okay. Ich werde unser Baby ...

- Zwei. Es sind zwei, Ary. Zwillinge.

- Ja, das ... macht nichts.

- Ich muß jetzt gehen, sagte sie und küßte mich, nicht hastig, sondern als versuche sie, sie ganz besonders intensiv zu genießen, diese letzte Fütterung vor einem sehr langen und kalten Winter.

- Bitte, geh nicht fort, flüsterte ich, und sie küßte mich noch einmal, heftiger nun, als raubte ihr die Klingel den Atem und sie fürchte zu ersticken. Dann schob sie mich beiseite und bat mich darum, hinauszugehen, sie alleine zu lassen und kurz darauf ein paarmal abzuziehen und ihre Kleider zu verstecken.

- Wirst du zurückkommen?

Ihr ironischer Seitenblick gab mir zu verstehen, wie wenig ihr mein

Pathos gefiel, und sie lächelte. - Weißt du nicht mehr, was Paulchen Panther immer sagte? *Heute ist nicht alle Tage. Ich komm wieder, keine Frage ...*

- Das sagen die Opfer in Horrorfilmen auch immer. *Ich bin gleich zurück ...*

- Aber ich bin hier nicht das Opfer, sondern das Monster, vergiß das nicht! konterte sie, immer noch erstaunlich ruhig, fast fröhlich, und ich lachte und weinte, küßte und schlug sie, alles zugleich, und sagte zärtlich, sie solle endlich verschwinden. Sie habe nicht mehr viel Zeit.

Sie bat mich, sie alleine zu lassen, um mir den Anblick ihrer Transformation zu ersparen, und ich ging hinaus, wartete vor der Tür, versuchte, mir vorzustellen, was sie gerade machen würde, hörte plötzlich ein Quieken und kniff die Augen zusammen. Es war das Zeichen, das wir vereinbart hatten.

Sie standen schon vor der Wohnungstür. Klopften. Hämmerten. Versuchten, sie aufzubrechen. Ich ging ins Bad, um Nadines Spuren zu beseitigen.

Ihre Haare lagen noch im Waschbecken. Ich warf sie ins Klo, stopfte ihre Kleidung in eine Plastiktüte und versteckte sie in der hintersten Ecke des Wäscheschranks. Zitternd drückte ich die Klospülung, wie sie es gewollt hatte, beim ersten Mal noch zögernd, beim zweiten Mal schon zuversichtlicher, dann immer fester, immer schneller, wütend und traurig, bis ich mich erschöpft auf den Klodeckel setzen mußte.

Ich hatte gar nicht bemerkt, daß die Beamten meine Tür bereits aufgebrochen hatten und hereingekommen waren, als sie plötzlich vor mir standen, ihre Maschinengewehre auf mich gerichtet, während ich auf dem Klo saß.

- Was wollen Sie von mir?

Ich bemühte mich, ruhig zu bleiben.

- Sie sind ihre Freundin, nicht wahr? fragte mich einer von ihnen, während die anderen anfingen, meine Wohnung zu durchsuchen.

- Wessen Freundin? Ich verstehe nicht ...

- Warum haben Sie nicht aufgemacht, als wir geklingelt haben?

- Vielleicht ..., weil ich nicht jedem die Tür aufmachen will?

- Kennen Sie Nadine Basnier?

- Nein.

- Was sind das für Tiere? fragte einer von ihnen und zeigte auf meine Käfige.

- Ratten. Was denn sonst?

- Woher haben Sie die?

- ... gefunden ... Was ...?

Er erschoß sie mit dem Maschinengewehr und sagte - Sorry, Vorschrift.

Nachdem sie meine Wohnung durchwühlt hatten, gingen sie endlich wieder, und ich holte die Plastiktüte aus dem Wäscheschrank, zog Nadines Hemd heraus, an dem noch ihr Geruch hing, und sog ihn ein wie Milch, die ich in meinen Kamelhöckern speichern würde.

Bald schon verlangte das Medienvolk nach weiteren Beweisen von Nadines Existenz, an die zu glauben es von Tag zu Tag unwilliger wurde. Vielleicht hätten bald alle Nadine wieder vergessen und ich sie wiedersehen können,

wenn nicht genau zu diesem Zeitpunkt Nick Ravens Buch erschienen wäre. Das Buch zum Video, sozusagen. Das Buch über Nadines Leben, ihre Biographie, ihre Autobiographie, wie Frau Raven in ihren zahlreichen Talkshow- und Late Night-Auftritten betonte, denn sie habe dieses Buch nicht geschrieben, sondern Nadine selbst. Sie sei nur die Herausgeberin ihrer Notizen. Ja, ja, sagte sie, sie existiere wirklich, diese Person auf dem Video, und in ihrem Buch könnte man nun endlich auch all ihre intimsten Geheimnisse und Bekenntnisse nachlesen. Und das Buch wurde zum Bestseller, Lizenzverträge wurden unterzeichnet, weltweit die Übersetzungs-, Film- und Verwertungsrechte vergeben und Merchandise produziert, T-Shirts, CDs, Computerspiele, Kaffeetassen, Poster, Sammelkarten, Rollenspiele, eine Comic- und eine Zeichentrickserie, Bettwäsche, Stoffpuppen, Taschen, Füller, Pokémons ... doch, wagte ein Journalist die Zwischenfrage, die nun eigentlich schon niemanden mehr interessierte. - Wo ist denn eigentlich die echte Nadine? Das wisse sie selbst nicht, antwortete Frau Raven, aber sie gehe davon aus, daß sie sich schon bald bei ihr melden würde, allein wegen der noch ausstehenden Honorarzahlungen.

Wie konnte sie nur an Nadines Aufzeichnungen gekommen sein? War sie etwa der Chef beziehungsweise die Chefin dieses ganzen Unternehmens hier? - Nein, sagte mir der Wärter, der mir mein Papier bringt, heute. Ich solle seinem Chef gegenüber auch besser nicht diese Person erwähnen, denn er wäre nicht sehr gut auf sie zu sprechen. Sie sei hierher gekommen, unter irgendeinem Vorwand, und habe Nadines Aufzeichnungen für ihr eigenes Buch gestohlen, diese Schmarotzerin, doch natürlich läge das Original immer noch bei ihm im Tresor, wozu auch meine Notizen gelegt werden würden, und dann, ganz am Ende, würde er ihr dieses Buch schenken und ihr ihre Geschichte und Zeichnungen zurückgeben.

Auf dem Höhepunkt der Monstermania gab ein Regierungssprecher eine offizielle Erklärung ab, eine Expertenkommission habe Nadines Video nun endlich ausführlich untersuchen und eindeutig nachweisen können, daß es sich hierbei um eine Fälschung handele: - Ich sage es noch einmal: Dieses Video ist eine Fälschung, und die Person auf diesem Film nichts anderes als eine frustrierte und erfolglose Comic-Zeichnerin, die sich ein bißchen wichtig machen wollte. Damit ist diese Angelegenheit für uns abgeschlossen. Die Suche nach Nadine Basnier wird ab sofort eingestellt.

Doch sie dachten gar nicht daran, wie Arthur bald herausfand, nachdem er in den Zentralrechner von Europol eingedrungen war und sich das Dossier und alle Dokumente ansehen konnte, die sie über seine Schwester und ihre Familie gesammelt hatten. Die Suche nach Nadine wurde nicht nur fortgesetzt, sondern war auch mit der höchsten Prioritäts- und Vertraulichkeitsstufe versehen worden. Akribisch genau hatten Spitzel aus aller Welt Nadines Bekanntenkreis und ihre letzten Schritte zurückverfolgen können und waren dabei auf Nadja gestoßen, die einen Amerikaner geheiratet hatte und in Kalifornien lebte. Sie wies allerdings mittlerweile so wenig Ähnlichkeiten mit Nadines Persönlichkeit auf, daß niemand sie ernsthaft für Nadine hielt, nicht einmal für ihre Zwillingsschwester.

Ich wollte nicht warten, bis sie zurückkehren würde. Ich wollte selbst nach ihr suchen, und wenn ich dafür den ganzen Meeresboden nach ihr absuchen müßte.

Ich fuhr in die Bretagne und bat Yvan, mit mir zusammen in seinem Unterwasser-Safari-Kahn rauszufahren, durch die Bucht von La Palue, und dann, auf See, ungefähr 500 Meter vom Ufer entfernt, stieg ich hinab in den verglasten Schiffsrumpf, setzte mich und schaltete eine Taschenlampe an, um damit, mit diesem Licht, die Meeresgeschöpfe um mich herum anzulocken. Eines von ihnen, da war ich mir sicher, würde wissen, daß ich hier war. Es war nur eine Frage der Zeit, wie lange es brauchen würde, um mich zu finden.

/ ***little fish, big fish, swimming in the water ... come back here and gimme my daughter*** - Down By The Water, P. J. Harvey /

Vielleicht war es nicht einmal ein Abstieg gewesen. Schon früher, lange vor unserer Zeit, soll es vorgekommen sein, daß Wesen, dem Menschen nicht unähnlich, das Festland verließen, vielleicht, weil es unbewohnbar geworden war, und sich ein neues Land erschlossen, das unendliche Land ihres Ursprungs. In dem es nicht mehr auf Bilder ankam, nicht auf die Schärfe des Blicks. In blau getönter Dunkelheit, himmelwärts erwärmt von Licht. Eine Annäherung an die Zeit der Augenlosen, Weichen, der Zwitterwesen, den Pflanzen nicht unähnlich, die sich jedoch veränderten, neugierig zu sehen, was dort oben, in der Zukunft, auf dem festen Grund, in der Welt der Farben, auf sie warten würde. Und doch waren sie zurückgekehrt, einige von ihnen, einige wenige, vielleicht nur eine Familie, ein Aussteiger, Abtrünniger, auf der Suche nach dem einfachen Leben seiner Vorfahren. Und auch seine Nachkommen veränderten sich und erinnern sich vielleicht hin und wieder an ihre alte Heimat wie einen letzten Urlaub. Nein, niemand von ihnen vermißte die Bilder, denn sie bekamen dafür etwas anderes. Einen feineren Sinn. Ein ausgeprägteres Gehör. Und obwohl sie nun nicht mehr in die Ferne schauen oder Farben sehen können, sind die Farben geblieben und ist die Welt nicht kleiner geworden.

Auch hier, wieder in der Dunkelkammer, kann ich nicht weiter als bis auf meine Hände sehen, und dennoch beruhigt es mich, wieder meine hautfarbenen Hände zu sehen und die Spitzen der dunklen Haarsträhnen. Ich sehe sie nicht oft, kann diesen Ort nur unregelmäßig besuchen, um all das aufzuschreiben, was geschehen ist. Dort unten bleibt mir nicht viel Zeit zum Nachdenken. Zu sehr bin ich beschäftigt mit Jagen und Fliehen, obwohl es heißt, daß selbst Haie einem Wesen wie mir nicht gefährlich wären, doch es fällt mir schwer, das zu glauben, weiß ich doch nicht einmal, welchem Wesen ich nun ähnlich sehe, dort, wo nur noch das Echo der Vergangenheit zu mir durchdringt. Arys Stimme. Worauf ich ganz besonders achte, wann immer sie nach mir ruft, mit mir spricht, als wäre ich immer noch bei ihr, neben ihr. Als könnte ich immer noch bei ihr leben und müßte nicht den Tod fürchten, wenn ich zu ihr und ihrem Element zurückkehren würde.

Doch ich habe selbst dieses Leben gewählt, in der für Menschen unvorstellbaren, tiefsten Einsamkeit, habe dieses Kostüm, das Fischkleid, übergestreift und muß deshalb nun auch die Konsequenzen dieser letzten, vielleicht endgültigen Transformation tragen. Ich habe gespürt, wie sich meine Beine zurückbildeten, meine Hände über nackte Kopfhaut streiften, bevor sie zu Tentakelenden und schließlich zu Flossen wurden, und meine Lungen zu Kiemen, der ganze Körper zu einer Spindel, und das Schwimmen zu meiner natürlichen Bewegungsform. So wie sich meine Augen verschlechterten, verbesserte sich mein Gehör. Ich fühle den Schall, scheine ihn mit jeder Pore meiner dicken, grauen Haut wahrzunehmen, mit meinem ganzen Körper zu hören. Hier unten bewegt sich Schall schneller als in der Luft.

Heute höre ich Arys Stimme lauter und deutlicher als sonst. Näher.

Yvan wollte schon wieder zurückfahren, als ich einen dunklen Schatten sah, der sich auf unser Boot zu bewegte, einen Fisch, der uns betrachtete, als wären wir selbst in einem Aquarium, Ziermenschen in einer Luftblase, einen wirklich großen Fisch, rief ich Yvan zu, vielleicht den größten Fang, den er je machen würde, versprach ich ihm, und er schaltete den Motor wieder aus und verstand nicht, warum ich ihm verbot, seine Harpune zu benutzen. Er würde von alleine zu uns kommen, dieser Fisch, sagte ich, und sich von ihm aus dem Wasser ziehen lassen, denn er war nicht wie die anderen Fische, nein, dieser würde etwas Besonderes sein.

Zuerst hatte ich sie selbst kaum erkannt, sie für eine schwimmfähige Echse, eine Seeschlange oder ein Tiefsee-Ungeheuer gehalten.

Yvan reagierte bemerkenswert gelassen, als er seiner Nichte ein Seil um den Oberkörper legte und sie behutsam hinauf an Bord zog.

Sie war sehr schwer. Da sie mit ihren Flossen weder stehen noch laufen konnte, trug Yvan sie zu mir hinunter in den Schiffsrumpf, legte sie auf den Boden und ließ uns allein. Sie versuchte, ihre Gestalt zu ändern, menschenähnlicher zu werden, und ihre Flossen wurden zu Tentakeln und Armen.

Ihre Haut war grau und glatt, ihr Haar dunkelgrün und strähnig wie Seealgen. Sie verbarg ihre jungen Hände in ihrem nackten Schoß, schüchtern, linkisch, wie ein zu schnell gewachsener Teenager. Oder, als wolle sie etwas vor mir verbergen, einen Fehler. Doch es half nichts. Ich hatte bereits die Schwimmhäute gesehen. Und auch die beiden Spalten längs ihres Brustkorbes, der sich aufzublähen und wieder zusammenzuziehen schien. Wie neurotische Flügel, die ihren Platz verfehlt hatten. Die nicht weiter gewachsen waren, sondern verstümmelt und verkrüppelt bleiben würden. Ein Anachronismus, eine übermütige Laune verschwenderischer Natur. Ein mißratener Engel. Gefallen in eine Welt, die nicht seine war. Mit verkümmerten Stimmbändern.

Anfangs, in den Flüssen und Häfen, mußte ich oft auftauchen, nachts, zum Luftholen, mußte immer wieder Fischernetzen und Schiffsschrauben ausweichen, bis ich lernte, unter Wasser zu atmen, und tiefer hinabsinken konnte, bis zum Grund, ins Meer hinein, und ich meine Reise fortsetzen konnte, westwärts, entlang der Küsten, meiner einzigen Orientierung, bis ich, nach Wochen oder Monaten, man verliert dort leicht das Zeitgefühl, bis ich eine vertraute Stimme wahrgenommen hatte und auf sie zuschwimmen konnte, die Stimme, die mich auch jetzt wieder rief, direkt vor mir, als sei ich immer noch weit entfernt, als erwarte sie eine Antwort, wie es gewesen und was ich erlebt hatte, eine Antwort, die ich nicht geben konnte, wie sollte ich es ihr erklären?, die Kälte und Dunkelheit, so fern ihrer Vorstellungskraft, so ungewöhnlich das Aussehen meiner Mitbewohner, so farbenfroh, ja, anfangs konnte ich noch Farben sehen, ihre Signalfarben, ihre Warnungen, kommt mir nicht zu nahe, sagten sie alle, und ich fand keinen Artgenossen unter ihnen, nicht einen, der meine Signale erwiderte, wochen-, monatelang, was hätte ich sagen, wie ihr erzählen können von dieser der menschlichen Sprache so fremden Welt?, die ihre eigenen Geschichten hatte, die sogar unendlich reich an Geschichten war, dieses offene System in ständiger Bewegung und Unsicherheit, hier gab es viel zu erzählen, Liebesdramen, Tragödien, Komödien, und vor allem Grotesken, aber vielleicht täuschte mich da der Eindruck, sah ich doch nur die Oberflächen, ihre Bühne und Kostüme, wie hätte ich von diesem Schauspiel berichten, die Charaktere und Handlungen beschreiben sollen? Ich hatte zuviel von diesem Theater gesehen, die Stücke nicht mehr auseinanderhalten und Dichtung und Wahrheit nicht mehr unterscheiden können, und Ary sah mich fragend an, und ich schwieg, und mein Schweigen war gefüllt mit all den Alpträumen, Bildern und Gestalten der Finsternis, und ich wußte nicht mehr, ob ich all das wirklich gesehen, ob es wirklich geschehen oder nur Erinnerung war, erinnerte Phantasien aus Büchern oder Filmen ...

Ich fürchtete mich davor, die Dinge zu benennen, sie allein dadurch wieder zum Leben zu erwecken, die Wörter zu Fleisch werden zu lassen, zu Bedrohungen, weil sie vorgeben, zu sein wie wir, wir jedoch wissen, daß sie anders sind, daß sie nur Wörter oder Dämonen sind, die uns überlisten wollen, damit wir an sie glauben, daran, daß sie real wären, dabei ...

Es war wichtig, sie zu benennen, ihnen die Masken abzureissen, um zu sehen, wie sie dahinter zusammenbrechen, sich auflösen, verflüchtigen, in sich zusammenfallen wie ein zu plötzlich der Luft ausgesetzter Tiefsee-Fisch, der vielleicht noch ein letztes Mal sein Maul aufreißt, instinktiv, dessen scharfe Zähne aber niemandem mehr Furcht einflößen, weil sein Tod gewiß ist hier oben, an der Luft.

- Nadine, sagte ich immer wieder und streichelte über ihre graue, unsensible und kalte Haut. - Arme Nadine, sagte ich, und sie sah mich mißbilligend an. Sie wollte nicht bemitleidet werden, sondern versuchte zu atmen, während sie in meinen Armen lag, gleichmäßiger, ruhiger, nicht so hastig, stockend und unrhythmisch, wie sie es nun tat, so daß ich sie nicht fragen mußte, ob sie je wieder an Land leben wolle, und auch nicht, ob sie es je wieder könne. Ihre Augen sonderten eine dicke, klumpende Flüssigkeit ab. Salztränen, erklärte mir Yvan später, eine nicht ungewöhnliche Reaktion für Fische, die ihr Element verlassen hatten und so ihren Mineralhaushalt wiederherzustellen versuchten.

Ich nahm einen Eimer mit Meereswasser, schüttete ihn über sie aus, und es schien ihr gut zu tun. Also holte ich noch mehr Wasser, goß noch mehr über sie aus, immer wieder, bis der Boden des Schiffsrumpfes gefüllt war wie eine Badewanne und sie kurz hinabtauchen und tief einatmen konnte. Kleine Luftbläschen stiegen aus ihrer Brust auf, und ich mußte niesen, weil das Wasser so kalt war, und als sie wieder auftauchte, und ich ihr nasses Gesicht sah, das Wasser, das ihr die Wangen herablief wie Tränen, und sie wieder nach Luft zu schnappen anfing, es nicht länger verbergen konnte, daß sie hier, vor mir, zu ersticken drohte ...

Sie wäre dort liegengeblieben. In diesem Tank, ihrem Aquarium. In meiner Nähe. Sie wollte einfach nicht wahrhaben, daß sie in meinem Element nicht mehr leben konnte, und jeder ihrer Versuche, über Wasser zu atmen, scheiterte, und sie versuchte es doch immer wieder, mit quälender Besessenheit, einer Sehnsucht, die selbst den Tod rührte und ihn wohl zögern ließ, zuzugreifen, als er schon seine Hand auf sie gelegt hatte, und sie ihn erwartungsvoll ...

Ich drückte sie unter Wasser, hielt sie dort fest, so fest ich konnte, und rief Yvan zu, er solle herunterkommen, seine Nichte hinauftragen und wieder ins Meer werfen.

Ich sprang ihr hinterher, hielt mich an ihrem Körper fest wie ein Delphinreiter, während sie so nahe wie möglich an der Oberfläche blieb, doch immer unter Wasser, und so sehr ich auch versuchte, ihr zu folgen, sie tauchte immer ein wenig zu tief, riß mich mit hinunter, und ich schluckte zuviel Wasser, bis ich schließlich einsah, daß es nicht funktionierte, daß ich zurück zum Boot schwimmen mußte, und sie gab mir noch einen Abschiedskuß, bevor sie abtauchte und verschwand.

/ ***can't you see I try? ... swimming the same deep water as you is hard ... 'the shallow drowned lose less than we' you breath*** - The Same Deep Water As You, The Cure /

Einmal im Jahr, so mein Wärter, nehme er an einem kleinen Betriebsausflug teil, einer Reise zu einem bedeutenden Fest, bei dem kein Gott mit Rang und Namen fehlen würde. Es gäbe dort genügend alkoholische Freigetränke, und es ließen sich manche wichtigen Kontakte knüpfen. Er sei dieses Jahr leider verhindert, aber vielleicht wäre es meiner Sache nützlich. Man wisse ja nie. Ich solle es mal versuchen. Es würde mir sicher gefallen und bestimmt kein Problem sein, wenn ich mit seiner Dienstnummer ...

Sie hatte es nicht geschafft, rechtzeitig bei mir zur sein. Bis zuletzt blieb mein Blick auf die Tür gerichtet, hoffte ich darauf, daß sie noch hereinkommen würde, um ihn nicht zu verpassen, diesen Moment, dieses Wunder, bei dem sie ein wenig nachhelfen müßten, so hatte der Arzt gesagt, das sei ganz natürlich bei Mehrlingsgeburten, kein Grund zur Beunruhigung und das Beste für die Babys, und so redete man auf mich ein, mich in den Schlaf hinein, und als auch das nicht half, hielt mir jemand einen schwarzen Schlauch vor den Mund und sagte, ich solle tief einatmen, ganz tief Luft holen und ...

Es war die letzte Oktobernacht. Aus der Ferne, von einem Hügel am Kopf der Bucht aus, hatte ich schon das Feuer gesehen und die Menschenmenge, die sich darum versammelt hatte. Ein Volksfest, dachte ich, ein fröhliches Gelage, und ging auf die Menge zu und wurde freundlich aufgenommen, bekam einen Platz zugewiesen und einen golden verzierten Becher in die Hand gedrückt, der sofort gefüllt wurde mit Met und französischen Trinksprüchen. Jemand trug einen Hinkelstein herbei, und ein weißer kleiner Hund sprang zwischen seinen Beinen herum.

Dieses Jahr würden sie sich aber sehr viel Zeit lassen, sagte mein Nachbar, deutete aufs Meer hinaus und schüttete sich Sand aus den Schuhen. - Wer? fragte ich nach, doch erhielt keine Antwort, denn in diesem Moment fingen alle an zu jubeln, erhoben sich und gingen auf das Wasser zu, bildeten eine Traube um etwas, das wie ein großes Ruderboot aussah, und begrüßten die Delegation, die ihm entstieg.

Sie kam, wie immer, zu spät. Mit einem eigenen, kleineren Boot, dessen Ankunft niemand beachtet hatte. Niemand außer mir.

Das Meer wurde unruhiger, die Wellen schlugen höher, nachdem sie ausgestiegen war und sich, in alter, vertrauter Gestalt, zu mir gesetzt und ihm den Rücken gekehrt hatte, doch sie brauchte sich nur kurz zu ihm umzudrehen und ihm einen mahnenden Blick zuzuwerfen, und die Wellen beruhigten sich wieder.

Es wurde viel erzählt, sich zugeprostet und Reden gehalten. Sie wich nicht mehr von meiner Seite. Ich spürte ihre Nähe, ihre Wärme, nahm ihren salzigen Geruch wahr. Den Geruch des Meeres.

Wir spielten eine Art Flaschendrehen mit Geschichten als Pfand. Als die Flasche auf uns zeigte, genau zwischen uns, rückte ich ein Stück zur Seite, wollte nicht erzählen, wußte nicht, was ich erzählen sollte, und gab den Schwarzen Peter an Nadine weiter, neugierig auf ihre Geschichte. Sie besaß schließlich den Heimvorteil, die Lizenz, das Sorgerecht für das Phantastische, und erzählte von einem jungen, unerfahrenen Flußgott und einer Nichte der Göttin der Unterwelt, einer Nymphe des Ozeans, die ihm ein Kind gebar, von dessen Existenz jedoch niemand etwas erfahren durfte, weswegen sie es fortgaben, zu einer Sterblichen, um es als Mensch aufwachsen zu lassen, doch diese Sterbliche versteckte das Kind vor seinen Eltern und klärte es nicht über seine Herkunft auf, doch eines Tages machte es sich auf die Suche und mußte erst auf den Grund des Meeres hinabtauchen, um zu erfahren, wer es wirklich war, wohin es gehörte ...

Nadine und ich waren die einzigen in dieser Runde, die noch nüchtern waren. Ich hatte mich schon gewundert, weshalb sie, anders als sonst, an diesem Abend nur Wasser getrunken hatte.

Am nächsten Tag würde von schweren, schauerartigen Regenfällen berichtet werden, die jedoch, merkwürdigerweise, jeweils punktuell niedergekommen zu sein schienen, die nicht ganze Gebiete, sondern nur einzelne Häuser und Lagerräume unter Wasser gesetzt hatten. Besonders betroffen worden von diesem Phänomen, das viele bald als übersinnlich beschreiben würden, war der Wohnsitz einer prominenten Autorin, deren Nachbarn vor laufenden Kameras aussagen würden, sie hätten gesehen, wie sich ein orkanartiger Sturm der Villa genähert, sich dann jedoch wieder zurückgezogen habe, als habe er nur einmal kurz vorbeischauen, ein wenig Angst einjagen, seine Muskeln spielen lassen, oder es sich im letzten Moment anders überlegt und sie doch noch verschonen wollen.

Während all dies geschehen war, hatte Nadine am Strand gesessen als würde sie meditieren, und dann, irgendwann, ihren Kopf in meinen Schoß gelegt und geschlafen, jedenfalls sah sie so aus, als würde sie schlafen, so friedlich, so menschlich. Als ob sie keinem Sandwurm etwas antun könnte.

Und dann, als ein Teil der Gäste wieder in das größere Boot stieg, beziehungsweise getragen werden mußte, weil sie nicht mehr aufrecht gehen konnten, verabschiedete sie sich doch wieder und stieg mit in das Boot, und, vielleicht habe ich es mir nur eingebildet, aber, die Frau, die ihr gegenübersaß, eine wunderschöne, nackte Frau mit langen, roten Haaren, die ich glaubte, schon einmal gesehen zu haben, auf einem Bild, in einer Muschel, angegriffen von stürmischen Winden, nun, ich glaube, diese Frau hat Nadine besonders lange angesehen, warm und mitfühlend, als überlege sie, was sie für sie tun und wie sie ihr wohl helfen könne.

/ ***nothing of him that does fade ... but suffer a sea change*** - Ariel's Song, Shakespeare: The Tempest /